Überdosis Liebe: Desire

Neal Anderson 5

Die Deutsche Nationalbibliothek verzeichnet diese Publikation in der Deutschen Nationalbibliografie; detaillierte bibliografische Daten sind im Internet über http://dnb.dnb.de abrufbar.

Impressum

2. Auflage, 2021©Justin C. Skylark

© Kätnersredder 6 b, 24232 Schönkirchen, Germany

www.jcskylark.de

Herstellung und Verlag: BoD – Books on Demand, Norderstedt

ISBN: 9783754348666

Coverdesign: Irene Repp

www.daylinart.webnode.com

Covermodel: François Schoder

www.francoisschoder.com

Fotograf: Marco Carocari

www.marcocarocari.com

Tropfen©markusspiske - pixabay.com – alle Rechte vorbehalten.

Überdosis Liebe: Desire

von Justin C. Skylark

Mitwirkende Personen

Neal Anderson – 32 Jahre, Sänger der Band *The Drowners*, Abschluss eines Architekturstudiums, inzestuöse Bindung zu Schwester Francis, hat schwule Beziehung mit Gero Steinert

Stephanie und Peter Anderson
Inhaber des Mode-Konzerns *Anderson Creation*, mit zwei Firmen standhaft in England und Deutschland, Sohn Neal stammt aus Stephanies erster Ehe, Sohn Jarvis aus Peters erster Ehe, nur Francis ist ihre gemeinsame Tochter.

Francesca (Francis) Anderson
24 Jahre, arbeitet als Designerin in der Firma ihrer Eltern

Jarvis Broker-Anderson
Sohn von Peter, Stiefsohn von Stephanie, lebt in Bristol als Künstler, pflegt zu seiner Familie einen spärlichen Kontakt, schlechtes Verhältnis zu Neal

Nicholas Anderson
8 Jahre, Sohn von Francis und Neal, der aus ihrer inzestuösen Liebe hervorgegangen ist

Thilo Wulf
Bester Freund von Francis (seit der Schulzeit), Dauerstudent, WG-Bewohner, Gothic- Anhänger

Gero Steinert
21 Jahre, Medizinstudent, Freund von Neal, später bisexuelle Neigung und Beziehung auch zu Francis, wohnt mit Thilo in der WG

Dirk Martens
Neals erster Freund aus der Schulzeit, der in Neal die schwule Ader „erweckte", studierter Modedesigner mit eigener Firma in

L.A. / USA, schizophrene Psychose im Kindes-/ Jugendalter bekannt, bisexuell

Butler Ralph
Hausdiener und Gärtner von Neal, gebürtiger Engländer, betagter Junggeselle

Samuel Falkenberg (Sam)
Langjähriger Freund von Neal, Dealer

Christen Stern
Freundin von Francis, ebenfalls Designerin bei *Anderson Creation*

Carsten
Neals bester Freund aus der Jugendzeit, Anwalt, schwul

Theo
Arbeitskollege von Francis, Designer für Herrenmode, schwul

Pascal
Schwul, Modell

Lucy
Freundin von Thilo, hat lange in Indien studiert

Randy
Pferdepfleger im Stall der Andersons

Eltern von Gero (ohne Namen)

Frau Dresen
Putzfrau und Mieterin in dem Haus, in dem Francis, Gero und Thilo wohnen

Zum Inhalt der Neal Anderson-Reihe:

Der gebürtige Engländer Neal Anderson ist bekannter Sänger der Band *The Drowners*.

Im Jugendalter von 16 Jahren zieht er nach Deutschland und erlebt sein Coming-out. Allerdings wird er von seinem ersten Freund Dirk unvorbereitet verlassen, da der in den USA studieren möchte.

Diese Trennung traumatisiert Neal, sodass er sich 14 Jahre auf keine feste Beziehung mit einem Mann einlassen kann und seine homoerotische Neigung nur durch One-Night-Stands stillt.

Mit 23 Jahren entdeckt er die Liebe zu seiner Halbschwester Francis. Als die schwanger wird, bleibt ihm nur die Flucht nach England, wo er den Durchbruch mit seiner Band erfährt.

Nach vier Jahren kehrt er zurück, um erneut festzustellen, dass die Liebe zu Francis nicht erloschen ist. So unauffällig, wie möglich, halten die Geschwister ihre Beziehung aufrecht.

Mit 30 Jahren kann sich Neal endlich lösen – von dem Trauma seiner Jugend – und verliebt sich in einen Mann: den jungen Medizinstudenten Gero.

Neal schafft es, neben Francis, auch eine Beziehung zu Gero aufzubauen.

Als Neal wegen der Arbeit an einem neuen Studioalbum für Monate nach London muss, beginnen die Probleme.

Der Stress und die lange Abwesenheit von seinen „Lieben" treiben ihn in die Tabletten- und Drogensucht.

Was zuvor geschah:

Als Neals Leben nur noch von Drogen geleitet wird, und er sich und seine Mitmenschen damit zutiefst belastet, sieht sein Freund Gero nur noch den Ausweg des Selbstmords.

Der gelingt zum Glück nicht, doch nach diesem Zwischenfall gesteht sich Gero endlich ein, dass er die Beziehung zu Neal beenden muss.

Am Boden zerstört und unter der Trennung leidend, sucht Neal die intensive Nähe seiner Schwester, aber auch sie kann Neals Leid nicht mehr ertragen.

Es gibt einen Streit zwischen den Geschwistern, nach dem Francis ihren drogensüchtigen Bruder verlässt und nach England reist, um dort Erholung bei ihrem Bruder Jarvis zu suchen.

Neal bleibt mit gebrochenem Herzen zurück und scheint sich nur durch weitere Drogen beruhigen zu können...

Kapitel 1

Zwei Monate waren seit ihrer Abreise vergangen. Von dem Flug zurück war sie erschöpft, und so musste sie zwischendurch öfter anhalten, um tief Luft zu holen. Im Treppenhaus war es ruhig, bis die Stimme ihres Sohnes ertönte:

„Mami? Wo bleibst du denn?"

„Ich kann nicht mehr so schnell", erwiderte die schwangere Francis, dann folgte sie.

Vor ihrer Wohnungstür blieb sie stehen und lauschte. Eine sonderbare Stille herrschte. Als sie die Tür aufschloss, rannten ihr Sohn Nicholas und ihr Hund in die Wohnung, bevor sie folgte.

Eine stickige, verbrauchte Luft kam ihr entgegen. Im Schlafzimmer öffnete sie das Fenster, dann sah sie sich zaghaft um. In der Tür zum Bad waren die Scherben und das zerstörte Regal verschwunden. Allerdings konnte sich Francis gut daran erinnern, wie Neal das Glasregal mit zu Boden gerissen und sich danach an den Scherben verletzt hatte. Fest im Teppich eingetrocknet sah sie ein paar Blutstropfen.

Ihr Herz schlug schneller. Zügig verließ sie das Schlafzimmer. Im Wohnzimmer war niemand.

„Neal?", rief sie durch die Wohnung, aber keine Antwort ertönte.

In der Küche hatte sich kaum etwas verändert. Lediglich die Kochtöpfe mit dem Essen waren von den Herdplatten verschwunden. Im Kühlschrank fand sie abgelaufene Lebensmittel. Die Pflanzen waren verwelkt.

Im Kinderzimmer erblickte sie Nicholas, der sie traurig ansah.

„Meine Meerschweinchen sind weg", sagte er betrübt.

„Was?" Francis konnte das kaum glauben, doch der Haustierkäfig stand tatsächlich nicht mehr im Kinderzimmer.

Als sie bei ihrem Bruder Jarvis in England gewesen waren, hatte Nicholas oft nach seinen Meerschweinchen gefragt. Francis hatte ihm stets versichert, dass sich bestimmt jemand um die Tiere sorgen würde. Sie seufzte. „Ich kümmere mich darum", versuchte sie ihren Sohn zu beruhigen, „aber jetzt pack erstmal deine Sachen aus, okay?"

Sie wollte sich umdrehen, als Nicholas weiter fragte: „Und wo ist Papi?"

Francis zuckte leicht mit den Schultern. „Ich weiß es nicht, mein Schatz", sagte sie. Und das stimmte. Seit sie nach England gefahren war, hatte sie keinen Kontakt mehr zu Neal gehabt. „Wahrscheinlich bei sich – zu Hause."

Im Schlafzimmer packte sie ihren Koffer aus, doch die innere Unruhe ließ sie nicht los. Schließlich griff sie nach dem Telefon im Flur, um Neals Nummer zu wählen. Aber in dessen Villa meldete sich niemand.

Fast zwei Stunden brauchte sie, um wieder Ordnung in ihre Wohnung zu bringen, dann machte sie eine Pause. Die Ungewissheit über das, was geschehen war, ließ ihr keine Ruhe. Zu lange war sie fort gewesen. Immer mehr Fragen taten sich auf.

„Ich geh kurz rüber in die WG!", rief sie ihrem Sohn entgegen. „Bin gleich zurück."

Es klang selbstbewusst, doch als sie vor der Wohnung von Thilo und Gero, die auf selbiger Etage lag, stand, verließ sie der ganze Mut.

Sie konnte unmöglich nach zwei Monaten in die WG treten, ohne Vorankündigung! Also schloss sie die Wohnung nicht einfach auf, sondern klingelte zaghaft. Ihr Herz schlug höher. Was würde sie erwarten?

Sie hörte Schritte, die Tür wurde geöffnet, und Francis blickte in das Gesicht von Gero.

Als der Francis sah, strahlte er. Ohne zu zögern, nahm er sie in die Arme.

„Endlich bist du wieder da! Ich habe mir solche Sorgen gemacht."

Nur schwer konnte er sich lösen, aber ihre Worte beruhigten sein Gemüt.

„Ich freue mich auch, dich zu sehen", sagte sie. „Dir geht es besser?"

Gero nickte. Sie musterten sich gegenseitig, sodass er lächelnd ihre Rundungen betrachten konnte.

„Dem Baby scheint es gut zu gehen", stellte er zufrieden fest. Er deutete hinter sich in die Wohnung. „Komm doch erstmal rein. Erzähl! Wie war es in England?"

Gemeinsam betraten sie die Küche.

„Es hat mir gutgetan. Endlich konnte ich etwas Abstand gewinnen. Und es tut mir leid, dass ich vorher nicht Bescheid gesagt hatte, doch es ging auch für mich so schnell. Ich hatte keine Zeit, um logisch nachzudenken. Ich musste einfach weg."

Gero konnte das gut verstehen. „Du hast es auch nicht mehr ausgehalten?"

Francis schüttelte den Kopf. „Nein."

Sie ließ den Kopf hängen und dachte an den Tag ihrer Abreise zurück.

Sie dachte an ihren drogensüchtigen Bruder, an all die Spannungen, die zwischen ihnen lagen, sie entsann sich an die missglückten Versuche, Neal zu einer Therapie zu bringen, sie erinnerte sich an Geros Selbstmordversuch…

„Ich musste gehen, sonst wäre ich wohl verrückt geworden. Es war zu viel."

Gero nickte mitfühlend. Er drehte sich der Kaffeemaschine zu.

„Soll ich Kaffee machen?"

Francis bejahte und nahm auf einem Küchenstuhl Platz. „Den könnte ich gut gebrauchen." Sie atmete tief durch. Die erste Hürde war überwunden. Sie war wieder zu Hause. Ihre Sorge um Gero löste sich in Luft auf, denn dem ging es gut.

Aber es gab noch andere Dinge zu klären: „Sag mal, weißt du, wo Nicholas' Meerschweinchen sind?"

Zu ihrer Überraschung antwortete Gero sofort.

„Ja, ich habe sie zu mir geholt, weil ich nicht ständig in deine Wohnung gehen wollte. Sie ruft noch immer negative Erinnerungen in mir hervor", erklärte er, als sei es das Natürlichste der Welt, dass er sich um Nicholas' Haustiere gekümmert hatte. „Ich hab dort nur ein wenig aufgeräumt. Was ist denn mit dem Regal im Bad passiert?"

Francis verzog das Gesicht. „Neal hat es kaputt gemacht. Ich hatte keine Zeit, es zu entsorgen. Und Neal hielt es wohl auch nicht für nötig."

Gero schwieg und sagte nichts mehr dazu. Er nahm Tassen aus dem Schrank, und als er den Arm danach ausstreckte, fiel Francis' Blick auf seine Handgelenke. Noch nicht ausreichend verheilt, sah sie dort die rötlichen Narben – die letzten sichtbaren Zeichen seines Selbstmordversuches.

„Tut es noch weh?", erkundigte sich Francis, auf Geros Hände deutend. Er zog daraufhin die Ärmel seines Pullis nach unten, sodass die Narben verdeckt wurden.

„Nein, nein … nicht mehr so", stammelte er.

„Musstest du noch lange in der Klinik bleiben?", fragte sie.

„Ich war noch eine Woche auf der geschlossenen Station und zwei weitere Wochen auf der offenen. Danach war ich nur noch ambulant dort – zu den Gesprächen … Mittlerweile gehe ich bei Bedarf zu einem Psychiater, wenn ich denke, mich belastet etwas, kann ich mir alles von der Seele reden", erzählte Gero.

Francis griff nach seiner Hand, um sie zu streicheln. Was sie hörte, gefiel ihr. „Das freut mich", gestand sie. „Ich wusste, dass du alles gut überstehen würdest."

Er nickte. „Mit meinen Eltern ist auch alles im Reinen. Sie zahlen die Miete", berichtete er. „Und ich gehe wieder zur Uni, ziehe mein Studium jetzt voll durch."

„Schön." Francis lächelte. Ihr fiel ein Stein vom Herzen, als sie hörte, dass sich in ihrer Abwesenheit tatsächlich Einiges zum Guten gewendet hatte. Doch trotzdem: Eine Sache lag ihr schwer im Magen. Sie fasste allen Mut zusammen und fragte schließlich:

„Und, was macht Neal?"

Gero zögerte, kaum vernahm er die Frage, doch dann antwortete er:

„Ich weiß es nicht."

Sie stutzte. „Du weißt es nicht?"

„Nein." Gero hob die Schultern an. „Ich habe keine Ahnung, was er macht … und wo er ist."

Da wurde Francis richtig hellhörig. „Was soll das heißen?" Sie war sichtlich erschrocken über die Aussage. „Du weißt nicht, wo er ist?"

Gero schüttelte still den Kopf.

„Aber das kann doch nicht sein!", fuhr es aus ihr heraus. „Er ist sicher bei sich zu Hause. Ich werde nachher noch mal dort anrufen."

Gero seufzte.

„Du kannst dir das sparen", sagte er. „Neal ist nicht zu Hause. Er ist weg. Wie vom Erdboden verschluckt."

„Was? Aber er muss doch irgendwo sein?"

Da Gero nicht antwortete, zweifelte sie allmählich nicht mehr an den Umständen.

„Wie lange ist er fort?", fragte sie stattdessen.

Gero zuckte erneut mit den Schultern. „Schon lange. – Ich war ja noch in der Klinik. Aber Thilo meint, er ist ungefähr zum gleichen Zeitpunkt wie du verschwunden."

„So lange?" Francis wurde mulmig zumute. Ihr Gesichtsausdruck verdunkelte sich. „Habt ihr denn gar nichts unternommen?"

Gero stand auf und füllte die Becher mit Kaffee. Er zögerte mit der Antwort. Offensichtlich wollte er das Thema nicht vertiefen.

„Deine Eltern haben eine Vermisstenanzeige aufgegeben, doch die Polizei hat nicht viel ausgerichtet. Es gibt keine Hinweise dafür, dass ein Gewaltverbrechen oder eine

Entführung vorliegt. Einige Sachen fehlen aus seinem Haus. Kleidung und so. Es sieht so aus, als hätte Neal bewusst die Stadt verlassen."

Was sie hörte, konnte sie kaum glauben. Immer mehr Fragen taten sich auf.

„Konnte Ralph denn nichts berichten?", erkundigte sie sich verstört.

Gero schüttelte den Kopf, als er an Neals Butler dachte.

„Der ist auch nicht mehr da."

Francis atmete geräuschvoll aus. Mit zittrigen Händen griff sie nach dem Kaffee, um ein paar Schlucke zu nehmen. Mit einer derartigen Nachricht hätte sie niemals gerechnet.

„Wieso weiß ich nichts davon?", fragte sie leise.

„Deine Eltern wollten dich bestimmt nicht unnötig aufregen", versuchte Gero die Situation zu erklären. Und wirklich: Francis war eigentlich froh gewesen, dass sie niemand gestört hatte. Meist war ihr Handy ausgeschaltet gewesen. Nur ab und zu hatte sie sich bei ihren Eltern gemeldet, um mitzuteilen, dass es ihr in Bristol, bei ihrem Bruder Jarvis, sehr gut ging. Doch weder Stephanie noch Peter hatten ihr erzählt, dass Neal verschwunden war.

„Aber, wo soll er denn hin sein?", stellte sie in den Raum.

„Ihm ging es dermaßen schlecht, als ich ihn das letzte Mal gesehen habe. Er hätte gar keine Kraft gehabt, irgendwohin zu gehen oder zu verreisen."

Sie dachte daran, in welchem Zustand sich Neal bei ihrem letzten Zusammentreffen befunden hatte.

Er war deutlich unterernährt und schwach gewesen. Er hatte an Entzugserscheinungen und Schmerzen gelitten, hatte Drogen gebraucht ... Er war nicht in der Lage gewesen Nicholas Essen warm zu machen. Und sie hatten gestritten ...

Gero schwieg und senkte den Kopf.

„Glaubst du...", sprach Francis weiter, „glaubst du, er ist ... tot?"

„Ich ... vermute es", erwiderte Gero.

Seine Stimme zitterte dabei. Ruckartig erhob er sich und stellte sich an das Fenster. Krampfhaft versuchte er, aufkeimende Tränen zu unterdrücken. „Sonst hätte er sich doch mal gemeldet, oder?"

Francis' Blick senkte sich. Ihre Mundwinkel zuckten. „Das ist schrecklich", entwich es ihr. Betroffen hielt sie sich die Hände vor das Gesicht.

Gero schritt sofort ein. „Bitte, weine nicht", bat er. „Es ist ja nur eine Vermutung. Genaues wissen wir nicht."

Es sollte tröstend klingen, aber es kam unsicher über seine Lippen.

„Und wenn es so ist?", fragte Francis. Ihre Stimme war lauter geworden. Sie schluchzte, und kurz darauf, wohl durch die Lautstärke animiert, trotteten zwei Doggen in die Küche, um sie erfreut zu beschnuppern.

Augenblicklich versiegten ihre Tränen. „Was machen denn Neals Hunde hier?"

Gero seufzte abermals. „Tja, das ist auch so eine Sache. – Jemand muss sie hier hergebracht haben. Als wollte er uns darauf hinweisen, dass wir uns jetzt um sie kümmern müssen."

Völlig perplex von all den Neuigkeiten, die auf sie einwirkten, lehnte sich Francis zurück. „Und er hat nichts dagelassen? Keinen Brief, keine Nachricht? Nichts?"

Gero schüttelte den Kopf, woraufhin sie erschöpft stöhnte. „Da fahre ich weg, um dem ganzen Trubel hier zu entfliehen, und kaum bin ich zurück, geht das wieder von vorne los!"

Als sie erwachte, fühlte sie sich besser. Nach all den Strapazen am Nachmittag hatte sie sich hingelegt und etwas geschlafen. In der Tür erblickte sie Nicholas, der in seinen Händen die zwei Meerschweinchen hielt.

„Sieh mal, Mami, die sind gewachsen, während wir bei Onkel Jarvis waren", sagte er stolz und kam mit den Tieren an ihr Bett.

„Ja, tatsächlich." Francis versuchte zu lächeln, dabei hatten sie ihre konfusen Gedanken schon längst wieder eingeholt.

Da sah ihr Sohn sie mit fragenden Augen an.

„Und wann kommt Papi?"

Francis atmete tief durch, dann richtete sie sich auf, um Nicholas gefasst in die Augen zu sehen.

„Du musst jetzt tapfer sein, Nicki", begann sie mit ruhiger Stimme, „es kann nämlich sein, dass dein Papi nicht mehr wiederkommt."

Nicholas' Augen weiteten sich. „Wieso nicht?", rief er erschrocken.

Francis zögerte mit der Antwort. Wie sollte sie ihrem Sohn klar machen, dass sie es selbst nicht wusste? Sie hatte ja nur diese Vermutung.

„Du weißt doch, dass Papi sehr krank gewesen war...", begann sie schließlich.

Nicholas nickte traurig.

„Und es kann sein", erklärte Francis weiter, „dass er nicht mehr gesund geworden ist."

Sie erschauderte selbst, als sie daran dachte. Aber hatte es einen Sinn, ihrem Sohn etwas vorzumachen? Sie wollte ihn zumindest auf das Schlimmste gefasst machen.

„Ist er denn jetzt im Himmel?", fragte Nicholas leise.

Francis schluckte.

„Ich weiß es nicht, mein Schatz", sagte sie. „Aber es wäre möglich, ja, damit müssen wir auch rechnen."

Sie drückte ihren Sohn, soweit es mit den Meerschweinchen in den Armen ging, an sich. „Vielleicht ist er im Himmel, und vielleicht geht es ihm dort besser als vorher."

Als sie das sagte, stiegen Tränen in ihre Augen. Auch Nicholas rannen einige die Wange hinunter.

„Kann ich ihm denn Bilder malen und die für ihn aufhängen?"

Er schluchzte laut, trotzdem nahm er sich zusammen, das konnte Francis spüren. Genau wie sein Vater ...

„Natürlich kannst du das machen", sagte sie. „Darüber freut er sich sicher."

Christen staunte, da Francis am nächsten Tag an ihrem Arbeitsplatz erschien.

„Schön, dass du wieder da bist."

Die Freundinnen, die gleichzeitig Kolleginnen in der Firma der Andersons waren, nahmen sich in die Arme.

„Gut siehst du aus", stellte Christen fest.

„Die Schwangerschaft scheint dir zu bekommen." Sie betrachtete Francis' Bauch, der allerdings das Einzige war, was an Umfang zugenommen hatte. Die Figur ihrer Freundin war noch immer schlank und ihr Gesicht schmal, vielleicht auch von den vergangenen Strapazen ein wenig gezeichnet. Das Umstandskleid in bordeauxroter Farbe stand ihr hervorragend.

Francis war unschlüssig. „Meinst du? Ich denke eher, das Kind wird ein reines Nervenbündel sein, wenn es zur Welt kommt. Bei all dem Stress, den es schon mitgemacht hat."

Sie nahm an ihrem Schreibtisch Platz und merkte, dass ihr die Arbeit gefehlt hatte.

„Wie steht es mit der Frühjahrskollektion?", fragte sie sogleich. „Läuft alles?"

Christen nickte zuversichtlich. „Mach dir keine Gedanken. Die meisten Entwürfe stehen, und zudem arbeitet dein Vater derzeit mit einem Designer aus Amerika zusammen. Das wird ein Highlight!" Sie freute sich offenkundig.

Francis konnte diese Freude nicht teilen. Ihr gefiel es nicht, dass in ihrer Abwesenheit so viel geschehen war.

„Designer aus Amerika?", wiederholte sie schnippisch. „Na, das kann ja was werden." Unzufrieden schüttelte sie den Kopf. „Ich hätte nicht so lange wegbleiben sollen."

Christen blieb optimistisch. „Ach, du wirst sehen, die neue Kollektion wird ein Renner." Sie setzte sich zu ihrer Freundin, um sie sensationslustig anzusehen.

„Aber nun erzähl mal von dir. Du warst wirklich bei deinem Bruder Jarvis in England?"

Francis bejahte dies.

„Warum so plötzlich und so lange?"

„Ach, dafür gab es mehrere Gründe", erklärte Francis. „In erster Linie habe ich Ruhe gesucht. Meine Ärztin hatte mir jegliche Aufregung verboten. Und hier war es einfach nicht möglich, abzuschalten." Sie machte ein unglückliches Gesicht, als sie daran dachte, wie viel Theater sie vor ihrer Abreise ertragen musste. Wäre sie nicht abgereist, hätte sie wohl die Gesundheit des Kindes gefährdet.

„Wegen Neal?", hakte Christen nach.

Francis nickte still.

„Der hat dir ganz schönen Kummer bereitet, stimmt's?"

„Das kann man wohl sagen", erwiderte Francis. Nebenbei sortierte sie ein paar Dinge auf ihrem Schreibtisch, wobei sie auch ein Bild von Neal, das auf dem Tisch stand, still in eine der Schubladen verschwinden ließ. Als Christen das sah, staunte sie nicht schlecht.

„Oh, ihr müsst ja ordentlichen Stress haben."

Francis zuckte mit den Schultern. Allmählich war sie es leid, ständig über Probleme reden zu müssen.

„Wenn es nur Stress wäre", begann sie. „Derzeit habe ich überhaupt keinen Kontakt zu ihm."

„Was?" Christen konnte kaum glauben, was sie hörte. „Der lässt dich doch hoffentlich nicht mit dem Kind alleine?"

Francis schüttelte den Kopf. „Nein, eigentlich habe *ich* ihn verlassen. Doch nun ist er seit Wochen verschwunden."

Die Augen ihrer Freundin wurden immer größer. „Einfach weg? – Oh, das wusste ich nicht. Das hat dein Vater nicht erwähnt. Das tut mir leid."

Francis versuchte zu lächeln. Die tröstenden Worte ihrer Freundin taten gut.

„Mich belastet das ganz schön", gestand sie trotzdem.

„Kann die Polizei denn nichts unternehmen?", fragte Christen sofort. „Ich meine, wenn er verschwunden ist, muss man doch etwas tun."

Francis seufzte. So schwer es ihr auch fiel, aber sie musste ihre Freundin leider über die derzeitige Haltung der Polizei aufklären.

„Die Polizei schätzt die Gesamtsituation als nicht bedenklich ein. Jeder erwachsene Mensch darf seinen Aufenthaltsort frei wählen, auch ohne diesen den Angehörigen oder Freunden mitzuteilen. Es ist daher nicht ihre Arbeit, Aufenthaltsermittlungen durchzuführen, wenn keine akute Gefahr für den Vermissten besteht."

„Ach so ist das", sagte Christen, dennoch war ihr Einiges unklar. „Aber dein Bruder war drogenabhängig …"

Francis senkte den Kopf. „Ich denke, mein Vater hat der Polizei nichts dergleichen gesagt. Wir können Neal nicht auch noch wegen Drogenbesitz anschwärzen! Was ist, wenn er wirklich nur verreist ist?" Sie machte sich große Sorgen, und doch versuchte sie sich zu beruhigen. Unmöglich mochte sie Christen erzählen, dass sie ganz andere Befürchtungen in sich trug. „Die Polizei hat nichts Auffälliges feststellen können, also *müssen* wir einfach daran glauben, dass nichts Schlimmes passiert ist."

Als Francis von der Arbeit kam und ihre Wohnung aufschloss, drang ihr ein leckerer Essensgeruch in die Nase. In der Küche erblickte sie Gero.

„Hi!", grüßte der fröhlich. „Ich habe Pizza gemacht, hoffe, es ist dir recht?"

Sie staunte nicht schlecht, als sie den gedeckten Tisch sah. Sogar ihr Sohn saß schon auf einem der Stühle.

„Das ist ja lieb", sagte sie. „Und du hast Nicholas vom Hort abgeholt?" Sie schmunzelte. „Hab ich mir fast gedacht, denn die Erzieherin meinte, ein hübscher Junge wäre da gewesen, um Nicki abzuholen."

Gero hatte den Ofen geöffnet, um die Pizza in mehrere Stücke zu schneiden. Lächelnd sah er sich um.

„Kann man mich mit meinen einundzwanzig Jahren noch Junge nennen?"

Francis überlegte nur kurz, doch dann bestätigte sie die Frage. Gero sah in der Tat noch genauso jung aus, wie damals, als er mit seinen neunzehn Jahren die Bekanntschaft mit Neal gemacht hatte. Seine Haut war glatt und rein, seine Gesichtszüge makellos. Auch seine Figur glich der eines groß gewachsenen Jungen.

„War es anstrengend in der Firma?", fragte er, während sie aßen.

Francis nickte. Ihr feines Gesicht mit den grünen Augen und dem sinnlichen Mund, der meist roten Lippenstift trug, sah tatsächlich übermüdet aus. „Ich hatte einiges zu regeln. Immerhin war ich zwei Monate nicht da."

Was sie sagte, gefiel Gero gar nicht. Mit einem Mal schien er besorgt.

„Willst du nicht etwas kürzer treten mit der Arbeit?" Er deutete auf ihren Babybauch. „Lange ist es nicht mehr, bis zur Entbindung."

Francis' Stirn legte sich in Falten, aber nur kurz. Sie hatte anscheinend noch nicht daran gedacht, in Zukunft weniger zu arbeiten.

„Stichtag ist in 10 Wochen", erklärte sie.

„Das ist nicht mehr lange." Gero sah sie ernst an. „Du solltest dich weiterhin schonen. Oder wenigstens eine Putzfrau oder ein Kindermädchen einstellen."

Francis überlegte. Sollte sie wirklich so tun, als sei sie krank? Etwas Ablenkung tat ihr doch gut. Und geschont hatte sie sich bei Jarvis genug.

„Eigentlich möchte ich keine fremden Leute in meiner Wohnung, und die Firma braucht mich", gestand sie. „Wenn ich weg bin, läuft einiges anders. Das will ich nicht."

Sie musste wieder an den Designer aus Amerika denken. Was hatte sich ihr Vater dabei gedacht?

„Ich find es trotzdem nicht gut, dass du da ständig hingehst", konterte Gero. Er verteilte noch weitere Pizzastücke, und Francis staunte immer mehr.

„Du machst dir tatsächlich Sorgen?"

„Klar!" Gero nickte eifrig. „Außerdem hat Neal immer gesagt, ich soll mich so verhalten, als wäre es auch mein Kind. Wir wollten eine Familie sein."

Als sie das hörte, senkte Francis ihr Besteck und ihren Kopf.

„Ja, was wir nicht alles wollten."

Eine Geste, die in Gero sofortige Beklemmung hervorrief.

„Tut mir leid, wenn ich dich an Neal erinnert habe." Er drückte ihre Hand fest.

„Macht nichts." Sie versuchte, zu lächeln, was ihr sichtlich nicht glückte.

„Du liebst ihn noch, nicht wahr?", fragte Gero sogleich.

Francis nickte. Sie wusste, dass es unglaublich klang, nach all dem, was passiert und Neal sich geleistet hatte. Aber die Gefühle für ihn konnte sie nicht abstellen.

„Ich hätte nie gedacht, dass alles einmal so enden würde." Sie fuhr sich über die Augen. Natürlich wusste sie seit Jahren, dass sie sich mit der innigen Beziehung zu ihrem Bruder auf dünnem Eis befand. Es gab immer merkwürdige Blicke, die Angst, das Wissen über ihre Geschwisterliebe könnte an die Öffentlichkeit gelangen. Es war nie einfach gewesen, diese Liebe gedankenlos zu leben, trotzdem hätte sie es nie für möglich gehalten, dass der Kontakt zu Neal einmal aus ganz anderen Gründen enden würde.

Gero bemerkte sofort ihr trauriges Gesicht, und um die Stimmung etwas aufzumuntern, erklärte er plötzlich munter:

„Jetzt, wo du wieder da bist, fällt es mir viel leichter, hier, in deiner Wohnung zu sein. Und mein Psychiater sagt, ich soll bewusst die Stellen aufsuchen, die mich an Neal erinnern. So kann ich die Vergangenheit am ehesten verarbeiten und feststellen, ob ich klarkomme."

Das klang einleuchtend. Und Francis konnte auch wieder lächeln.

„Ist er nett, dein Psychiater?"

Da wurden Geros Augen weit. „Ja, aber …" Er sah sie prüfend an und hob abwertend die Hände. „Oh, nein, was Männer angeht, halte ich mich erstmal zurück. – Es tut noch weh, wenn ich an die Erfahrung mit Neal denke. So kann ich keine neue Beziehung anfangen. Und außerdem …" Wieder fasste er nach ihrer Hand. „Das Baby geht vor … und mein Studium."

Die Fahrstuhltür öffnete sich, und Francis trat heraus. Zielstrebig ging sie den langen Flur entlang, bis sie am Appartement angekommen war. Als sie klingeln wollte, bemerkte sie, dass die Tür angelehnt war, und sie in die Räumlichkeiten hineinsehen konnte.

„Hallo?", rief sie, und schon im nächsten Moment jagte ein Schreck durch ihren Körper. Das Appartement war leer. Kein einziges Möbelstück befand sich in den Räumen. Lediglich eine Putzfrau stand im Wohnzimmer und feudelte den Parkettboden. Neugierig sah sie Francis an.

„Was wollen?"

Francis zögerte einen Augenblick. Noch immer sah sie sich perplex um.

„Nun, ich wollte eigentlich zu Herrn Martens. Der wohnt doch hier. So ein großer, schlanker Mann", versuchte sie zu erklären, denn die Putzfrau schien nicht genau zu verstehen, wonach sie suchte.

„Hier nix Mann", kam zur Antwort. Francis schüttelte den Kopf.

„Aber das kann doch nicht sein!" Fassungslos sah sie sich weiter um, aber das Appartement war tatsächlich komplett leer geräumt. „Ist er umgezogen? Wo sind denn die ganzen Möbel?"

Die Putzfrau zuckte mit den Schultern. „Ich nix wissen."

Am Abend entspannte sich Francis auf dem Sofa. Nicholas war im Bett, sodass sie genüsslich die Füße hochlegen und Musik hören konnte. Sie bemerkte Gero erst, als der vor ihr stand und sie fragend ansah.

„Du hörst Neals CD?"

Francis richtete sich etwas auf. In der linken Hand hielt sie die aktuellste CD von den *Drowners*. Neben ihr, auf dem Sofa, lagen aufgeklappte Fotoalben – mit Bildern von Neal.

„Ja." Sie seufzte tief, was unzufrieden klang. „Wir hätten Neal öfter sagen sollen, wie gut die neuen Stücke geworden sind."

Sie drückte die CD-Hülle an sich. Als Gero näher kam, bemerkte er auch Fotos von Neal in ihrer Hand und ihre roten Augen.

„Hast du geweint?", fragte er sogleich.

„Es geht schon wieder", antwortete sie, während sie die CD-Hülle und die Fotos auf den Wohnzimmertisch legte und die Stereoanlage ausstellte. „So, genug, sonst werde ich melancholisch." Sie versuchte, zu lächeln.

Gero verstand ihr Verhalten jedoch. Er musste sich eingestehen, dass ihm ganz komisch wurde, als er die Fotos von Neal betrachtete, die jenen in jungen Jahren, offensichtlich zu einer glücklichen Zeit, zeigten.

„Ist doch in Ordnung, wenn du traurig bist. Man darf den Frust nicht in sich hineinfressen, das habe ich bei mir selbst bemerkt."

„Sicher, du hast recht", sagte Francis. Sie setzte sich aufrecht hin. „Ich muss bloß immer daran denken, was passiert wäre, wäre ich *nicht* zu Jarvis gefahren. Vielleicht wäre Neal dann noch hier?"

Unschlüssig sah sie Gero an, der schüttelte aber sofort den Kopf.

„Das ist Blödsinn! Red dir bloß nicht ein, dass du an seinem Verschwinden schuld bist... Außerdem habe ich mich erkundigt: Es gibt jährlich 6 000 vermisste Menschen zu verzeichnen, von denen die Hälfte innerhalb der ersten

Wochen wieder auftaucht. Der Anteil der Personen, die länger als ein Jahr vermisst werden, bewegt sich bei nur 3%." Francis verzog das Gesicht. Diese Tatsachen beruhigten sie nicht. Sie konnte nicht aufhören, sich Vorwürfe zu machen. Und die Ungewissheit darüber, ob Neal jemals wiederkommen würde, machte sie bedrückt. Zudem quälte sie der Gedanke, dass sie nicht wusste, was in ihrer Abwesenheit vorgefallen war.

„Aber was ist denn bloß geschehen?", fragte sie verzweifelt. „Wo ist Neal? Und Ralph? – Ich war heute bei Dirk, der ist auch nicht mehr da."

Als sie das erzählte, musste Gero kräftig schlucken.

„Du warst bei Dirk?" Es klang entsetzt.

„Na ja, ich dachte, er könnte uns sagen, wo Neal ist."

Diesen Gedanken teilte Gero nicht. „Sei froh, dass Dirk weg ist. Der hat doch überall nur Unruhe verbreitet und alles nur schlimmer gemacht."

Unzufrieden dachte er an Neals Ex-Freund, der stets betonte, helfen zu wollen und eigentlich nur noch mehr Chaos geschaffen hatte, oder?

Francis seufzte. Vielleicht hatte Gero recht?

Schon am nächsten Nachmittag versuchte sie sich abzulenken. Gero hatte sie von der Firma abgeholt und zusammen schlenderten sie durch die Fußgängerzone. In einem Geschäft für Babysachen blieben sie eine ganze Weile, um sich diverse Säuglingsartikel anzusehen.

„Was hältst du davon?", fragte Gero, während er einen rosafarbenen Strampelanzug hochhielt. Francis schüttelte sofort den Kopf.

„Such lieber etwas Dunkles heraus."

Gero senkte die Hand mit dem Strampler. Ihm machte es großen Spaß die vielen, kleinen Babysachen anzusehen und das Passende herauszusuchen. Hatte er doch noch nie zuvor Derartiges getan.

„Und wenn es ein Mädchen wird?", gab er zu denken.

„Es wird wieder ein Junge, vermutet meine Ärztin, und Neal hatte es ja auch schon geahnt", erwiderte sie.

Da kam Gero näher. „Wirklich?" Von diesen Gegebenheiten hatte er bis dato noch nichts gehört. „Er hat sich viele Gedanken gemacht um das Kind, oder?"

Francis nickte. Mit einem Mal sah sie wieder traurig aus.

„Ja. – Nur am Ende hat es ihn kaum noch interessiert, da hatte er nur noch sein Heroin im Kopf."

Planlos wühlte sie in einem anderen Ständer mit Babywäsche herum, doch dann stoppte sie.

„Ich glaube, ich kann das heute nicht. Lass uns die Babysachen ein andermal aussuchen, ja?"

Bittend sah sie Gero an.

„Natürlich", sagte der, als er ihre wässrigen Augen bemerkte. „Ich hatte ja keine Ahnung, dass es dich so mitnimmt." Er nahm sie in den Arm.

„Es ist so viel Schlimmes passiert", erwiderte sie und schluchzte hörbar auf. „Ich kann das noch gar nicht begreifen."

Gero begleitete sie aus dem Geschäft. Davor atmete sie tief durch.

„Du darfst dich nicht immer so aufregen", sprach er. „Am besten holen wir Nicki vom Hort ab und machen uns einen gemütlichen Abend. Du schonst dich, auch morgen ... Du gehst erstmal nicht mehr in die Firma."

Thilo wirkte auch betroffen, als er von dem Ereignis am Nachmittag erfuhr. Er saß in der WG-Küche und lernte für sein Musikstudium, als er Gero anvertraute:

„Sie tut mir wahnsinnig leid. Ich könnte jedes Mal ausrasten vor Wut, wenn ich an ihre Lage denke."

Gero nickte. „Sie hat es wirklich nicht leicht."

„Ich habe immer gesagt, dass das nicht funktionieren kann", fügte Thilo hinzu. „Das konnte gar nicht gutgehen mit den beiden. – Das mit Nicholas war schon Wahnsinn, und nun

noch ein Kind?" Er seufzte, als er an die verbotene Liebe seiner Freunde dachte. Geschwisterliebe – gab es das nicht nur in schlechten Filmen? „Und dann macht sich Neal einfach aus dem Staub. Das ist eine Schweinerei."
Gero sagte nichts, aber er dachte dasselbe, wie sein Mitbewohner.
„Ich sage dir", sprach Thilo weiter, „sollte Neal wieder auftauchen, bekommt der was zu hören von mir!"

Am nächsten Abend, als Gero wie gewohnt nach Francis sah, hörte er sie aufgeregt telefonieren.
„Ja? ... Nein, nicht Andresen. Anderson! ... Haben Sie nicht? Gut, vielen Dank." Sie legte auf und seufzte laut. Auf ihrem Schoß lag ein Telefonbuch, welches sie genervt zuklappte.
„Was machst du?", fragte Gero und trat näher.
„Ich habe in allen Kliniken der Umgebung angerufen, wenn es die Polizei schon nicht für nötig hält. – Aber Neal ist nirgends."
Es klang ängstlich, und sie sah noch immer mitgenommen aus.
„Vielleicht hatte er einen Unfall oder wurde eingewiesen wegen der Drogensache ..."
„So schnell gibst du nicht auf, was?" Gero setzte sich zu ihr. Francis schüttelte den Kopf.
„Was soll ich denn tun? Er ist mein Bruder und Vater meiner Kinder. Und meine Eltern, die von seinem Drogenkonsum gar nichts wissen, machen sich auch große Sorgen, und die Polizei unternimmt nichts. – Da kann ich doch nicht tatenlos herumsitzen."
„Verstehe", sagte Gero knapp.
„Machst du dir denn gar keine Gedanken?", wollte Francis wissen und sah Gero gespannt an.
„Ich ... will nicht darüber reden", erwiderte der und wich ihrem Blick aus. Noch immer fiel es ihm schwer, über seinen

Ex-Freund zu sprechen oder an ihn zu denken. Nicht ohne Grund hatte er sich von ihm getrennt.

Für einen Moment herrschte absolute Stille zwischen ihnen, bis Gero den Sichtkontakt wieder aufnahm. „Und? Wie war dein Tag?", fragte er, um bewusst das Thema zu wechseln.

Sie zuckte mit den Schultern. „Eigentlich ganz gut. In der Firma läuft alles bestens."

Gero stutzte. „Du warst Arbeiten?" Er war sichtlich empört. „Du solltest doch heute ausspannen!", erinnerte er an ihr Abkommen. Dass Francis sich wieder nicht geschont hatte, machte ihn fast wütend. „Das geht wirklich nicht."

Er nahm ihre Hand, um sie vom Sofa hochzuziehen.

„Du legst dich sofort ordentlich hin, und ich mache uns einen Tee."

Kurze Zeit später kam Gero mit dem Tee ins Schlafzimmer, um sich zu Francis ans Bett zu setzen.

„Das wird dir guttun", sagte er, dann schenkte er eine Tasse voll ein. Das Getränk war noch zu heiß, um es trinken zu können, deswegen stellte er die Tasse erst einmal wieder ab.

„Hättest du eigentlich was dagegen, wenn ich jetzt mitkomme zu den Frauenarztterminen?", fragte er beiläufig.

Als sie diese Frage vernahm, erhellte sich ihr Gesicht.

„Nein. Ich würde es sogar sehr schön finden." Dankbar sah sie Gero an. „Du bist so fürsorglich. Ich weiß gar nicht, wie ich dir dafür danken soll."

Er senkte den Kopf und wirkte mit einem Mal verlegen.

„Ich hab dich eben lieb, sehr sogar", sagte er.

Francis staunte. „Wirklich?" Sein Geständnis überraschte sie, obwohl sie längst bemerkt hatte, dass ihm viel an ihr lag. Und sie fühlte ebenso.

„Als du plötzlich nicht mehr da warst, nicht mehr in die Klinik gekommen bist, um mich zu besuchen", erklärte Gero weiter, „da ist mir aufgefallen, wie sehr du mir fehlst."

Er hob seinen Kopf, um ihr direkt in die grünen Augen zu sehen. Meist waren ihre Lider ebenso grün geschminkt, und ihr tiefbraunes Haar und ihre helle Haut dazu, erinnerten Gero stets an eine Prinzessin aus einem Märchenbuch.

„Ich habe mir unheimliche Sorgen gemacht. Und nun bin ich froh, dass du wieder da bist. – Ich brauche dich."

Im nächsten Moment kam er näher. Mit seinen Händen fuhr er Francis über die Wangen, dann küsste er ihre Stirn.

„Ich brauche dich", wiederholte er seine Worte, diesmal flüsternd. „Du darfst nie wieder so lange weggehen. Lass mich nie mehr allein", bat er und schloss sie fest in seine Arme. „Ich brauche dich."

Francis erwiderte die Umarmung. Sanft strich sie ihm über den Rücken. „Ich brauche dich auch", gestand sie seufzend. „Und ich werde dich nicht mehr allein lassen, wirklich nicht."

Gero schwieg einen Moment, dann schien er sich zu fangen. Er ließ sie los, wurde sich augenblicklich bewusst, wie ungewöhnlich nah er ihr gekommen war. Fast reumütig sah er sie an.

„Tut mir leid. Es kam so über mich …"

Er erhob sich, konnte Francis aber nicht weiter in die Augen blicken.

„Ist in Ordnung, du musst dich nicht entschuldigen", sagte sie.

„Nein, es tut mir leid. Echt. Wird nicht wieder vorkommen."

Mit ernster Miene verließ er das Schlafzimmer.

Zwei Tage waren nach dem Ereignis vergangen, und Francis hatte nichts mehr von Gero gehört noch gesehen.

So entschloss sie sich, an einem schönen Nachmittag Neals Hunde aus der WG zu holen, um einen Spaziergang zu machen.

Thilo war sichtlich erfreut, als sie die Hunde abholte.

„Nimm sie bloß mit. Diese Tölen gehen mir mächtig auf den Keks", gab er zu verstehen. „Es ist viel zu eng hier für diese großen Tiere. – Und mich hat niemand gefragt, ob ich die Kläffer haben will."

Man merkte, wie sich erneute Wut in Thilo aufbaute. „Es ist eine Frechheit von Neal, die Tiere hier herzubringen, in der Annahme, wir kümmern uns …"

Francis, die sich über Thilos emotionalen Ausbruch eher belustigte, nahm ihren Bruder abermals in Schutz. „Er wird schon seine Gründe gehabt haben."

Kurz darauf sah sie in Geros Zimmer. Er saß am Schreibtisch und las. Als er Francis bemerkte, schoss eine Röte in sein Gesicht. „Äh, hallo."

Es klang unsicher, und sie trat näher. Es war längst an der Zeit, die Situation zwischen ihnen zu klären.

„Findest du das in Ordnung, dass du mir erst deine Gefühle offenbarst und dann die große Funkstille einsetzt?"

Sofort sah Gero zu Boden.

„Du hast ja recht", begann er, „aber ich habe wirklich keine Ahnung, wie ich mich verhalten soll." Er schüttelte den Kopf. „Das mit Neal ist noch so frisch. Ich will nicht noch einmal enttäuscht werden."

Als Francis das hörte, verstand sie, warum sich Gero so merkwürdig verhielt. Sofort versuchte sie, ihn zu beruhigen.

„Wieso sollte ich dich enttäuschen?", entgegnete sie. „Ich bin ebenso gefrustet, wie du. Und ich bin ebenso verletzt worden." Sie sah zu Boden und fügte leise hinzu: „Wir sind doch sonst auch miteinander klargekommen, wieso nun nicht mehr?"

Gero erhob sich.

Bevor er etwas dazu sagen konnte, sprach Francis weiter.

„Es bedeutet mir viel, dass du so für mich empfindest. Und ich brauche dich. Lass uns das nicht zerstören."

Sie sah ihn flehend an, und schon war er da, um sie zu umarmen.

„Mein Verhalten war falsch, entschuldige", sagte er. Kurz schloss er die Augen. Es tat so gut, sie zu berühren und zu wissen, dass sie immer für ihn da sein würde. Er brauchte jemanden, dem er sich anvertrauen konnte, jemanden, der ihn verstand. Er brauchte sie!

Als er sich wieder löste, deutete er auf die Hunde, die neugierig in sein Zimmer sahen. „Du wolltest Gassi gehen? Kann ich mitkommen?"

Francis nickte lächelnd, da anscheinend alles zwischen ihnen geklärt war.

„Gern. – Ich wollte allerdings noch einmal an Neals Haus vorbeigehen. Vielleicht haben wir doch etwas übersehen."

Wenig später standen sie draußen, um den Weg zum Park einzuschlagen. Es war winterlich kalt. Nur den Hunden schienen die Temperaturen nichts auszumachen. Sie rannten erfreut vorweg und genossen den Auslauf.

Francis und Gero gingen stillschweigend nebeneinander her, bis Gero plötzlich stehenblieb.

„Oh, nein…", entwich es ihm, und Francis reagierte sofort. „Was ist?"

Gero sah geradeaus, dann deutete er nach vorne. „Die Bank …", begann er. „An die hab ich ja gar nicht gedacht." Er schloss kurz die Augen, als wollte er nichts mehr um sich herum sehen und auch nicht weitergehen.

„Sollen wir einen anderen Weg nehmen?", fragte Francis besorgt, doch Gero schüttelte den Kopf.

„Nein, da muss ich jetzt durch."

Zielstrebig folgten sie dem Fußweg, bis sie schließlich vor der Bank stehenblieben.

Wie hypnotisiert sah Gero auf die Sitzgelegenheit und schien in Gedanken zu versinken. Hier hatte er Neal richtig kennengelernt.

Hier begann ihre Lovestory und auch irgendwie das ganze Drama, das ihre Liebe mit sich gezogen hatte.

„Da ist ein N + G eingeschnitzt. Wart ihr das?", wollte Francis wissen. Gero nickte.

„Das hat Neal gemacht." Seine Stimme wurde leiser. Er schien sich die Vergangenheit sichtlich vorzustellen, doch sagte er nichts mehr dazu. Sie nahmen den Weg wieder auf.

„Na, so ganz scheinst du über die Sache noch nicht hinweg zu sein, oder?", fragte Francis kurz darauf. Inzwischen hatte sie sich bei Gero eingehakt und genoss seine wärmende Nähe.

„Es geht schon." Er versuchte, zu lächeln.

Als sie bei Neals Villa angekommen waren, sahen sie auf einen verwilderten Rasen und einen prall gefüllten Briefkasten. Der Porsche stand in der Einfahrt, war jedoch von einer Staubschicht bedeckt, was signalisierte, dass der Wagen seit Monaten nicht mehr benutzt worden war.

„Habt ihr denn nie vorbeigeschaut?", erkundigte sich Francis, als sie das verwahrloste Anwesen betrachtete.

„Thilo war ein paar Mal hier, aber wir hatten weder Schlüssel für den Briefkasten, noch für den Wagen."

Francis seufzte. Sie wusste, wo Ralph, der Butler, die Schlüssel aufbewahrte. Zum Glück hatten sie den Schlüssel zum Haus, sodass sie problemlos eintreten konnten. Die Hunde blieben im Garten und tollten umher.

„Die Blumen sind alle verwelkt", stellte sie unzufrieden fest, als sie sich umsah. Dann blickte sie Gero auffordernd an.

„Sieh doch bitte mal oben nach. Vielleicht ist da irgendwas, was uns weiterhelfen könnte. Ein Hinweis oder eine Nachricht."

Er tat, was sie sagte und verschwand in der oberen Etage. Inzwischen holte Francis die Schlüssel aus Ralphs Zimmer. Danach hörte sie den Anrufbeantworter ab, der auffällig viele Meldungen gespeichert hatte.

„*Hi, hier ist Sam*", erklang es als Erstes. „*Alles gut überstanden? Melde dich mal bei mir.*" –

Die nachfolgende Nachricht kam wieder von Sam: „*Ich bin's. Ruf mich zurück, wenn du da bist.*" – Schließlich ertönte eine Stimme auf Englisch: „*Hi, here's Matt. What's wrong with you? Call me back, please.*" –

Dann hörte sie die Stimme ihres Vaters: „*Neal, wir machen uns große Sorgen. Bitte melde dich, sobald du kannst.*" –

Danach folgte erneut eine Nachricht von Sam: „*Mensch, wo steckst du denn? Ruf mich doch mal an. Oder schalte wenigstens dein Handy ein!*"

- Die letzte Nachricht kam noch einmal von Matt, dem Bassisten der „Drowners": „*We are waiting for a message from you. It's very importend. Please call us as soon as possible.*"

Weitere Anrufe waren nicht eingegangen. Francis verharrte einen Moment, um ihre Gedanken zu ordnen, da kam auch Gero wieder ins Erdgeschoss.

„Und?", wollte sie sofort wissen. „Hast du was finden können?"

Er zuckte mit den Schultern. „Nichts Auffälliges, bis auf die Tageszeitung vom 10. September. War das nicht der Tag, an dem du abgereist bist?"

Francis musste nicht lange überlegen. Sie konnte sich zu gut an das Datum erinnern, an dem sie zu ihrem Bruder Jarvis nach Bristol gefahren war. Sie nickte.

„Ja, das stimmt." Ihre Stirn legte sich in Falten. Es hatte ein ganzer Haufen Zeitungen in der Einfahrt gelegen. Der Zusteller hatte sie anscheinend durch den Metallzaun gesteckt, da der Briefkasten mit Briefen zugestopft war.

Gero schluckte. „Dann bedeutet das, dass er nach dem 10. September nicht mehr hier zu Hause gewesen war?"

„Es sieht so aus", antwortete Francis und erklärte: „Er war an dem Nachmittag bei mir in der Wohnung gewesen. Wir hatten uns gestritten, ziemlich heftig sogar." Sie sah nach unten. „Und dann bin ich abgereist."

Jetzt wurde auch Gero nachdenklich. Allmählich fügte sich das Puzzle zusammen. „Also scheint er an demselben Tag verschwunden zu sein, an dem du abgereist bist. – Aber wieso bloß?"

Fragend sah er Francis an, die ganz verzweifelt aussah. „Ich weiß es nicht, aber allmählich mache ich mir wirklich Vorwürfe."

Sie drehte sich und verschwand in der Küche, um dort ein wenig Wasser zu trinken. Der Druck, die Aufregung, alles wovor sie geflohen war, schien sie wieder einzuholen.

„Meinst du, er ist wegen des Streites abgehauen?", fragte Gero, der gefolgt war.

„Vielleicht", erwiderte sie.

„Ob er sich was angetan hat?", überlegte Gero laut.

„Das wäre auch möglich." Francis klang traurig. „Ich hab keine Ahnung, aber irgendwas muss vorgefallen sein. Irgendwas Schlimmes. Ich kann mir das alles sonst nicht erklären."

„Komisch find ich das auch." Gero sah sich um, doch Neals Haus lieferte keine weiteren Hinweise über seinen Verbleib.

„Er hat sich bei niemandem gemeldet", erklärte Francis. „Der Anrufbeantworter hat Nachrichten von Sam, seiner Band und meinem Vater – er hat nicht zurückgerufen. Und sein Handy ist ausgeschaltet."

Sie seufzte. Derzeit schienen sie keine Antwort auf all ihre Fragen zu finden. Sie reichte Gero den Autoschlüssel.

„Fahr bitte den Porsche in die Garage. Ich kümmere mich um die Blumen und die Post."

Ihr Blick wanderte nach draußen, auf die Terrasse und auf den Pool, der zur Hälfte mit verdrecktem Wasser gefüllt war, und auf dem unzählige Blätter schwammen.

Als hätte Gero ihren Blick verfolgt, sagte er: „Weißt du noch, als Neal im Frühling so einen Aufstand wegen des Pools gemacht und mir verboten hatte, bei der Gartenarbeit zu helfen? – Mir kommt es so vor, als ob es erst gestern war …"

Danach machten sie einen Abstecher in die Stadt. Francis war endlich bereit, ein paar Babysachen zu kaufen. Auch Gero gab etwas Geld für neue Kleidung aus. Als sie auf dem Heimweg waren, verkündete er schließlich, was es mit seinen Neuanschaffungen auf sich hat.

„Stell dir vor, heute Abend habe ich ein Date mit Theo."

„Echt?" Francis staunte. „Das freut mich für dich."

Sie hakte ihn wieder ein, so wie sie es meistens tat, wenn sie zu Fuß unterwegs waren. Dass Gero einen Mann treffen wollte, beunruhigte sie tatsächlich nicht. Sie konnte damit umgehen. Sie wusste, dass Gero tief in seinem Inneren schwul war und die Beziehung zu einer Frau ihm nicht alles geben konnte. Sie hatte gelernt, so eine Situation zu akzeptieren, denn das musste sie in ihrer Bindung zu Neal ebenfalls.

„Es macht dir nichts aus?", hörte sie Gero dennoch fragen.

„Nein", erwiderte sie. „Im Gegenteil. Ich finde es schön, dass du dich wieder verabreden kannst – mit einem Mann. Und Theo ist wirklich nett."

Trotz ihrer Aussage blieb Gero skeptisch. „Ich möchte dennoch nichts überstürzen. Ich möchte nur mal wieder unter Leute kommen und versuchen, mich zu amüsieren."

„Lass dir Zeit", sagte Francis. „Damit wirst du nichts falsch machen." Sie schlenderten weiter und bestaunten die Weihnachtsdekorationen in den Schaufenstern. „Puh, nur noch vier Wochen bis Heiligabend", stellte sie fest. Bevor sie weitersprechen konnte, blieb sie stehen. Ihr Gesicht wurde ernst.

„Das gibt's ja nicht!", rief sie erschüttert. Zügig ging sie ein paar Schritte vor, bis sie vor einem Mann wieder anhielt. „Wo ist er?", fragte sie diesen, und ihre Stimme klang keineswegs freundlich.

Der Mann, vor dem sie Halt gemacht hatte, schüttelte den Kopf. „Was soll das? Was wollen Sie?"

„Tu nicht so blöd!", erwiderte Francis. Wütend riss sie dem Mann die Sonnenbrille vom Gesicht. Und nun erkannte auch Gero den Mann. Es war Sam, Neals Dealer!

„Hey, was soll das?", rief der aufgebracht. „Was ist, wenn mich jemand erkennt? Du spinnst wohl!" Im nächsten Moment hatte er die Sonnenbrille wieder an sich genommen und aufgesetzt. Sein Kommentar war Francis egal.

„Sollen sie dich doch erkennen!", fauchte sie. „Das würde dir recht geschehen! Du Dreckskerl!", schrie sie. „Und nun erzähl uns mal, wo Neal steckt!"

„Neal?", wiederholte Sam. Er zuckte mit den Schultern. „Woher soll ich das wissen?"

„Lüg mich doch nicht an!", keifte Francis weiter. „Du weißt genau, wo er steckt."

Sam schüttelte den Kopf. „Nein! Ich weiß es nicht!", beteuerte er. „Ich habe ja auch schon versucht, ihn zu erreichen, aber …"

„Du lügst!" Sie geriet außer sich. Sie wollte nicht wahrhaben, dass Neals Dealer nichts vom Verschwinden ihres Bruders wusste. „Wo ist er?", fragte sie und schien dabei regelrecht hysterisch. „Was hast du mit ihm gemacht?"

„Nichts!", konterte Sam. „Ich hab nichts gemacht, und ich weiß auch nichts!"

Da schritt Gero ein. „Er scheint die Wahrheit zu sagen", sprach er und blickte Sam prüfend an. „Du weißt echt nicht, was passiert ist? Ich meine, Neal ist verschwunden. Wir wissen nicht, wo er abgeblieben ist …"

Wieder schüttelte Sam den Kopf. Seine Stimme klang ehrlich.

„Ich kann euch nichts sagen, so sehr ich auch wollte … Ich mache mir selbst Sorgen", gestand er. Er sah sich vorsichtig um. Anscheinend plagte ihn immer noch die Angst, wegen seiner Drogengeschäfte von der Polizei geschnappt zu werden.

„Wie lange hast du ihn denn nicht mehr gesehen?", fragte Francis.

Sam grübelte. „Keine Ahnung. Mehrere Wochen waren es bestimmt …"

„Und er hat sich nicht bei dir gemeldet?", forschte Gero weiter nach. „Auch nicht wegen Drogen oder so?"

Abermals Kopfschütteln. „Nein. – Es ist schon lange her, dass ich ihm was beschaffen musste. Da habe ich ihm reichlich Heroin besorgt, das weiß ich noch … Aber danach hat er sich nicht mehr gemeldet."

„Verdammte Scheiße!", entwisch es Gero. Unzufrieden verzog er das Gesicht. Auch Francis wurde immer nachdenklicher.

„Wann war das, als du ihm so viel Heroin besorgen musstest? War es zufällig am 10. September?"

Sam wand sich. „Ach, ich weiß nicht mehr. Kann schon möglich sein."

Francis senkte den Kopf. „Langsam wird mir einiges klar", sagte sie leise.

„Wird er denn seit dem 10. September vermisst?", startete Sam eine Gegenfrage. Gero nickte.

„Vermutlich…"

„Oh, das ist echt nicht gut", fluchte Sam. „Ich mochte ihn, wirklich … aber dass das *so* enden musste."

„Was meinst du?", rief Francis entsetzt, dabei wusste sie zu gut, woraufhin Sam anspielte. Sie wollte es bloß nicht wahrhaben, nicht daran denken, es nicht in Erwägung ziehen.

„Wenn ihr mich fragt", erwiderte Sam, „ist er hops gegangen … Er war nicht das blühende Leben, als ich ihn das letzte Mal gesehen habe. Dabei habe ich ihn immer gewarnt … Heroin ist ein Todesurteil. Damit spielt man nicht."

Er schüttelte den Kopf, griff in seine Jacke, um Zigaretten herauszuziehen, drehte sich um und ging.

„Hey, warte!", rief Francis, aber Gero hielt sie davon ab, ihm nachzurennen.

„Lass ihn", sagte er. „Er hat uns doch erzählt, was wir wissen wollten."

Nur Thilo schien an diesem Tag gut gelaunt. Als Gero und Francis die WG Küche betraten und die Einkäufe ablegten, wedelte er mit einem Brief in der Luft herum.

„Stellt euch vor: Lucy kommt zurück!" Thilo strahlte über das ganze Gesicht. „Sie hat mir heute geschrieben. Und ich habe gleich drauf geantwortet." Er griff seine Lederjacke. Und bevor Francis und Gero etwas dazu sagen konnten, war er schon verschwunden – zur Post.

„Lucy?" Geros Stirn legte sich in Falten. „Wer ist das denn?"

„Seine ehemalige Freundin. Sie hat jahrelang in Indien gelebt und dort studiert", erklärte Francis. Sie schmunzelte ein wenig. „Es freut mich für ihn. Nun hat er endlich mal Glück!"

Kapitel 2

Gero hatte sich überreden lassen. Von Anfang an hatte er sich nicht gut dabei gefühlt, doch Theo, der deutlich angetrunken war, ließ ihm keine Chance.

So landeten sie nach dem Kino- und Kneipenbesuch bei Theo zu Hause und tranken Wein, woraufhin Theo den letzten Rest seiner Hemmungen verlor.

Wild knutschten sie auf dem Sofa. Gero tat das eher aus Neugier. Er wollte wissen, wie es mit einem anderen Mann war. Wollte er es nicht schon immer wissen?

Vielleicht war er längst bereit für einen anderen Mann. Vielleicht nicht für eine Beziehung, aber vielleicht für eine Affäre oder wenigstens für einen One-Night-Stand?

Er leerte sein Weinglas, trank sich Mut an, bevor er Theo ins Schlafzimmer folgte.

„Aber ... nur mit Gummi, okay?", bat er.

„Selbstverständlich." Theo nickte.

Sie machten kein Licht und kamen auf dem Bett gleich zur Sache. In wenigen Minuten war Gero nackt. Er spürte Theo auf sich, roch seinen alkoholisierten Atem. Doch er spürte weder Zärtlichkeit noch eine Erregung. War Theo doch der Falsche?

„Nicht so schnell", bat er und versuchte, Theo von sich zu schieben, aber der war viel zu stürmisch. Er rieb sich an Gero, küsste ihn gierig und drängte sich an ihn.

Gero verkrampfte sich. Die Küsse konnte er schon längst nicht mehr genussvoll erwidern.

„Hast du kein Gleitgel?", fragte er mit zitternder Stimme, als er Theos Härte an seinem Spalt bemerkte. Er hatte die Beine angewinkelt, im nächsten Moment lagen sie auf Theos Schultern auf. In dieser Position war Gero absolut wehrlos. Er ächzte.

„Meins ist alle, tut mir leid", erwiderte Theo. Mit Gewalt versuchte er, in Gero einzudringen, was nicht gelang, denn Gero verkrampfte sich immer mehr.

„Dann hör auf, bitte!", gab er von sich. Theos Vorgehen schmerzte. So hatte er sich das nicht vorgestellt. Doch Theo hörte nicht auf.

Gero verzog das Gesicht.

„Es tut weh, bitte hör auf!", rief er, als Theo noch ruppiger vorging. Bevor er komplett in ihm versunken war, wehrte sich Gero.

„Ich kann das so nicht!", gab er lauthals zu verstehen. Mit aller Kraft stemmte er Theo von sich, der daraufhin ebenso laut zurückschrie:

„Hey, was soll das! Bist du bescheuert?"

Gero achtete nicht auf seine Worte. In Windeseile zog er sich an. Er wollte weg, nur noch weg!

„Was bist du denn für ein Weichei?", schrie Theo ungehalten. „Ich dachte, du warst mit dem Anderson zusammen!? Hat der dich nicht ordentlich rangenommen, oder was?"

Mehr konnte und wollte Gero nicht hören. Er verließ Theos Wohnung, so schnell er konnte, und war heilfroh, dass er so gehandelt hatte.

In Francis' Wohnung brannte noch Licht, sodass er keine Hemmungen hatte, sie zu so später Zeit zu besuchen.

Allerdings war sie erstaunt, als Gero in ihr Schlafzimmer trat.

„Was machst du denn hier?", fragte sie. „Ich denke, du bist mit Theo aus? – War es nicht gut?"

Gero kam an ihr Bett, setzte sich zu ihr. Zuerst nickte er. „Doch, es war nett. Wir waren im Kino, in einer Kneipe und dann bei ihm."

Francis hörte gespannt zu. Sie grinste. „Bei ihm? Seid ihr euch nähergekommen?"

Gero senkte den Blick. Ihm wurde übel, als er an das Erlebte dachte. Er konnte Francis kaum in die Augen sehen, als er berichtete: „Er wollte mit mir schlafen, doch ich konnte das irgendwie nicht. Es ging mir zu schnell … und er war so … grob."

Sofort wurden ihre Gesichtszüge glatt. „Was?"

„Er war betrunken", versuchte Gero zu erklären. „Und ich war nicht wirklich bereit."

Sie setzte sich auf, fasste an seinen Arm. „Du hast doch hoffentlich nicht gegen deinen Willen mit ihm geschlafen?"

Er schüttelte den Kopf, woraufhin sie erleichtert aufatmete.

„Nein, ich habe rechtzeitig die Notbremse gezogen", berichtete er. „Trotzdem hätte ich gern drauf verzichtet." Er seufzte und klang unzufrieden, was sie gut verstehen konnte.

„Wenn es dich beruhigt", sagte sie. „Mein Abend war auch nicht sonderlich ergiebig. Nicholas wollte wieder nicht schlafen, das Baby hat so lange gezappelt, bis mir schlecht wurde, und im Fernsehen gab es auch nichts Gescheites."

Sie lachten, zur selben Zeit und sahen sich an.

„Willst du heute nicht hier schlafen?", fragte sie daraufhin.

Gero schluckte. Sie sah ihm an, dass er nachdachte, wie er dieses Angebot deuten sollte. Aber ihre Bitte konnte er unmöglich abschlagen. Er fühlte sich wohl bei ihr, genoss ihre Wärme und Zuneigung. Zudem wollte er nach dem verkorksten Abend mit Theo nicht alleine sein.

„Ich bleibe gerne hier", sagte er. Er strich über ihr glänzendes Haar, über ihre weiche Wange und erfreute sich an ihrem sanften Lächeln.

Im nächsten Moment stand er auf, verschwand im Bad, um sich zu erfrischen, dann kam er zurück und zog sich vor ihren Augen aus. In Shorts und T-Shirt kam er zu ihr ins Bett. Sofort dachte er an die Zeit, in der Neal in London gewesen war. Da hatte er auch oft bei ihr übernachtet – und sie waren sich sogar näher gekommen.

„Was wird Thilo bloß wieder denken, wenn ich hier schlafe?", gab er von sich, aber im gleichen Moment lachte er über diese Vorstellung.

„Ist doch egal, was der denkt, oder?", sagte Francis. Sie rückte dicht an ihn heran und sah zufrieden zu, wie er sich das T-Shirt auszog. Sofort legte sie ihre Hand auf seinen nackten Oberkörper, um ihn zu streicheln, und sie merkte, dass es ihm gefiel. Auch ihr kamen Gedanken an früher.

Vor nur wenigen Minuten war ihnen noch nicht bewusst gewesen, wie sich ihr Zusammensein entwickeln würde, aber als Gero ihre Berührungen erwiderte, war es beiden sofort klar. Sie sahen sich an und wussten, dass sie an dasselbe dachten.

Mit großen Augen fixierte er ihren Mund.

„Darf ich … dich küssen?", fragte er mit leiser Stimme.

„Möchtest du es?", erwiderte sie kess.

„Ja, das würde ich sehr schön finden", antwortete er, und ehe er weitersprechen konnte, kam Francis ihm zuvor. Sie küssten sich zärtlich.

„Das ist wunderbar", entwich es Gero. Er strich durch ihr Haar, küsste sie immer wieder, bis er tief in ihre Augen blickte und sagte: „Du glaubst gar nicht, wie viel du mir bedeutest."

Sie erwiderte seine Feststellung mit einem weiteren gierigen Kuss.

Gero war längst erregt. Das Fiasko mit Theo hatte er erfolgreich verdrängt, jetzt spürte er Verlangen – aber nach ihr! Seine warme, forschende Hand fuhr unter ihr seidenes Nachthemd und schon wurde er unsicher, fast verlegen.

„Willst du auch?", fragte er, zudem deutete er auf ihren Babybauch. „Magst du überhaupt noch?"

Sie nickte und zog ihn mit deutlichen Absichten zu sich heran …

Als Gero am nächsten Morgen zum Bäcker ging, fühlte er sich wie ausgewechselt. Er hatte die Nacht mit Francis genossen und konnte endlich mal wieder behaupten, glücklich zu sein.

Die Sache mit Theo hatte er vergessen, obwohl der sich früh am Morgen per SMS entschuldigt hatte. *Es täte ihm alles schrecklich leid,* schrieb er. Gero konnte demzufolge nicht nachtragend sein.

Ein erneutes Treffen lehnte er aber vorerst ab.

Beim Bäcker kaufte er Brötchen, auch für Nicholas, den er ein Stück auf dem Schulweg begleitete.

„Viel Spaß in der Schule", sagte er, während er dem kleinen Jungen Brötchen und Kakao in den Schulranzen steckte. „Wahrscheinlich hole ich dich nachher ab. Francis soll sich heute mal etwas ausruhen."

Nicholas nickte und ging den Rest des Wegs alleine. Gero sah ihm hinterher. Und obwohl der Junge eine immense Ähnlichkeit mit Neal hatte, hegte er Sympathien für das Kind.

Ja, und irgendwie fühlte er sich verantwortlich für Francis' Sohn. Er nahm sich vor, auch für Francis' neuen Nachwuchs da zu sein, so gut es ging.

Im Hausflur traf er Thilo, dem er am liebsten aus dem Weg gegangen wäre, denn dessen Fragen setzten sofort ein, als sie aufeinanderstießen.

„Hast du wieder bei Francis übernachtet?"

Gero seufzte. Er wollte nicht lügen, nicht wie damals, als Neal in London gewesen war, und er bei Francis Trost gesucht hatte. Er wollte ehrlich sein und sich der Situation stellen.

„Ja, ich war bei ihr."

„Da läuft was zwischen euch, hab ich recht?", fragte Thilo weiter.

Gero nickte. Und da Thilo sich überraschenderweise nicht aufregte, fand Gero den Mut, offen darüber zu reden.

„Wir ergänzen uns wunderbar. Und wir können uns trösten."

Thilo hörte ruhig zu, schien zu tolerieren, was sich hinter seinem Rücken entwickelt hatte. Trotzdem machte er ein nachdenkliches Gesicht.

„Geht das denn so einfach bei dir?" Er dämpfte seine Stimme. Immerhin standen sie im Hausflur und führten ein Gespräch *unter Männern*. „Du bist doch schwul ..."

„Tja." Gero fuhr sich verlegen über die Stirn. Er musste sich selbst eingestehen, dass er erneut von seinen Fähigkeiten überrascht war. Und Thilo war ein guter Freund, mit dem er offen reden konnte.

„Ein paar Dinge muss ich mir wohl abschminken, wenn ich mit einer Frau zusammen sein möchte." Flüchtig dachte er daran, was ihm in Zukunft fehlen oder was er sich verkneifen müsste. Trotzdem war er zuversichtlich: „Aber Francis bedeutet mir viel – als Mensch. Wir schaffen das, und bald kommt das Baby, da wird es genug Trubel geben, der uns von dem ganzen Dilemma der letzten Monate ablenkt." Er fasste Thilo tröstend an die Schulter, denn er wusste, dass sein Mitbewohner schon seit der Schulzeit um die Gunst von Francis kämpfte, aber ihr Herz nie erobern konnte. „Tut mir leid für dich", sagte er und meinte es wirklich so, „aber ich bin mir sicher, dass du irgendwann auch die passende Lady finden wirst."

Thilo zuckte mit den Schultern. Es war schon lange her, dass er eine feste Freundin gehabt hatte. Vielleicht hatte er sich zu lange Hoffnungen bei Francis gemacht? Jetzt war es wirklich an der Zeit, loszulassen. Und er freute sich auf die Rückkehr von Lucy.

„Ich bin nicht sonderlich enttäuscht", gestand Thilo, „und ehrlich gesagt, bin ich froh, dass du dich um Francis kümmerst. Ich weiß nicht, ob ich das so gut gekonnt hätte. Auch wegen der Kinder."

Er sah sein Gegenüber nachdenklich an. „Wirst du nun die Vaterrolle übernehmen?"

Gero atmete tief durch, doch innerlich war er sich eigentlich sicher, oder?

„Ich denke schon", sagte er. „Jedenfalls freu ich mich auf den Nachwuchs – und Francis bindet mich ein, wo immer es geht, und ich helfe gerne. "

Thilo lächelte ihn anerkennend an. „Das finde ich großartig. Sie hat es auch nicht verdient, alleine zu sein."

Francis hatte sich auf Geros Drängen hin einen Tag frei genommen, obwohl es in der Firma nach wie vor viel zu tun gab. Aber sie musste sich eingestehen, dass ihr ein wenig Ruhe zwischendurch auch mal guttat.

Sie setzte sich zu Gero an den Küchentisch. Bei einer Tasse Tee grübelten sie über einen Namen für das Baby.

„Ich denke, es sollte wieder ein englischer Name sein, bei eurem Stammbaum, oder?", überlegte Gero laut.

Francis zuckte mit den Schultern. „Eigentlich ist es mir egal. Hauptsache, das Kind ist gesund." Noch immer hatte sie die Angst nicht vollkommen abgelegt, dass mit dem Kind etwas nicht in Ordnung sein könnte. Obwohl Neal nur ihr Halbbruder war, bestand die Gefahr einer auftretenden Erbkrankheit; sogar erheblicher als bei anderen Paaren. Trotzdem griff sie nach einem englischen Wörterbuch, um die Namenslisten, die auf den letzten Seiten abgedruckt waren, durchzusehen.

Da läutete das Telefon im Flur. Gero stand sofort auf. „Ich gehe!"

Er lächelte Francis an. In jeder Hinsicht wollte er sie schonen.

„Steinert?", meldete er sich, eine kurze Pause folgte. „Nein, ich bin ihr Freund, worum geht es denn? – Wie bitte? – Sind Sie sicher? – Ja, also …"

Francis wurde hellhörig. Es war deutlich zu erkennen, dass es sich um keinen normalen Anruf handelte. Sie stand schließlich doch auf und sah in den Flur. „Nein, ich würde sie damit gerne verschonen, sie ist schwanger", sprach Gero weiter. Sein Gesicht war ernst und der Blick, den er ihr zuwarf, signalisierte, dass er soeben keine gute Nachricht erhalten hatte. „Ja, ich kann das übernehmen, wenn es möglich ist. – Die Eltern kommen erst übermorgen zurück, soweit ich weiß. Sie sind geschäftlich unterwegs. – Ja, in Ordnung, vielen Dank."

Er legte auf und schwieg.

„Wer war das? Worum ging es?", fragte Francis.

Gero drehte sich. Er konnte nicht sofort antworten. Er wusste nicht, wie er beginnen sollte.

„Es war die Polizei", sagte er schließlich, dabei verfolgte er Francis' Gesichtsausdruck haargenau. Ihre Augen wurden direkt groß.

„Sie haben einen Mann gefunden", berichtete er weiter und sah zu Boden. „Den Beschreibungen nach kann es sich um Neal handeln."

Er fuhr sich über das Gesicht, das während des Anrufes ganz heiß geworden war.

„Ist der Mann tot?", fragte Francis vorsichtig nach.

Gero nickte. „Ja, er erlag einem Kopfschuss. Vermutlich Selbstmord."

„Oh, Gott, wie schrecklich!", fuhr es aus ihr heraus. „Und nun?" Verzweifelt sah sie Gero an. „Er ist tot?" Sie drehte sich und ging in die Küche zurück. Es war, als käme ein Schock über sie. Fassungslos sah sie ins Leere. „Tot? Bitte nicht …"

Sofort kam Gero hinter ihr her, um sie zu umarmen.

„Sei ruhig", flehte er, dabei war es für ihn ebenso schwer, die Fassung zu bewahren. „Die Polizei weiß doch nichts Genaues. Sie wissen nicht wirklich, ob es Neal ist", erklärte er und strich zärtlich über ihren Rücken. Aber sie konnte sich nicht beruhigen, schien sogar panisch zu werden.

„Ja, und jetzt?", schrie sie verzweifelt. „Was ist denn nun?"

„Die Polizei hat versucht, deine Eltern zu erreichen", erwiderte Gero, der von der Geschäftsreise von Stephanie und Peter Anderson wusste, „aber die sind ja derzeit unterwegs. Deswegen haben sie hier angerufen."

Er atmete tief durch. „Also, ich werde da hingehen", sagte er gefasst. Sein nächster Gang war der zur Garderobe, wo er sich seine Jacke griff. Francis verstand zuerst nicht, was das zu bedeuten hatte.

„Was willst du? Wohin?" Sie war den Tränen nahe.

„Ich werde den Mann identifizieren", sagte er. Da fing sie erst recht an zu schreien.

„Oh, nein!", rief sie und umklammerte Gero ängstlich. „Nein, wie schrecklich!"

„Francis, bitte!" Er schob sie sachte von sich. Er hatte sich gedacht, dass sie mit der Nachricht völlig überfordert sein würde. In ihrem Zustand wollte er sie unmöglich die Identifizierung vornehmen lassen.

„Wenn es wirklich Neal ist, müssen wir das wissen", sagte er eindringlich. Er sah sie an und küsste ihre Stirn. „Ich werde mich beeilen. – Und es ist besser so. Wenn er es ist, wissen wir, was passiert ist, und diese falschen Hoffnungen haben endlich ein Ende."

Das Warten auf Geros Rückkehr kam Francis wie eine Ewigkeit vor. Sie konnte nicht still sitzen, aber aufgrund ihrer Schwangerschaft auch nicht rastlos durch die Wohnung tigern. Immer wieder kamen ihr Bilder in den Sinn. Sie sah Neal vor sich – in jungen Jahren. Sie dachte an ihr „erstes Mal", an die Geburt von Nicholas. Sie sah ihn vor sich – lachend. Sie hatte das Gefühl, seine Küsse zu spüren, seine Hände auf ihrem Körper zu haben. Sie erinnerte sich an Neals Reaktion im Supermarkt, als er Gero zum ersten Mal gesehen hatte. Sie dachte an all die schönen Stunden, die sie zu dritt verbracht hatten …

Doch es kamen ihr auch andere Bilder in den Sinn. Sie sah sich mit Neal streiten. Sie dachte an die schlimme Zeit nach Nicholas' Geburt – als Neal zurück nach England gegangen war, nur, weil die Presse ihre inzestuöse Beziehung beinahe aufgedeckt hatte, und Neal in England seine Chance sah, als Musiker, groß rauszukommen.

Sie dachte an das zweite Mal, als er nach London gegangen war und nicht nur sie, sondern auch Gero, allein gelassen hatte. Sie dachte an Neals Kokainentzug, bei sich, zu Hause. Sie entsann sich an die Schlägerei, an die Verletzungen, die Neal davongetragen hatte. Sie sah ihn bewusstlos, mit einer Nadel im Arm. Sie erinnerte sich an seine Einweisung auf die Intensivstation. Sie hörte sein Stöhnen, sein Jammern...

In ihren Ohren klang sein Gesang, sein Lachen, sein Freudengeschrei, das er losließ, als er von Francis' zweiter Schwangerschaft erfuhr. Sie hörte seine Stimme, mit dem unüberhörbaren, englischen Akzent ... Sie seufzte tief und schloss die Augen. Eine Gänsehaut überkam sie, als sie an all diese Dinge dachte. Sollte das alles wirklich vorbei sein?

Als sich die Wohnungstür endlich wieder öffnete, war es schon später Mittag. Sofort eilte Francis in den Flur. Zu ihrem Erstaunen sah sie nicht nur Gero, sondern auch ihren Sohn. Den hatte sie glattweg vergessen.

„Es hat lange gedauert", stellte sie fest. Ihre Stimme zitterte. Sie umarmte Nicholas, doch konnte sie dabei den Blick von Gero nicht abwenden. Der sah verändert aus: ernst, blass, als würde ein großer Schock auf ihm lasten. Sein Gesicht glich einer starren Maske.

„Es ging nicht so schnell, wie ich dachte, da habe ich Nicki auf dem Rückweg gleich abgeholt."

Mehr sagte er nicht. Vor dem Jungen wollte keiner der beiden das Thema ansprechen.

„Nimmst du dir bitte einen Joghurt, mein Schatz?", bat Francis. Sie strich ihrem Sohn über das Haar, lächelte gestelzt, doch hätte sie am liebsten losgeheult. Ihr Herz verkrampfte sich schmerzhaft. „Wir essen später, zusammen

…", sagte sie noch, dann folgte sie Gero ins Wohnzimmer und schloss hinter sich sofort die Tür.

„Und?", brach es aus ihr heraus. Ängstlich sah sie ihn an. „Was ist?"

Gero saß inzwischen auf dem Sofa. Er hatte den Blick gesenkt, eine Hand bedeckte seine Augen.

„Es war schrecklich", sagte er leise. Allein diese Aussage, verunsicherte Francis erst recht. Gero war Medizinstudent, hatte schon einige schwerkranke und tote Menschen gesehen. Aber die Identifizierung schien ihn regelrecht aus dem Gleichgewicht gebracht zu haben.

„Grausam war es", schilderte er weiter. Seine Stimme stockte. „Der Kopf … ein einziger Matsch." Er atmete tief durch, fuhr sich über die Lider. Die Anspannung hatte Tränen in seine Augen getrieben.

Francis' Knie wurden weich, als sie all das hörte. Sie wagte kaum, zu fragen, doch sie musste wissen, ob …

„War er es?"

Als er nicht sofort antwortete, ergriff sie unbändige Angst. „War er es?" Ihre Stimme wurde laut. „War es Neal?"

„Nein!", schrie Gero zurück. Er verlor die Kontrolle über sich. Ein paar Tränen lösten sich, als er den Kopf schüttelte. „Nein, nein, er war es nicht." Im nächsten Moment erhob er sich, um Francis zu umarmen. „Er war es nicht."

Es dauerte einige Minuten, bis sie sich beruhigt hatten. Nur aus Geros Gesicht wollte die Blässe nicht weichen.

„Ich habe ja schon vieles gesehen", sagte er, „aber das?"

Es erschauderte ihn abermals. „Wie kann sich ein Mensch so etwas antun? Sich in den Kopf schießen … heftig."

Immer wieder schüttelte er sein Haupt. Wiederholt musste er an den Toten denken, den er in der Pathologie identifiziert hatte.

„Und du bist wirklich sicher, dass es nicht Neal war?", hakte Francis noch einmal nach, „obwohl der Kopf so entstellt war?"

Gero nickte. „Ohne Zweifel – es war nicht Neal. Ich würde seinen Körper immer erkennen. Es war nicht seiner ... und dieser Tote hatte nicht einmal Einstiche. Kein Hinweis auf Drogenmissbrauch." Er war sich sicher, trotzdem beruhigte sie diese Tatsache nur für einen Moment.

„Der Mann war vermutlich erst zwei Tage lang tot", schilderte Gero weiter. „Und Neal ist schon seit Monaten verschwunden."

„Stimmt." Francis geriet ins Grübeln. „Auch, wenn der Tote nicht Neal war, ist es keine Garantie dafür, dass er noch lebt."

„Nein, leider nicht." Gero seufzte. „Aber ich sage dir, wenn die einen weiteren Toten finden, gehe ich da nicht nochmal hin!"

„Ist gut", sagte sie, dabei seinen Rücken streichelnd. „Es war tapfer von dir, das zu machen. Ich hätte das nicht gekonnt, wirklich nicht. Ich bin dir sehr dankbar."

Sie schmiegte sich an ihn und war zum wiederholten Male erleichtert darüber, ihn derzeit an ihrer Seite zu haben. Als sie so dicht an ihm lehnte, merkte sie, wie schnell sein Pulsschlag ging.

„Es hat dich ganz schön mitgenommen, nicht wahr?", stellte sie fest. Sie richtete sich ein wenig auf, um Gero prüfend anzusehen. „Kann es sein, dass du doch noch Einiges für Neal empfindest?"

Da schüttelte er vehement den Kopf. „Ich empfinde nichts Positives, falls du das denkst", stellte er klar, „trotzdem hoffe ich nicht, dass es mit Neal so schrecklich geendet hat."

Kapitel 3

„Können Sie mir bitte diese Entwürfe kopieren und in mein Fach legen? Und dieses Kleid..." Er zeigte auf eine Skizze. „... möchte ich noch einmal in Dunkelblau gezeichnet haben. Wäre das möglich?"

Christen schluckte. Der Mann, der ihr gegenüberstand, verwirrte sie, schon von der ersten Begegnung an. Er war groß gewachsen, schlank, strahlte Ruhe und gleichzeitig Energie aus. Er war zuvorkommend und ebenso selbstsicher.

„Gern", sagte sie, während sie die Entwürfe aus seiner Hand nahm und bemerkte, wie aufgeregt sie war. „Ich werde das gleich erledigen."

„Vielen Dank." Er lächelte und sah sie tiefgründig an. „Gibt es sonst noch etwas zu regeln?"

„Nein!" Christen schüttelte den Kopf und versank in seinen blauen Augen. „Es ist alles in Ordnung."

„Gut. – Dann noch einen schönen Tag." Er verließ das Büro.

„Ihnen auch!", erwiderte Christen. Ihre Knie waren inzwischen weich geworden, sodass sie sich setzen musste. Wow, dachte sie, was für ein Gentleman!

So schnell sie in ihrem Zustand konnte, eilte Francis den Flur entlang – in Richtung Büro. Da sie ihren Blick in eine Akte vertieft hatte, bemerkte sie den Mann nicht, der aus ihrem Büro kam. Erst, als sie gedankenlos in seine Arme lief und die Akte zu Boden fiel, sah sie auf.

„Können Sie nicht aufpassen!", entwich es ihr, dann sah sie den Mann direkt an, und er sie.

„Dirk?"

„Francis – was für eine Überraschung!"

„Dirk, was machst du hier?", fragte sie fassungslos. Die Akte auf dem Boden hatte sie augenblicklich vergessen.

„Ich arbeite ein bisschen", antwortete er und hob den Aktenordner auf.

„Arbeiten?", wiederholte Francis. „Hier bei uns?" Ungläubig sah sie Dirk an, der ihr sogleich erklärte:

„Dein Vater hat mich gebeten, ein paar Entwürfe für die neue Kollektion zu machen ... Solange ich noch in Deutschland bin, ist das kein Problem. Ich arbeite gerne mit anderen Designern zusammen."

Als er das berichtete, ging ihr ein Licht auf.

„Der Designer aus Amerika." Sie schmunzelte. „Das bist du, jetzt wird mir einiges klar."

Dirk schien daraufhin verblüfft. „Sag bloß, du wusstest das nicht."

„Doch!", erwiderte Francis. Sie fasste sich an den Kopf, war direkt verärgert darüber, dass sie sich nicht näher informiert hatte, aber die Sache mit Neal hatte sie oft unkonzentriert gemacht. „Ich wusste von dem *Designer aus Amerika* ... aber nicht, dass sich dahinter dein Name verbirgt." Verunsichert sah sie ihn an. „Wieso hast du dich nicht schon eher blicken lassen?"

Er sah zu Boden, schien zu überlegen. „Ich war zwischenzeitlich länger unterwegs", erklärte er. „Und ich wusste nicht, dass du zurückgekommen bist." Er sah sie ebenso wissbegierig an. „Wie geht es dir denn? Hast du dich in England erholen können?"

Francis nickte. „Ein wenig", sagte sie, dabei an all die Belastungen denkend, die sie nach ihrer Rückkehr erneut heimgesucht hatten. „Aber mir könnte es besser gehen", fügte sie hinzu. Immer mehr Fragen taten sich auf. „Wo wohnst du denn jetzt?"

Sie dachte an das leere Appartement, das er zuletzt bewohnt hatte, aus dem er aber offensichtlich ausgezogen war.

„Ich breche langsam meine Zelte ab", erklärte er. „Derzeit wohne ich hier in der Firma in einer Penthousewohnung, aber sobald die neue Anderson-Kollektion vorgeführt wurde, reise ich ganz ab. Ich muss zurück nach L.A.."

Francis verstand das. Dirk war schon seit Monaten in Deutschland und hatte in L.A. seine eigene Firma. „Ich dachte, du wärst auf und davon, ohne etwas zu sagen", erwiderte sie, im Hinblick darauf, dass sie so lange nichts von ihm gehört hatte. Und dann verdunkelte sich ihre Miene. „Mein Gott, das weißt du ja sicher noch gar nicht", begann sie. Traurig blickte sie in Dirks blaue Augen. „Neal ist verschwunden. Wir rechnen mit dem Schlimmsten."
Wiedererwartend fing Dirk an zu lachen. „Was?"
Sofort reagierte Francis aufgebracht. „Das ist nicht witzig!", sagte sie. „Schon seit Monaten hat keiner ein Lebenszeichen von ihm erhalten, und du lachst?" Sie schüttelte den Kopf. Sein Verhalten konnte sie absolut nicht nachvollziehen. Er war doch immer so erpicht darauf gewesen, Neal zu helfen …
„Und was denkst du, könnte ihm passiert sein?", hakte Dirk nach. Sein Lachen war verschwunden. Er bemerkte Francis' Ratlosigkeit.
„Das fragst du noch?", antwortete sie. „Neal war am Ende seiner Kräfte. Sein Körper konnte nicht mehr." Sie sah zu Boden. „Er war dermaßen abhängig." Sie schüttelte den Kopf. „Das kann er nicht lange überlebt haben. So nicht!"
Sie rang mit den Tränen und sah Dirk hilflos an. Der blieb trotz dieser Vermutungen und der Nachricht von Neals Verschwinden erstaunlich ruhig und sachlich. Mitfühlend griff er an ihre Schultern.
„Du machst dir wirklich Gedanken? Du glaubst echt, dass Neal nicht mehr lebt?"
Francis nickte heftig. „Natürlich! Dieses Heroin hat ihn zerstört. Es hat ihn umgebracht, da bin ich mir inzwischen sicher."
Eine Träne löste sich, als sie daran dachte. Mittlerweile hatte sie keine Hoffnungen mehr. „Wahrscheinlich ist er irgendwo in einer einsamen Ecke gestorben und niemand hat es bemerkt. – Vielleicht wird ihn nie jemand finden …"
Sie schluchzte.

„Bitte, hör auf damit!", bat Dirk. „Mach dir nicht so schlimme Gedanken."

„Aber, was soll ich denn tun?", erwiderte Francis verzweifelt. „Ich habe ihn doch geliebt. Und ich musste zusehen, wie ihn diese Sucht nach und nach zerstört. Und jetzt ist er weg, und ich weiß nicht, was passiert ist. Wie soll ich da keine schlimmen Gedanken bekommen? Kannst du mir das verraten?"

Dankbar nahm sie das Taschentuch entgegen, welches Dirk ihr reichte, damit trocknete sie ihre Tränen.

„Mach dir keine Sorgen", sagte er und strich über ihre Wange. „Neal ist nicht tot, da bin ich mir sicher."

Da sah Francis auf. „Woher willst du das wissen?", fragte sie erstaunt.

„Ich kann es mir eben denken", sagte Dirk.

Das machte sie sofort stutzig. Ihr Blick wurde immer eindringlicher.

„Weißt du etwa, was passiert ist?", fragte sie und kam Dirk ganz nah. „Weißt du, wo er ist?"

Dirk wandt sich ein bisschen und sah sie plötzlich nicht mehr an.

„Ich kann es dir nicht sagen", druckste er herum. „Doch du musst dir echt keine Gedanken machen."

„Wieso?" Francis spürte die Aufregung in sich wachsen. Sie merkte deutlich, dass Dirk mehr wusste, als er zugab. „Wie kannst du so etwas behaupten, wenn du angeblich nichts weißt? – Du musst was wissen! Ich merke das doch!" Ihre Hände legten sich auf seine Brust, sie flehte: „Bitte, sag es mir. Wo ist Neal? Was ist mit ihm? Was macht er denn bloß?"

Dirk schüttelte den Kopf und seufzte.

„Es tut mir leid, Francis", begann er, und das fiel ihm hörbar nicht leicht. „Ich kann es dir nicht sagen, so sehr ich auch wollte. Es geht einfach nicht. – Aber du musst mir vertrauen. Neal lebt, und er denkt sicher oft an dich."

Wie so oft in letzter Zeit, hatte Gero Nicholas von der Schule abgeholt und leistete ihm bei Francis in der Wohnung Gesellschaft, sodass der Junge nicht in den Hort musste, um dort zu warten, bis seine Mutter ihn abholte.

„Na, was hast du denn schönes gemalt?", wollte Gero wissen, als er sich im Kinderzimmer die bunten Bilder ansah, die auf dem Schreibtisch lagen.

„Das sind wir!", berichtete Nicholas stolz und hob eines der Bilder hoch. Auf dem Papier waren einige Personen gezeichnet. „Das bist du und Mami mit Bauch ... und hier bin ich ... und da oben im Himmel ist Papi."

„Im Himmel?", wiederholte Gero erschrocken. „Wieso im Himmel?"

Nicholas' Hand mit dem Bild senkte sich. „Mami hat gesagt, dass Papi im Himmel ist."

Gero schüttelte den Kopf. „Das ist doch nur eine Vermutung."

Daraufhin verzog der Junge sein Gesicht. „Und wieso kommt Papi nicht wieder?", fragte er traurig. Gero seufzte. „Wenn ich es wüsste, keine Ahnung."

Im Hintergrund wurde die Wohnungstür aufgeschlossen. Er atmete auf. Das Gespräch mit Nicholas war belastend, und er war froh, dass er jetzt mit Francis darüber reden konnte.

„Hallo!", grüßte sie und gab erst ihrem Sohn und dann Gero einen Kuss auf die Wange. „Habt ihr schon gewartet?" Sie legte ihre Jacke ab und ging in die Küche, wo der Tisch fürs spätere Abendbrot gedeckt war.

„Wir haben uns die Zeit gut vertrieben", berichtete Gero, der ihr gefolgt war. Sein Gesicht war nachdenklich. „Wieso hast du Nicholas erzählt, dass Neal im Himmel ist? So genau wissen wir das gar nicht."

Francis drehte sich. „Ich musste ihn doch schonend darauf vorbereiten", erklärte sie ihr Verhalten, lenkte dann jedoch ein: „Aber du hast recht. Ich werde ihm gleich sagen, dass Neal nicht tot ist."

„Das ist auch nicht richtig", antwortete Gero. Er zuckte mit den Schultern. „Ob er tot ist oder nicht, das können wir nicht gewissenhaft sagen."

Erstaunlicherweise erhellte sich Francis' Gesicht. „Doch, ab heute kann ich es." Sie nahm auf einem der Küchenstühle Platz und lächelte. „Ich bin so erleichtert, das glaubst du gar nicht."

In der Tat strahlte sie eine Freude aus, die Gero schon seit langem bei ihr vermisst hatte.

„Was ist denn passiert?", fragte er nach. „Hast du Neal etwa gesehen?"

Francis schüttelte den Kopf. „Nein, aber ich habe Dirk getroffen. – Stell dir vor, der ist gar nicht in Amerika. Er arbeitet mit an der neuen Anderson-Kollektion."

Als Gero das hörte, wurde er augenblicklich wütend.

„Na toll!", zischte er. „Schleimt er sich auch noch in eure Firma ein? Was soll das denn?" Er atmete geräuschvoll aus. „Mann, und ich war so froh, dass der Typ weg ist."

„Sei nicht unfair", bat Francis, aber Gero konnte sich nicht beruhigen.

„Ich mag ihn eben nicht", erklärte er. „Und was hat er mit Neals Verschwinden zu tun?"

Sie berichtete hoch erfreut: „Dirk hat mir gesagt, dass Neal noch lebt, und er meint, wir müssen uns keine Sorgen machen." Gespannt sah sie Gero an.

„Und du glaubst ihm das?", konterte der.

Francis deutete ein Nicken an. „Ja, schon", gestand sie. „Er schien sich der Sache ziemlich sicher zu sein."

Gero hatte merkliche Zweifel. „Ich weiß nicht. Ich traue Dirk nicht. – Woher will er wissen, was mit Neal ist? Hat er sagen können, wo sich Neal aufhält und was er macht?"

Sie senkte den Kopf. Ihr Lachen war verschwunden. „Nein, das hat er nicht gesagt."

„Siehst du!", fuhr es aus Gero heraus. „Der spinnt doch! Der will sich nur wieder in den Mittelpunkt stellen und den

Allwissenden spielen. Wahrscheinlich weiß er überhaupt nichts!"

Francis wägte ab. „Das deutest du falsch. Dirk ist nicht so. Er würde niemals etwas behaupten, was nicht stimmt." Sie war sich sicher.

Gero ebenso.

„Ach, ich kann mir gut vorstellen, dass Dirk etwas mit Neals Verschwinden zu tun hat! Er war so gekränkt, weil Neal mit mir zusammen war … Er hat Neal schlecht behandelt, das habe ich doch gemerkt. Wenn die beiden zusammen waren, hat sich Neal alles gefallen lassen. Sicher wurde er von Dirk manipuliert!"

Das war eine verheerende Theorie, aber Gero konnte die Zusammenhänge nicht anders deuten. Im Gegensatz zu Francis, die fest an Dirks Unschuld glaubte.

„Dirk wollte nur Neals Sucht bekämpfen, mehr nicht." Ihre Augen schimmerten hoffnungsvoll. „Vielleicht konnte er ihn endlich zu einer Therapie bringen. Hast du daran mal gedacht?"

Gero winkte ab. „Das ist völliger Quatsch! Neal wollte keine Therapie, das haben wir doch deutlich zu spüren bekommen. Dirk hat nur blöde Sprüche geklopft und Neal noch mehr heruntergezogen."

Francis schüttelte den Kopf. Sie konnte nicht glauben, wie verbohrt sich Gero gab und wie wenig er an eine positive Nachricht glaubte. Sie konnte nicht anders und erinnerte ihn daraufhin, wie er sich selbst damals verhalten hatte.

„Was war denn mit *dir* in der Zeit? Du hast dich doch auch so behandeln lassen, nicht wahr? In Neals Nähe konntest du dich auch nie durchsetzen!"

Gero sah sie empört an. „Gar nicht wahr!"

„Und ob!", konterte Francis. „Hast du das schon wieder vergessen? Hast du vergessen, was du durchgemacht hast? Wieso hast du dir denn die Arme aufgeschnitzt? Wieso?", schrie sie fast vorwurfsvoll.

Geros Gesicht verzog sich. „Erinnere mich doch nicht daran", wimmerte er. „Das ist gemein!" Mit gesenktem Kopf lief er aus der Küche, um die Wohnung zu verlassen.

Nachdem Francis das Abendessen mit ihrem Sohn allein eingenommen hatte und der Junge zu Bett gegangen war, ging sie rüber in die WG, um die Differenz mit Gero zu klären. Erleichtert stellte sie fest, dass er auch daran interessiert war, den Disput zwischen ihnen zu beenden.

„Wir hätten uns vorhin nicht streiten sollen", sagte Gero, „das war albern von uns." Er nahm sie in seine Arme. Erneut spürte er, wie viel sie ihm bedeutete und wie wichtig ihm ihre Harmonie war. Aber er bemerkte auch, dass Neal, obwohl der nicht da war, stets ein wenig zwischen ihnen stand.

„Kannst du denn nicht verstehen, wie mich diese Nachricht von Dirk gefreut hat? Wenn er recht hat, dann geht es Neal gut. Ich habe mir doch solche Sorgen gemacht." Seufzend schloss sie die Augen.

„Klar verstehe ich das", erwiderte er zögerlich. „Aber du musst auch akzeptieren, dass ich Dirk nicht glaube. Ich vertraue ihm nicht."

Francis löste sich aus der Umarmung, um Gero fragend anzusehen.

„Wieso nicht?"

Für ihn gab es nur eine Antwort:

„Du weißt sicher, dass Dirk eine Psychose hat, oder? Vielleicht ist er derzeit beschwerdefrei, ich will ihn deswegen auch nicht anklagen, aber psychisch gestörten Menschen sollte man nicht zu sehr vertrauen." Er atmete tief durch. „Außerdem wollte er mir Neal ausspannen. Das reicht wohl aus, um ihn nicht zu mögen, oder?"

Francis schüttelte den Kopf. „Er wollte sich nicht zwischen euch drängen."

„Und was war in London?", gab Gero daraufhin zu denken. „Hinter meinem Rücken? Was war das?"

Sie schluckte. „Du weißt davon?"

„Ich weiß alles", sagte Gero. „Dirk hat es mir gesagt – direkt ins Gesicht hat er es mir stolz erzählt." Erneute Wut keimte in ihm auf.

„Aber Neal hat dich nicht wirklich betrogen", beteuerte sie.

Gero zuckte mit den Schultern, als wäre es ihm inzwischen völlig egal, was in London passiert war. Für ihn stand eins fest: „Dann haben sie eben nur geknutscht oder gefummelt, aber das ist schlimm genug." Mit ehrlichen Augen sah er Francis an. Endlich konnte er offen darüber reden. „Es hat mich dermaßen enttäuscht", erklärte er. „Ich war schon fertig, wegen der Drogengeschichte, und dann knallt mir Dirk noch diese Story an den Kopf." Er atmete tief durch. Die Erinnerung schien ihn nach wie vor zu belasten. „Sicher hat er es mir erzählt, um mir den Rest zu geben. Und es war so: Ich sah Neal mit anderen Augen. Dirk hatte erreicht, was er wollte. Alles war aus. – Kannst du verstehen, warum ich ihn nicht mag?"

Francis hatte still zugehört. Inzwischen konnte sie Geros Reaktionen nachvollziehen und annähernd begreifen, warum er sich das Leben nehmen wollte.

Sie schloss ihn in die Arme. „Lass uns das Thema wechseln", bat sie.

„Okay." Er küsste sie leidenschaftlich, bevor er sie ebenso verzückt ansah. „Ich möchte endlich wieder glücklich sein, mit dir." Er sah auf ihren Bauch. „Ich freue mich so auf das Baby", gestand er.

„Du wirst ein lieber Vater sein", erwiderte Francis, und für einen Moment hatte sie alles andere vergessen.

Obwohl sie Geros Meinung über Dirk nicht hatte ändern können, konnte sie dem Ex-Freund von Neal nicht böse sein.

Als Francis am nächsten Tag in der Firma war, sah sie dessen Entwürfe für die neue Anderson-Kollektion prüfend an und kam aus dem Staunen gar nicht mehr heraus.

„Dirk zeichnet wahnsinnig gut", sagte sie zu ihrer Kollegin Christen. Die stand sofort auf, um ebenfalls einen Blick auf die Skizzen zu werfen.

„Ja, er hat tolle Ideen. Einfach genial. In Amerika ist die Mode viel ausgefallener, viel aufregender ... Das passt zu Dirk."

Francis schmunzelte, und als sie sich zu Christen umdrehte und ihren beeindruckten Blick bemerkte, konnte sie sich einen Kommentar nicht verkneifen.

„Bist du etwa verknallt?"

Christen errötete sofort. „Nun ja", begann sie. „Er ist ein toller Mann und ein begnadeter Designer."

„Soso." Francis lächelte, dann betrachtete sie die Entwürfe noch einmal. „Lass dir nicht zu viel Zeit", sagte sie. „Dirk wird irgendwann zurück nach Amerika gehen." Sie blickte Christen eindringlich an. „Ihr würdet gut zusammenpassen. Er ist vornehm, intelligent und aufmerksam. Er wäre genau der Richtige für dich."

Kapitel 4

„Nicholas! Kommst du da herunter!", befahl Francis. Sie war eigentlich nicht streng zu ihrem Sohn, doch in letzter Zeit passierte es öfter, dass der sich nicht an gewisse Spielregeln hielt. Auch jetzt weigerte er sich vehement.

„Hier oben kann man aber so gut spielen!", konterte er. Demonstrativ schob er sein Spielauto auf der Fensterbank hin und her, während er auf der Arbeitsplatte der Küche saß. Francis seufzte. „Dann zieh wenigstens die Schuhe aus."

Sie war erleichtert, als ihr Sohn zumindest das tat. Und somit wandte sie sich dem Kühlschrank zu und sah hinein. „Soll ich uns Milchreis machen?", fragte sie, wobei sie eine Tüte Milch herausnahm. Wie erwartet schrie Nicholas auf: „Oh, ja!" Er setzte ein weiteres Auto auf die Fensterbank und drückte sein Gesicht fest an die Scheibe. Plötzlich ließ er das Spielzeug los und rief: „Papi kommt!" Es klang aufgeregt.

Francis schloss die Augen. „Ach, Nicki, jetzt reicht es. Hör auf mit dem Quatsch!"

Sie füllte die Milch in einen Kochtopf, achtete nicht weiter auf ihren Sohn, der aber weiterhin laut schrie: „Das ist kein Quatsch! Papi ist da! Er kommt! Ich sehe ihn! Papi! Papi!"

Schließlich krabbelte er von der Arbeitsplatte herunter, um die Schuhe wieder anzuziehen und in den Flur zu rennen.

„Nicholas!", rief Francis. „Bleib hier!"

Aufgebracht folgte sie ihrem Sohn, der aber schon längst durch die Wohnungstür ins Treppenhaus gelangt war. „Kommst du sofort zurück? Nicholas!", rief sie ihm nach, doch der kleine Junge war nicht mehr zu sehen.

Francis konnte daraufhin nur den Kopf schütteln. Sie schloss die Wohnungstür und ging zurück in die Küche. „So geht das nicht weiter", sagte sie zu sich selbst. „Der Junge ist ja total verstört."

Sie sammelte die Autos von der Fensterbank und wollte eigentlich fortfahren, den Milchreis zu kochen, bis sie dann doch nachdenklich wurde. Vorsichtig beugte sie sich vor, um aus dem Küchenfenster zu sehen. Ihr stockte der Atem vor Schreck ...

Auf einem der Parkplätze, vor dem Haus, stand der rote Porsche.

Und bevor sie sich von dem Schreck erholen konnte, hörte sie auch schon, wie die Wohnungstür aufgeschlossen wurde.

Sie stand wie angewurzelt in der Küche, konnte sich einfach nicht regen. Schritte näherten sich, ihr Herz schlug schneller. Dann sah ihr Sohn um die Ecke, er grinste. Und als sich Francis langsam in Bewegung setzte, erblickte sie hinter Nicholas auch ihren Bruder – Neal.

Sein Gesicht war ernst, seine Statur noch immer hager und ausgezehrt. Seine ansonsten länglichen Haare waren kurz geschnitten. Er trug eine blaue, enge Jeans, ein schwarzes Hemd und darüber ein graues Sakko.

Mit großen Augen sah er seine Schwester an.

„Neal?", kam es aus der heraus. Sie war sichtlich fassungslos.

„Mein Gott! Neal! Du lebst? Du lebst tatsächlich? Ich glaub das nicht ... Wo warst du? Wir haben uns alle solche Sorgen gemacht!" Sie kam auf ihn zu, wollte ihn umarmen, doch er wich ihr gekonnt aus.

„Hi, Francis", sagte er stattdessen. „Wie geht es dir?"

„Ja, gut ...", stammelte sie. Ihr fehlten definitiv die passenden Worte. Sie sah ihr Gegenüber weiterhin prüfend an. „Nun sag schon ... Wo hast du gesteckt?"

„Ich war weg", erklärte Neal. An seiner Hand klammerte immer noch Nicholas, der über die Rückkehr seines Vaters mehr als erfreut war.

Aber Francis konnte dem nicht folgen. „Wie – weg? Wo denn? Wir dachten, du bist tot!"

Nun kamen die Vorwürfe.

Neal schluckte. „Wieso tot?". Er schüttelte den Kopf.

Sie konnte kaum glauben, dass sie das erklären musste.

„Muss ich dich noch daran erinnern, wie schlecht es dir ging? Und dann warst du plötzlich weg." Sie machte eine Pause, in der sie Neal nochmals haargenau ansah. „Geht es dir besser? Du siehst immer noch so angespannt aus. – Und wo sind denn deine Haare?"

Fast ein wenig erschüttert sah sie auf seine Kurzhaarfrisur. Sein langer Pony, der ihm meist seitlich ins Gesicht hing, war ihm doch immer so wichtig gewesen!

„Abgeschnitten", erwiderte Neal kurz angebunden. Er signalisierte deutlich, dass er nicht mehr erzählen wollte. Jedenfalls jetzt nicht. Sein Blick legte sich auf Francis' Bauch. „Was macht das Baby?"

Sie nickte zufrieden, konnte aber noch immer nicht lächeln. „Ja, es geht ihm gut."

„Das freut mich", sagte Neal. Er blieb weiterhin ernst, brachte kein freundliches Gesicht zustande. „Ich wollte eigentlich auch nur fragen, ob ich Nicholas ein paar Stunden mit zu mir nehmen kann."

Francis stutzte. Damit hatte sie nicht gerechnet. Es gab doch so viel zu klären ...

„Ja, ich weiß nicht ..."

„Bitte, Mami!", flehte Nicholas. „Ich will zu Papi. Lass mich mitgehen!"

„Na gut", erwiderte sie daraufhin. „Von mir aus." Sie dachte über ihre Worte nach, fasste sich an den Kopf. Was lief hier eigentlich ab?

„Das geht bloß alles so schnell", stellte sie fest. Wieder sah sie Neal fragend an. „Erzähl mir doch wenigstens, wo du warst."

„Nicht vor dem Jungen, okay?", bat ihr Bruder. Er zwinkerte ihr zu. Mittlerweile schien er sich etwas entspannt zu haben. Doch seine nächste Handlung verunsicherte Francis von neuem. Er ging ins Schlafzimmer, machte dort den Kleiderschrank auf, entnahm ihm ein paar Sachen.

„Ich nehme meine Klamotten mit, ja?"

Francis, die gefolgt war, lächelte irritiert. „Ja, aber wieso? Kannst sie doch hierlassen. Mich stört es nicht."

„Ich möchte aber lieber nichts mehr von mir hier haben", sagte Neal, leise und bewusst. Ohne sie anzusehen, packte er ein paar Kleidungsstücke in eine Tüte und drehte sich wieder seinem Sohn zu. „Wollen wir los?"

Als sie das vernahm, durchfuhr sie ein ungutes Gefühl. Das Verhalten ihres Bruders konnte sie nicht wirklich verstehen. „Du willst schon wieder gehen?", fragte sie deswegen völlig entgeistert. Und irgendwie wurde sie auch wütend. „Wie stellst du dir das vor? Du verschwindest für Monate, kommst plötzlich zurück – ohne Vorwarnung – und bleibst gerade mal fünf Minuten, ohne was zu erklären! Das geht doch nicht!"

Als Neal daraufhin schwieg, konnte sie nur noch mit dem Kopf schütteln. „Hast du mir denn gar nichts zu sagen?"

Natürlich hatte er das. Er hatte sich fest vorgenommen, ihr alles preiszugeben, sein Verschwinden zu begründen, aber plötzlich konnte er sich nicht mehr überwinden, davon zu berichten. Er fühlte sich ihr gegenüber schlecht, vielleicht wie ein Versager. Und vor seinem Sohn wollte er schon gar nicht erzählen, wie es ihm in den letzten Wochen ergangen war.

Nur eine Sache, die galt es unbedingt klarzustellen:

„Es tut mir leid, wenn ich dir Sorgen bereitet habe", begann er und wurde sofort harsch von ihr unterbrochen.

„Sorgen?", wiederholte sie, und es folgte ein gestelztes Lachen. „Sorgen nennst du das? Du haust einfach ab, ohne Nachricht, ohne jemandem Bescheid zu sagen, und sprichst von läppischen Sorgen?" Sie fasste sich erneut an den Kopf. „Ich glaub das nicht!"

Dass ihre Worte lauter wurden, war zu erwarten gewesen. Neal schickte seinen Sohn ins Kinderzimmer, damit der ein paar Spielsachen zusammenräumen konnte, und das Gespräch seiner Eltern nicht weiter mitbekam.

„Reg dich nicht auf", bat Neal daraufhin. „Ich weiß, es war nicht fair von mir, aber es ging nicht anders. Und ich verspreche dir, ich werde dir nie wieder Kummer zufügen, das schwöre ich. Ich werde dich in Ruhe lassen. Es wird keinen Stress mehr geben."

Als Francis diese Worte vernahm, ahnte sie nichts Gutes. „Was soll das bedeuten?", fragte sie deshalb sofort.

„Ich werde dir keine Sorgen mehr machen", sagte Neal erneut. „Ich werde mich in Zukunft zurückhalten."

Das klang zwar wie eine positive Nachricht, trotzdem bohrte sie sich tief in Francis' Magen. Und als hätte sie den Nachteil dieser Message geahnt, hakte sie nach:

„Und was bedeutet das für unsere Beziehung?"

Neal schluckte, sein Kopf senkte sich. Es fiel ihm schwer, folgendes zu sagen, und es kam kaum hörbar über seine Lippen.

„Es gibt keine Beziehung mehr", sagte er. Schließlich sah er sie gefasst an. „Wir sollten das wirklich beenden."

Eine beklemmende Stille stellte sich ein. Francis wurde augenblicklich blass.

„Ist das dein Ernst?", fragte sie.

Neal nickte. „Es ist das Beste – für uns beide. Wir hätten das nicht so weit kommen lassen dürfen."

„Das fällt dir aber früh ein!", schrie Francis plötzlich aufgebracht.

Neal wand sich, versuchte, sich zu erklären. „Hör zu. Ich habe Mist gebaut; habe Sachen getan, die ich bei normalem Verstand niemals getan hätte. Ich habe dich falsch behandelt, dir nur Sorgen und Kummer zugefügt. Ich war nicht mehr der Mensch, der ich einmal war, verstehst du? Ich habe in kurzer Zeit so viele Fehler gemacht, wie sie manche ihr ganzes Leben nicht machen." Er schüttelte den Kopf, als er an die Vergangenheit zurückdachte. „Ich kann das nicht wieder gutmachen. Niemals. Und ich will keine erneuten Fehler begehen. Deswegen sollten wir alles hinter uns lassen und neu beginnen, aber anders."

Francis' Knie wurden weich. Sie musste sich setzen. Sie ahnte, was Neal ihr sagen wollte, und trotzdem wollte sie es nicht wahrhaben.

„Ich werde mich natürlich weiterhin um Nicholas kümmern", sprach ihr Bruder. „Und um das Baby auch, das ist selbstverständlich. Aber mit uns kann das so nicht weitergehen."

Er konnte selbst kaum glauben, was er soeben gesagt hatte, doch für ihn gab es derzeit keinen anderen Ausweg.

„Wir könnten auch neu anfangen", sagte Francis. In ihren Augen schimmerten Tränen, doch sie riss sich zusammen. „Wir werden vergessen, was geschehen ist ..."

Neal schüttelte leicht den Kopf. Wenn das so einfach wäre ...

„Ich kann das nicht vergessen", sagte er. „Es ist zu viel passiert. Ich habe dir so viel Leid zugefügt, da kann ich nicht mit dir zusammensein, als wäre nichts gewesen." Er seufzte. Nein, so sehr er Francis auch liebte, so wie früher würde es nie mehr werden, da war er sich sicher. Er musste Abstand gewinnen, das war für ihn der einzige Weg.

„Ich bin für dich da, wenn du Hilfe brauchst. Ich stehe nach wie vor zu unseren Kindern. Ich werde mich um sie kümmern und um dich auch ... aber mehr nicht."

Er sah, wie sich einzelne Tränen aus Francis' Augen lösten, aber war *sie* es nicht auch gewesen, die seine Nähe nicht mehr ertragen konnte? Sie hatte ihn deutlich spüren lassen, wie sehr er versagt hatte.

Er wollte die Lage nicht schlimmer machen, als sie war. Deswegen sagte er nichts mehr dazu, sondern griff nach der Tüte und rief seinen Sohn aus dem Kinderzimmer.

„Ich bringe Nicki heute Abend zurück, okay?"

Francis erhob sich wieder, wischte sich flüchtig über die Augen, um ihren Bruder und ihren Sohn anzusehen. „In Ordnung."

Sie folgte den beiden zur Tür.

Eine merkwürdige Atmosphäre lag zwischen ihnen, als Neal sich verabschiedete. „Bis später."

Mit Nicholas an der Hand betrat er das Treppenhaus.

„Ja, bis nachher." Francis' Stimme war ganz leise. Traurig sah sie den beiden hinterher. „Äh, Neal, warte mal!", rief sie jedoch plötzlich.

Ihr Bruder drehte sich um. „Ja?" Und ihre Blicke trafen sich noch einmal.

„Bist du ... bist du clean?"

Neal nickte still, senkte dabei den Kopf, als sei ihm diese direkte Frage peinlich. „Ja, bin ich", sagte er und stieg mit Nicholas die Stufen hinab.

Gero bemerkte den roten Porsche nicht, als er mit seinem Rad vor dem Haus hielt, es an die Wand lehnte und abschloss. Dann betrat er das Treppenhaus und stieg zügig die Stufen zur zweiten Etage hinauf.

„Hallo Gero!", hörte er Nicholas plötzlich rufen. Er blickte auf und sah den Jungen an. Zutiefst erschrocken nahm er ebenso den Mann wahr, der neben Nicholas stand. Neal!

Er traute seinen Augen nicht. Wie angewurzelt blieb er stehen.

Die beiden Männer sahen sich eindringlich an, aber kein Ton kam aus ihnen heraus.

Dann ging Neal an Gero vorbei und verschwand mit seinem Sohn aus dem Haus.

Man konnte ihm ansehen, dass er gerade eine Begegnung gehabt hatte, die nicht zu erwarten gewesen war. Als Gero in Francis' Wohnung trat, war sein Gesicht blass. Der Schreck saß ihm tief in den Knochen.

Und dass er Francis, weinend, im Wohnzimmer vorfand, signalisierte ihm, dass er nicht einfach nur eine optische Täuschung erlebt hatte.

„Du weißt es schon?", fragte er zögernd.

Francis nickte, dabei wischte sie sich mit einem Taschentuch über die feuchten Augen. Sie spürte immer noch eine unangenehme Beklemmung in sich, als wäre sie einem fleischgewordenen Geist begegnet.

„Ja, er ist wieder da. Er war hier …"

Gero setzte sich neben sie. Er hätte sie vielleicht trösten sollen, warum auch immer, doch zu diesem Zeitpunkt konnte er nicht klar denken. Er fühlte sich selbst gar nicht gut.

„Ich dachte, ich sehe nicht richtig", kam es leise aus ihm heraus. Er bemerkte, dass sich seit der Begegnung mit Neal eine seltsame Übelkeit in ihm ausgebreitet hatte. Er lehnte sich zurück, schloss die Augen und hoffte, dass der Zustand sich von allein legen würde. Aber er war so aufgewühlt und konnte die Gedanken nicht stoppen. „Er lebt also tatsächlich. Das ist unglaublich … Ich habe mich so erschrocken, als er plötzlich vor mir stand." Ein Schauer jagte ihm den Rücken hinunter.

„Du bist ihm im Treppenhaus begegnet?", fragte sie.

Gero nickte. „Ja, ich kam ahnungslos zur Tür rein … und dann so was!"

Er schüttelte den Kopf.

„Und was hat er gesagt?", fragte Francis weiter.

„Nichts", erwiderte Gero, und erst da bemerkte er, wie merkwürdig ihr Zusammentreffen gewesen war. „Er hat mich nur angesehen und ich ihn, und dann ist er an mir vorbeigegangen, als würde er mich gar nicht kennen."

„Und was hast du gesagt?", wollte Francis wissen. Inzwischen hatte sie sich etwas gefangen. Zudem war sie froh, dass sie mit ihren Fragen von ihrer eigenen Begegnung mit Neal ablenken konnte.

„Ich hab auch nichts gesagt", gestand er. „Ich war viel zu perplex von seinem Erscheinen. Ich hätte nie damit gerechnet, dass er so ohne Vorwarnung plötzlich wieder auftaucht."

Eine kleine Weile schwiegen sie, bis sich Gero etwas beruhigt hatte. Er setzte sich aufrecht hin und musterte Francis gründlich.

„Hat er wenigstens mit dir geredet?"

Sie nickte still.

„Hat er dir was getan? War er gemein zu dir?"

Da schüttelte sie den Kopf. „Nein, er war ganz ernst und sachlich. Er war nur kurz hier, um Nicholas abzuholen."

Geros Stirn legte sich in Falten. Immer mehr Fragen taten sich auf.

„Und wo war er die ganze Zeit? Was hat er denn so lange gemacht?"

Francis zuckte mit den Schultern, und ihr Blick wurde wieder traurig.

„Ich weiß es nicht. Er wollte es mir nicht sagen. Er war so anders, so kühl, so still …" Abermals füllten sich ihre Augen mit Tränen, als sie daran dachte, wie abweisend sich Neal ihr gegenüber verhalten hatte.

„Aber er muss doch was gesagt haben!", schoss es aus Gero heraus. Seine anfängliche Sprachlosigkeit hatte sich gelegt, jetzt spürte er unerwartete Wut.

„Er hat die Beziehung mit mir beendet", berichtete Francis. Sie griff nach einem neuen Taschentuch.

„Wie?" Gero konnte kaum glauben, was er hörte. Schlagartig erhob er sich vom Sofa. „Es ist aus mit euch? Total?"

Wieder nickte Francis. Sie fand keine Worte.

„Ja, spinnt der?", schrie Gero wütend. „Was bildet der sich denn ein? Er lässt dich also tatsächlich sitzen … mit den Kindern? Dieses Schwein!"

Er bebte vor Zorn. Trotzdem war es befreiend für ihn, die Wut herauszulassen. Er hatte stets Angst gehabt, vor dem Moment, an dem er Neal wiedertreffen würde. Und dann geschah alles so schnell, so ad hoc.

Es blieb kaum Zeit, um rational zu denken. Das machte Francis durch ihre folgenden Worte klar:

„Er wird sich um die Kinder kümmern. Das hat er versprochen. Und er wird das tun, das weiß ich. – Nicholas ist ihm sehr wichtig und das Baby auch." Sie seufzte. „Nur mit mir kann er wohl nicht mehr zusammen sein, nach all dem, was passiert ist."

Es klang einleuchtend, aber Gero konnte oder wollte das nicht verstehen. Vielleicht suchte er auch einen Grund, um die Wut an Neal herauszulassen.

„Er muss ja völlig den Verstand verloren haben von all den Drogen", sagte er demzufolge abfällig. „Ich kann es mir nicht anders erklären. Wahrscheinlich war er vorhin nur wieder total stoned und hat Schwachsinn geredet. Wart's mal ab!"

So schwer es ihr auch fiel, musste Francis ihren Bruder erneut in Schutz nehmen.

„So war es bestimmt nicht", sagte sie. „Neal ist weg von den Drogen. Er ist clean."

Ein Ruck ging durch Geros Körper. Es war, als bliebe die Zeit stehen, als würde er all das, was passierte, nur träumen. Sein Mund öffnete sich. „Was? Das glaub ich nicht."

„Doch!" Francis bestätigte es mit heftigem Kopfnicken. „Er war völlig nüchtern vorhin, absolut bei Sinnen."

„Wirklich?" Gero kam wieder näher und setzte sich. Seine Wut legte sich. Stattdessen fühlt er erneute Beklemmung in sich.

„Na ja, jetzt wo du es sagst." Er dachte an die Begegnung mit Neal zurück, daran, wie sie sich angesehen haben, wie Neal gekleidet war, wie er sich bewegt hatte. „Er sah nicht unbedingt glücklich aus, aber gesünder als vor seinem Verschwinden. Er war zwar immer noch so dürr, aber längst nicht mehr so klapprig auf den Beinen."

Francis hatte das ebenso empfunden. „Er scheint wirklich weg von den Drogen zu sein. Er war klar bei Verstand und hatte sich ganz unter Kontrolle – fast schon zu sehr."

Sie senkte den Kopf, als sie daran dachte, wie relativ gleichgültig Neal ihre Beziehung beendet hatte.

„Ernst sah er aus", stellte Gero fest. „Ernst und nachdenklich. Hast du gesehen? Er hat die Haare jetzt kurz. – Sieht viel erwachsener aus."

„Er scheint sich geändert zu haben", sagte Francis. Und es schwang etwas Hoffnung in ihrer Stimme mit, die signalisierte, dass sie trotz allem einer positiven Veränderung entgegensah. Aber eine Frage ließ sie nicht los. „Was ist nur passiert in den letzten Monaten? Wie hat er den Entzug bloß geschafft?"

Sie blickte Gero an, als würde der ihr eine Antwort geben, doch er konnte es nicht. Und er wollte es auch nicht.

„Er muss viel durchgemacht haben", gab er nur zu verstehen. „So ein Entzug ist sicher schrecklich. Ich kann nachfühlen, dass er da nicht drüber reden will."

Er betrachtete Francis und bemerkte, wie mitgenommen sie wirkte. Unterschwellig war er wütend, denn das Auftauchen von Neal brachte augenblicklich wieder Unruhe in ihr Leben. Er umarmte sie und drückte sie fest an sich.

„Nimm dir das nicht so zu Herzen. Vergiss nicht, dass du noch immer mich hast. Ich werde nicht zulassen, dass du wegen ihm unglücklich bist."

Kaum hatte Thilo erfahren, dass Neal zurückgekommen war, machte er sich auf den Weg zur Villa.

Dort im Garten stieß er zuerst auf Butler Ralph, der, ebenso wie sein Hausherr, monatelang verschollen gewesen war.

Thilo konnte sich demzufolge einen bissigen Kommentar nicht verkneifen.

„Schön! Sie sind ja auch wieder da! Darf man fragen, wo Sie waren? Sie sind ja unverschämt braun."

Ralph beendete das Haken des Rasens, denn dort hatte sich einiges an Laub angesammelt. Freundlich sah er Thilo an.

„Ich war in der Karibik. Traumhaft sag ich Ihnen …"

Thilo staunte nicht schlecht. Wie lange hatten sie sich alle den Kopf über das Verschwinden von Neal und seinem

Butler zerbrochen, und dann waren beide plötzlich wieder da.

Er gelangte durch den Garten zur Rückseite des Hauses. Auf dem weitläufigen Rasen sah er Nicholas mit Autos spielen. Neal stand auf der Terrasse. „Wenn dir zu kalt wird, kommst du rein, Nicki, okay? Ralph hat heißen Kakao gemacht!"

„Ja, Papi!"

Als Neal das Haus wieder betreten wollte, registrierte er Thilo, der schnellen Schrittes auf ihn zusteuerte.

„Hey, schön dich zu sehen!" Neal freute sich sichtlich, aber Thilos Gesicht blieb ernst.

„Dass du dich überhaupt noch hierher traust, du Schwein!", zischte der, nicht zu laut, damit Nicholas es nicht hörte.

Augenblicklich legte sich Neals Lächeln. „Was?"

Sie gingen ins Haus. Es lag auf der Hand, dass sie einiges zu klären hatten.

„Was fällt dir ein, einfach abzuhauen und Francis mit dem Baby alleinzulassen? Du tickst wohl nicht ganz richtig!"

„Äh, Moment mal!" Neal hob schlichtend die Hände, aber Thilo ließ ihn kaum ausreden.

„Ich hätte große Lust, dir eine reinzuhauen!", äußerte sich der lauthals. Es hätte nicht viel gefehlt, und er wäre Neal an den Kragen gegangen. Der nahm vorsichtshalber etwas Abstand. Es wäre nicht die erste Schlägerei zwischen ihnen gewesen. Doch damals war Thilo eindeutig unterlegen gewesen, jetzt allerdings, hätte sich Neal sicher nicht ausreichend wehren können.

„Bleib locker!", bat er. „Es ist nicht so, wie du denkst."

Thilo konnte sich schwer beruhigen. Sein ansonsten so blasses Gesicht war rot vor Wut, seine Hände waren zu Fäusten geballt.

„Ich dachte immer, du bist ein zuverlässiger Mensch!", warf er Neal vor. „Selbst mit deinem Drogenproblem hättest du dich um Francis kümmern müssen. Stattdessen haust du ab!"

Neal atmete geräuschvoll aus. Er deutete auf das Sofa. Unmöglich wollte er ebenso ausfallend werden, wie sein Kumpel. „Ich denke, wir setzen uns erstmal, ja?"

Thilo verdrehte die Augen. Trotzdem nahm er Platz.

„Einen Drink?", fragte Neal.

„Cognac!", orderte Thilo. Ja, den konnte er jetzt gut gebrauchen.

Neal verschwand in der Küche. Wenig später kam er mit einem Glas Cognac und einer Apfelschorle wieder. Das machte Thilo sofort stutzig. „Bist du unter die Antialkoholiker gegangen?"

Es klang schnippisch, doch Neal ließ sich davon nicht provozieren. Er nahm auch auf dem Sofa Platz und strahlte immer noch Ruhe aus.

„Ich kann verstehen, dass du sauer bist", begann er. „Aber es hatte Gründe, warum ich so lange weg gewesen war."

„Du hast eine Frau sitzen lassen, die ein Kind von dir erwartet!", funkte Thilo sofort dazwischen. Es war wirklich nicht einfach, das Gespräch ohne Streit zu führen. Neal versuchte es dennoch erneut.

„Francis hat *mich* zuerst sitzengelassen, vergiss das nicht", stellte er klar. „Sie hat *mich* alleingelassen, um zu Jarvis zu fahren."

Sein Gesicht verdunkelte sich, als er an diese Tatsache dachte. Nie im Leben wollte er erfahren, wie es seiner Schwester bei seinem verhassten Stiefbruder ergangen war. Sicher viel besser als daheim … mit ihm, einem Drogenwrack.

„Außerdem bin ich doch wieder da. Ich kümmere mich um Francis und das Baby. Es sind noch zwei Monate bis zur Entbindung. Ich bin zeitig zurückgekehrt."

Er nahm einen Schluck von seinem Saft. Deutlich spürte er die prüfenden Blicke von Thilo auf seiner Haut. Und dann kam die Frage, die er längst erwartet hatte.

„Wo warst du die ganze Zeit?"

Neal schluckte. Es war so offensichtlich, wo er gewesen war, trotzdem schien das niemand in Erwägung zu ziehen. Sogar seine Schwester hatte ihn befremdend angesehen, als er berichtet hatte, dass er clean war. Sie glaubten ihm nicht. Konnte man ihm deswegen verübeln, dass er nicht reden wollte? Aber er musste doch reden … Es würde kein Weg daran vorbeiführen.

„Ich war in Behandlung", sagte er knapp.

„Was für eine Behandlung?", hakte Thilo sofort nach.

Neal war ihm dankbar für seine penetranten Fragen. Er musste sich doch jemandem anvertrauen, und wieso nicht seinem besten Freund?

„Ich habe einen Entzug gemacht. In einer Klinik", sagte Neal leise.

Er wagte kaum, Thilo anzusehen. Er fühlte sich schlecht dabei, zuzugeben, dass er eine echte Entziehungskur gebraucht hatte, und auf der anderen Seite war es auch unheimlich befreiend, endlich darüber zu reden.

„Wirklich?" Thilos Augen weiteten sich. „Du bist clean? No drugs?"

„No drugs, yes", erwiderte Neal. Ein leichtes Lächeln umspielte seinen Mund, als er daran dachte, dass er es tatsächlich geschafft hatte.

Thilo lehnte sich verblüfft zurück. „Das glaub ich nicht. – Kein Koks mehr? Kein Heroin? Nichts?"

Neal schüttelte den Kopf. „Nein, nichts mehr."

„Unglaublich." Thilo staunte. Und er sah Neal an, als wäre der soeben wiedergeboren. „Wie hast du das geschafft? – Mensch, wir hatten dich abgeschrieben. Wir dachten, du wärst draufgegangen von dem Zeug."

„Ja, ich weiß", entgegnete Neal. Er fuhr sich mit den Händen über das Gesicht. Er sah aus, als konnte er selbst nicht glauben, dass er seine Sucht überlebt hatte. „Ich hatte großes Glück … Ich war eigentlich am Boden, wollte nicht mehr …" Betroffen senkte er den Blick. Mit einem Mal konnte er nicht weitersprechen.

„Du wolltest dir das Leben nehmen?", fragte Thilo fassungslos.

Neal nickte. „Ich war am Ende, wollte Schluss machen." Er entsann sich zurück. „Erst das mit Gero, dann war auch noch Francis weg. Es war grauenvoll."

Thilo schluckte verkrampft. Dass sein Freund zu einer Selbsttötung fähig gewesen wäre, schockierte ihn. Umso gespannter hörte er zu, warum es nicht dazu gekommen war.

„Ich hatte mir Heroin besorgt", erzählte Neal. „Eine ganze Menge. Ich wusste nicht mehr weiter, sah keinen anderen Ausweg. Ich wollte mir eine tödliche Dosis spritzen, das wäre schnell gegangen."

„Ja, und dann?", fragte Thilo nach. Er konnte kaum abwarten, Einzelheiten zu hören. Neal schüttelte den Kopf, als würde ihm die Erinnerung an das Geschehen vorkommen, wie ein Traum.

„Ich hatte schon den Arm gestaut, wollte es mir gerade injizieren, als ..."

„Ja, was?"

„Dirk kam."

„Dirk?", wiederholte Thilo ungläubig.

Neal nickte. „Ja, er kam völlig unangekündigt. Er stand plötzlich da und hat mich bei meinem Vorhaben gesehen."

Thilo sah ihn gespannt an, als würde er einem Krimi lauschen. „Und dann?"

Jetzt lächelte Neal ein wenig. „Dann hat er mir eine geknallt ..."

Schließlich fasste er den Mut, die ganzen vergangenen Ereignisse detailliert zu schildern:

...

... *Dirk stieg die Stufen schnell und hastig hinauf.* Ein beklemmendes Gefühl breitete sich in ihm aus, als er vor Francis' Wohnungstür stand, und er diese nur angelehnt vorfand, sodass er problemlos eintreten konnte.

Von der Innenseite steckte der Schlüssel, als hätte jemand versucht, abzuschließen.

Seit dem Anruf von Francis, bei dem sie verzweifelt von ihrer Abreise berichtet hatte, trug er diese schlimme Vermutung in sich. Sollte die sich bestätigen?

„Neal?" Keine Antwort ertönte.

Dirk sah ins Schlafzimmer. Sofort machten ihn die Blutstropfen auf dem Teppich aufmerksam. Als er näher trat, sah er das zerbrochene Regal und die Scherben.

Und schließlich vernahm er hektisches Atmen aus dem Badezimmer. „Neal?"

„Was machst du hier?", ertönte unerwartet dessen Stimme.

Dirk erblickte seinen Freund, der gekrümmt auf dem Boden des Badezimmers saß und zitterte.

„Wie bist du reingekommen?", schrie er. „Hau ab!"

Aber Dirk achtete gar nicht auf die ermahnenden Worte. Vielmehr starrte er auf die Spritze, die Neal in der Hand hielt. Und er sah den gestauten Arm …

„Bist du schon wieder am fixen?", fragte Dirk. Fassungslos schüttelte er den Kopf. Er kam näher. Dass er Neal an der Aktion hindern wollte, war offensichtlich.

„Das geht dich gar nichts an!", keifte Neal. Er drehte sich weg, versuchte, die Nadel in den Arm zu stechen. Ob er überhaupt eine Vene treffen würde, war fraglich. Seine Arme befanden sich noch immer in einem besorgniserregenden Zustand, doch das war ihm längst egal. „Das hat doch sowieso alles keinen Sinn mehr!"

Als Dirk das hörte, schreckte er zusammen. Er wusste nicht, wie viel Heroin Neal normalerweise nahm, aber als er die gut befüllte Spritze genauer betrachtete, wurde ihm klar, dass Neal eindeutig zu viel injizieren würde.

„Bist du verrückt!", schrie Dirk. Im nächsten Moment war er da, ganz nah. Er zog Neal an sich und mit einer Hand entriss er ihm die Spritze samt Nadel. Neal war zu schwach, um sich zu wehren.

Dann folgte ein Schlag, der Neals Leib regelrecht erschütterte.

Dirk hatte ihm eine saftige Ohrfeige verpasst, die seine Instinkte wachrüttelte, ihn gleichzeitig aber auch fast außer Gefecht setzte.

„Nein!" Mit geweiteten Augen sah Neal mit an, wie Dirk das Heroin ins Waschbecken drückte und mit Wasser wegspülte.

„Bist du nicht ganz dicht!!!" Er geriet außer sich, als er das sah. Mit viel Mühe kam er auf die Beine, doch es war längst zu spät. Das Heroin war weg, die Spritze leer.

„Warum hast du das getan!?" Neal schloss verbittert die Augen. Sein Gesicht glänzte. Er schwitzte. Und immer wieder durchfuhren ihn kalte Schauer. Er rieb sich die schmerzende Wange. „Warum tust du mir das an?"

Gedanken an früher kamen unausweichlich. Dirk hatte ihn schon damals schikaniert und geschlagen. Sollte sich das etwa wiederholen?

Er bemerkte, wie Dirk die Stauung an seinem Arm löste und ihn ins Wohnzimmer lotste. Er musste Neal stützen, fast tragen, so schwach war dessen Körper.

Dirk war klar, dass er gerade eine große Katastrophe verhindert hatte, und doch blieb keine Zeit, um länger darüber nachzudenken. Womöglich hätte es ihn aus dem Konzept gebracht, seinen Plan zerstört, und das durfte nicht passieren.

Er drückte Neal auf das Sofa. Und der blieb dort kraftlos sitzen.

„Ich hab das von Francis gehört. Sie ist weg … Ich kann ja verstehen, dass es dir mies geht, aber das ist noch lange kein Grund sich den *Goldenen Schuss* zu setzen!"

Dirk fuhr sich über das Gesicht. Er konnte kaum glauben, was er sagte, sagen musste, aber es war alles tatsächlich passiert.

Neal behielt den Kopf gesenkt. Seine Arme hatte er vor den Bauch gelegt, als hätte er Schmerzen.

„Du hättest nicht kommen sollen", sagte er leise, dann hob er den Kopf. „Warum bist du hier? Wie bist du überhaupt reingekommen?"

Kurz sah es so aus, als würde er in Tränen ausbrechen. War er wirklich so unglücklich darüber, dass Dirk ihn im letzten Moment gefunden hatte?

„Die Tür stand offen", sagte der. „Du scheinst nicht mal mehr in der Lage gewesen zu sein ordentlich abzuschließen." Er beugte sich zu Neal herunter, packte ihn fest an den Schultern.

„Ich kann mir vorstellen, wie du dich fühlst, aber ... was hast du noch zu verlieren? Ist es nicht endlich an der Zeit, mit dem ganzen Scheiß aufzuhören? Neal?" Er rüttelte ihn ein wenig, denn Neal schien vor Schmerzen fast apathisch. Konnte er Dirk überhaupt hören?

„Du kannst damit aufhören, ich weiß das ... Ich kümmere mich um alles, du musst nur *ja* sagen, okay?"

Er sah Neal durchdringend an, und der schien tatsächlich zu überlegen.

„Aufhören?", wiederholte er. „Das schaffe ich nicht ..."

Aber Dirk ließ nicht locker. „Klar schaffst du das. Du musst mir nur vertrauen, ja? Sag ja, bitte ..."

Sie sahen sich an, und Dirk erkannte in Neals Augen die nackte Verzweiflung, die Unsicherheit, vielleicht den lächelnden Tod ... aber konnte das nicht auch ein Neuanfang bedeuten?

„Bitte, sag ja, bitte ..."

Neal zögerte.

„Mensch, willst du sterben? Wegen Drogen? – So blöd kann man doch nicht sein!", schrie Dirk. „Was ist denn bloß los mit dir? Willst du wirklich alles aufgeben?"

Er sah Neal fragend an.

„Du hast Gero verloren und Francis wahrscheinlich auch ... Was deine Band inzwischen von dir hält, darüber will ich nicht nachdenken. Und deine Familie?" Dirk schüttelte den Kopf. „Willst du sie auch schockieren? Mit einem Tod, der völlig sinnlos wäre? – Und deine Kinder? Das Baby? Soll es ohne Vater aufwachsen?"

Neal hörte wie erstarrt zu. Das erste Mal, seit langem, dass er wirklich zuhörte, und über das nachdachte, was ihm vorgeworfen wurde. Er fühlte sich elend, als wäre er schon tot. Dennoch war noch etwas in ihm. Ein letzter Funke Kraft, der überleben wollte.

„Sag ja, bitte, ich helfe dir doch, sag ja! Los!", bat Dirk erneut.

Neal schloss die Lider, er atmete tief durch, dann kam es fast flüsternd über seine Lippen.

„Okay …"

Es war wie ein Startschuss, der neue Energie in Dirk erweckte. Er nickte, lächelte kurz, dann richtete er sich auf, um sein Handy aus der Hosentasche zu ziehen. In wenigen Sekunden hatte er eine Nummer gewählt und telefonierte, während er im Wohnzimmer auf und ab lief.

„Ja, es ist so weit. Ich kann mich sofort auf den Weg machen … Ja, ich habe alles hier, wie viel soll er nehmen? … Aha, ja … Ich denke, in 8 Stunden sind wir da. Ich melde mich von unterwegs. Okay, vielen Dank, Dr. Lentz."

Dirk beendete das Gespräch, dann kümmerte er sich wieder um Neal.

„Ich hab hier Tabletten zur Beruhigung", erklärte er, während er aus dem Jackett eine Schachtel herauszog. Er war für diesen Fall vorbereitet gewesen, und im Nachhinein froh darüber.

„Du nimmst jetzt zwei davon, dann bring ich dich zum Auto."

Neal nahm die Tabletten in die klamme Hand, sah zu, wie Dirk in die Küche rannte, um etwas Wasser zu holen.

„Wieso Auto?", erkundigte sich Neal. „Wo wollen wir denn hin?"

„Das wirst du schon früh genug sehen", sagte Dirk, als er zurück war und seinem Freund ein Glas Wasser reichte. Neal schluckte die Tabletten, dann sah er Dirk fragend an.

„Wird es schlimm werden?"

Dirk zögerte. Was sollte er antworten? Ein Entzug war kein Zuckerschlecken, das sollte wohl jedem klar sein, trotzdem setzte er ein ermunterndes Lächeln auf.

„Es wird schon nicht so dramatisch werden, da bin ich mir sicher."

Er musste Neal stützen, denn der war schwach und von den Tabletten auch müde, sodass er sich kaum auf den Beinen halten konnte.

Dirk bugsierte seinen Freund auf den Beifahrersitz des Mercedes' und deckte ihn mit einer Wolldecke zu, da Neal nicht aufhörte zu zittern. Danach schnallte er ihn an.

„Sag mir, wo wir hinfahren", bat Neal erneut. Dirk strich ihm über die Wange.

„Erstmal holen wir ein paar Sachen von dir."

Wenig später kamen sie an der Villa an. Butler Ralph war mit Gartenarbeit beschäftigt. Da er das silberne Auto von Dirk inzwischen kannte, öffnete er das große Tor zur Auffahrt ausnahmsweise mal direkt per Hand.

Als er Neal auf dem Beifahrersitz erkannte, kam er sofort näher.

„Was ist mit Mr. Anderson? Soll ich einen Arzt rufen?"

Dirk, der inzwischen ausgestiegen war, schüttelte den Kopf. Neal schlief mittlerweile und bekam von dem Gespräch nichts mit.

„Bitte, Ralph", begann Dirk, und es klang eindringlich. „Packen Sie Neal einen Koffer mit den wichtigsten Dingen. Wir werden verreisen, und es wird einige Zeit dauern, bis wir zurückkommen."

Ralph nickte. Er war bekannt für seine diskrete und höfliche Art, doch als er nach wenigen Minuten mit einem Koffer vor das Haus trat, hatte er dennoch einige Fragen:

„Wo wollen Sie denn hin? Wo kann ich Mr. Anderson erreichen? Und was sage ich seiner Familie?"

Dirk lud das Gepäck, dem eine Schuhtasche und ein Rucksack mit persönlichen Dingen folgten, in den Kofferraum und erklärte:

„Sie werden nichts sagen, zu niemandem. Und Sie werden die beiden Hunde nehmen und in die WG bringen. Ich denke, da ist momentan niemand, und einen Schlüssel haben Sie ja."

Ralphs Augen weiteten sich, als Dirk einen Scheck hervorholte, auf dem eine beachtliche Summe ausgestellt war.

„Und dann begeben Sie sich direkt zum Flughafen und fliegen erstmal weg … Besuchen Sie Verwandte in England oder buchen Sie etwas Südsee, das wird Ihnen guttun."

Ralph schluckte, doch er nahm den Check an. Er wusste, dass er Dirk nicht widersprechen sollte, und der hatte offensichtlich alles genau geplant.

„Wenn wir Sie wieder brauchen, werden wir Sie kontaktieren. Lassen Sie Ihr Handy an. Aber versuchen Sie nicht, Herrn Anderson zu erreichen. Er braucht erst einmal Ruhe und Abstand."

Ralph nickte gehorsam, und es schlich sich sogar ein Lächeln auf sein Gesicht, denn er wusste, dass Neal in guten Händen war und Dirk das Richtige tat.

Sie waren schon eine ganze Weile gefahren. Dirk schmerzte das Bein, denn er versuchte, schnell zu fahren, und trat unentwegt auf das Gaspedal. Zum Glück hielt sie kein Stau auf.

Allmählich setzte die Dämmerung ein. Dirk dachte daran, eine Rast zu machen, bevor es dunkel wurde. Und als hätte Neal seine Gedanken erhört, räkelte der sich plötzlich auf dem Beifahrersitz.

„Wir fahren ja immer noch", stellte er fest und richtete sich ein wenig auf. Er sah mitgenommen aus, doch ebenso war er ruhiger geworden.

„Können wir anhalten? Mir ist schlecht, und ich muss pinkeln."

Dirk nickte. Kurz darauf verließ er die Autobahn, um auf einen Rastplatz zu fahren.

Kaum hatte er angehalten, schälte sich Neal aus der Decke. Er schnallte sich ab und stieg aus dem Auto. Sein Gang wirkte gebrechlich. Nach wenigen Metern beugte er sich vor und würgte.

Dirk war sofort bei ihm, um ihn zu stützen.

„Ich hab Bauchweh", jammerte Neal. Er versuchte, sich wieder aufzurichten. Seine Kehle brannte. Mehr als bitterer Magensaft war nicht aus ihm herausgekommen. Er hatte den ganzen Tag nichts gegessen, trotzdem verspürte er keinen Hunger.

„Wann sind wir denn endlich da?", fragte er ungeduldig. Mit langsamen Schritten steuerten sie auf das Toilettenhäuschen zu.

„Eine Weile wird es schon noch dauern", gab Dirk zu verstehen.

Neal schloss die Augen. Er ließ sich von Dirk leiten.

Als sie gemeinsam vor den Hängebecken standen, um sich zu erleichtern, wurde Neal wieder unruhig.

„Ich krieg meine Hose nicht zu!", fluchte er, als er mit seinen zittrigen Händen den Reißverschluss seiner Cordhose nicht schließen konnte. „Fuck!"

Dirk kam zur Hilfe. „Ist doch nicht so schlimm", versuchte er zu beruhigen, aber Neal konnte keinen klaren Gedanken fassen.

„Ich will zurück", sagte er plötzlich. „Mir ist schlecht, mir tut alles weh. Ich will in mein Bett."

„Und vorher noch was drücken, ja?" Dirk sah ihn finster an, sodass Neal dem Blickkontakt auswich.

Draußen auf dem Rastplatz schenkte Dirk Kaffee ein. Butler Ralph war so aufmerksam gewesen und hatte ihnen eine Thermoskanne eingepackt, dazu ein paar Sandwichs.

Neal aß nichts. Stattdessen trank er gierig von dem Kaffee, während er ebenso hektisch auf der Sitzbank hin- und herrutschte.

„Hast du nicht was gegen Schmerzen?", fragte er. „Ich werde gleich verrückt vor Krämpfen."

Er verzog das Gesicht, und Dirk war klar, dass er keine Show abzog, sondern wirklich Leid ertrug.

„Ich werde mal sehen, was wir machen können."

Dirk erhob sich. Er griff nach seinem Handy und begann wieder zu telefonieren. Im Augenwinkel konnte er sehen, wie Neal sich krümmte und den Kaffee erbrach.

„Verdammte Scheiße, Dirk! Tu doch was! Ich halte das nicht mehr aus!"

Wütend schmiss Neal den Kaffeebecher auf den Boden, dann vergrub er sein Gesicht in den Händen.

Er wusste nicht mehr wo vorne und hinten, ob seine Entscheidung richtig oder falsch war. Er wusste gar nichts mehr, nur dass es ihm schlecht ging. Alles drehte sich. Sein Magen schmerzte, ebenso sein Rücken, seine Nieren. Ihm war schwindelig, heiß und kalt zugleich. Wie lange noch? Wie lange noch?

„Hier nimm das", hörte er Dirks Stimme. Als Neal den Kopf hob, sah er Dirks Hand, auf dem 2 Tabletten ruhten. Zudem streckte er ihm einen kleinen Becher mit etwas Flüssigkeit entgegen.

„Was ist das?", fragte Neal. Bevor er eine Antwort erhielt, hatte er die Medizin geschluckt. Ihm war egal, was es war. Hauptsache, er konnte was nehmen, den gierigen Geist befriedigen, irgendetwas einwerfen, das Gefühl haben, etwas gegen diesen grauenvollen Zustand zu unternehmen.

„Das waren eine Schlaftablette, was zur Beruhigung, Tropfen gegen Übelkeit und Magenkrämpfe."

Dirk fasste ihn an die Schultern. „Ich würde gerne weiter fahren, damit wir vor Mitternacht da sind."

Neal nickte. Und als er wieder auf dem Beifahrersitz saß und seine Lider erneut schwer wurden, wagte er noch einmal, zu fragen:

„Wohin fahren wir?"

„In die Schweiz", sagte Dirk.

…

…

Thilo hatte die ganze Zeit gebannt zugehört, und als Neal seine Erzählung beendete, griff er nach dem Glas Cognac und trank es in einem Zug aus.

„Wahnsinn", staunte er. „Dann hat Dirk dir ja das Leben gerettet."

Neal deutete ein Nicken an. „Wäre er nicht aufgetaucht, wäre ich jetzt wohl tot." Er dachte an die Zeit des Entzuges zurück. „Die ersten Tage und Wochen waren wirklich grauenvoll. Ich fühlte mich elend, hatte alles verloren, was mir lieb und wichtig war … und musste zudem die Kraft aufbringen, wieder vernünftig zu werden. – Aber ich habe es geschafft, dank Dirk. Er hat mir Mut gemacht, mich angespornt. Ich hatte durch diese Sucht viel verloren, aber auch viel gewonnen. Mir wurden die Augen geöffnet. Ich habe erkannt, wie kostbar das Leben ist, und dass man es auch ohne Drogen meistern kann."

Nun wurde Thilo einiges klar. „Jetzt verstehe ich, warum Dirk sich nicht bei uns gemeldet hat. Er war bei dir …"

„Ja, aber nur am Anfang", erklärte Neal. „Danach wollte ich allein sein und niemanden sehen."

Thilo seufzte. „Wir haben uns alle große Sorgen gemacht."

„Verstehe ich ja", sagte Neal. „Aber ich wollte nicht, dass ihr wisst, wo ich stecke. Ich wollte das allein durchziehen. Es war meine Scheiße, aus der ich allein herausmusste." Er lächelte zuversichtlich. „Außerdem bin ich ja jetzt wieder da."

Thilo schmunzelte. „Ich bin froh, dass du weg bist von dem Zeug, ehrlich. Ich bin unheimlich erleichtert."

Neal hob schelmisch eine Augenbraue. „Frieden?"
Thilo lachte. „Frieden." Sie nahmen sich freundschaftlich in den Arm. Das Kriegsbeil war begraben.
„Und, was ist hier so passiert?"
Thilo zuckte mit den Schultern. „Hier? Nichts weiter …"
„Gar nichts?" Neal konnte es nicht glauben, und schließlich sah Thilo verlegen zur Seite. „Na ja, doch, schon … Lucy, sie kommt zurück."

Francis stutzte. Hörte sie doch deutlich, wie ihr Sohn im Flur seine Jacke und Schuhe anzog. Fragend sah sie Gero, der mit auf dem Sofa saß, an, aber der konnte auch nur mit den Schultern zucken.
„Nicki? Wieso ziehst du dich an?", fragte sie und trat in den Flur. Sie war mehr als überrascht.
„Papi holt mich gleich ab", erklärte ihr Sohn. Er griff nach einem Schal und band ihn sich mehrfach um den Hals. „Wir gehen in den Zoo."
Da Francis von dieser Verabredung nichts wusste, zweifelte sie daran. „Neal kommt nicht", sagte sie. „Das hast du sicher falsch verstanden."
„Nein!", konterte Nicholas lauthals. „Er hat es versprochen!"
Sie seufzte. Wenn der kleine Junge sich derartig „bockig" präsentierte, hatte es wenig Sinn zu diskutieren. Ohne weitere Worte kehrte sie ins Wohnzimmer zurück.
„Er muss auch immer seinen Kopf durchsetzen, schlimm!", sagte sie zu Gero. Der nickte und legte sein Buch bei Seite.
„Das hat er wohl von seinem Vater geerbt."
Francis verzog das Gesicht. Ihr missfiel es deutlich, dass ihr Sohn nicht immer gehorchte. Doch sie war hochschwanger und hatte genug Turbulenzen erlebt. Sie konnte nicht mehr Energie aufbringen, um die Erziehung ihres ersten Kindes vollständig unter Kontrolle zu bekommen. Und sie staunte nicht schlecht, als ihr Bruder tatsächlich unangekündigt die Wohnungstür aufschloss und hereinkam.

„Na, kleiner Mann", hörte sie ihn sagen. „Können wir los?"
Sofort ging sie in den Flur zurück, wo sie Neal erblickte.

„Wieso hast du mir nicht Bescheid gesagt, dass du Nicki abholst?" Ihre Stimme klang erbost, sodass ihr Bruder den Blick erschrocken erwiderte.

„Sorry, ich dachte, das geht in Ordnung. Sonst konnte ich ihn doch auch immer holen."

„Ja, sonst, aber ..." Francis stoppte. Unmöglich wollte sie noch einmal in Worte fassen, was sich zwischen ihnen geändert hatte – und schon gar nicht vor ihrem Sohn.

„Nicki? Lässt du uns kurz allein?" Sie sah Nicholas bittend an, und der tat auch ausnahmsweise sofort das, was sie wollte und verschwand im Kinderzimmer. Sie fuhr fort:

„Es ist lieb, dass du dich um Nicholas kümmerst, doch wir müssen da einen gemeinsamen Weg finden. Der Junge hört kaum noch auf mich. In der Zeit, in der du nicht hier warst, war er sehr verschlossen und hat unheimlich unter deiner Abwesenheit gelitten. Es war schwer,
an ihn heranzukommen. – Und nun, wo du wieder da bist, gehorcht er fast gar nicht mehr. Er redet nur von dir, den ganzen Tag – so geht das nicht weiter."

Neals Gesicht zeigte Betroffenheit. „Ehrlich? Verstehe ich nicht. Er ist doch so artig."

Francis nickte. „Ja, bei dir. Bei mir macht er nur Unfug. Du musst ihm klarmachen, dass er auch auf mich hören muss. Immerhin bin ich seine Mutter, die sich hauptsächlich um ihn kümmert. Sonst kann er ja gleich bei dir einziehen."

Sie merkte, wie sie sich anspannte, denn es stimmte. Ihr Sohn war extrem auf Neal fixiert. Das war ihr besonders in seiner Abwesenheit aufgefallen, und jetzt, nach seiner Rückkehr, war es fast unerträglich geworden.

„Ich rede mit ihm", sagte Neal ernst. Sie merkte, wie ihn diese Neuigkeit beschäftigte. Er selbst hing sehr an seinem Sohn, und er genoss den Einklang zwischen ihnen, wenn sie allein waren. Trotzdem wollte er unbedingt vermeiden, dass der Junge unter den Spannungen der vergangenen Monate und der neuen Situation litt.

Schließlich holte er Nicholas aus dem Kinderzimmer und nahm dessen Hand. „Ich bringe ihn heute Abend zurück."

„Okay." Francis sah ihnen hinterher, wie sie durch den Flur gingen. Bevor Neal sich allerdings der Tür zuwandte, fiel sein Blick ins Wohnzimmer, wo Gero auf dem Sofa saß. Und als hätte Nicholas diesen Blick beobachtet, fragte der: „Kommt Gero auch mit?"

Neal schüttelte sofort den Kopf. „Ich glaube nicht, dass er Lust hat mit uns in den Zoo zu gehen", sagte er provokativ, dann verschwand er mit dem Jungen zur Tür hinaus.

Kaum war die Tür zugeklappt, schoss es aus Gero heraus: „Ja, spinnt der jetzt völlig? Was fällt ihm ein, über mich so zu urteilen? Der hat sie wohl nicht mehr alle!"

Francis kam wieder ins Wohnzimmer. Ihr hatte der abfällige Ton ihres Bruders auch nicht zugesagt, und trotzdem hatte der wohl recht.

„Wärst du denn mit in den Zoo gegangen?", fragte sie neckisch.

Da brauchte Gero nicht lange überlegen. Er schüttelte den Kopf. „Mit Sicherheit nicht. *So*, wie der sich verhält. Und gegrüßt hat er mich auch wieder nicht."

Francis setzte sich. Es fiel ihr sichtlich schwer, zwischen den Fronten zu stehen. In keiner Weise wollte sie sich auf eine Seite stellen.

„Ich denke, er weiß einfach nicht, wie er sich dir gegenüber benehmen soll. Wahrscheinlich ist alles pure Unsicherheit."

Gero hob die Schultern etwas an. „Kann schon sein, doch sein Verhalten macht mich krank!"

„Ihr solltet euch unterhalten", schlug sie vor. „Sicher könnt ihr einiges klären."

Daraufhin wurde Gero fast wütend. „Ich will aber nicht mit ihm reden!", äußerte er sich. „Der soll mich nur in Ruhe lassen!"

Er verzog das Gesicht. „Seit er zurück ist, herrscht überall wieder Unruhe. Alles dreht sich nur um ihn! Wie ich über Neal denke, das kümmert keinen!"

„Das stimmt doch nicht", sagte Francis. Sie umarmte ihn. „Du weißt, wie wichtig du mir bist. Aber ich muss den Kontakt zu Neal halten, wegen der Kinder. Sie brauchen ihn. Besonders Nicholas."

Gero senkte den Kopf. Unmissverständlich gab er zu verstehen, dass er mit Neals Rückkehr mehr als unzufrieden war.

„Und ich dachte, *wir* sind jetzt zusammen. Dazu gehört auch ein gewisses Anrecht auf die Kinder. Und nun mischt sich Neal wieder ein!"

„Er ist ja immerhin auch der richtige Vater", erinnerte Francis. „Außerdem weiß er doch noch gar nicht, was zwischen uns ist."

Sie seufzte und wollte gar nicht darüber nachdenken, wann der passende Zeitpunkt wäre, um Neal davon zu berichten. Sie atmete auf, als sie Geros Worte hörte:

„Wahrscheinlich ist es besser, wenn er erstmal nichts von uns weiß. Ich habe keine Lust auf erneuten Ärger." Er verdrehte die Augen. „Mann, ist das alles ätzend!"

Mit der flachen Hand fuhr er sich über die Haare, die dunkelblond glänzten. Obwohl er so unzufrieden war, fiel Francis zum wiederholten Male auf, wie attraktiv Gero war und wie anziehend. Sie gab ihm einen Kuss auf die Wange.

„Lass uns den Nachmittag allein genießen – und kein Wort mehr über Neal."

Am späteren Abend brachte Neal seinen Sohn zurück. Gero war nicht da.

„Und? Hattet ihr einen schönen Tag?", fragte Francis, sie sah dabei jedoch nur Nicholas an.

„Ja!" Der Junge strahlte. „Wir haben ganz viele Tiere gesehen im Zoo. Und ich durfte auf einem Pferd reiten. Und Papi hat mir Eis gekauft – und Pommes!"

Sie schmunzelte. „Das hat dir gefallen, was?" Sie sah auf ihre Armbanduhr. Es war tatsächlich schon spät geworden. „Nun musst du aber ins Bett. "

Wie erwartet hatte ihr Sohn kein Einsehen.

„Nein, ich will nicht!", rief er.

„Morgen musst du zur Schule", erinnerte Francis.

„Ich will nicht! Ich will nicht!", rief Nicholas weiter, dabei klammerte er sich fest an Neals Hand, als würde der etwas anderes dazu sagen, doch das geschah nicht.

„Nicki, sei artig", sprach Neal. „Du hast mir versprochen, das zu machen, was Mami sagt."

Der kleine Junge zog die Mundwinkel nach unten. Mit seinen dunklen Haaren und dem schmalen Gesicht, sah er seinem Vater sehr ähnlich. „Aber ich bin noch gar nicht müde."

„Hörst du schlecht?", schaltete sich Francis wieder ein. Ihr ermahnender Blick brachte Nicholas schließlich zur Vernunft.

„Na gut, aber Papi muss mir noch eine Geschichte vorlesen."

Francis seufzte tief, doch Neal nickte sofort lächelnd. „Ich mach das schon", sagte er zu seiner Schwester. Er zog seine Jacke aus, dann begleitete er Nicholas ins Bad, wo der sich die Zähne putzte. Im Kinderzimmer zog sich der Junge um und schließlich lag er artig im Bett. Neal hatte einen Stapel Bücher auf dem Schoß und suchte die passende Lektüre heraus.

Sein Sohn sah ihn traurig an.

„Wieso schläfst du nicht hier?", fragte er.

„Mami möchte das sicher nicht", antwortete Neal, „und ich auch nicht."

„Habt ihr Streit?", wollte Nicholas wissen.

„Nicht direkt", versuchte Neal zu erklären, „aber ich werde weiterhin bei mir zu Hause schlafen."

„Ist es wegen Gero?", fragte der Junge dann, woraufhin Neal sofort stutzte.

„Wieso? Was hat Gero damit zu tun?"

„Weil er doch hier immer schläft … jedenfalls, als du weg warst, war er hier. Er hat immer so getan, als ob ich sein Sohn bin, dabei bist du doch mein Papi." Demonstrativ schmiegte sich Nicholas an seinen Vater. Neal streichelte seinen Rücken. Was er hörte, stimmte ihn sofort nachdenklich.

„Gero hat hier geschlafen?", fragte er nach. „Wie oft?"

„Sehr oft", berichtete Nicholas. „Und er hat Mami überall geholfen. Er hat gekocht und eingekauft, damit sich Mami schont."

Neal schluckte. „Na, dann hat er sich ja gut um Mami gekümmert", sagte er, doch sein Gesicht blieb ernst.

Nach einiger Zeit kam Neal aus dem Kinderzimmer.

„Das war aber eine lange Geschichte", stellte Francis fest.

Neal zuckte mit den Schultern. „Ich konnte kein Ende finden", sagte er, dabei bemerkte er ihr Lächeln.

„Was ist?"

Francis winkte ab. „Nichts. Nur das Baby – es strampelt so. Das ist ein komisches Gefühl."

„Es strampelt?" Neals Augen begannen zu leuchten. „Echt?" Er kam näher, und ohne zu fragen, legte er seine Hand auf ihren Bauch und fühlte die Tritte, die gegen die Bauchdecke stießen. Sein Gesicht strahlte vor Begeisterung.

„Das ist wunderbar", sagte er leise.

Francis nickte. Auch sie freute sich. Schließlich sah sie ihren Bruder eindringlich an. „Möchtest du noch etwas essen? Ich habe was übrig."

Und als würde Neal aus einem schönen Traum erwachen, wurde sein Gesicht plötzlich wieder ernst. Er nahm die Hand von ihrem Bauch und schüttelte den Kopf. „Nein, danke. Ich hab keine Zeit mehr."

Er wandte sich der Tür zu.

„Schade", hörte er Francis sagen und versetzte ihm damit einen unangenehmen Stich im Herzen, denn es war nicht einfach, ihre Nähe abzulehnen.

Er drehte sich, sah sie an, wie sie vor ihm stand in ihrem weiten Umstandskleid, mit dem schönen Gesicht, welches eine leichte Enttäuschung ausstrahlte. Mit einem Mal tat sie ihm leid. Und er dachte daran, wie schön es mit ihr gewesen war – früher! Sollte er etwa schwach werden?

Nein, er musste konsequent bleiben. Das hatte er sich fest vorgenommen.

„Vielleicht können wir am Wochenende etwas unternehmen, mit Nicki, okay?", fügte er hinzu und versuchte auf diese Weise, die Situation zu entspannen. Sie nickte lächelnd.

Vor dem Haus holte Neal tief Luft. Irgendetwas ging in ihm vor. Er fühlte sich plötzlich komisch. Als er an der Hauswand das Rad von Gero stehen sah, wusste er auch wieso.

Er spürte Wut und gleichzeitig eine große Verzweiflung.

Er war also bei ihr gewesen, die ganze Zeit, hat dort geschlafen, sich gekümmert…

Er griff nach seinen Zigaretten, um sich eine anzuzünden. Seinen Blick konnte er jedoch nicht von dem Rad abwenden. Am liebsten hätte er mit Wucht dagegen getreten, seine Wut herausgelassen, randaliert und demoliert, doch was hätte das gebracht?

Er war mit keinem mehr zusammen, weder mit Gero, noch mit Francis. Sie konnten beide machen, was sie wollten…

Aber der Gedanke daran, machte Neal unsicher.

Hatte er tatsächlich alles verloren? War er nebensächlich geworden? Spielte er nicht mehr die Hauptrolle?

Hatte es noch einen Sinn, Hoffnung zu haben?

Seine zittrige Hand führte die Zigarette zum Mund, und das erste Mal seit Wochen, dachte er wieder an Drogen.

Er hätte was gebrauchen können. Jetzt, in diesem Moment.

Er hätte sich gern betäubt und alles vergessen …

Es wäre so leicht gewesen, rückfällig zu werden.

Er ging zum Auto, setzte sich hinein und griff nach seinem Handy, um eine Nummer zu wählen. Inzwischen war er nervös. Angst stieg in ihm auf.

Und er war erleichtert, als sich eine vertraute Stimme meldete.

„Ich bin's", sagte Neal. „Hast du Zeit? Jetzt? Sofort? – Ich brauche jemanden … zum Reden. Mir fällt sonst die Decke auf den Kopf, bitte!"

„Klar, bleib ganz ruhig. Ich bin gleich bei dir", hörte er Dirk sagen.

Kapitel 5

Neal hielt sein Versprechen, und schon am Wochenende ging er mit seiner Schwester, und auf Nicholas' Drängen hin, erneut in den Zoo.

Francis freute sich, dass er die Zeit mit ihr verbrachte, obwohl ihr ebenfalls bewusst war, dass er es hauptsächlich ihres Sohnes zuliebe tat.

Obgleich alles vertraut zwischen ihnen war, fühlte sie sich nicht glücklich, denn es war nicht wie früher. Sie waren nicht mehr zusammen.

Trotzdem versuchte sie, es sich nicht anmerken zu lassen.

Vor der großen Anlage mit den Elefanten nahm sie ihren Sohn in den Arm, und gemeinsam lächelten sie Neal zu, der eine Kamera in den Händen hielt und Fotos machte.

„Geben Sie mir doch den Fotoapparat", ertönte plötzlich eine Stimme. „Dann können Sie mit Ihrer Frau zusammen aufs Bild."

Neal drehte sich. Neben ihm stand ein älterer Herr, der ihn freundlich ansah.

„Meine Frau?", wiederholte er perplex. Er blickte zu Francis, die trotz der Strapazen der letzten Monate immer noch wunderschön aussah und in ihm tiefe Gefühle erweckte. Doch er hatte diese verbotene Liebe beendet. War es wirklich richtig gewesen? Hatte sie ihm nicht auch angeboten, einen Neustart zu wagen? Das hatte er abgelehnt. Bereute er es? Seine Zweifel wurden immer größer.

„Ähm, wir sind gar nicht verheiratet", stammelte er.

Unsicher sah er den Mann an, der offensichtlich weder die Band *The Drowners* noch die Familie Anderson aus der Presse kannte. Ohne Befürchtungen reichte er ihm somit die Kamera.

Der Herr nickte. „Aber sicher werden sie irgendwann vor den Traualtar treten." Er deutete auf Francis, die über den Babybauch strich und das Gespräch der beiden Männer von

Weitem nicht verstand. „Jetzt, wo wieder Nachwuchs ins Haus steht, oder?"

Neal seufzte. Der Mann hatte ja gar keine Ahnung. Abermals blickte er seine Schwester an. Hätte er sie zur Frau genommen, wären sie nicht verwandt gewesen? Er wusste es nicht ...

„Vielleicht", sagte er leise und zwinkerte dem Mann zu.

Dann ging er zu Francis und Nicholas, um sich gemeinsam fotografieren zu lassen.

Gero fuhr langsam auf dem Radweg nach Hause. In seinem Kopf wimmelte es von medizinischen Fachbegriffen, die er an der Uni ausgearbeitet hatte.

So war er tief in Gedanken, als er neben sich eine Stimme hörte: „Hallo!"

Gero bremste ab und blickte sich um. Wenige Meter hinter sich sah er Neal, der mit seinen Hunden spazieren ging und ihn freundlich ansah. Konnte das möglich sein?

„Na? Wie geht's dir denn?", wollte Neal wissen, und er kam näher. Doch Gero dachte gar nicht daran, zu antworten. Er drehte sich um und zischte: „Lass mich in Ruhe!"

Er trat verbissen auf die Pedalen und beschleunigte das Tempo.

„Aber wieso?", rief Neal. „Lass uns doch mal reden!"

Zu Hause angekommen war er außer Puste. Zu seinem Erstaunen kam lautes Gelächter aus der WG. Das hatte ihm gerade noch gefehlt!

Als er eintrat, sah er Thilo und Francis in der Küche – und eine Frau, die ihm unbekannt war.

„Oh, da ist er ja!", rief Francis erfreut. Sie griff nach seinem Arm, um ihn zu sich zu ziehen. „Das ist Gero."

„Hi", entwich es Gero schüchtern. Er gab der Fremden die Hand.

„Das ist Lucy", erklärte Thilo. Er legte einen Arm um die Frau, die auffällig bunt gekleidet war und lange Dreadlocks hatte, in denen viele Perlen eingeflochten waren. Gero wusste, dass Thilos ehemalige Freundin aus Indien zurückkommen wollte, dass es aber so schnell gehen würde, überraschte ihn.

„Lucy hat Archäologie studiert und ein paar Jahre an diversen Ausgrabungen teilgenommen", fügte Thilo hinzu. Er strahlte über das ganze Gesicht, das ausnahmsweise mal nicht blass gepudert war, sondern aufgeregt leuchtete. Die Rückkehr von Lucy freute ihn offensichtlich sehr.

Gero konnte dagegen nur still nicken. Er brachte nicht einmal ein Lächeln zustande.

„Ihr entschuldigt mich?", sagte er lediglich, dann verschwand er eilig in seinem Zimmer.

„Was hat er denn?", fragte Lucy sogleich.

Thilo seufzte. Wie sollte er in kurze Worte fassen, was in den vergangenen Monaten passiert war, und warum sich sein Mitbewohner so komisch verhielt? „Ach, er hat es nicht leicht gehabt in der letzten Zeit. Hab etwas Nachsicht mit ihm."

„Was ist mit dir?", fragte Francis. Sie war Gero sofort gefolgt. Sein wechselhaftes Verhalten machte ihr Sorgen. Auch jetzt sah er mitgenommen aus.

„Ich habe Neal eben getroffen. Er wollte mit mir reden", erklärte er.

Sie zuckte leicht mit den Schultern. „Was ist denn dabei, wenn ihr miteinander redet? Diese Funkstille zwischen euch ist lächerlich."

Da sah Gero sie fast vorwurfsvoll an: „Verstehst du es nicht? Ich *will* nicht mit ihm reden! Er macht mir Angst! Er will mich doch sicher nur fertigmachen, mich einschüchtern ..."

Er dachte an die Beziehung mit Neal zurück, daran, dass er sich völlig vereinnahmen, wehrlos und gefügig hat machen lassen.

Verzweifelt sah er zu Boden. Nicht noch einmal wollte er das erleben, was er seit Wochen verdrängt hatte. Warum war Neal bloß wieder aufgetaucht?

Francis nahm ihn still in die Arme. Sie spürte, dass es zu diesem Zeitpunkt kaum möglich war, das Gegenteil zu beweisen.

„Woran denkst du?", fragte Dirk leise, dabei drehte er sich zu Neal hin. Der lag still auf dem Bett und starrte an die Decke. Nur ab und zu nahm er einen Zug von seiner Zigarette.

Er genoss Dirks Nähe. Wenn sie zusammen waren, mussten sie nicht viel reden. Alles war vertraut. Vor wenigen Monaten hätte sich Neal nicht träumen lassen, Dirk wieder als wahren Freund bezeichnen zu können.

„Ich weiß nicht …", antwortete er. Tatsächlich konnte er nicht deuten, was in ihm vorging. „Irgendwie läuft alles nicht so, wie ich es mir vorgestellt habe."

Wieder führte er die Zigarette zum Mund.

„Wie hast du dir das denn vorgestellt?", hörte er Dirk fragen. „Dass du nach der Therapie nach Hause kommst, und alles ist wie vorher? Das kannst du doch nicht ernsthaft gedacht haben?"

„Natürlich nicht …" Neal klang fast kleinlaut. Er richtete sich auf, um die Zigarette im Aschenbecher auszudrücken. Er spürte Dirks Hand auf seinem Rücken, auf seiner nackten Haut.

„Ist es wegen uns? Wegen gestern?" Dirks Frage war direkt, und Neal war ihm dankbar dafür. Er drehte sich herum, um seinen Freund ansehen zu können.

Sie hatten am vergangenen Abend lange zusammengesessen und bis spät in die Nacht geplaudert. Sie waren dicht nebeneinander eingeschlafen. Zuvor hatten sie sich zaghaft geküsst, doch mehr war nicht gelaufen. Neal konnte nicht über seinen Schatten springen, so sehr er es auch gewollt hätte.

„Es tut mir leid", sagte er. „Das mit uns, das wird nie wieder wie früher sein. – Du bedeutest mir viel, aber ich liebe dich nicht mehr." Er schüttelte den Kopf. „Unter diesen Umständen kann ich nicht mit dir schlafen. Das wäre nicht fair."

Er atmete tief durch. Er war froh, dass sie diese Situation ansprachen, denn das lag ihm schon lange auf dem Herzen. Zu seiner Erleichterung zeigte sich Dirk verständnisvoll, obgleich er plötzlich andere Thesen ans Tageslicht brachte:

„Mach dir nichts vor. Es geht dir nicht darum, dass du mich nicht enttäuschen willst, sondern dass du immer noch Gero liebst, stimmt's?"

„Blödsinn!", konterte Neal. „Gero ist abgehakt. Er will nichts mehr von mir und ich nichts mehr von ihm."

Er drehte sich, um nach dem Haustelefon zu greifen, das neben dem Bett stand. Damit rief er im Erdgeschoss an, um Ralph mitzuteilen, dass er das Frühstück heute nach oben bringen sollte. Als er sich wieder Dirk zuwandte, schien er etwas entspannter.

„Wir können die Zeit nicht zurückholen", sagte er „Und wir sollten es nicht auf Krampf versuchen." Ihm fielen diese Worte nicht einfach.

„Ich bin dir dankbar für alles", sprach Neal weiter. „Ohne dich wäre ich tot." Er schloss die Augen, sein Körper fing an, zu zittern. Schwer konnte er seine Tränen unterdrücken. Zu sehr traten die Erinnerungen an den Entzug in den Vordergrund, und es lief wie ein Film vor ihm ab …

… Es war schon längst dunkel, als Dirk den silbernen Wagen auf das Klinikgelände lenkte. Er kannte sich hier zum Glück aus. Er selbst hatte bereits oft die ruhige und gepflegte

Atmosphäre dieser Klinik in Anspruch genommen, um sich einem jährlichen Check-up zu unterziehen.

Dirk litt seit seiner Kindheit an einer Psychose, die er dank einiger Tabletten inzwischen unter Kontrolle hatte. Aber die Gefahr eines erneuten Schubes war immer gegenwärtig. Und so ließ er sich einmal im Jahr gründlich untersuchen. Und das in dieser exquisiten Klinik in der Schweiz.

Hier wurden die Patienten, vornehmlich Geschäftsleute oder Prominente, mit ihren Leiden erstklassig behandelt. Die Krankenzimmer glichen Suiten teurer Hotels, der Service war einmalig, alles verlief diskret und zufriedenstellend.

Kaum hielt Dirk vor dem Eingang, war Personal zu sehen. Die Krankenschwestern trugen hier keine weiße Kleidung, sondern kurze Kleider in Blau, was Dirk gut gefiel, aber nun konnte er sich mit der Betrachtung der äußerst schönen Pflegerinnen nicht beschäftigen. Er stieg aus.

„Martens ist mein Name", begann er. „Informieren Sie bitte Dr. Lentz, dass wir angekommen sind."

Eine der Schwestern nickte und verschwand. Die andere trat an ihn heran. „Kann ich helfen?", fragte sie. Dirk lächelte. Nein, er konnte wirklich keine schöne Frau abweisen, doch augenblicklich ging es nicht anders.

„Ich würde gerne auf Dr. Lentz warten, aber vielleicht können Sie sich um das Gepäck kümmern?" Er deutete auf den Kofferraum.

Inzwischen war auch ein Portier erschienen. Zusammen mit der Schwester lud er die Koffer aus, während Dirk die Beifahrertür öffnete und Neal abschnallte.

„Wir sind da", sagte er, dabei strich er Neal vorsichtig über die Wange. Neal stöhnte leise, richtig wach wurde er nicht.

Dirk bemerkte, wie Dr. Lentz, leitender Chefarzt der Abteilung für Suchttherapien, neben ihn trat. Sie begrüßten sich, dann sah der Arzt ins Auto. Als er Neal erblickte, nickte er verständnisvoll.

„Er ist ja wirklich in keiner guten Verfassung", stellte er fest. „Soll ich eine Trage bringen lassen?"

Das lehnte Dirk ab.

„Es wird schon gehen. Er wiegt ja kaum noch was."

Er beugte sich zu Neal herunter, griff ihn und zog ihn aus dem Auto. Es war eine Leichtigkeit ihn hochzuheben. Dr. Lentz ging vor, während Dirk mit Neal in den Armen folgte.

Wie erwartet bekam Neal ein Zimmer, das einer Wohnung glich. Es hatte einen Schlaf- und Wohnbereich, so wie eine kleine Küche, eine Terrasse und natürlich ein eigenes Bad. Neben dem großen Doppelbett war jedoch noch ein Krankenbett aufgestellt, in das Neal gelegt wurde.

Dirk machte sich sofort daran zu schaffen, seinem Freund die Kleidung auszuziehen, denn die war verschwitzt und für die weitere Behandlung nicht vorteilhaft.

Als Dirk Neals Hose auszog, bekam er zum ersten Mal richtig zu sehen, wie dürr Neal geworden war. Seine Beine waren bis auf die Knochen abgemagert, sein Bauch eingefallen, die Beckenknochen stachen hervor. Dirk schloss verbittert die Augen.

„Sie müssen unbedingt etwas für seine Ernährung tun. Er hat sicher seit Tagen nichts gegessen. Und seine Arme, die sind entzündet, von den Einstichen."

Dr. Lentz nickte. Nachdem Neal nur noch mit Unterhose und T-Shirt im Bett lag, setzte er sich zu ihm und machte Notizen.

„Herr Anderson? Hören Sie mich?"

„Mhm", erwiderte Neal. Er hatte die Augen jedoch geschlossen. Immer wieder ging ein Zucken durch seinen Körper. Zwischendurch stöhnte er auf.

„Sie sind hier, weil Sie einen Entzug machen wollen", sprach der Arzt weiter. „Das ist ein großer, positiver Schritt."

Neal sagte nichts dazu, stattdessen legte er die Hände vor den Bauch, als hätte er dort Schmerzen.

„Zuerst muss ich wissen, wie lange Sie schon heroinabhängig sind. Können Sie den genauen Zeitraum abschätzen?"

Da öffnete Neal die Augen einen Spalt. Ihm ging es gar nicht gut, das musste er nicht erklären, trotzdem versuchte er, dem Arzt zuzuhören und die Antworten zu liefern.

„Ungefähr 4 Monate, vielleicht etwas länger", sagte er, dabei zitterte seine Stimme ebenso, wie sein Körper.

„Das ist noch verhältnismäßig kurz", stellte Dr. Lentz fest. „Das ist ein Vorteil, dennoch nehme ich an, dass Sie täglich gespritzt haben?"

Neal nickte.

„Und davor? Andere Drogen?"

„Ja." Neal nickte heftiger. Doch bevor er weiter schilderte, griff er nach dem Glas Wasser, das Dirk ihm anreichte. Er konnte es kaum festhalten, sodass Dirk ihm half. Nach wenigen Schlucken fuhr er fort:

„Ich hab Kokain genommen ... über einen längeren Zeitraum..." Er dachte angestrengt nach. „Bestimmt ein dreiviertel Jahr lang ..."

„Tabletten?", hakte der Arzt nach und machte sich dazu Notizen.

Wieder nickte Neal, obwohl es ihm schwerfiel, sich zu konzentrieren. Schweiß stand ihm auf der Stirn, er war entsetzlich blass. „Valium und Schlaftabletten ... ab und zu Upper."

„Sonstige Drogen?"

Da schüttelte Neal den Kopf und schloss erschöpft die Augen. Das machte Dirk ein wenig wütend und fast vorwurfsvoll mischte er sich in das Gespräch ein.

„Das stimmt nicht!", gab er zu verstehen. „Er raucht wie ein Schlot und getrunken hat er die letzte Zeit auch täglich." Er sah den Arzt an. „Das ist doch von Bedeutung, oder?"

Dr. Lentz bestätigte dies. „Demzufolge wird er nicht nur das Verlangen nach Heroin verspüren, sondern auch nach allen Begleitstoffen, die er in der letzten Zeit regelmäßig konsumiert hat."

Er machte weitere Notizen.

„Können Sie mir den Grund sagen, warum Sie Drogen nehmen?", war die nächste Frage, die Neal den Verstand zu rauben schien.

„Weil ich das alles nicht mehr aushalte!", schrie er, aber seine Stimme war schwach. „Ich kann nicht mehr! Ich kann nicht mehr!"

Er wurde kurzatmig. Dirk und Dr. Lentz schwiegen, damit Neal sich beruhigen konnte, dann versuchte der, sich ein wenig aufzurichten. Seine Kräfte waren am Ende, seine Augen voller Angst.

„Was geschieht denn nun? Was haben Sie vor? Sie müssen doch etwas unternehmen, diese Schmerzen machen mich ganz verrückt!"

Er sank zurück auf das Bett. Die Wut, die sich in ihm aufgebaut hatte, raubte ihm die letzte Kraft.

Der Arzt fasste ihm beruhigend auf die Schulter.

„Sie können selbst entscheiden", versuchte er zu erklären. „Wir können Nägel mit Köpfen machen, den kalten Entzug. Von jetzt auf gleich wird nichts mehr eingenommen. Wir werden Sie unter Kontrolle haben, jedoch werden Sie Schmerzen haben, Schüttelfrost, Krämpfe, mit Sicherheit Erbrechen und Durchfall. -

Sie werden denken, durchzudrehen. Im schlimmsten Fall müssen wir Sie fixieren. – Doch wären Sie in vierzehn Tagen durch damit, und man verspricht sich von dieser radikalen Methode bessere Langzeiterfolge."

Neal, der die ganze Zeit mit geschlossenen Augen zugehört hatte, bekam kaum den Mund auf, um weiter zu fragen:

„Und ... was wäre die andere Möglichkeit?"

„Wir setzen Sie unter bestimmte Medikamente, die die Entzugssymptome dämmen. Sie werden dadurch schläfrig werden. Pflegerische Tätigkeiten müssten Sie unserem Personal überlassen. Zusätzlich bekommen Sie täglich eine Ersatzdroge, die das unstillbare Verlangen hemmt und keinen Kick mehr auslöst. Es dauert jedoch Wochen, bis

Monate, bis wir diese Präparate reduzieren und letztendlich weglassen können."

Neal schluckte. Beide Methoden klangen nicht reizvoll. Er öffnete die Augen, um den Blickkontakt mit Dirk aufzunehmen.

„Würdest Du mich eine Mimose nennen, wenn ich die zweite Variante wählen würde?"

Dirk schmunzelte. Er beugte sich zu Neal herunter.

„Ganz sicher nicht", sagte er. „Du bist jetzt schon mein Held."

Neal stöhnte gequält, versuchte aber auch, zu lächeln.

„Noch eins …"

Er tastete mit seiner zitternden Hand nach Dirk und zog ihn so dicht an sich heran, dass Dr. Lentz nicht hören konnte, was Neal flüsterte. Dann richtete sich Dirk wieder auf. „Natürlich", sagte er und strich Neal über die Wange.

„Wir möchten den medikamentösen Entzug", sprach Dirk zum Arzt gewandt, „unter der Voraussetzung, dass ich hier bleiben und die pflegerischen Tätigkeiten übernehmen kann."

„Oh, wir haben sehr fürsorgliche Schwestern hier, da wird Ihnen was entgehen", erwiderte der Arzt lächelnd.

Dirk hob die Augenbrauen. „Ja, *genau deswegen* werde ich das übernehmen. Neal ist bedacht auf Diskretion, darum habe ich ihn hierher gebracht."

Dem musste er nichts hinzufügen. Der Arzt reichte Neal ein Formular. „Wenn Sie hier unterschreiben, können wir sofort anfangen."

Mühselig versuchte Neal sich aufzurichten. Er hatte keine Kraft. Sein Kreislauf schien allmählich zu versagen, und die Schmerzen machten ihn benommen. Dirk stützte ihn, und als Neal den Behandlungsvertrag und seine eigene Schrift kaum noch lesen konnte, wurde ihm endgültig klar, dass er sich richtig entschieden hatte.

Dr. Lentz ließ alles Weitere schnell veranlassen. Es wurde auch höchste Zeit. Neal schwitzte immer stärker. Seine Hautfarbe war fahl, sein Gesicht spitzer denn je. Verbittert hielt er sich die Hände vor den Bauch und stöhnte vor Schmerzen. Tränen der Verzweiflung rannen unaufhaltsam seine Wangen hinunter. Er konnte sich auf nichts konzentrieren, fast nichts mehr wahrnehmen. Er sah nur Dirk verschwommen vor sich, der ihm gut zuredete und ihn unentwegt über die Wange streichelte.

Aber Neal konnte sich nicht beruhigen. Er fühlte sich so schlecht wie noch nie. Hatte er sich wirklich richtig entschieden? „Bitte, lass mich doch einfach sterben", sagte er leise. Er schloss die Augen. „Lass mich sterben, bitte."

In diesem Moment betrat Dr. Lentz wieder den Raum. Hinter ihm folgten zwei Schwestern mit einigen Utensilien und Infusionen.

Der Arzt staute Neals Arm. Ein Gefühl, das Neal inzwischen kannte, welches ihn beruhigte und gleichermaßen beängstigte. Dann spürte er einen Stich in seinem Arm. Kurz darauf schlief er ein.

Er bemerkte Hände auf seinem Körper. Sie griffen nach ihm, ganz vorsichtig, und trotzdem tat es ihm weh. Er stöhnte. Ab und zu wurde er auf die Seite gedreht, dann nahm die Übelkeit wieder zu, und er musste würgen.

Manchmal so lange, bis er dachte, ersticken zu müssen. Aber er konnte nicht wach werden. Er war so entsetzlich müde …

Sein Mund war trocken, der Hunger unstillbar. War es Hunger? Hunger nach Nahrung oder nach Heroin?

Er konnte seine Augen nicht öffnen. Er brachte keine Kraft auf, die Lider anzuheben. Und wenn, dann nur für einen kurzen Moment. Alles war verschwommen, auch die Stimmen, die er hörte. Stille. Schwärze. Er schlief, doch unruhig. Er schwitzte. Wieder griff jemand nach ihm. Sein Körper wurde leicht angehoben. Ihm wurde kalt, dann wieder warm. Jemand berührte seine Wange, kämmte sein Haar. Schlaf, tiefer Schlaf.

Doch es kamen auch Träume, die ihn verfolgten. Er wälzte sich hin und her.

In der Ferne eine Stimme, die ihn beruhigte. Übelkeit. Schmerzen, nicht stark, aber unterschwellig stets vorhanden.

Er vernahm wieder Stimmen: „… kann man das nicht langsam etwas reduzieren? Er ist ja kaum noch ansprechbar …"

Dann wurde er plötzlich wacher, aber ebenso fühlte er auch die Schmerzen stärker, und die unheimliche Schwäche, die seinen Körper fast lähmte. Er schlug die Augen auf.

„Durst …"

Er sah Dirk vor sich, der ihm ein Glas Wasser anreichte. Neal nahm große, gierige Schlucke. „Hey, nicht so schnell", bat Dirk. Er setzte das Glas wieder ab.

Neal sank erschöpft zurück auf das Kissen.

„Wie spät ist es?", fragte er benommen. Die Herbstsonne leuchtete ins Zimmer.

„Kurz nach halb vier", antwortete Dirk. Er lächelte, setzte sich ans Bett und schien unheimlich froh, dass Neal endlich wach war und mit ihm sprach.

„Habe ich den ganzen Tag gepennt?", fragte Neal weiter. Er sah sich vorsichtig um. Sie waren allein.

„Den Tag?" Dirk schmunzelte. „Vier Tage hast du geschlafen. Ich dachte schon, du willst gar nicht mehr aufwachen. Dr. Lentz hat die Medikamente ein wenig reduziert, damit ich endlich mal wieder in deine schönen, blauen Augen sehen kann."

Hätte sich Neal nicht so elend gefühlt, hätte er mit Sicherheit gelacht. Vier Tage? Er war sichtlich erschrocken darüber.

„So lange?" Er dachte nach und griff sich dabei auf den Bauch, in dem es hörbar rumorte. „Aber … wie hab ich denn … wer hat …" Er wusste nicht, wie er seine Frage am besten formulieren sollte. Er sah auf die Infusionen, die mehrere Flüssigkeiten in seine Venen pumpten. Er sah an sich herab. Er hatte ein frisches T-Shirt an. Vorsichtig wanderte seine Hand abwärts. Unten herum trug er Shorts. „Wer hat mich umgezogen?", fragte er weiter. „Wer hat mich gewaschen?" Eine gewisse Unruhe schwang in seiner Stimme mit. Noch immer hatte er die Befürchtung, dass irgendetwas ungewollt an die Öffentlichkeit gelangte. Dirk konnte ihn allerdings beruhigen. „Keine Angst. – Ich hab mich gekümmert. Niemand hat dich nackt gesehen, falls du da Bedenken hast."

Er lächelte liebevoll. Die Ruhe, die er ausstrahlte und der Humor, den er nicht verloren hatte, versicherten Neal, dass wirklich alles diskret abgelaufen war.

„Und was ist mit …?" Hitze stieg in Neal auf. Seine nächste Frage kam sehr zaghaft über seine Lippen. „Ich meine … ich hab die ganze Zeit geschlafen … konnte gar nicht zur Toilette gehen …"

Dirk zwinkerte ihm zu. „Darum hab ich mich auch gekümmert. Mach dir bitte nicht so viele Gedanken."

„Wie peinlich!", zischte Neal. Er schloss die Augen. Am liebsten wäre er im Erdboden versunken. Dirks Hand legte sich auf seine Wange.

„Halb so wild. Hauptsache, es geht dir besser. Du fühlst dich doch besser, oder?"

Neal nickte. Er griff nach der Fernbedienung für das Bett, um das Kopfteil höher zu stellen. Dabei bemerkte er, wie knochig seine Hände waren, wie blass seine Haut.

„Ich habe nichts gegessen …"

„Du wirst künstlich ernährt", berichtete Dirk. „Aber wenn du wacher bist, kannst du auch wieder essen."

Neal nickte erneut. In der aufrechten Sitzposition wurde ihm plötzlich schwindelig. Und ohne Vorwarnung begann er zu würgen. In einem Schwall erbrach er das Wasser, welches er kurz zuvor getrunken hatte. Er ächzte. „Shit! Oh my god!"

„Ist doch nicht so schlimm", sagte Dirk. „Wir beziehen das Bett neu, kein Thema." Und es klang so, als hätte er Routine darin.

Die Medikamente blieben auf Neals Wunsch hin reduziert. Er wurde daraufhin wacher. Doch es hatte auch zur Folge, dass er Übelkeit und Muskelschmerzen wieder vermehrt wahrnahm.

Wenn das Verlangen nach Drogen kam, dachte er, durchdrehen zu müssen. – Dann schrie er, wurde wütend und aufbrausend. Aber es waren nur kurze Momente, und dank der Medikamente konnten diese Gefühlsausbrüche unter Kontrolle gebracht werden.

Abends, wenn es ruhig wurde, und sie bei dämmerndem Licht zusammensaßen und über alles sprachen, kamen ihm oftmals die Tränen.

Es war wenige Tage später, als Dirk am Morgen die Waschschüssel ans Bett trug und einen Waschlappen in das mit Schaum bedeckte Wasser eintauchte.

Inzwischen war Neal in der Lage, Gesicht und Oberkörper selbst zu waschen, obwohl ihn schnell die Erschöpfung einholte.

„Ich möchte endlich ab von den Infusionen", sagte er währenddessen. „Die Medikamente kann ich schlucken."

Dirk verzog das Gesicht. Er half Neal, sich im Bett aufzurichten, um dessen Rücken waschen zu können. „Du behältst kaum etwas bei dir. Ob dein Magen dann Tabletten verträgt?"

Neal seufzte. Dirk hatte recht, aber allmählich taten ihm die Knochen nicht nur von den Krämpfen weh, sondern auch vom ständigen Liegen. „Ich will endlich aufstehen", sagte er. „Die Infusionen machen mich nur träge."

Dirk hatte seinen Rücken inzwischen gewaschen und eingesalbt, sodass er sich zurücklehnen konnte.

„Ohne die intravenösen Medikamente, würde es dir wieder schlechter gehen", sagte Dirk. Er nahm den Waschlappen und fuhr damit an Neals knochigen Beinen entlang. In der Tat besaß Neal keine Muskeln mehr. Sogar bei leichten Bewegungen im Bett zitterte sein Leib vor Anstrengung.

Schon vor der Therapie war er geschwächt gewesen, durch die Medikamente kam er sich allerdings viel hilfloser vor.

Er war noch nicht so weit. Seine Kräfte hatten sich noch nicht wieder eingestellt, umso erstaunter war Dirk, als er wie gewohnt Neals Penis wusch, und der sich bei den Berührungen leicht verhärtete.

Dirk hob schelmisch eine Augenbraue. „Oh, kommt da etwa wieder Leben in den kleinen Anderson?"

Sofort hob Neal den Kopf an. „Was heißt hier klein?", witzelte er und als er das wohlige Gefühl wahrnahm, das sich in ihm ausbreitete, konnte er kaum glauben, was geschah.

„Ich fass es nicht", flüsterte er. Er war hin- und hergerissen zwischen Peinlichkeit und Faszination.

„Ist wohl schon etwas her, dass du einen Steifen hattest, was?", fragte Dirk sofort nach. Anstatt mit seiner Waschaktion aufzuhören, fuhr er nochmals über Neals hartes Geschlecht. Der konnte bloß still nicken. Er riss sich zusammen, aber lange hielt er es nicht aus. Tief atmend lehnte er sich zurück und unternahm nichts gegen Dirks forschende Hand.

„Dann machen Drogen wohl doch nicht impotent, jedenfalls nicht irreversibel", sagte Dirk, bevor es still wurde ihm Raum. Man hörte Neal nur angespannt atmen. Dirk bearbeitete seine Härte mit Gefühl und ebenfalls mit angemessenem Druck.

Neals Brustkorb hob und senkte sich angestrengt. Schweiß rann ihm von der Stirn. Er schien diese körperliche Aufregung kaum ertragen zu können, doch er wollte es … so sehr.

Seine dürren Finger griffen nach Dirks Arm. Er suchte Kontakt. Er musste sich irgendwo dran festhalten. Schließlich stöhnte er laut und kam, dabei wandte er sich auf dem Bett, als wollte er dem mächtigen Gefühl ausweichen.

Einige Minuten brauchte er, um sich wieder zu beruhigen. Er fühlte sich wie erschlagen, wie nach einem Wettkampf.

„Ich hoffe, das war okay?" Dirk sah ihn schmunzelnd an, daraufhin konnte Neal nur eifrig nicken.

Man konnte nicht leugnen, dass der Aufenthalt in der Klinik nicht einfach war. Auch Dirk merkte inzwischen, was es hieß, einen Menschen Tag und Nacht zu pflegen. Trotzdem ließ er die Krankenschwestern lediglich das Nötigste machen, den Rest erledigte er selbst.

Auch ihre Nachtruhe wurde stets gestört, denn Neal war unruhig und träumte wild. Ab und zu phantasierte er oder schrie, weil ihm alles zu viel wurde. Dann betitelte er Dirk als „Arschloch" oder „Scheißkerl", ohne den er niemals in diese „verdammte, abgefuckte Lage" geraten wäre.

Nur am Tag war es etwas harmonischer zwischen ihnen, sodass Dirk beim Lesen eines Buches einfach auf dem Sessel einschlief.

Als er wieder wach wurde, rieb er sich die Augen, doch was er sah, brachte Wachsamkeit in seinen Geist. Neal saß an der Bettkante und wollte aufstehen.

„Hey, was machst du da?", rief Dirk sofort. Er erhob sich und kam gerade noch rechtzeitig. Neal hatte sich hingestellt, hantierte an den Infusionen, wollte sie abbauen, aber es kam anders. Seine Gesichtsfarbe wurde schlagartig blass. Seine Augen verdrehten sich, dann sackten seine Beine zusammen, und er fiel in Dirks Arme. Der bugsierte ihn sofort zurück ins Bett. Danach betätigte er die Schwesternklingel.

Sogleich kam eine Pflegerin ins Zimmer, die *Erste Hilfe* leistete, indem sie Neals Beine hoch lagerte, die bewässernde Infusion schneller stellte und den Blutdruck bestimmte.

Schließlich kam auch Dr. Lentz.

„Kleiner Kreislaufzusammenbruch, das ist normal", sagte er. „Ich bin erstaunt darüber, dass so etwas noch nicht eher vorgekommen ist."

Dirk nickte. „Neal ist eben ein guter Patient, doch allmählich glaube ich, benötigt er mehr Freiheiten."

Neal saß schon eine ganze Weile am Bett und kaute an dem Stück Brötchen herum. Dirk war bereits bei der zweiten Brotscheibe angekommen und beobachtete skeptisch, wie Neal mit der Nahrung kämpfte. Minutenlang brauchte Neal für einen Bissen. Und wenn der endlich heruntergeschluckt war, begann das Würgen. Aber Neal blieb tapfer. Mit Tränen in den Augen aß er weiter. Zwischendurch nahm er kleine Schlucke Kaffee.

„Morgen früh werde ich eine Zigarette rauchen", gab er zu verstehen. „Ach, was rede ich ... drei werde ich rauchen oder fünf ..."

Dabei bebten seine Lippen, als würde ihm die ganze Klinik sein Vorhaben streitig machen. Dirk sagte nichts dazu. Es kam mehrfach am Tag vor, dass Neal wesensfremd schien. Mal war er ruhig und entspannt, dann wieder pampig, aggressiv und völlig unkooperativ. Hier und da gab es Wortgefechte zwischen ihnen, die sich aber auch genau so schnell legten.

Ebenso oft erlitt Neal Kreislaufschwächen. Meistens, wenn Dirk ihn zum WC begleitete und ihn dort allein walten ließ. Regelmäßig klappte Neal nach den Toilettengängen zusammen, während er sich die Hände wusch oder Zähne putzte.

Inzwischen waren sie jedoch ein eingespieltes Team. Die Infusionen wurden abgebaut, Neal bekam Tabletten vorgesetzt, die er unter Aufsicht einnehmen musste.

Schließlich wurde auch das Krankenbett aus der „Suite" entfernt, sodass sie beide zusammen in dem großen Doppelbett schlafen konnten. Das gab Neal zusätzliche Sicherheit. Denn wenn er nachts träumte und mit Schrecken erwachte, war immer jemand da, der ihn festhalten und beruhigen konnte.

Es war wie ein Geschenk des Himmels, als Neal das erste Mal seit langem unter die Dusche trat und das Nass auf seiner Haut genoss. Er lächelte, öffnete dabei den Mund und ließ ein wenig Wasser dort hineinlaufen.

„Oh, wie hab ich mich danach gesehnt", entwich es ihm. Er war längst wieder sicher auf den Beinen, trotzdem hielt er sich an einem der Haltegriffe fest, denn Dirk traute dem Frieden nicht so ganz. Er half Neal beim Duschen, seifte ihn ein und shampoonierte dessen Haar.

Neal stand nur still da und genoss die Berührungen an seinem Körper. Er war zur Wand gedreht und Dirk, noch komplett angezogen, rieb ihm den nassen Rücken mit Duschgel ein, als Neal seine Beine leicht spreizte und nach unten sah.

Das Wasser war für einen Moment abgestellt. Dirk kam näher. Ohne Worte verstand er, was in Neal vorging. Dirk umarmte ihn von hinten, glitt mit seinen Händen Neals Brust entlang und landete schließlich zwischen Neals Beinen, wo er wie erwartet eine pralle Erektion vorfand.

„Offensichtlich erholst du dich blendend", flüsterte Dirk in das Ohr seines Freundes, der nichts antwortete, sondern nur leise stöhnte, als er Dirks Hand an seinem Schaft spürte. Neal tastete nach dem anderen Griff an der Wand, um sich festzuhalten, denn die starke Erregung zwang ihn fast in die Knie. Dirk wusste nur zu gut, wie man dem Ganzen Abhilfe verschaffen konnte.

Als es Neal kam, konnte er ein lautes Atmen kaum unterdrücken.

„Abduschen kannst du dich sicher allein", hörte er Dirk sagen, der im nächsten Moment die Dusche wieder anstellte.

Als Neal im Bademantel aus dem Bad kam, und sich zu Dirk ans Terrassenfenster gesellte, wussten sie beide, dass eine neue Entscheidung anstand.

„Ich bin sehr dankbar für alles, was du für mich getan hast", sagte Neal. „Ohne dich wäre ich nie so weit gekommen."

Dirk lächelte. „Ich habe das gern getan."

Neal nickte, und doch war nicht das ausgesprochen, was ihm eigentlich auf der Seele brannte. „Es war wichtig, dass du bei mir warst, dass du mir geholfen und mich unterstützt hast, aber nun …"

Er stoppte und sah zu Boden. Er konnte nicht weitersprechen. Wie sollte er klarmachen, dass er nach all den Turbulenzen endlich Zeit für sich benötigte? Allein!

Er brauchte es nicht zu erklären, denn Dirk waren diese Tatsachen längst bewusst. „Ist gut", sagte er. „Ich hab verstanden. Du bist wieder einigermaßen fit, kannst essen und dich waschen … und ich glaube an dich Hand anlegen, kannst du von jetzt an auch allein."

Neal lächelte verschmitzt. Er nahm Dirk dankbar in die Arme.

„Morgen reise ich ab", sagte Dirk. *„Ich hab die Sachen schon gepackt."* …

… Neal beruhigte sich etwas. Immer, wenn er an den Entzug zurückdachte, machte sich ein beklemmendes Gefühl in ihm breit, das schwer weichen wollte. Er wusste, dass ihn dieses Gefühl noch lange begleiten würde.

„Ich habe so viel zerstört", sagte er in Hinblick auf die Zeit seiner Sucht. „Und das Schlimmste ist, dass ich es nicht wieder rückgängig machen kann."

Dirk strich ihm über das Haar, küsste seine Wange.

„Deine Fehler kannst du nicht rückgängig machen, das ist klar, aber du kannst versuchen, die Scherben zu kitten."

Neal schüttelte den Kopf. Er schien ratlos. „Wie denn?", gab er von sich. „Mir wird doch niemand verzeihen."

Da wurde Dirk hellhörig. „Niemand? Wen meinst du?" Er wollte unbedingt helfen. Neal zögerte mit der Antwort. „Du meinst Francis?", fragte Dirk weiter, woraufhin Neal leicht nickte.

„Du liebst sie noch?"

„Natürlich", sagte Neal, als wäre es das Selbstverständlichste auf der Welt. Schließlich sprach er aus, was er dachte. „Ich hätte niemals mit ihr Schluss machen sollen. Ich war so ein Idiot!"

Die geballte Faust landete in den Kissen. Ja, er vermisste sie, von morgens bis abends. Er hätte nie gedacht, dass die Trennung von ihr so schrecklich werden würde. Wieso bloß hatte er geglaubt, dass er ohne sie besser klarkommen würde? Er konnte nicht ohne sie sein. Sie waren doch Geschwister und so innig miteinander verbunden. Und dass er seinen Sohn erst nach Absprachen sehen durfte, machte ihn rasend. Zudem suchte Francis Trost bei Gero, das deprimierte ihn ebenso.

Dirk hob die Augenbrauen an, als wäre das alles gar kein allzu großes Problem. Wie immer strahlte er Ruhe aus und konnte Neal auf den Boden der Tatsachen zurückbringen. „Da hilft dann wohl nur eins", sagte er.

„Und?" Neals Augen wurden groß vor Neugier. Dabei lag die Lösung so nah.

„Du gehst zu ihr und bittest um Verzeihung, ganz einfach."

Neal seufzte. „Ich glaube, so leicht ist das nicht." Er verzog sein Gesicht, hatte erkennbare Zweifel. „Vielleicht ist es besser, wenn wir getrennt sind. Vielleicht ist jetzt der richtige Zeitpunkt, um mit dieser verbotenen Liebe aufzuhören." Er sah Dirk nachdenklich an. „Und vielleicht will sie mich ja gar nicht mehr." Er deutete auf sich. „Ich bin völlig abgemagert, meine Haare sind ab, die mochte sie immer so gerne und zudem habe ich sie schlecht behandelt."

Diese Argumente ließ Dirk unbeachtet stehen. Er blieb zuversichtlich.

„Du siehst immer noch gut aus, das weißt du. Und ihr liebt euch, das ist doch klar. Ihr solltet es noch einmal versuchen." Es klopfte leise an die Tür, dann trat Butler Ralph ins Zimmer. Auf einem Tablett hatte er das Frühstück gerichtet. Es gab Brötchen, Aufschnitt, Marmelade und Honig, dazu frische Früchte und natürlich Kaffee. Dirk lächelte und half dem Diener, das Tablett abzustellen. „Danke Ralph", sagte er. Neal konnte nur anerkennend nicken. Zu sehr machte ihn das Gespräch nachdenklich. Als Ralph gegangen war, drehte er sich zu Dirk hin.

„Du meinst wirklich, ich soll zu ihr gehen? Obwohl ich nach meiner Rückkehr auf eine Versöhnung ziemlich derb verzichtet und sie abgewiesen habe? "

Dirk hatte sich Kaffee eingeschenkt und machte sich über die Brötchen her. Das Tablett stand mitten im Bett. Rings herum hatte er die Teller ausgebreitet.

„So, wie ich sie einschätze, wird sie nicht nachtragend sein und dir zuhören." Er bestrich sein Brötchen mit Butter und sprach dabei weiter: „Es wäre doch gelacht, wenn ihr das nicht regeln könntet. Ihr habt schon so viel durchgemacht. Allein die Tatsache, dass ihr Geschwister seid und trotzdem zu eurer Liebe steht und eine Familie gegründet habt, ist ein Grund, diese Beziehung aufrechtzuerhalten, oder?"

Neals Stirn legte sich in Falten. „Da könntest du recht haben."

Er sah auf das Tablett, verspürte allerdings gar keinen Hunger.

„Und dann wirst du bald wieder Vater!", hörte er Dirk sagen. Ein leichter Knuff in die Seite folgte. „Ist das nichts?"

Neal lächelte verlegen. „Doch." Er sah Dirk an. „Ich bin schon ganz aufgeregt deswegen."

„Ja, und?", erwiderte Dirk. Auffordernd sah er seinen Freund an. „Worauf wartest du denn noch? – Geh zu ihr!"

„Jetzt?"

Dirk nickte. „Warum nicht? Wecke sie liebevoll, und du wirst sehen, sie wird dir verzeihen."

Neal dachte nur noch einen Moment darüber nach. Sollte er gehen? In die Stadt hätte er ohnehin gemusst. Dann stand er tatsächlich auf. „Okay, das werde ich tun." Er beugte sich zu Dirk herunter, um ihm einen Kuss auf die Wange zu geben. „Danke für den Tipp."

Dirk lächelte, wobei ihm klar wurde, dass Neal sich mit diesem Vorgehen ein weiteres Stück von ihm entfernen würde.

Als Neal sein Haus verließ, hörte er im Hintergrund das Telefon läuten, aber er missachtete es.

Kapitel 6

Auf dem Weg zu Francis kaufte er Blumen. Rote Rosen. Vielleicht halfen die ihm dabei, die richtigen Worte zu finden?

Er war sich nämlich längst nicht mehr sicher, sie überzeugen zu können. Es war so viel passiert. Er hatte sie während seiner Drogensucht vernachlässigt und nach seiner Rückkehr deutlich abgewiesen. Ob sie ihm das so verzeihen würde, wie Dirk es annahm?

Als er vor ihrer Tür stand, fühlte er sich richtig unwohl. Sein Herz raste. Er entschloss sich, zu klingeln und nicht einfach einzutreten, denn den Wohnungsschlüssel von ihr hatte er natürlich noch. Vielleicht war sie auch gar nicht da? Es war Wochenende. Vielleicht war sie unterwegs?

Er betätigte den Klingelknopf, woraufhin sich sofort die Tür öffnete. Doch zu seinem Erstaunen machte nicht Francis auf, sondern Thilo!

„Äh, hallo?", stammelte Neal etwas überrascht, weiter kam er nicht.

„Na, endlich! Wo warst du denn?", rief Thilo aufgeregt. „Ich habe versucht, dich zu erreichen!"

Neal stutzte. Das Telefon hatte geklingelt, als er sein Haus verlassen hatte. Er griff sich an die Hosentasche. Das Handy hatte er nicht dabei.

„Wieso, was ist denn?", fragte er sogleich.

„Francis!", erwiderte Thilo. „Sie ist in der Klinik. Das Baby…"

„Was ist mit dem Baby?", fuhr Neal ihm ins Wort.

„Ich weiß es nicht!", antwortete Thilo verzweifelt. „Es sah so aus, als ob es kommt…"

„Was? Aber das ist doch viel zu früh!", schrie Neal hysterisch. „Stichtag ist im Januar!"

Thilo zuckte mit den Schultern. „Ich weiß es doch auch nicht."

Er deutete hinter sich. Der kleine Nicholas stand im Flur, ebenso hilflos. „Ich konnte ja nicht mitfahren, wegen Nicki." „Okay!" Neal fasste sich an den Kopf. Er war sichtlich konfus und versuchte trotzdem, logisch zu handeln. „Ich fahre in die Klinik."
Thilo atmete auf. „Ich komme nach, sobald es geht."

Neal war ganz außer Puste, als er den Gang der Entbindungsstation entlanglief. Weit und breit war niemand. Seine Hand schmerzte. Die Dornen der Rosen hatten sich schon tief in sein Fleisch gebohrt. Aber er wollte die Blumen nicht loslassen. Die waren doch für *sie* … Er wollte sich doch versöhnen … Und nun das!
Erleichtert sah er eine Hebamme auf sich zukommen.
„Entschuldigen Sie", begann er. „Ich suche meine Schwester, Francesca Anderson."
Die Frau in Weiß reagierte sofort. „Ja, sie wurde soeben eingeliefert."
Neal schluckte verkrampft. „Dann kommt das Kind wirklich schon? Aber das ist doch viel zu früh!"
Die Hebamme war zuversichtlich. „Bleiben Sie ruhig. Frühgeburten kommen öfter vor, als man denkt."
„Frühgeburt?", wiederholte Neal geschockt. Er konnte kaum atmen. Seine Knie wurden ganz weich vor Aufregung. „Aber wieso? Es war immer alles in Ordnung …"
Er fuhr sich betroffen über das Gesicht, das inzwischen leichenblass geworden war. „Kann ich zu ihr?", fragte er. „Ich muss sie sehen."
Da schüttelte die Hebamme den Kopf. „Ich glaube nicht, dass das noch geht."
„Aber wieso nicht?" Jetzt wurde Neals Stimme laut. Er schien nicht zu begreifen, was um ihn herum passierte. „Ich bin doch der Vater des Kindes!"
Die Hebamme stutzte sofort. Prüfend sah sie ihr Gegenüber an. „Bitte? Eben sagten Sie noch, Sie seien ihr Bruder."

„Ja, also … nein, ich bin …"

Neal sah zu Boden. Er konnte nicht mehr. Er wusste nicht mehr weiter. Wie sollte er sich da noch rausreden? Was sollte er bloß sagen?

Die Stimme der Hebamme holte ihn aus seinen wirren Gedanken heraus. „Ach, die Anderson-Geschwister." Sie fasste sich an die Stirn, als hätte sie eine Eingebung. Ihre Bemerkung klang allerdings abfällig. Klar, jeder, der die Nachrichten der Stadt verfolgte, wusste um die Umstände, die den Geschwistern nachgesagt wurden. Doch man hatte bis dato nie etwas Genaues beweisen können.

„Wusste gleich, dass mir der Name bekannt vorkommt."

Neal schloss die Augen. Was hatte er angerichtet? Er hatte der Hebamme tatsächlich die Wahrheit gesagt. Was könnte das für Folgen haben? Aber war es augenblicklich nicht völlig egal?

„Es tut mir leid", bekam er zu hören. „Auch in diesem Fall kann ich keine Ausnahme machen. Ihre Schwester ist im OP. Wir müssen einen Kaiserschnitt machen."

Das Erscheinen von Thilo wurde durch das Klimpern seiner Ketten- und Nietenkleidung angekündigt, bevor er selbst zu sehen war. Seine langen, schwarzen Haare waren offen, seit kurzem waren ein paar blonde Strähnen darin eingefärbt. Er trug ein schwarzes Hemd, eine mit Nieten besetzte Lederjacke und eine enge Hose mit diversen Schnallen und Riemen.

Man hätte vielleicht Furcht bekommen können, bei seiner Erscheinung, aber sein Gesichtsausdruck war alles andere als Angst einflößend.

Vorsichtig trat er neben Neal, der wie apathisch auf einem der Wartestühle saß und um sich herum nichts zu registrieren schien.

„Wie geht es Francis?", erkundigte sich Thilo.

Nur zögernd sah Neal auf. Die Blumen lagen neben ihm. Verunsicherung in seinen Augen.

„Ich weiß nichts Genaues. – Aber sie hat tatsächlich eine Frühgeburt. Sie ist im OP. Das Baby kommt per Kaiserschnitt.".

„Oh, nein", entwich es Thilo. Auch er setzte sich.

„Ich durfte nicht mehr zu ihr", hörte er Neal sagen. „Ich habe sie nicht mehr sehen können. Wenn ihr jetzt etwas passiert? Oder dem Kind?" Verzweifelt schüttelte er den Kopf.

„Das darfst du nicht denken", entgegnete Thilo, doch Neal war kaum zu beruhigen.

Nervös wie er war, stand er auf, um ein paar Schritte zu gehen, aber seine Gedanken konnte er nicht abschalten.

„Und das alles wegen mir", fluchte er leise. „Ich bin schuld an allem. Ich habe ihr nur Sorgen bereitet. Das musste ja so kommen."

„Das ist Quatsch!", schaltete sich Thilo sofort ein. „Klar hatte sie Stress in letzter Zeit, aber deswegen bist du nicht schuld."

Neal blieb stehen. „Doch." Er sah ganz mitgenommen aus. Dass Thilo ihm gut zureden wollte, rechnete er ihm hoch an. Trotzdem änderte er seine Meinung nicht. „Ich habe alles kaputt gemacht. Das geschieht mir Recht."

Die beiden Männer verstummten. Neal wanderte den Gang auf und ab, während Thilo sich die Zeit mit seinem Handy vertrieb.

„Was ist mit Nicholas?", fragte Neal zwischendurch.

„Lucy passt auf", erklärte Thilo.

Neal nickte dankbar. Er war froh, dass er in dieser Situation auf seine Freunde zählen konnte. Freunde? Er sah Thilo an. Der hatte ihm längst verziehen. Vielleicht konnte Francis das auch?

„Ich wollte mich eigentlich mit ihr versöhnen", erklärte Neal, dabei deutete er auf die Blumen. „Ob sie das überhaupt will?"

Fragend sah er Thilo an. Der zuckte mit den Schultern, schien unschlüssig. Er war noch nie ganz überzeugt gewesen von dieser Geschwisterliebe. Dass es mal Probleme deswegen geben könnte, war ihm schon immer klar gewesen. Vielleicht hatte er auch ein wenig Erleichterung gespürt, als er von dem Ende ihrer Beziehung erfuhr. Neal litt allerdings darunter, das konnte er ihm ansehen. Und war das Sinn der Sache? „Wenn sie dich noch liebt, und davon gehe ich aus", sagte Thilo, „dann wird sie dir auch verzeihen."

Inzwischen war einige Zeit vergangen. Neal tigerte den langen Flur auf und ab, machte Thilo fast wahnsinnig damit. Am liebsten hätte Neal eine geraucht, doch er wollte sich auch nicht außer Reichweite begeben.
Schließlich kam die Hebamme wieder auf den Flur. Mit wackeligen Knien ging Neal ihr entgegen. Thilo verstand nicht, was sie miteinander besprachen. Er sah nur, wie Neal ernst nickte und der Frau gespannt zuhörte.
Dann breitete sich ein Lächeln in Neals Gesicht aus. Er fuhr sich verlegen durch das Haar und schüttelte der Hebamme dankbar die Hand und kam zu Thilo zurück.
„Ja, und?"
„Es ist ein Junge!", berichtete Neal freudestrahlend. Er schloss glücklich die Augen. „Ich habe es gewusst."
Als er die Lider wieder öffnete, waren sie feucht von Tränen. In seinem Gesicht spiegelte sich eine große Erleichterung wider.
„Und Francis?" Thilo war inzwischen aufgestanden und löcherte Neal mit fragendem Blick.
„Soweit gut", sagte der. „Mensch, bin ich froh, so froh."
Sie umarmten sich. Beide waren mehr als erleichtert.

Als Francis im Aufwachraum lag, durfte Neal endlich zu ihr. Vorsichtig setzte er sich an die Bettkante. Ihre Haare waren zu einem Zopf geflochten, sie war blass und ungeschminkt, trotzdem noch immer wunderschön.

Seine Hand strich sachte über ihre Wange, dann beugte er sich zu ihr herunter, um ihr einen Kuss zu geben.

Da öffnete sie ihre Augen. Ihre Lider waren schwer, doch sie erkannte ihren Bruder und ein Lächeln huschte über ihr Gesicht.

„Na, mein Liebes", begann Neal. Sein Blick war prüfend. „Wie geht es dir?"

„Gut...", sprach Francis leise, aber im nächsten Moment kullerte auch schon eine Träne ihre Wange hinunter.

„Was ist denn?", fragte Neal erschrocken.

„Es tut mir so leid." Sie schluchzte. „Ich konnte nichts tun. Die Wehen fingen an und ... Es tut mir so leid."

Sofort nahm Neal ihre Hand. „Aber du kannst doch nichts dafür", sagte er tröstend. „Es kann immer mal sein, dass ein Kind zu früh auf die Welt kommt. Das ist doch nicht schlimm. Bitte weine nicht. Es ist och alles gut."

Er strich die Tränen von ihrer Wange, dann sah er sie eindringlich an. Das auszusprechen, was er ihr schon den ganzen Tag sagen wollte, fiel ihm plötzlich leicht:

„Ich bin stolz auf dich", begann er. „Wie du die Schwangerschaft durchgestanden hast trotz des Ärgers und den Problemen. Das hast du toll gemacht." Er schluckte und senkte den Kopf. „Ich will mich bei dir entschuldigen, weil ich so egoistisch und dumm war, die ganze Zeit. Ich hätte mich mehr um dich kümmern sollen ... Bitte verzeih mir."

Er sah sie liebevoll an. „Es tut mir schrecklich Leid, Liebes, wirklich."

„Liebes?", wiederholte sie. Ihre Augen glänzten. „Bin ich wieder dein Liebes?"

Neal nickte verlegen. „Wenn du es möchtest?"

Er drückte ihre Hand, die noch schwach wirkte. „Ich habe nie aufgehört, dich zu lieben. Es tut mir leid, was geschehen ist, aber ich kann es nicht rückgängig machen. Ich kann dir nur sagen, dass ich immer für dich da sein werde und dich nicht mehr im Stich lasse. Und schon gar nicht, wegen Drogen. Das musst du mir glauben", sagte er eindringlich.

Er musste sie nicht groß überzeugen. Sie selbst hatte ebenfalls nicht aufgehört, ihn zu lieben.

„Ich bin froh, dass du weg bist von dem Heroin", sagte sie, „Ich hatte solche Angst um dich. Und als ich dich verlassen hatte, tat ich das nur, weil ich Ruhe brauchte. Ich kam einfach nicht mehr zurecht in dem ganzen Drama."

Neal nickte verständnisvoll. Er konnte ihr damaliges Verhalten absolut nachvollziehen.

„So etwas wird nicht wieder vorkommen. Wir gehören doch zusammen." Er umarmte sie liebevoll, wobei sie leicht zusammenzuckte. Die Naht vom Kaiserschnitt schmerzte, auch sonst fühlte sie sich unheimlich müde.

„Schlaf dich erst einmal aus", bat Neal. „Ich werde später ein paar Sachen vorbeibringen und mich nach unserem Sohn erkundigen."

Francis' Gesicht wurde daraufhin traurig.

„Ich hab ihn nur kurz gesehen. Sie haben ihn mir gleich wieder weggenommen."

Neal strich behutsam über ihr Haar und versuchte zu trösten.

„Sicher wird er überwacht, aber es geht ihm bestimmt gut."

„Du darfst zu ihm", erklärte Francis noch. „Ich habe eindringlich darum gebeten, dass sie dich zu ihm lassen, obwohl du offiziell ja nur mein Bruder bist."

„Okay." Neal nickte dankbar. Was er der Hebamme erzählt hatte, behielt er vorerst für sich.

Als Neal am nächsten Tag in die Klinik kam, saß Francis schon an der Bettkante vor einem Tablett mit Frühstück. Sie war längst nicht mehr so blass, wie am Tag zuvor, dennoch waren ihre Bewegungen langsam. Auf dem Nachtschrank standen die roten Rosen.

Freudestrahlend gab Neal ihr einen Kuss. „Good morning, darling. Wie geht es dir?"

„Schon besser", sagte Francis. Und es entsprach der Wirklichkeit. Dass sie sich mit Neal ausgesöhnt hatte, machte vieles einfacher. Und die Freude über den Nachwuchs war ihr deutlich ins Gesicht geschrieben. „Vorhin hat man mich zu unserem Baby gebracht. Ich habe Milch abgepumpt. Die Ärzte sagen, es braucht bald keinen Sauerstoff mehr."

Das hörte Neal gern. Er selbst hatte sich von dem Wohlbefinden seines Sohnes überzeugen können. Man hatte ihn auf die Frühgeborenenstation gelassen – denn er war ja der Vater. Er hatte sich dazu bekannt, und trotz der schiefen Blicke, hatte es ihn nicht gestört, gleichzeitig auch zu signalisieren, dass er der Bruder von Francis war. Er zögerte einen Moment. Sie schien das noch nicht zu wissen. Sollte er ihr nun davon berichten? Er entschloss sich, damit zu warten, bis sie wieder ganz auf den Beinen war.

„Er ist nur so klein", sagte sie. „Aber das war er ja schon immer. Wahrscheinlich war der Stress schuld."

Neal senkte den Kopf. Er selbst hatte die ganzen Strapazen fabriziert, daran gab es nichts abzustreiten.

„Der Stress ist vorbei", sagte er nachdrücklich. Er sah wieder auf, um seine Schwester ermunternd anzusehen. „Unser Kind ist hier in guten Händen. Wir können es sicher bald mit nach Hause nehmen." Er nahm sie vorsichtig in den Arm. „Habe ich dir schon gesagt, wie stolz ich bin? Du hast mir wieder einen Sohn geschenkt. Das habe ich mir so gewünscht."

Sie lächelte beschämt. „Na ja, ganz unbeteiligt warst du daran ja nicht." Plötzlich wurde sie nachdenklich. „Wir sollten uns langsam Gedanken um einen Namen machen, oder?"

Neal stimmte dem zu. Da Francis ihn so fragend ansah, brachte er eine Überlegung hervor, die ihm schon seit Längerem im Kopf herumspukte.

„Also, als ich in der Klinik war, um den Entzug zu machen", fing er an, „da hatte ich Tage, an denen ich wirklich nicht mehr konnte. Ich hätte oftmals am liebsten alles hingeschmissen und aufgegeben. Es gab Tage, da erschien mir alles sinnlos. Und da habe ich an unser Baby gedacht. Daran, dass es einen Vater braucht, verstehst du?" Er war ernst geworden und machte einen traurigen Eindruck. „Ich habe deine Worte nie vergessen. Du hattest Recht. Ich wäre nicht fähig gewesen, die Verantwortung für das Kind zu übernehmen. Ich hätte mich nicht ausreichend kümmern können."

Er schluckte still. Auch Francis konnte nichts dazu sagen, denn es stimmte, was er sagte. Als sie damals im Streit auseinandergegangen waren, hatte sich Neal in einem desolaten Zustand befunden.

„Aber deine Worte hatten mich angespornt", berichtete er weiter. „Ich wollte clean werden und ein guter Vater sein, auch für Nicholas. Und ich habe es geschafft." Es klang erleichtert, und Neal konnte ein wenig lächeln. „Von daher war das Baby eine Art Rettung für mich. Ein Ziel, auf das ich hinarbeiten konnte. Es war mein Glück, mein Hoffnungsschimmer, you know?" Er blickte sie mit großen Augen an, als er erklärte: „Deshalb denke ich, sollten wir unser Kind Rayon nennen."

„Rayon?", wiederholte Francis fasziniert.

Neal nickte aufgeregt. „Ja, Rayon. Mein Stolz, mein Glanz, mein kleiner Ray."

„Oh, Neal, das ist wunderschön", sagte sie. Tränen schimmerten in ihren Augen.

„Findest du?"

„Ja." Die Geschwister umarmten sich. „Das ist ein schöner Name, so nennen wir ihn", beschloss Francis.

„Das freut mich", sagte Neal. Er klang befreit. „Wenn du mir deinen Ausweis und eine Unterschrift gibst, kann ich in den nächsten Tagen das mit der Geburtsurkunde klären, wenn du dich noch nicht so fühlst."

Prüfend sah er sie an, und sie willigte sofort ein.

„Das ist lieb von dir", sagte sie dankbar.

Schließlich zückte er ein Päckchen hervor.

Als Francis das Geschenk geöffnet hatte, staunte sie nicht schlecht. Neal hatte ihr Dessous aus schwarzer Spitze gekauft.

„Gefällt es dir?", fragte er, und sie nickte.

„Das ist traumhaft." Sie sah an sich herab. „Muss nur noch ein paar Kilo abnehmen …"

„Ach!" Neal winkte ab. „Du hast noch immer eine schöne Figur, trotz der Schwangerschaft."

Das schmeichelte ihr, und sie gab ihrem Bruder einen Kuss. Plötzlich klopfte es zaghaft an der Tür.

„Ja? Herein!", rief Francis. Die Tür ging auf, und Gero trat ein. Als er Neal am Krankenbett erblickte, zuckte er sofort zusammen.

„Oh … Ich komme wohl lieber später noch mal", sagte er und wollte die Tür schon wieder schließen, als Francis rief:

„Nein! Bleib, bitte!"

Neal erhob sich daraufhin schlagartig. „Ich wollte sowieso gerade gehen", sagte er und gab ihr einen Abschiedskuss. „Ich komme heute Abend noch mal vorbei, dann regeln wir den Papierkram."

Ohne Gero anzusehen, verschwand Neal aus dem Zimmer. Mit gesenktem Kopf kam Gero näher.

„Hallo", sagte er. Es kam stockend über seine Lippen. „Wie geht es dir?"

„Ganz gut", erwiderte sie und deutete neben sich auf das Bett. „Komm, setz dich."

Gero nahm Platz. „Meinen Glückwunsch zu dem Kind. Ich wäre gerne dabei gewesen."

„Tja!" Francis zuckte mit den Schultern. „Es kam anders, als geplant. – Aber es ist trotzdem alles gut gelaufen."

„Schön." Gero versuchte zu lächeln, aber so richtig gelang es ihm nicht. Sie konnte ihm ansehen, dass er mit dem Verlauf der Geburt nicht sonderlich zufrieden war. Aber konnte sie es ändern?

Er reichte ihr eine Schachtel, die wunderschön verpackt war. „Hier, ich habe dir Pralinen mitgebracht, damit du wieder zu Kräften kommst."

„Oh", entwich es Francis. Sie nahm die Schachtel entgegen. „Eigentlich müsste ich abnehmen. Weißt du, Neal hat mir traumhaft schöne Unterwäsche geschenkt. Und die Schwangerschaft …" Sie stoppte, als sie Geros enttäuschtes Gesicht sah. „Vielen Dank, das ist lieb von dir."

Gero schüttelte den Kopf. „Nein, das war idiotisch, dir Süßigkeiten zu schenken." Er seufzte. „Und, das Baby? Ist alles okay?"

„Ja!" Francis legte die Pralinen weg, um sich aufzusetzen. Sie klang plötzlich ganz euphorisch. „Es ist recht klein, bekommt Sauerstoff, aber es kann schon saugen. Bis jetzt ist alles unauffällig. Ich kann noch nicht so oft zu ihm, wegen der OP- Naht, aber Neal darf ihn auch besuchen."

„Aha", kam es leise aus Gero heraus. „Und wie heißt er?"

„Rayon."

Geros Stirn legte sich sofort in Falten, als er das hörte. „Rayon? Rayon? Was ist das denn für ein Name?", fragte er verwundert. „Hast du dir den ausgedacht?"

„Nein." Francis schüttelte den Kopf. „Es war Neals Idee. Ist toll, oder?"

„Ja, natürlich ist es toll. Wie alles, was Neal macht und sagt. Klasse, echt!", fuhr es aus Gero heraus. Er war richtig wütend geworden und stand auf.

Ein Verhalten, das sie zuerst nicht verstehen konnte. „Was hast du denn plötzlich? Ist doch nicht schlimm, wenn Neal den passenden Namen findet."

Gero verzog spöttisch das Gesicht. „Neal, Neal, Neal. Ist dir schon aufgefallen, dass du immer nur von Neal sprichst? Die ganze Zeit! Was mit mir ist, ist völlig egal!"

„Das ist doch gar nicht wahr", konterte Francis.

„Doch!", erwiderte er sauer. „Dass du im Krankenhaus bist, habe ich von Thilo erfahren, dabei hättest du Zeit gehabt, dich zu melden. Neals Geschenke sind besser, er darf das

Kind besuchen, darf es benennen. Er sitzt hier rum und knutscht dich ab! – Da bin ich wohl völlig überflüssig, oder was?"

„Nein!" Francis suchte händeringend nach Worten. Aber hatte Gero nicht auch Recht?

In der Tat stand Neal ihr jetzt wieder näher. Sie hatten sich versöhnt, sich ausgesprochen … Sie hatten durch Rayons Geburt wieder zueinandergefunden. Und was war mit Gero?

„Du bist nicht überflüssig. Aber du musst das verstehen. Immerhin ist Neal der Vater."

„*Ich* wollte der Vater sein!", fuhr Gero ihr ins Wort, und das so laut, dass sie zusammenzuckte. „Das wolltest du auch, bevor Neal zurückkam. Und nun ist nicht mehr die Rede davon! – Kaum ist Neal wieder da, bin ich nebensächlich!"

Er atmete tief durch, um sich etwas zu beruhigen. Zum Glück hatte Francis ein Einzelzimmer. Niemand hörte ihre Diskussion. „Ich bin sehr enttäuscht von dir. Ich hätte mir wirklich einiges anders gewünscht."

Er drehte sich um.

„Ich bin übrigens über die Weihnachtstage verreist, falls es dich noch in irgendeiner Weise interessiert." Dann verließ er das Zimmer.

Neugierig sahen Neal und Francis in das Kinderbett, in dem Rayon lag. Es waren zwei weitere Tage vergangen. Francis durfte die Klinik verlassen und ihr Sohn war wohlauf, musste jedoch noch eine Weile in der Kinderklinik bleiben.

„Ich will auch was sehen!", meldete sich Nicholas zu Wort. Er war nicht groß genug, um in das höher gelegene Kinderbett blicken zu können.

Neal hob seinen Erstgeborenen etwas hoch, und der betrachtete das Baby skeptisch.

„Mit dem soll ich spielen?", fragte er enttäuscht. „Der ist ja so klein."

„Ach, mein Hase!" Neal lachte und setzte Nicholas wieder ab. „Rayon wächst doch noch. Und wenn er erstmal krabbeln kann, könnt ihr auch zusammen spielen."

Lucy und Thilo hatten derweilen vor der Klinik gewartet. Thilo hielt Neals Doggen an der Leine und Lucy den Dobermann von Francis.
„Wo bleiben die denn?", fragte Thilo. „Langsam wird mir kalt."
Er schloss seinen schwarzen Wintermantel.
„Sie kommen sicher gleich", sagte Lucy, dabei schmiegte sie sich an Thilos Körper. Sie hatte ihn wirklich vermisst. All die Jahre hatte sie sich gefragt, ob ihre Rückkehr positiv verlaufen würde. Und das war sie. Thilo hatte sie mit offenen Armen empfangen. Ihre Liebe schien neu zu entflammen.
Schließlich erschienen Francis, Neal und Nicholas vor der Klinik. Thilo atmete auf. „Na endlich!"
„Danke, dass ihr auf die Hunde aufgepasst habt", sagte Neal, als sie bei ihren Freunden angekommen waren.
„Und? Wie war's?", fragte Lucy sogleich.
„Schön!" Francis schwärmte. „Wir dürfen Rayon nächste Woche nach Hause nehmen, dann könnt ihr ihn auch mal sehen."
„Ich habe Hunger!", funkte Nicholas dazwischen.
„Ja, wir gehen ja jetzt essen", sagte Neal. Er sah in die Runde. „Wohin wollen wir? Zum Italiener?"
„Oh, ja!", rief Lucy. Auch Thilo schien diese Vorstellung zu gefallen. Nur Francis machte ein unzufriedenes Gesicht.
„Ich weiß nicht, ob ich schon so weit gehen kann."
Thilo winkte ab. „Ach, das schaffst du. Wir gehen langsam und nehmen die Abkürzung durch den Park."
Da sah Neal sofort auf. „Durch den Park? Muss das sein?"
„Es ist der kürzeste Weg", erklärte Thilo.
Neal senkte den Kopf, sichtlich unzufrieden mit der Situation.

„Tu es mir zuliebe", hörte er Francis sagen, da riss er sich zusammen.

„Okay. Gehen wir durch den Park." Er nahm seine Schwester in den Arm, dann marschierten sie los.

Nicholas lief vorweg und tobte mit den Hunden, die frei laufen durften. Auf dem Rasen lag ein wenig Schnee, ebenso auf den Zweigen der Bäume. Eine erholsame Stille herrschte.

„Verstehe nicht, warum du den Park nicht magst", sagte Lucy zu Neal gewandt. „Es ist doch traumhaft hier."

„Ja." Neal nickte, aber er sah verbissen aus. „Wunderbar ist es hier. Besonders im Sommer, wenn die Blumen blühen und du am See sitzen kannst mit Schmetterlingen im Bauch, weil du bis über beide Ohren verknallt bist. Und dann knutschst du heimlich hinter irgendwelchen Büschen … Ja, das ist toll. Super!" Sein Gesicht verdunkelte sich, als würde er an etwas Schlimmes denken. „Ach, scheiße! Der Park ist horribel!"

Er löste sich von seiner Schwester und ging hastig ein paar Schritte vor.

„Was hat er denn?" Lucy sah ihre Freunde fragend an. „Hab ich was Falsches gesagt?"

Da schüttelte Thilo den Kopf. „Es liegt nicht an dir", versuchte er zu erklären. Er sah Francis an. „Denkst du dasselbe, wie ich?"

Sie nickte sofort. „Ja, der Park und Gero sind ein wunder Punkt bei Neal. Obwohl er so tut, als würde es ihn nicht stören. Aber ich fresse einen Besen, wenn er nicht noch immer in Gero verliebt ist."

Langsam ging sie an Thilo und Lucy vorbei, um Neal tröstend bei der Hand zu nehmen.

Thilo sah hinterher. „Ja, das denk ich auch. Neal und Gero waren eigentlich immer unzertrennlich", erklärte er seiner Freundin, die von dem damaligen Verhältnis der beiden Männer nicht viel wusste. „Ich kann mir nicht vorstellen, dass Neal so kampflos aufgibt. Das glaube ich echt nicht."

Lucy blieb nachdenklich. Sie kannte Neal nur flüchtig, von früher. Gero hatte sie erst nach ihrer Rückkehr kennengelernt. Und was *der* momentan widerspiegelte, war alles andere als positive Energie.

„So, wie ich Gero erlebt habe, will der doch gar nichts mehr von Neal wissen. Mir kommt es so vor, als hätte er richtige Angst vor ihm."

Als Thilo diese Vermutung hörte, schüttelte er abermals den Kopf. „Gero hat keine Angst vor Neal. Er hat Furcht vor dem, was passiert ist. Er hat Angst, dass ihn die Vergangenheit einholt ... Aber das wird sie nicht. Nicht mit dem Neal, den wir vor uns sehen."

Er sah geradeaus, wo Neal inzwischen mit Nicholas im Schnee tobte. Er lachte dabei über das ganze Gesicht. So natürlich hatte Thilo ihn lange nicht mehr gesehen.

Es war ein Tag vor Silvester. Gero war aus seinem Urlaub zurückgekehrt. Seit der Geburt von Rayon, hatte er nicht mehr mit Francis gesprochen, und das lag ihm im Magen.

Trotzdem wollte er nicht den ersten Schritt machen und auf sie zugehen. Eigentlich hätte *sie* sich doch entschuldigen müssen, oder?

Er wollte sich ablenken, und obwohl er nicht wusste, ob es richtig war, verabredete er sich an einem Nachmittag mit Theo und Pascal.

Sie trafen sich zuerst in der WG, dann beschlossen sie, etwas um die Häuser zu ziehen. Als sie die WG verließen, blieben sie allerdings nachdenklich im Hausflur stehen.

„Wo wollen wir denn eigentlich hin?", fragte Gero, während er die Tür sorgfältig abschloss.

„Wir könnten im *Millice* etwas trinken gehen. Und ich glaube, im *Blue Velvet* ist heute Schwulendisko", schlug Theo vor. Er trug einen hellen Anzug und hatte seine blonden Haare nach hinten frisiert.

„Also das *Millice* finde ich schon mal blöd", erwiderte Pascal und rümpfte die Nase.

„Dann mach einen besseren Vorschlag!", konterte Theo. Er sah Pascal schief an. Er wandte sich an Gero: „Wozu hast du denn Lust?"

Gero zuckte mit den Schultern. Er kannte sich in der Stadt am wenigsten aus. Er ging doch so selten weg …

Während sie nachdachten, hörten sie plötzlich Schritte auf der Treppe. Die Männer sahen sich neugierig um. Auf der Bildfläche erschien Neal, der in seinen Händen Teile eines Kinderbettes trug. Mit großen Augen blickte er die drei Männer an und nickte ihnen vorsichtig zu. Doch keiner der drei grüßte zurück.

Neal machte Halt vor Francis' Wohnung, die der WG genau gegenüberlag. Er stellte die Sachen ab und schloss die Tür auf.

„Aha? Dein Ex macht jetzt auf Familienvater, was?", äußerte sich Theo hörbar, sodass Gero ihn sofort ermahnte. „Pst! Nicht so laut."

Er blickte sich um, doch Neal war längst in der Wohnung verschwunden.

„Das war Neal?", fragte Pascal sichtlich überrascht. „Den hätte ich ja nie wiedererkannt. Wie sieht der denn jetzt aus?"

„Wieso?", hakte Gero sofort nach.

„Na ja … langweilig. Der hat doch früher immer einen auf cool gemacht, und nun?" Er zuckte mit den Schultern. „Was hast du gesagt, Theo? Der ist Vater?"

„Liebes! Ich bring das Kinderbett!", rief Neal durch die Wohnung.

„Oh, fein", erwiderte seine Schwester. Sie kam aus der Küche und betrachtete die Bettgitter. „Fehlt da nicht etwas?"

„Den Rest hole ich noch hoch", sagte Neal. Er stellte die vorhandenen Teile in das Schlafzimmer. Beiden war klar, dass Rayon die erste Zeit dort schlafen würde, denn ein zweites Kinderzimmer besaß die Wohnung nicht. Allerdings verfügte das Kinderbett über Rollen, sodass man es problemlos durch die Zimmer fahren konnte.

„Im Keller sind noch Babysachen und Spielzeug von Nicholas", berichtete Neal, „Kann ich auch hochholen, wenn du willst."

„Das ist lieb", sagte Francis. Sie sah ihren Bruder dankbar an. „Du gibst dir so viel Mühe."

„Ist doch selbstverständlich", erwiderte Neal. Und er küsste sie auf die Stirn.

„Ja, was denn nun?" Theos Stimme hörte sich leicht gereizt an. Inzwischen waren sie ein paar Stufen nach unten gegangen, hatten sich aber noch immer nicht geeinigt.

„Ich kenne da ein kleines Café um die Ecke", meldete sich Gero zu Wort.

„Welches?", hakte Pascal nach. „Etwa das mit den grünen Stühlen?" Er verschränkte die Arme vor den Bauch und blieb widerwillig stehen. „Da geh ich nicht rein."

„Gut!" Theo verdrehte die Augen. „Dann bleiben wir eben hier im Hausflur – ist ja auch ganz nett!"

Die Wohnungstür von Francis öffnete sich wieder. Neal kam heraus, ging die Treppe hinunter, an den Männern vorbei, die ihm direkt hinterher sahen.

„Ja, unmöglich sieht er aus!", äußerte sich Theo sogleich.

„Nicht so laut", zischte Gero. „Er kann uns hören."

„Ja, und?", konterte Theo. Seine Stimme drosselte er dabei nicht. „Soll er doch! Dieser Penner! Was er dir alles angetan hat! Dafür müsste man ihn einsperren!"

Sie hörten die Tür des Kellers, in dem Neal verschwunden war, zuklappen.

„Ich habe mich sowieso gewundert, wie du mit dem zusammen sein konntest", fügte Pascal hinzu. „Der war immer so aufbrausend. Ein wirkliches Schwein."

Theo nickte. „Ja, stimmt. Und er scheint sich nicht geändert zu haben. Lässt sich wahrscheinlich voll gehen, wegen der

Drogensache." Er klopfte Gero auf die Schulter. „Gut, dass du Schluss gemacht hast."

„Neal nimmt keine Drogen mehr", stellte Gero daraufhin klar.

Da lachte Theo laut auf. „Ha, wer soll das glauben? Sieh dir doch mal an, wie erbärmlich er aussieht. Der nimmt bestimmt noch Drogen, jede Wette."

Die drei Männer verstummten, denn Neal erschien wieder im Flur. Er trug weitere Teile des Kinderbettes in den Händen. Inzwischen war seine Atmung schwerer geworden. Das Tragen der Gegenstände war eine ungewohnte Belastung für ihn. „Was ist nur aus dem geworden?", sagte Theo kopfschüttelnd. „Ein armseliges Klappergerüst."

„Mann!" Gero stieß Theo mit dem Ellenbogen leicht in die Seite. Eine Aufforderung, still zu sein, denn Neal ging direkt an ihnen vorbei und hörte jedes Wort, doch er sagte nichts.

„Sieh dir an, was Drogen aus einem Menschen machen können!", rief Theo plötzlich laut, so dass auch Pascal zusammenzuckte. „Sei froh, dass du nicht mehr mit dem zusammen bist. Du hast was Besseres verdient."

Sie hörten, wie sich die Wohnungstür von Francis schloss.

Gero atmete auf. „Na, ein Glück ist Neal nicht ausgerastet, bei dem, was du gesagt hast."

Theo lachte schadenfroh. „Meinst du, dieser Schwächling hätte sich mit mir angelegt?"

„Na ja." Gero zögerte, doch dann sagte er das, was er dachte: „Neal kann ziemlich böse werden und brutal."

Ja, das war früher wirklich so gewesen. Er wollte sich ungern daran zurückerinnern.

Theo winkte ab. „Das war vielleicht einmal." Er schüttelte konsequent den Kopf. „Nee, Neal kann mir nicht gefährlich werden. Hast du nicht gesehen, wie der den Schwanz eingezogen hat?" Er lachte erneut.

„Vielleicht sollten wir ihn mal anschwärzen, weil er seine Schwester vögelt." Ein boshaftes Lachen folgte. Aber Theo war auch der Einzige, den das amüsierte.

„Nicht so laut!", bat Gero erneut. „Das geht nun wirklich niemanden etwas an."

Theo verzog das Gesicht. „Ich glaube, das wissen mehr Leute, als du denkst."

„Dieser Neal braucht dich doch auch gar nicht mehr interessieren", meldete sich Pascal zu Wort. „Du hast jetzt uns." Er sah Theo auffordernd an. Und der kapierte sofort, dass sich zwischen ihnen allmählich ein Konkurrenzkampf entwickelte. „Ich glaube, drei sind einer zu viel", gab er zu verstehen. „Gero wird sich rechtzeitig entscheiden müssen, wer sein neues Herzblatt wird. Und nun entscheidet er erstmal, wo wir hingehen."

Vorsichtig stellte Neal die restlichen Teile des Kinderbettes ins Schlafzimmer. Dann ging er zurück in den Flur, wo er sich im Spiegel betrachtete.

„Na, bist du bald fertig?", fragte Francis. Ein Geruch von Kaffee und Keksen lag in der Luft. „Nicht, dass du dich überanstrengst."

„Nein, das geht schon", erwiderte Neal, obwohl er sich in der Tat erst einmal ausruhen musste. Fragend sah er seine Schwester an: „Findest du auch, dass ich alt geworden bin?"

„Was?" Francis klang erstaunt. Sie kam näher.

„Ja, sieh doch", antwortete Neal, dabei drehte er sich dem Spiegel zu, in dem er sein hohlwangiges Gesicht genau inspizierte. „Falten habe ich bekommen. Und ich nehme einfach nicht zu, obwohl ich wieder regelmäßig esse. – Ich sehe schlecht aus. Verlebt und alt."

„Wie kommst du darauf?", fragte Francis verwundert. „Das stimmt gar nicht."

„Doch." Neal seufzte. „Ich sehe immer noch aus wie ein Junkie. Schlimmer sogar."

Er drehte sich von ihr weg und begann, das Kinderbett im Schlafzimmer aufzubauen. Sie folgte und konnte seine Behauptung nicht so stehen lassen.

„Wer hat dir diese Flausen in den Kopf gesetzt?", fragte sie gezielt.

Neal zögerte. Sollte er ihr von Theos Worten erzählen?

„Ich kann mir einfach vorstellen, was andere von mir denken", antwortete er. „Und sie haben Recht. Ich bin ein Wrack geworden. Diese Drogensache hat mich ordentlich aus der Bahn geworfen."

Seine schlanken Hände hantierten an dem Bettgestell herum. Er konnte sich jedoch kaum konzentrieren. Und das merkte auch Francis.

„Du erholst dich sicher bald davon", sagte sie tröstend. „Dein Körper hat viel durchgemacht und muss sich erst einmal wieder umstellen."

Neal lächelte. „Ja, vielleicht." In diesem Moment konnte er es sich allerdings nicht vorstellen.

Weihnachten war vergangen und der Silvesterabend voll in Gange. In der WG fand wie jedes Jahr eine Party statt, was Francis entgegenkam. Am Neujahrstag durfte sie Rayon aus der Klinik holen, und der Silvester kam genau richtig, um das zu feiern.

Allerdings stöhnte sie, als sie auf das reichhaltige Buffet sah, das Lucy und Thilo vorbereitet hatten.

„Oh, schon wieder so viel Essen. So wird das ja nie was mit meiner Diät."

Neal trat schmunzelnd an sie heran. „Du wirst durchs regelmäßige Stillen genug abnehmen." Er griff nach einem belegten Brötchen und biss genüsslich hinein. „Ich kann momentan vom Essen nicht genug bekommen", sagte er mit vollem Mund. „Das Problem ist, dass es bei mir nicht ansetzen will." Er rieb über seinen Bauch, der sich unter seinem dunklen Hemd in der Tat immer noch viel zu flach abzeichnete.

Lucy und Thilo rührten in der Zwischenzeit eine Bowle in der Küche an. „Wo steckt Gero eigentlich?", fragte Lucy. „Hat er etwa Dienst?"

Thilo schüttelte den Kopf. „Nein, er müsste hier sein. Ich sehe mal nach ihm."

Kurz darauf klopfte Thilo an Geros Zimmertür und trat herein. In der Ecke stand noch der große Koffer – unausgepackt. Gero war schon seit einem Tag aus dem Weihnachtsurlaub mit seinen Eltern zurückgekehrt. Thilo hatte gehofft, dass sich Gero dabei etwas erholt hatte, doch das schien nicht der Fall zu sein.

Als er seinen Mitbewohner betrachtete, wie er still am Fenster stand und hinausblickte, ahnte er, dass dessen Gemütslage noch immer nicht rosig aussah.

„Hey, Sportsfreund!", sagte Thilo. „Die Party ist längst in Gange."

„Ich weiß", erwiderte Gero leise, ohne sich umzudrehen. „Aber mir ist nicht nach Party zumute."

Thilo trat näher. „Es ist Silvester!", sagte er fast vorwurfsvoll. „Da *muss* man feiern."

Aber Gero blieb stur. „Dieses Jahr feiere ich nicht. – Die letzten zwölf Monate waren grauenvoll genug."

„Du sollst ja auch das neue Jahr feiern", stellte Thilo klar.

„Das wird bestimmt auch nicht besser", konterte Gero.

Thilo seufzte. Es war nicht einfach, seinen Mitbewohner aufzumuntern, trotzdem gab er nicht auf.

„Bitte, reiß dich etwas zusammen. Es wird sicher eine lustige Feier. – Theo ist im Übrigen auch da."

Erwartungsvoll sah Thilo sein Gegenüber an, aber dessen Gesicht erhellte sich nicht. Im Gegenteil. Gero verdrehte die Augen, als er an Theo dachte.

„So schlimm?", fragte Thilo. „Ich denke, du magst ihn. Ihr ward doch erst gestern zusammen aus – mit Pascal."

„Ach!" Gero winkte ab. „Die beiden nerven mich. Ständig geht es darum, wer bei mir bessere Karten hat."

Thilo schmunzelte, als er das hörte. „Das ist doch schmeichelhaft. – Für wen hast du dich entschieden?"

„Für gar keinen!", schoss es aus Gero heraus. Er war fast empört darüber, dass Thilo derartige Vermutungen aufstellte. „Ich will keinen von beiden. Niemanden, verstehst du?"

Jetzt drehte er sich um, sodass Thilo ihm direkt ins Gesicht sehen konnte.

„Hast du geweint?", fragte der sofort, als er Geros rote Augen sah.

„Nein, wieso?" Verunsichert fuhr Gero sich mit der Hand über die Lider.

„Klar hast du geweint!"

„Und wenn schon." Gero drehte sich wieder weg. Ein Zeichen dafür, dass etwas nicht stimmte. Thilo ging dem auf den Grund.

„Das machst du oft in letzter Zeit, nicht wahr?", fragte er.

„Was?" Gero tat ahnungslos.

„Na, heulen!"

„Quatsch!" Gero schüttelte heftig den Kopf.

„Denkst du, ich bekomme nicht mit, wenn du dein Zimmer abschließt und weinst?" Thilo kam noch näher, um seinem Mitbewohner mitfühlend auf die Schulter zu fassen. „Ich merke das. Ich höre dein Schluchzen. – Mensch, was ist denn bloß los mit dir? Ich mache mir ernsthafte Sorgen."

Und das stimmte. Thilo hatte das Drama, das sich vor wenigen Monaten in Geros Badezimmer abgespielt hatte, nicht vergessen. Damals hatte sich Gero die Pulsadern aufgeschnitten, weil er mit Neals Drogenkonsum und den daraus resultierenden Problemen nicht mehr klargekommen war. Nicht noch einmal wollte Thilo, dass sein Mitbewohner sich aus Verzweiflung etwas antat.

„Du brauchst dir keine Sorgen machen", sagte Gero und versuchte zu lächeln.

Aber für Thilo war die Lage nicht geklärt. „Du musst tieftraurig sein, so, wie du dich verhältst. Was ist denn los?", fragte er nochmals.

Gero sah zu Boden. „Es ist nichts." Sein Gesichtsausdruck und seine Körperhaltung signalisierten jedoch etwas anderes. Thilo ließ nicht locker.

„Ist es wieder wegen dieser Anderson-Sippschaft, ja?", fragte er nun gezielt.

„Nein!", rief Gero aufgebracht.

„Weil Francis sich wieder mit Neal abgibt? Ist es das?"

„Nein, nein ..." Gero schüttelte den Kopf, allerdings war er wiederholt den Tränen nahe.

„Liebst du Neal noch?", bohrte Thilo weiter.

Da konnte sich Gero nicht mehr zusammenreißen. Tränen rannen über sein Gesicht. „Nein, bitte, hör auf damit ... Hör auf!"

Er hielt sich die Hand vor die Augen, sodass Thilo schließlich Nachsicht zeigte, aber auch nur bedingt.

„Du trocknest jetzt deine Tränen ... Und in zehn Minuten will ich dich auf der Party sehen, okay?"

Gero nickte still.

Wenige Minuten später verließ er sein Zimmer. Das Wohnzimmer, die Küche und der Balkon waren voller Gäste. Hauptsächlich Studienkollegen von Thilo, alte Bekannte von Lucy und Freunde von Neal und Francis waren anwesend.

Kaum hatte er sich umgesehen, wurde er heftig umarmt. „Unser Sonnenschein!" Es war Theo, der deutlich angetrunken war und ihm einen Kuss auf die Wange gab.

„Nicht!" Gero drängte ihn zurück. „Ich habe Kopfweh."

Sofort machte Theo ein bestürztes Gesicht. „Oh, das tut mir leid. Soll ich dir einen Kaffee holen?"

Gero nickte und war froh, dass Theo kurz verschwand, so konnte er sich weiter ungestört umsehen. Er sah Lucy und Christen unter den Gästen. Er sah Butler Ralph und ebenso Dirk, bei dessen Anblick er eine unterschwellige Wut verspürte. Und dann, zwischen anderen Besuchern, die er nicht kannte, erblickte er auf dem Sofa Francis und Neal. Sie saßen dicht beieinander und lachten.

Wie eine Faust bohrte sich ein bedrückendes Gefühl in Geros Magen, als er das Pärchen so glücklich zusammen sah. Er hatte mit dem Gedanken gespielt, auf Francis zuzugehen, den ersten Schritt zu wagen, doch augenblicklich verwarf er die Vorstellung daran. Seufzend nahm er den Kaffee von Theo entgegen.

„Puh!" Francis stellte ihr Glas Sekt ab. Es war fast leer. Seit der Schwangerschaft hatte sie keinen Alkohol getrunken, und auch jetzt, wo sie stillte, wenn sie bei Rayon im Krankenhaus war, trank sie natürlich nichts. Aber zur Feier des Tages hatte sie sich ein Glas gegönnt. „So ein bisschen Sekt, und mir dreht sich alles." Sie kicherte.

„Solange der Alkohol morgen aus deinem Körper ist", sagte Neal und erinnerte daran, dass sie an Neujahr den kleinen Rayon aus der Klinik holen wollten, „ist es doch nicht so schlimm."

Er nahm auch einen Schluck aus seinem Glas. Allerdings hielt er sich an das alkoholfreie Bier, das Thilo extra für ihn gekauft hatte. Seit dem Entzug hatte Neal keinen Alkohol mehr angerührt, und das sollte so bleiben.

Als er sich zu Francis umdrehte, und sie kichernd vor sich sah, kam ihm ein ausgefallener Gedanke.

Er schmiegte sich an sie, während seine Hand über ihre Beine glitt. Sie trug ein dunkles, kurzes Kleid, das vorne geknöpft war.

Ohne weiteres konnte Neal über ihr freigelegtes Knie streicheln und den Stoff ihrer Nylonstrümpfe spüren, nicht zu auffällig, damit es den Gästen nicht auffiel.

„Was hältst du davon, wenn wir zu dir rübergehen?", flüsterte er in ihr Ohr.

„Jetzt?" Wieder fing Francis an zu lachen.

„Ja", sagte er. „Nicholas ist bei Mum und Dad, Rayon ist noch in der Klinik ... Wir hätten bei dir sturmfreie Bude."

Sie hörte auf zu kichern. Prüfend sah sie ihren Bruder an und erkannte sofort an seinem Blick, dass er es ernst meinte.

„Aber das Feuerwerk ...", wandte sie ein. Da musste Neal schmunzeln.

„Das ist doch jedes Jahr das Gleiche. Was meinst du, was für ein Feuerwerk es gibt, wenn wir zwei Hübschen jetzt zu dir rübergehen?"

Francis lachte wieder auf, und der durchdringende Blick ihres Bruders machte sie direkt verlegen.

„Meinst du wirklich?"

„Klar." Neals Stimme wurde leise, flüsternd. Und seine blauen Augen schienen sie zu hypnotisieren. „Wir haben schon so lange nicht mehr miteinander geschlafen."

Francis schluckte. Er hatte so Recht. Die Schwangerschaft über hatten sie sich zurückgehalten, da Neal Angst um das Baby gehabt hatte und weil er zu späterer Zeit, unter dem Drogeneinfluss, nicht mehr in der Lage gewesen war, die körperliche Beziehung zu Francis, neben Gero, aufrechtzuerhalten. Das hatte sie nicht vergessen.

„Bist du denn ... Ich meine, kannst du wieder?" Ihre Frage konnte sie nicht direkt formulieren, aber Neal wusste sofort, was sie meinte.

„Sure." Er nickte und strich über ihre Wange. „Vielleicht bin ich noch nicht voll bei Kräften, aber dass ich *meinen Mann stehen* kann, das würde ich dir gerne beweisen."

Ein Kribbeln jagte durch Francis' Körper, und sie musste ihn daraufhin einfach küssen.

„Findest du nicht, dass sich Pascal immer viel zu sehr stylt?", fragte Theo. Es war ungefähr das zehnte Mal, dass er diese Frage stellte, und Gero wurde zunehmend gereizt.

„Es ist mir egal", sagte er. „Ich will nichts von Pascal. Und von dir auch nicht." Er sah Theo an, dem urplötzlich die gute Laune verging. „Tut mir leid."

Gero wandte sich ab. Zu lange hatte er sich in der Küche vollquatschen lassen. Bald würde es Mitternacht sein, das Feuerwerk beginnen. Vielleicht sollte er doch auf Francis zugehen?

Wenigstens mit *ihr* könnte er anstoßen. Vielleicht wollte sie ja auch mit ihm reden?

Als er das Wohnzimmer betrat, war das Sofa, auf dem Francis und Neal gesessen hatten, von anderen Gästen belegt. Gero sah sich um, aber die Anderson-Geschwister erblickte er nirgends.

Er wandte sich an Thilo:

„Wo sind denn Francis und Neal hin?", fragte er.

Thilo lachte. Er hatte einiges über den Durst getrunken und so war seine Äußerung ebenso zügellos.

„Die? Ha, ha, die rammeln sich ins neue Jahr."

„Bitte?" Gero dachte, falsch gehört zu haben, aber Thilo korrigierte seine Aussage nicht.

„Mensch, die sind rüber zu Francis … Hast du sie nicht auf dem Sofa beobachtet? Die konnten ja kaum an sich halten."

Er lachte abermals.

„Echt?" Gero sah zu Boden.

„Es tut mir leid für dich", sagte Thilo, als er das enttäuschte Gesicht seines Mitbewohners sah. „Aber das mit Francis kannst du wohl vergessen. Sie ist wieder Neals Betthase. Damit musst du dich abfinden."

Im Hintergrund zündeten die ersten Knaller. Das Feuerwerk begann. Thilo schnappte sich Lucy und rannte auf den Balkon, wo sie mit den anderen Gästen das neue Jahr begrüßten.

Gero stellte sein Glas ab und verschwand unauffällig in seinem Zimmer.

Sie machten kein Licht, als sie Francis' Wohnung betraten. Neal drückte seine Schwester an die Wand im Flur, um sie stürmisch zu küssen. Langsam entkleideten sie sich, und während sie sich weiter küssten, gelangten sie ins Schlafzimmer. Ab und zu erhellte ein Feuerwerkskörper von draußen das Zimmer. Raketen detonierten am Himmel, lautes Jubeln ertönte von den Straßen. Aber Neal kümmerte das nicht. Mit geschickten Bewegungen hatte er das Kleid von Francis geöffnet, sodass sie daraufhin halbnackt vor ihm stand.

„Du trägst ja die Unterwäsche, die ich dir geschenkt habe", staunte er, als er die Spitzendessous an ihrem Körper sah.

Sie lächelte. „Tja, weiß auch nicht. Ich muss wohl so eine Vorahnung gehabt haben."

Sie sah an sich herunter. Und sie war ein wenig froh, dass sie kein Licht gemacht hatten. „Es sitzt alles noch eng, aber wenn ich etwas abnehme, dann …"

Weiter kam sie nicht. Sie spürte Neals Lippen auf ihrem Mund und kurz darauf sanken sie nieder aufs Bett.

Sie schmiegte sich fest an seinen Körper. Gleich zweimal hatten sie miteinander geschlafen. Und Neal hatte sie nicht enttäuscht.

„Weißt du, wie sehr ich das vermisst habe?", fragte sie lächelnd. Dabei stellte sie sich vor, wie schön es war, ihn wieder in sich zu spüren, seine Berührungen zu genießen, ihn zu küssen und zu wissen, dass er absolut nüchtern war, nicht unter Drogen stand, im besten Fall nur benommen war von seiner Lust.

„Ich habe es auch sehr genossen", sagte er, legte einen Arm um sie und sah auf zur Decke. Er war nackt. Francis betrachtete ihn sorgfältig. Er war dünner als früher. Sein Gesicht knochig, seine Nase und sein Kinn spitzer, als vor 1 ½ Jahren, als er Gero kennengelernt hatte. Sein Haar, das kurz geschnitten war, wirkte wesentlich heller. Es verdeckte sein Gesicht nicht mehr, sodass es deutlicher zur Geltung kam. Er sah reifer aus, männlicher, auch wenn seine schlanke Figur eher dem eines großen Knaben glich.

Francis sah auf sein Geschlecht; nur das hatte sich nicht verändert. Und als sie ihren Bruder im Schein der Nachttischlampe so peinlich genau inspizierte, musste sie daran denken, dass ihre Liebe weiterhin verboten war. Auch daran würde sich nichts ändern.

Sie würde ihn nie ganz besitzen können, und die Tatsache, dass er ebenso auf Männer stand, machte die Angelegenheit noch unwahrscheinlicher.

„Hattest du eigentlich Sex mit Dirk, als ihr in der Schweiz wart?", fragte sie, und war selbst etwas erschrocken über ihre direkte Frage.

„Nein!", gab Neal von sich. Er sah sie an, als wäre er angeklagt, dabei war ihre Vermutung gar nicht so abwegig. Aber er hatte nicht mit ihm geschlafen. Dirk hatte ihm lediglich ein paar Gefühle geschenkt, die er in seiner miserablen Verfassung dringend gebraucht hatte.

„Wie kommst du auf so etwas?"

Er löste sich aus ihrer Umarmung und richtete sich auf, um seine Shorts, die auf dem Boden lag, zu greifen und sie anzuziehen, als würde er mit dem Verdecken seiner Blöße auch die Sicht in sein Inneres verhindern.

„Du kannst mir nicht erzählen, dass du zufrieden bist, mit dem, was du hast", sagte sie. Nur zu deutlich hatte sie es gemerkt. Neal war zärtlich zu ihr gewesen, hatte sich Zeit gelassen beim Liebesakt, ganz so, wie sie es mochte. Sie hatte sein Verlangen gespürt. Er schien sie wirklich vermisst zu haben und den Sex mit ihr zu genießen.

Alles war vertraut gewesen, wie früher. Sie hatten gekuschelt und kurz darauf noch einmal miteinander geschlafen, aber beim zweiten Mal gab sich Neal anders. Er war ungeduldig und fordernd gewesen, wirkte fast verzweifelt, und er konnte sie dabei nicht ansehen, als würde er während des Aktes an jemand ganz anderen denken.

„Wir beide wissen, dass ich dir nicht alles geben kann, was du brauchst", sprach sie weiter. Offensichtlich traf sie genau den Punkt, der Neal belastete, denn sogleich schloss er die Augen, als wäre er angeprangert.

„Du vermisst Gero, nicht wahr?", fragte sie nach, und er nickte sofort.

„Ja", sagte er leise. Er blickte sie an, und eine große Traurigkeit spiegelte sich in seinem Gesicht wider. „Ich muss zugeben, dass ich ihn vermisse." Er drehte sich wieder weg, sah ins Leere, als würde er sich Gero bildlich vorstellen. „Seine Nähe, seinen Körper ... seine Stimme, seinen Duft." Er seufzte. „Aber ich habe mich ihm gegenüber unmöglich benommen. Kein Wunder, dass er nicht mehr mit mir reden will."

Es klang gefasst, was Francis überraschte. Er setzte sich an die Bettkante.

„Was ist?", fragte sie sofort.

„Ich will noch eine rauchen", antwortete Neal. Er stand auf und zog sich etwas über. „Versuch, zu schlafen."

Tatsächlich schlief Francis kurz danach ein, aber ihr Schlaf war oberflächlich. Als draußen auf der Straße ein letzter Böller knallte, schreckte sie hoch. Es waren nur wenige Minuten vergangen, und Neal war noch nicht wieder zurückgekommen.

So erhob sie sich, schlüpfte in ihren Morgenmantel und schlich leise in die Küche.

Dort brannte kein Licht, aber sie sah Neal vor dem Fenster stehen. In der rechten Hand, die auffällig zitterte, hielt er eine Zigarette. Sein Kopf war gesenkt, und er weinte.

Als Francis am Neujahrsmorgen erwachte, lag die Stadt in einer grauen Dunstglocke. Vor dem Haus hörte man das Lachen von Kindern, die letzte Knaller zündeten.

Sie richtete sich auf, um festzustellen, dass sie noch immer allein im Bett war. Als sie die Küche betrat, sah sie dort Neal, der am gedeckten Frühstückstisch saß und in einer Zeitschrift blätterte.

„Morgen, mein Liebes", grüßte er sie. Er wirkte ganz unbekümmert, als hätte sein negativer Gefühlsausbruch in der Nacht nie stattgefunden.

Francis beschloss, ihn nicht daraufhin anzusprechen. Offensichtlich wollte er in dieser Situation allein sein.

„Hast du überhaupt geschlafen?", fragte sie.

Neal nickte, während er ihr Kaffee einschenkte. „Ein wenig, auf dem Sofa." Er deutete auf den Brötchenkorb. „Ich war draußen, mit den Hunden und … hier, der Bäcker um die Ecke hatte Neujahrsbrötchen."

„Schön!" Francis freute sich, und ebenso bemerkte sie, wie erneute Bewunderung für ihren Bruder in ihr aufkeimte. Er war wieder stark, und obwohl noch nicht alles war, wie er es sich vielleicht gewünscht hätte, ließ er sich nicht unterkriegen. Sie griff nach seiner Hand. „Ich bin stolz auf dich", sagte sie, „und so froh, dass du gesund bei mir bist."

Später brachen sie auf, um in die Kinderklinik zu fahren.

Just, als sie sich der Treppe zuwandten, ging die Tür der WG auf und Gero trat heraus. Er sah die Geschwister an, woraufhin Neal als Erster reagierte: „Frohes Neues Jahr!", wünschte er. Aber er bekam keine Antwort. „Ich … geh schon mal vor", sagte er, da er bemerkte, dass Gero nicht bereit war, mit ihm ein Wort zu wechseln, stattdessen aber seine Schwester umso genauer musterte. Erst, als er außer Reichweite war, regte sich Gero.

„Guten Morgen, Francis", begann er.

„Morgen", sagte sie. „Schönes Neues Jahr."

„Ja, dir auch."

Eine bedrückende Stille stellte sich ein, dabei wussten sie beide, dass sie dringend miteinander reden mussten.

„Hast du etwas Besonderes vor, heute?", erkundigte sich Gero.

Francis berichtete erfreut: „Ja, wir holen Rayon gleich aus der Klinik ab, dann fahren wir zu meinen Eltern. Nicholas hat dort Silvester verbracht."

„Schön", äußerte sich Gero, aber er verzog keine Miene. „Du bist wieder fest mit Neal zusammen, ja?", fragte er schließlich, dabei war ihm die Antwort längst klar. Aber er wollte es hören. Von ihr! Das war sie ihm schuldig. Zu seiner Unzufriedenheit gab sie sich zuerst ahnungslos.

„Was meinst du?"

„Du weißt genau, was ich meine!", erwiderte er gereizt. „Du gehst wieder mit ihm ins Bett, stimmt's?"

Sie sah zu Boden. Es war ihr peinlich, hier, im Hausflur, auf dieses Thema hin angesprochen zu werden.

„Was soll denn das?", entwich es ihr leise.

„Was das soll?" Geros Stimme wurde noch lauter. Endlich konnte er seinen Emotionen freien Lauf lassen. „*Wir* waren zusammen, hast du das vergessen?" Er sah sie tadelnd an. „Aber kaum ist Neal wieder da, bin ich abgeschrieben! Wieso? Wieso? ... Fickt er besser als ich, ja? Ist es das, warum du dich wieder mit ihm abgibst?"

Francis schluckte. Geros unerwartet harsche Worte waren ihr zutiefst unangenehm.

„Red doch keinen Unsinn!", zischte sie.

Aber Gero konnte sich nicht zügeln, nicht mehr. Seit Rayons Geburt hatte sich seine Wut aufgestaut. Er hatte gehofft, dass sich einiges von allein klären würde, dass ihm Francis Erklärungen abliefern würde, doch nichts war geschehen. Und jetzt konnte er sich nicht mehr zusammenreißen.

„Das ist kein Unsinn!", konterte er lauthals. Dass sie seine Behauptung abstritt, bestärkte ihn in seiner Vermutung. „Gib es doch zu! Gegen Neal bin ich eine Niete! Du hast nur mit mir geschlafen, weil Neal so lange weg war!"

Energisch schüttelte sie den Kopf. „Das stimmt nicht ..."

Aber Gero war nicht zu beruhigen. „Und ich dachte wirklich, du empfindest etwas für mich", sagte er, und es klang enttäuscht.

„Aber das tu ich doch!", erwiderte Francis. Sie kam näher, um ihn zu umarmen, doch er schob sie sofort von sich.

„Tust du nicht", sagte er, „sonst würdest du mir das alles nicht zumuten. – Du lässt mich fallen, wegen Neal, der uns so viel Schlimmes angetan hat. Hast du das etwa schon vergessen?"

„Nein." Francis senkte den Kopf. Natürlich hatte sie nicht vergessen, was alles passiert war, aber sie war bereit gewesen, zu verzeihen und zu verstehen, was und wieso das alles geschehen war. Sie hatte ihren Bruder nicht abweisen können. Das hatte leider Opfer gefordert.

„Du weißt genau, dass ich nie aufgehört habe, Neal zu lieben!", erklärte sie. „Und er hat sich geändert!"

„Ha! Dass ich nicht lache!", äußerte sich Gero abfällig.

„Er ist wirklich weg von den Drogen, er ist lieb und aufrichtig, er ist …"

„Halt den Mund!", fuhr er ihr ins Wort, „Das will ich gar nicht hören! Das ist mir egal! – Du hast mich enttäuscht, genau wie er! Du bist kein Stück besser als dein Bruder!" Er sah sie abfällig an. „Scheint in der Familie zu liegen!"

Wütend drehte er sich und lief die Treppe hinab. Francis konnte keine weiteren Worte mehr finden. Sie war regelrecht schockiert und den Tränen nahe. Was hatte sie bloß angerichtet?

Neal hatte unten im Auto gewartet, und ihm entging natürlich nicht, dass Gero mit wutverzerrtem Gesicht das Haus verließ. Auch seine Schwester sah bedrückt aus, als sie in den Wagen stieg.

„Hattet ihr Streit?", fragte Neal sofort nach. Insgeheim hoffte er, dass Francis *endlich* erzählen würde, was zwischen ihr und Gero lief, doch auch jetzt fühlte sie sich nicht bereit, die Wahrheit zu sagen.

Still schüttelte sie den Kopf.

„Du kannst mit mir über alles reden", versuchte Neal es erneut.

„Ich weiß", erwiderte Francis. Sie atmete tief durch. „Aber sei mir nicht böse, momentan kann ich nicht darüber sprechen." Mit Tränen in den Augen sah sie aus dem Autofenster, ein Zeichen dafür, dass Neal nicht weiter fragen sollte.

„Okay. Ist in Ordnung." Er startete den Wagen. *Irgendwann wird sie schon reden,* dachte er still bei sich.

Kapitel 7

„Das nächste Mal sagst du bitte Bescheid, bevor du länger wegfährst", sagte Stephanie Anderson. Eindringlich sah sie ihren Sohn an. „Du glaubst gar nicht, was wir uns für Sorgen gemacht haben."

Sie schüttelte den Kopf, dann begann sie, Kuchenstücke zu verteilen. Die Familie saß zusammen im Esszimmer der Andersons. Neben Francis, auf einem Stuhl, schlief Rayon in einer Babyschale.

„Wir hatten sogar die Polizei eingeschaltet, weil du dich plötzlich nicht mehr gemeldet hast!" Stephanie konnte gar nicht aufhören, ihrem Sohn Vorwürfe zu machen, dabei hatte sie Recht.

„Ich weiß, es war dumm von mir, euch nichts zu sagen, aber ich brauchte echt Ruhe. – Und es war eine ziemlich kurz entschlossene Aktion."

Mehr wollte Neal dazu nicht schildern. Es stimmte ihn sichtlich unzufrieden, dass er nicht die ganze Wahrheit ans Tageslicht brachte. Aber er konnte seinen Eltern unmöglich berichten, wo er wirklich gewesen war.

„Ich habe es ja immer gesagt", fuhr Stephanie fort. „Die Musikbranche wird dich noch kaputtmachen. Du arbeitest zu viel, du rauchst zu viel ..." Sie musterte ihren Sohn peinlich genau. „Und du bist zu dürr."

Neal nickte. „Ja, Mum, deswegen habe ich ja auch die Erholung gesucht."

„Hat die Kur denn wenigstens was gebracht?", fragte Peter Anderson nach. Neal sah seinen Vater an, und er konnte in dessen Augen erkennen, dass er ahnte, um welche Art von Kur es sich gehandelt hatte. Seinem Vater hatte er noch nie etwas vormachen können.

„Ja, Dad." Neal schluckte verkrampft. „Die Kur hat mir gutgetan. Ich fühle mich deutlich besser."

Peter klopfte seinem Sohn erleichtert auf die Schulter. „Bitte komm das nächste Mal eher zu uns, wenn es Probleme gibt."

Am frühen Abend kehrten die Geschwister in Francis' Wohnung zurück, wo Neal seinen Sohn behutsam in das Kinderbettchen legte. „So, mein kleiner Ray, jetzt bist du zu Hause, bei Mami, Papi und deinem Bruder." Vorsichtig deckte er das Baby zu.

Francis stand hinter ihm und freute sich ebenso, dass der Nachwuchs endlich aus der Klinik entlassen wurde.

Trotzdem blieb eine gewisse Unsicherheit, denn die Ärzte waren bei der zweiten Routineuntersuchung mit dem Hörtest nicht zufrieden gewesen.

„Wenn er wirklich schlecht hört", sagte Francis, dabei sah sie Rayon tiefgründig an, „kann es davon kommen, dass wir ..."

Sofort schüttelte Neal den Kopf. „Diese Tests taugen gar nichts", konterte er. „Der Arzt hat gesagt, es ist nur eine Vermutung." Auch er sah seinen jüngsten Sohn genau an. „Er reagiert doch auf Laute. Und selbst wenn er schlecht hören sollte ..." Er zuckte mit den Schultern. „Na und? Da wird man ihm helfen können." Er drehte sich Francis zu. „Ich bin mir sicher, es liegt nicht an den Genen."

Den letzten Satz sagte er mit Nachdruck. Er mochte sich nicht vorstellen, dass sein Kind in irgendeiner Form behindert sein könnte, und er schuld daran war. Das konnte und durfte nicht sein! Gezielt wechselte er das Thema:

„Was hältst du davon, wenn ich die erste Zeit bei dir wohne? - Wir könnten uns nachts abwechseln, und da ich vormittags ohnehin auf ihn aufpassen werde ..." Er brauchte nicht weitersprechen. Sie war sofort einverstanden.

„Great!" Neal umarmte seine Schwester stürmisch. Sie hatten sich seit Tagen Gedanken darum gemacht, wie ihr Tagesablauf aussehen würde. Neal wollte sich unbedingt noch etwas schonen, bevor er sich in die Arbeit mit seiner Band stürzte. Francis hingegen wollte sofort wieder in der Anderson-Firma tätig werden, wenn auch nur vormittags.

So kam es beiden gelegen, dass Neal für die erste Zeit bei ihr einzog, um Rayon morgens zu betreuen.

„Ich werde auch versuchen, im Haushalt zu helfen", sprach er weiter, allerdings im Flüsterton, da Rayon eingeschlafen war. Dabei überdachte er seine Worte sofort, denn Hausarbeit war eigentlich gar nicht sein *Ding*. Bei ihm zu Hause erledigte Butler Ralph alle lästigen Tätigkeiten, aber Francis lehnte eine Haushaltshilfe nach wie vor ab „Ich werde heute Abendessen machen. Was hältst du von Obstsalat?"

Sie nickte. Während sie leise im Schlafzimmer Babysachen sortierte und im Bad den Wickeltisch bestückte, verschwand Neal in der Küche. Allerdings vergingen nur wenige ruhige Minuten, bis plötzlich ein lauter Schrei ertönte.

„Ah! Damned!"

Francis erschrak und hörte Nicholas' besorgte Stimme: „Papi, was ist denn?"

„Dieser dämliche Dosenöffner!" Neal fluchte. Als sie in die Küche eilte, sah sie sofort, was geschehen war. Ihr Bruder hatte sich beim Öffnen einer Dose Ananas geschnitten. Verkrampft hielt er sich die blutende Hand.

„Wie hast du das denn gemacht?" Sie schüttelte den Kopf, als sie das Blut sah, das auf die Erde tropfte. Nicholas rümpfte die Nase und rannte zurück ins Kinderzimmer.

„Shit! Shit! Shit!", fluchte Neal daraufhin weiter. Er hielt die Hand über das Waschbecken. „Damit kann ich jetzt wochenlang nicht richtig Gitarre spielen!"

Er biss sich auf die Unterlippe. Vorsichtig betupfte Francis die Wunde mit einem Küchentuch, was Schmerzen hervorrief. Der Schnitt war tief, sodass sie die Blutung nicht stillen konnte.

Inzwischen war das Waschbecken blutverschmiert. Neal stöhnte: „Oh, mir wird komisch." Tatsächlich war er weiß um die Nase geworden. „Ich kann momentan kein Blut sehen."

„Setz dich, bitte!", flehte Francis und schob ihrem Bruder einen der Küchenstühle entgegen. „Ich hole Hilfe."

Sie brauchte nicht lange überlegen. Obwohl sie am Vormittag noch mit Gero gestritten hatte, führte ihr Weg direkt zu ihm. Wenn einer helfen konnte, dann war er es!
Gero lag auf dem Bett und hörte leise Musik, als Francis in sein Zimmer stürmte.
„Bitte, komm rüber!", bat sie. „Neal hat sich in die Hand geschnitten, und es hört nicht auf zu bluten!"
Perplex richtete sich Gero auf. „Ja, und?"
„Du kennst dich doch mit so etwas aus", sprach sie weiter.
Er verzog sein Gesicht. „Dafür bin ich also wieder gut genug, ja?" Er schüttelte den Kopf. „Das ist echt unglaublich!"
„Bitte Gero!" Francis ließ nicht locker. „Du musst helfen, das ist deine Pflicht als Arzt! Neal klappt mir gleich zusammen …"
Gero überlegte sichtlich. Er war längst nicht fertig mit seinem Studium, und als Arzt durfte er sich erst recht noch nicht titulieren, dennoch spürte er eine Art von Pflichtbewusstsein. Er musste selbstverständlich helfen, war jemand in Not.
Seufzend erhob er sich und eilte ins Bad, wo er einen Erste-Hilfe-Schrank befestigt hatte. Daraus nahm er Kompressen, Desinfektionsmittel und Mullbinden, dann lief er rüber in Francis' Wohnung.

Neal saß inzwischen am Küchentisch, hatte seine Hand mit weiteren Tüchern umwickelt, doch die Wunde hatte noch immer nicht aufgehört zu bluten. Er schloss die Augen. Das Blut erinnerte ihn an Spritzen, Nadeln, Venen … Heroin.
„Oh, no." Er verkrampfte sich und Schweiß bildete sich auf seiner Stirn.
Dann kamen Francis und Gero in die Küche.
„Wie geht's?", erkundigte sich Francis.

„Scheiße!", antwortete Neal ungehalten. Flehend sah er Gero an. „Mach das Blut weg! Mach es weg, bitte!"

Gero atmete tief durch, dann entfernte er die Tücher von Neals Hand und gab Francis Anweisungen:

„Gib mir ein paar Kompressen mit Desinfektionsmittel getränkt."

Sie nickte. Kurz darauf reichte sie die Tupfer an, sodass Gero die Wunde reinigen konnte.

Neal verzog das Gesicht dabei. Es brannte wie Feuer.

„Hört es auf?", fragte er derweilen. „Hört es endlich auf?"

„Nein, noch nicht. Ich muss die Wunde abdrücken", erklärte Gero und presste saubere Kompressen fest auf den Schnitt.

Vorsichtig öffnete Neal die Augen. Die Tupfer auf dem Tisch, seine Hand und der Tisch selbst – alles war blutverschmiert.

„Oh Mann! Ich werde wahnsinnig!", rief er verzweifelt und begann, auf dem Stuhl herumzuzappeln. „Ich will das nicht sehen. Das soll aufhören. – Ich will nichts! Ich brauch nichts!"

Mit ängstlichem Blick fixierte er Gero. „Es hört gleich auf, ja? Hört es auf?"

Gero schluckte, als er in Neals blaue Augen sah. Sie waren so klar, so rein, so durchdringend, wie ein großer, blauer See ... Vielleicht waren sie das Faszinierendste an seinem Gesicht?

„Ja, es hört gleich auf", sagte er, aber seine Hände wurden schwach. Er brachte plötzlich keine Kraft mehr auf, um die Wunde abzudrücken. Verstört sah er zur Seite. Er konnte Neal einfach nicht ansehen.

Bittend wandte er sich an Francis.

„Mach eine Binde drauf und kleb es fest. Es blutet nicht mehr", sagte er zu ihr, doch sie schüttelte unsicher den Kopf.

„Bitte, mach du das. Du kannst das besser."

„Nein!", äußerte sich Gero. Seine Stimme war laut geworden. „Ich kann nicht!", schoss es aus ihm heraus. „Ich kann ihn nicht mehr sehen! Ich fass ihn nicht mehr an!"

Demonstrativ löste er seine Hand von Neals. „Der denkt doch immer noch an sein Heroin!"

Mit einem Mal herrschte absolute Stille in der Küche, sogar Francis konnte nichts sagen.

Schließlich griff Neal selbst nach der Binde und dem Pflaster.

„Es geht schon, Liebes." Er zwinkerte seiner Schwester zu. „Ich mach das allein. Hier wird niemand gezwungen, mich anzufassen."

Mit gesenktem Kopf verließ er die Küche und verschwand im Bad.

„Du bist unmöglich!", fauchte Francis Gero an.

„Tut mir leid", versuchte der, sich zu erklären. „Aber Neal spinnt doch. Wegen etwas Blut so einen Aufstand zu machen."

Für Francis war die Reaktion ihres Bruders keineswegs unverständlich.

„Er hat die Sucht eben noch nicht vergessen", sagte sie verteidigend.

Geros Miene blieb ernst. „Bist du dir sicher, dass er nichts mehr nimmt?", stellte er in den Raum, dann wandte er sich ab. Er wollte die Wohnung verlassen, da fiel sein Blick ins Schlafzimmer. Sofort stoppte er, als er das Kinderbett sah. „Ist Rayon jetzt hier?", fragte er leise und trat näher.

„Ja", antwortete Francis. Es klang stolz. Mit einem Mal war ihr Streit vergessen. Zusammen sahen sie in das Kinderbett.

„Darf ich ihn mal nehmen?", fragte Gero. Sie nickte.

„Oh, ist der winzig", stellte er fest, kaum lag das Baby in seinem Arm. Vorsichtig drückte er Rayon an sich.

„Na, du?", sagte er leise. „Weißt du, wie sehr ich mich auf dich gefreut habe?" Er lächelte und sah für einen Moment glücklich aus.

Doch dann ging die Badezimmertür auf, und Neal kam wieder zum Vorschein.

Seine Hand war sorgfältig verbunden.

Als er Gero mit Rayon auf dem Arm sah, blieb er stehen und schmunzelte. „Das Baby steht dir gut", sagte er mit liebevoller Stimme, allerdings fand diese Feststellung bei Gero überhaupt keinen positiven Anklang.

Er legte Rayon zurück ins Bett. „Ich komme ein andermal wieder", sprach er zu Francis gewandt. „So was hier ...", – er deutete auf Neal –, „muss ich mir echt nicht bieten lassen."

Er drehte sich um und verschwand.

Francis verdrehte die Augen. „Ihr verhaltet euch wie Teenager!"

Dabei wurde ihr bewusst, dass sie sich Gero gegenüber derzeit auch nicht besser verhielt.

Neal zuckte mit den Schultern. „Es sollte ein Kompliment sein. – Aber du siehst ja, er will so etwas gar nicht hören."

Es war mitten in der Nacht, als Francis erwachte. Sie blinzelte leicht, die Nachttischlampe brannte noch. Neben ihr im Bett saß Neal und starrte ins Leere.

„Wieso schläfst du nicht?", fragte sie erstaunt.

„Ich krieg momentan kein Auge zu. Ist aber nicht dramatisch ... Schlaf ruhig weiter", sagte er.

„Wieso kriegst du kein Auge zu?", wollte Francis sofort wissen. Sie drehte sich besorgt zu ihrem Bruder hin.

Sie hatte nicht vergessen, dass Neal, während seines Drogenkonsums, oft schlimme Gedanken mit sich getragen hatte, und oftmals nicht aus dem Grübeln herauskam. Das sollte sich doch nicht etwa wiederholen?

„Ach, ich bin noch manchmal unruhig", erklärte Neal. „Besonders nachts. So rastlos, verstehst du?" Er erwiderte ihren Blick. „Dann liege ich stundenlang wach und fühle mich ganz leer."

„Ist das noch wegen der Drogensache?", fragte Francis vorsichtig nach.

Wie erwartet nickte ihr Bruder.

„Mein Kopf hat längst gecheckt, dass ich nichts mehr nehme", erklärte er weiter, „doch mein Körper nicht. Er rebelliert noch manchmal. Es kommt dann wie aus dem Nichts. Dieses Verlangen, diese Lust ... Es vergeht aber auch wieder."

Es klang, als hätte sich Neal damit abgefunden, als konnte er sich mit diesem Phänomen arrangieren. Francis machte es allerdings ganz betroffen.

„Das ist ja schrecklich."

Neal zuckte mit den Schultern. „Ich kann nichts dagegen tun, nur warten, bis es irgendwann vorbei ist."

Francis überlegte. Ihr Bruder hatte ihr inzwischen von dem Aufenthalt in der Klinik berichtet. Von den Räumlichkeiten, von den Ärzten, Schwestern und Therapeuten. Er hatte von Dirks Hilfe erzählt, von seiner Genesung und der Zeit, in der er allein gewesen war.

Aber von dem eigentlichen Entzug hatte er fast gar nichts erzählt.

Und bis jetzt hatte Francis auch nicht gewagt, danach zu fragen, doch nun schien der richtige Augenblick.

„Der Entzug war sehr schlimm, oder?", fragte sie leise und innerlich kannte sie die Antwort. Neal war nach seiner Rückkehr aus der Klinik ruhiger geworden, und das lag nicht nur daran, dass er drogenfrei war.

Etwas in ihm hatte sich geändert, war gebrochen, vielleicht verloren gegangen. Sie ahnte, dass Neal während des Entzugs die schrecklichsten Tage seines Lebens durchlebt hatte und die Erinnerungen daran irgendwie ständig gegenwärtig waren.

„Ja." Er nickte. „Es war schlimm." Er sah in ihre Augen und erkannte sofort, dass sie Einzelheiten wissen wollte. Und so schwer es ihm fiel, berichtete er: „Erst haben sie mich lahmgelegt mit Medikamenten, und als ich wacher wurde, kam ich mir vor wie ein Pflegefall. Ich habe gekotzt und gejammert, konnte nichts mehr und bin ständig zusammengeklappt." Er schüttelte den Kopf, als er zurückdachte. „Ich hatte Schmerzen und Wutausbrüche. Ich habe Dirk oft angeschrien, und er hat mir trotzdem geholfen. Ab und zu wollte ich einfach nur sterben ... Es war schrecklich."

Er schluckte verkrampft. Mehr konnte er nicht berichten. Aber nun war alles vorbei.

„Ich mag gar nicht daran denken, wie du dich gefühlt haben musst."

Francis schüttelte traurig den Kopf.

„Der Entzug war wirklich nicht leicht", offenbarte Neal. „Ich kann froh sein, dass ich es geschafft habe."

„Deswegen bin ich auch so stolz auf dich", gestand sie. Fest kuschelte sie sich an seinen Körper, doch dann räkelte sich Rayon im Kinderbett, und kurz darauf ertönte lautes Babygeschrei.

„Oh, unser Spatz ist wach." Francis richtete sich auf.

„Lass!", schaltete sich Neal ein. „Ich gehe."

Er stieg aus dem Bett, um Rayon auf den Arm zu nehmen.

„What's wrong, sweetheart", flüsterte er. „Your daddy is here, it's okay ..."

„Er wird Hunger haben", sagte Francis. Auch sie machte Anstalten aufzustehen, aber Neal hinderte sie daran.

„Ich werde ihm ein Fläschchen machen, und du schläfst."

Francis lächelte. „Das ist lieb", sprach sie und legte sich wieder hin.

Neal löschte das Licht und verschwand mit dem Säugling in der Küche.

„And I'll sing you a song", sagte er zu seinem Sohn und begann kurz darauf ein Lied zu summen, während er die Milch zubereitete.

Am Morgen lag Rayon friedlich im Kinderbett, und es war ein aufgebrachtes Geschrei im Flur, das Francis zum Erwachen brachte.

„Yes? Now you are surprised, aren't you? – Of course! – Stop it! – What the hell … Which little bastard do you mean?"

Francis erhob sich. Sie erkannte Neals drohende Stimme. Er schien zu telefonieren.

„I'm not dependent anymore! I'm dependent on nothing! – You stupid arse!"

Sie kam gerade noch rechtzeitig, um ihren Bruder daran zu hindern, aufzulegen. Sie nahm ihm den Telefonhörer aus der Hand, woraufhin er sich wütend in die Küche zurückzog.

„Hallo?", fragte Francis. Fest drückte sie den Hörer an ihr Ohr, dabei erklang sofort die Stimme, die sie erwartet hatte.

„Hier ist Jarvis." Eine nachdenkliche Stille folgte. „Neal ist wieder bei dir? Habt ihr euch vertragen? Und du hast mir geschrieben, dass das Baby schon da ist. – Was ist denn bloß los bei euch?"

Einige Minuten später kam Francis in die Küche, wo Neal wie erwartet am Tisch saß und rauchte.

„Musstet ihr gleich wieder streiten?", fragte sie.

„Er hat angefangen!", konterte Neal. Seine Tonlage war noch immer gereizt. „Er hat mich sofort verurteilt, weil ich wieder bei dir bin. Und dass ich clean bin, das glaubt er mir auch nicht. Und Rayon hat er als Bastard bezeichnet."

„Er meint es nicht so", versuchte Francis die Lage zu erklären. „Er macht sich sicher nur Sorgen …"

Neal schloss die Augen. Es war schwer, nicht die Beherrschung zu verlieren. Er wollte sich nicht wieder aufregen, das hatte er sich fest vorgenommen. Er wollte nicht mehr aggressiv und laut sein, aber manchmal kam es in ihm hoch, und er konnte sich nicht dagegen wehren.

„Sorry", sagte er leise, um seinen Gefühlsausbruch zu entschuldigen.

Francis sah ihn liebevoll an. „Du solltest mal wieder ausgehen. Sonst fällt dir hier in meiner kleinen Wohnung, zwischen Windeln und Babygeschrei, noch die Decke auf den Kopf."

*

Gero ließ seine Blicke schweifen und sah schließlich links neben sich zur Bar. Bei all den Gästen fiel ihm ein Mann auf, der sich weit über die Theke gebeugt hatte, um eine Bestellung aufzugeben. Gero bemerkte sofort die überaus schlanke Figur des Mannes, die erbärmlich schmalen Hüften und die langen, dünnen Beine dazu. Der Mann trug ein T-Shirt, das durch die Streckbewegung etwas hochgerutscht war, sodass Gero die nackte Haut zwischen Shirt und Hose erkennen konnte. Der Mann hatte eine Cordhose an, die eng saß, jedoch unten an den Knöcheln weiter wurde. Mehr konnte Gero nicht sehen, nur noch die dunklen Haare, die kurz geschnitten waren.

„Kommst du endlich?", hörte er Pascal rufen. Und es unterbrach ihn in seiner Betrachtung, obwohl, ja, dieser Mann an der Bar löste Sehnsucht in ihm aus – bis der sich umdrehte, und sie sich direkt in die Augen sahen.

Gero schluckte. Es war Neal, der dort an der Theke gelehnt hatte und zwei Gläser Cola in den Händen hielt. Auch er erwiderte den Blick überrascht, bis sich Gero verstört abwandte und Pascal folgte.

„Gero und dieser Modefuzzi sind eben eingetroffen", berichtete Thilo sofort, als Neal an den Tisch trat und die Cola abstellte. Neal nickte, und es sah fast gleichgültig aus. „Hab sie gesehen."

„Aber du hast nicht gesehen, wie Gero auf deinen Allerwertesten gestarrt hat", fügte Thilo hinzu, wobei er amüsiert lächelte.

„Was?" Neal schüttelte den Kopf. „Kann ich mir nicht vorstellen. Ich hab schon seit Monaten keinen richtigen

Arsch mehr in der Hose – und selbst wenn – als ich mich umgedreht habe, hat er alles andere als freundlich geguckt."

„Dein bekloppter Ex ist auch da", sagte Pascal.

„Mmh", erwiderte Gero, während er sich vorsichtig auf der Tanzfläche bewegte. Er wollte sich gar nicht nach Neal umdrehen. Warum musste der ausgerechnet heute im *Angels* sein? War man denn nirgends vor ihm sicher?

Neal starrte auf die Tanzfläche, als würde er jede Bewegung von Gero in sich aufsaugen, nebenbei zog er nervös an einer Zigarette.

Das brachte Thilo erneut zum Schmunzeln. „Wie du Gero ansiehst, könnte man meinen, du bist immer noch verschossen in ihn."

„Quatsch!", entgegnete Neal entrüstet. Demonstrativ drehte er sich von der Tanzfläche weg. „Nur weil ich ihn gern ansehe? Er sieht eben gut aus …"

Er drückte seine Zigarette im Aschenbecher aus und nahm ein paar Schlucke von der Cola.

Doch Thilo konnte er nichts vormachen.

„Man merkt es dir aber an", sagte der direkt. „Du bist ganz schön fertig, weil es mit Gero aus ist, stimmt's?"

„Ach." Neal winkte ab. In der Tat sah er nicht sonderlich glücklich aus, als er an ihre Trennung dachte. „Es ist aus … Das wird nie wieder was."

„Wieso nicht?", hakte Thilo nach.

„Das ist doch offensichtlich", erklärte Neal. Er griff abermals zu den Zigaretten. Zum Glück hatte er das Rauchen nicht aufgegeben, das gab ihm manchmal den letzten Halt, wenn er sich so schrecklich fühlte, wie jetzt.

„Ich habe ihn viel zu sehr verletzt", fuhr er fort. „Ich habe alles kaputt gemacht, was zwischen uns war." Er drehte sich der Tanzfläche zu, um zu beobachten, wie Gero und Pascal Platz nahmen. „Und er geht mir deutlich aus dem Weg. Er kann mich nicht mehr leiden." Er seufzte und hätte sicher noch weitere Argumente gefunden, aber sein Inneres befahl ihm, sich nicht zu quälen. Er stand auf. „Ich werde mal das Tanzbein schwingen, um mich abzulenken."

Er betrat die Tanzfläche, hatte die Zigarette noch in der Hand und begann zu tanzen.

"He walks away the sun goes down,
he takes the day but I'm grown.
And in your
way,
in this blue shade
my tears dry on their own."

Pascal schüttelte sofort den Kopf, als er Neal in der Menge erblickte.

„Der tanzt nach *Amy Winehouse*, war sicher ne Freundin von ihm – die nahm doch auch ständig Drogen."

Gero zuckte mit den Schultern. Er kannte die besagte Sängerin nicht gut, und er wollte nicht schon wieder klarstellen, dass Neal keine Drogen mehr nahm, doch das Lied gefiel ihm – obwohl es traurig war. Wieso musste Neal ausgerechnet danach tanzen?

Rhythmisch begann er, sich zur Musik zu bewegen. Längst hatte sich ein Kreis um ihn herum gebildet. Man kannte ihn hier: Neal Anderson, den bekannten Sänger der Band *The Drowners*.

Doch keiner der Gäste wagte, ihn anzusprechen. Man hatte zu großen Respekt vor ihm, bewunderte ihn, himmelte ihn an, aber da Neal immer ein Flair von Arroganz und Unnahbarkeit umgab, hielten sich die Fans zurück.

Nur Pascal schien das nicht zu imponieren. Er stöhnte genervt.

„Oh, sieh dir an, wie der tanzt, wie der mit dem Arsch wackelt …"

Er schüttelte den Kopf, woraufhin Gero spontan lachen musste.

„Das ist typisch Neal …"

Entrüstet sah Pascal auf: „Findest du das etwa gut?"

Neal versank in der Musik. Er sang den Text mit und allmählich konnte er sein aufgewühltes Gemüt ein wenig herunterfahren. Da bemerkte er einen jungen Mann, der sich aus der Menge waghalsig herausgelöst hatte und um ihn herumtanzte. Als Neal amüsiert lächelte, griff der Mann nach seinen Hüften und zusammen bewegten sie sich im Takt.

„Da kann man ja nicht mehr hinsehen!", äußerte sich Pascal lauthals. „Lässt der sich öffentlich anbaggern, unmöglich!"

Auch Gero war inzwischen das Lachen vergangen. „Lass uns gehen", sagte er. Das musste man Pascal nicht zweimal sagen.

Als das Lied zu Ende war, blieb Neal stehen.

„Zu dir oder zu mir?", fragte der junge Mann lächelnd.

„Ha, ha! No chance!", erwiderte Neal, obwohl ihm das Angebot sichtlich schmeichelte. „Ich bin besetzt."

„Schade", sagte der Mann enttäuscht. „Du bist wirklich der Hammer!"

Neal klopfte ihm auf die Schulter, dann ging er zurück zu Thilo, der geduldig am Tisch gewartet hatte.

„Hast du gesehen?", begann Neal das Gespräch und deutete hinter sich. „Ich kann auch andere Typen haben. Anscheinend bin ich doch noch attraktiv genug."

„Und warum hast du ihn abgewimmelt?", konterte Thilo.

Neal zögerte einen Moment. Mit einer Gegenfrage hatte er nicht gerechnet.

„Er war nicht mein Typ", erklärte er daraufhin. „Und ausschweifende Männergeschichten, meinerseits, möchte ich Francis derzeit nicht zumuten."

Thilo nickte. „Verstehe." Er bemerkte Neals suchenden Blick.

„Gero und Pascal sind längst weg."

„Wollen wir zu mir?", fragte Pascal unternehmungslustig. Dabei lächelte er Gero an. Sie hatten sich zusammen eine Schale Pommes gekauft, gleich hier am beleuchteten Kiosk. Der hatte ein Vordach, sodass sie nicht nass wurden, denn es regnete.

„Weiß nicht." Gero zuckte mit den Schultern. Er musste an das Date mit Theo denken. So etwas in der Art wollte er nicht noch einmal erleben.

„Bitte", flehte Pascal. Er kam näher, wobei er sehnsüchtig auf Geros Mund starrte. Es trennten sie nur wenige Zentimeter, doch Gero brachte es einfach nicht fertig, sich auf die Annäherung einzulassen.

Neal beschleunigte, dabei befand er sich in einer 30-Zone, doch das war ihm in diesem Moment egal. Als er um die Ecke bog, sah er sie am Kiosk stehen, dicht an dicht.

Es regnete jetzt stärker, die Sicht war verschwommen, obwohl die Scheibenwischer ihr Bestes gaben. Neal drosselte das Tempo, fuhr langsam an dem Paar vorbei. Er sah genau, wie sich Pascal vorbeugte und Geros Lippen fixierte.

Küssten sie sich? Er trat auf die Bremse, woraufhin der Wagen hinter ihm sofort hupte.

„Ja, doch!", schrie Neal. Er sah sich um, das Auto nach ihm war dicht aufgefahren. Der Regen wurde noch stärker. Wütend bediente Neal das Gaspedal, dabei quietschten die Reifen des Porsches so laut, dass sich Gero umsah.

„Ähm, sei nicht böse", begann er. „Ich möchte lieber nach Hause – aber allein."

Es regnete noch immer, und Neal war etwas nass geworden, als er vom Auto zum kleinen Haus, das genau hinter den Stallungen des Anderson-Anwesens stand, gerannt war. Er klingelte an der Tür, und schon im nächsten Moment öffnete ihm ein junger Mann, dessen braunes Haar bis zu den Schultern reichte. Er trug lediglich Shorts. Es war spät, der junge Mann wollte offensichtlich gerade zu Bett gehen.

„Neal?", entwich es ihm erschrocken. „Was machst du denn hier? Ist was passiert? Du siehst gar nicht gut aus."

Neal fuhr sich über das Gesicht, das von Regentropfen bedeckt war. Der junge Mann ließ ihn eintreten, und Neal zögerte keinen Moment, um preiszugeben, warum er mitten in der Nacht vorbei gekommen war.

„Darf ich dich vögeln? Bitte, ich halt es sonst nicht mehr aus …"

Der junge Mann öffnete den Mund, schien sprachlos, dann schüttelte er den Kopf.

„Neal, ich leiste solche Dienste nicht mehr, das weißt du …"

Neal verzog sein Gesicht. Er war verzweifelt, wusste sich nicht mehr zu helfen, noch wollte er detailliert erklären, wieso er sich so merkwürdig verhielt. Er konnte den jungen Mann nur weiterhin anflehen.

„Bitte, Randy, bitte, tu mir den Gefallen …"

Randy lächelte. „Okay." Und er fühlte sich nicht einmal schlecht dabei, als er ins Schlafzimmer vorging, dort die Shorts auszog und sich nackt ins Bett legte. Er wollte nicht weiter fragen, jedenfalls nicht jetzt. Neal war ein begehrenswerter Mann, noch immer, er hätte dessen Nähe niemals ablehnen können.

„Im Bad sind Kondome", sagte er.

Neal, der seine Jacke schon ausgezogen hatte, eilte daraufhin ins Badezimmer und kam mit Präservativen und Gleitgel zurück. Er sprach nichts mehr, zog sich nur ebenso hektisch aus. Seine folgenden Handlungen waren alles andere als gefühlvoll. Er verzichtete auf ein Vorspiel, drehte Randy auf den Bauch. Nachdem er sich das Kondom übergestrichen und Randy mit Gleitgel vorbereitet hatte, vollzog er den Akt mit schnellen, kräftigen Stößen.

Danach rollte er sich von ihm hinunter. Sein Atem war laut, aber nach kurzer Zeit wurde er ruhiger und schlief ein.

Er erwachte wieder, als ihm frischer Kaffeeduft in die Nase stieg. Als er die Augen öffnete, bemerkte er jedoch auch den Geruch nach Pferdestall. Randy saß neben ihm auf dem Bett und reichte ihm eine Tasse Kaffee an.

„Na? Ausgeschlafen?"

Neal richtete sich auf. Sein Kopf brummte ein wenig. Sofort griff er nach der Tasse und nahm kräftige Schlucke.

„Du hast im Schlaf nach Gero gerufen", erzählte Randy. Er hatte ein weites Hemd an und eine Arbeitshose. Er schien direkt aus dem Stall zu kommen. „Nun sag mir mal, was eigentlich los ist, und warum du gestern unbedingt mit mir Sex haben musstest."

Neal lehnte sich zurück. So genau konnte er sein Verhalten auch nicht erklären. Er war am Abend zuvor absolut nüchtern gewesen, und doch war es, als sei ihm eine Sicherung durchgebrannt.

Als Gero und Pascal die Disko verlassen hatten, musste er einfach folgen. Wie besessen war er zu seinem Auto gerannt, um dem Paar nachzufahren. Es hatte ihn nicht einmal gestört, dass er Thilo in der Disko zurückgelassen hatte.

„Gero und ich sind getrennt", berichtete Neal. Er musste nicht erklären, wer Gero eigentlich war, denn Randy kannte ihn. Er hatte Neal und seinem Freund früher oftmals die Pferde zum Ausritt gesattelt. „Und gestern Abend ist Gero mit einem anderen Typen ausgegangen." Er schloss die Augen, wollte gar nicht daran denken, was das bedeuten könnte. „Ich kann Gero nicht vergessen, und dass er mit einem anderen Kerl rummacht, das raubt mir den Verstand."

Randy nickte. „Dann musstest du gestern Druck ablassen, wie? Hast dabei sicher an Gero gedacht."

Neal sah Randy dankbar an und fasste an dessen Oberschenkel. „Ich wollte mir keinen wildfremden Mann dafür suchen. Und ich wusste, dass du mich verstehen würdest."

„Ich war dir längst was schuldig", sagte Randy. Er erhob sich. Dass er quasi ausgenutzt worden war, schien ihn keineswegs zu stören. „Ich muss zurück in den Stall. Wenn du weitere Bedürfnisse hast – ich bin für dich da." Er zwinkerte Neal zu.

Kurze Zeit später - Randy war beim Ausmisten der Pferdeboxen - gesellte sich Neal noch einmal zu ihm.
Inzwischen hatte er Francis informiert. Es war Sonntag, sie war zu Hause. Trotzdem wollte er sie mit den Kindern nicht länger als nötig allein lassen.
„Ich muss dringend zurück in die Stadt", berichtete Neal, dabei biss er sich auf die Unterlippe. Eigentlich war er viel zu spät dran ...
Er kam näher, woraufhin Randy die Mistgabel an eine der Boxen lehnte.
„Schade", sagte er, „aber du solltest auch schleunigst was unternehmen, um Gero nicht endgültig zu verlieren."
Das war Neal längst bewusst, obwohl ihm noch nicht genau klar war, wie er weiter vorgehen sollte. Trotzdem war er froh, dass er sich Randy anvertraut und mit ihm darüber gesprochen hatte.
„Danke, dass du gestern für mich da warst", sagte er, dabei über Randys Wange streichelnd.
Der schloss genüsslich die Augen. „Ist doch klar. Du weißt genau, dass du bei mir immer freie Bahn hast." Er lächelte, woraufhin Neal bewusst wurde, wie viel mehr Randy verdient und wie wenig er in ihrer gemeinsamen Nacht bekommen hatte.
Er kam ihm näher und flüsterte in sein Ohr.
„So schön es auch mit dir ist, ich glaube, noch einmal werde ich dich nicht darum bitten ..."
Randy seufzte. „Schade", kam es leise über seine Lippen, auf die Neal unerwartet seinen Mund presste.

Oh, er sehnte sich nach einem Mann und konnte sich einfach nicht mehr beherrschen.

Was er eben noch von sich gegeben hatte, war sogleich vergessen. Sie küssten sich wild und gierig.

Neal griff zwischen Randys Beine, wo er eine deutliche Erektion spürte.

Für einen Moment war es wie früher. Neal wollte ihn – und bekam ihn, ganz ohne Probleme.

Wortlos lotste er Randy in den kleinen Raum nebenan, wo der Pferdepfleger stets das Essen für die Tiere vorbereitete. Dort gab es auch eine Liege, die Randy nutzte, wenn ein Pferd fohlte und er die Nacht ihm Stall verbringen musste.

Schnell hatte er sich seiner Schuhe und Hose entledigt, um auf der Liege Platz zu nehmen. Wieder küssten sie sich. Und diesmal war ihre Vereinigung mehr als ein *Quickie*.

Randy erinnerte sich an früher, an die Zeit, in der er auf den Hof der Andersons gekommen war. Er war ein Straßenkind gewesen und im Alter von 17 Jahren an einer Raststätte anschaffen gegangen. Neal war einer der Kunden gewesen, die ihn gekauft hatten, einige Male, bis er den Jungen von der Straße geholt und zu einem Job im Anderson Stall verholfen hatte. Damals war Neal, was Männer anging, ungebunden gewesen. Sie hatten sich mehrmals miteinander vergnügt. Neal tat es, weil er den Jungen mochte und der ihn erregte, und Randy gab sich ihm hin, weil er sich in Neal verliebt hatte.

Irgendwann ließen ihre Spielchen nach und jeder ging seinen Weg. Aber Randy konnte die Zweisamkeiten mit Neal nicht vergessen. Auch jetzt stöhnte er laut, als er mit Neal schlief.

Als sie fertig waren und die Kleidung richteten, schüttelte Randy den Kopf. „Kann ich kaum verstehen, dass Gero nichts mehr von dir wissen will. Ich kenne keinen, der wie du, so gut ficken kann."

Neal schmunzelte. So ein Kompliment hörte er gerne. Aber Randys Worte machten ihn auch wieder betrübt.

„Ich habe großen Mist gebaut", erklärte er. „Und dass ich gut im Bett bin, ich glaube, das ist Gero derzeit völlig egal …"

Kapitel 8

„Klar können wir heute Abend mit Dirk und Christen essen gehen", sprach Neal in sein Handy, dabei bugsierte er den Kinderwagen aus der Wohnung und schloss hinter sich ab. „Eifersüchtig? Auf Christen?" Er lachte auf. „Nein, wie kommst du darauf? – Ich kümmere mich um einen Babysitter, ja, bis nachher!"

Er beendete das Gespräch mit seiner Schwester.

Mit Mühe trug er den Kinderwagen nach unten. Es war noch früh am Morgen, doch Neal war inzwischen Frühaufsteher geworden, wegen der Kinder und anderen Dingen ...

„Soll ich helfen, Papi?", fragte Nicholas, der gefolgt war. Er musste erst zur dritten Stunde in der Schule sein, sodass er seinen Vater begleiten konnte.

Neal schüttelte den Kopf, obwohl ihn diese Aktion regelrecht aus der Puste brachte. Im Erdgeschoss machten sie eine kurze Pause.

Als er dann die Eingangstür öffnete, kam ihm Frau Dresen entgegen. Neal spürte augenblicklich Wut in sich aufsteigen, doch er wollte sich erneut zusammenreißen. Er war nicht sonderlich gut auf die Putzfrau zu sprechen, denn sie war neugierig und hatte damals herumgetratscht, dass er drogensüchtig war. Ausgerechnet Geros Eltern hatten davon erfahren.

„Guten Tag, Herr Anderson!", grüßte die Putzfrau allerdings munter, als hätte sie den Vorfall von damals vergessen.

„Morning!", erwiderte Neal, doch er bekam kaum die Zähne auseinander.

„Sie habe ich ja lange nicht mehr gesehen", sprach Frau Dresen weiter. „Sie haben sich verändert ..."

Neal, der auf dem Weg nach draußen war, fühlte ihre Blicke auf seinem Körper, dabei hatte er ihr den Rücken zugewandt. „Sie sehen so ..."

Sein Geduldsfaden riss. Er konnte sich nicht mehr beherrschen, nicht bei Frau Dresen ... Er drehte sich um. „Ich weiß selbst, dass ich schlecht aussehe!", fuhr es aus ihm heraus. „Das müssen Sie mir nicht extra sagen!"

Danach drehte er sich wieder um, griff nach Nicholas' Hand und schob den Kinderwagen verbissen vor sich her.

„Ich wollte eigentlich sagen, dass Sie erholt aussehen!", rief Frau Dresen ihm hinterher, doch er überhörte es einfach.

Kurze Zeit später befanden sie sich im Supermarkt. Im Laden war es wesentlich wärmer als draußen. Neal entspannte sich, studierte den Einkaufszettel. Die Sache mit Frau Dresen hatte er erfolgreich aus seinem Gedächtnis verdrängt.

Allerdings hegte er andere tiefsinnige Gedanken, als er bei den Süßigkeiten vor dem Regal mit den Schokokugeln stehen blieb und in einen Tagtraum fiel ...

„Hey, können Sie nicht aufpassen?"

Ein junger Mann stand plötzlich vor ihm - mit schmerzverzerrtem Gesicht. Schokoladenkugeln rollten verspielt über den Boden.

„Oh, sorry!", stammelte er, während er versuchte, die Kugeln wieder aufzuheben und in die kaputte Tüte zu stopfen. „Ich muss Sie irgendwie übersehen haben!"...

„Papi? Was ist denn?" Nicholas' Stimme holte ihn aus seinen Erinnerungen zurück. Vor ihm stand kein Gero, dem er soeben das erste Mal begegnet war, und er konnte die Zeit auch nicht zurückdrehen.

„Es ist nichts", erwiderte Neal leise. Wenn es doch nur der Wahrheit entsprechen würde!

Zwanghaft versuchte er, an etwas anderes zu denken. Sie erledigten den Einkauf und gingen zur Kasse, wo Nicholas die wenigen Sachen, die sie besorgen mussten, aus dem Einkaufskorb nahm und auf das Band legte. Neal beobachtete das zufrieden, während er den Kinderwagen leicht hin- und herschaukelte.

Plötzlich vernahm er hinter sich eine bekannte Stimme: „Neal? ... Sind Sie es?"

Er drehte sich verwundert um und blickte in das Gesicht von Frau Steinert, Geros Mutter.

„Oh, tatsächlich!", äußerte die sich überrascht. „Ich hätte Sie fast nicht erkannt!"

„Guten Tag, Frau Steinert", grüßte Neal, dabei lächelte er freundlich. Und ihm entging nicht, dass Geros Mutter ihn von oben bis unten musterte.

„Sie sehen verändert aus", sagte sie. Hatte er das heute nicht schon einmal gehört? „Ihnen scheint es besser zu gehen."

Neal nickte. Doch er war auf der Hut. Es hatte in der Vergangenheit nicht nur positive Gespräche mit ihr gegeben.

„Danke, ja, es geht mir wirklich besser", berichtete er. Nicholas war inzwischen fertig und schmiegte sich an seinen Vater, der noch immer den Kinderwagen schob.

„Sind das Ihre Kinder?", fragte Frau Steinert erstaunt, dabei sah sie in den Kinderwagen.

„Ja, das sind Nicholas und unser kleiner Nachwuchs Rayon."

Frau Steinert sah auf. In ihren Augen war eine deutliche Unsicherheit zu erkennen.

„Dann stimmt es, was man munkelt?", fragte sie mit gedämpfter Stimme. „Ich meine, was über Sie und Ihre Schwester erzählt wird?"

Neal atmete tief durch. Nach wie vor hasste er es, auf dieses Thema hin angesprochen zu werden. Manchmal fragte er sich, warum er überhaupt noch ein Geheimnis daraus machte. Dass ihn nichts mit seiner Schwester verband, schien sowieso niemand zu glauben … Dabei hatten sie es nie der direkten Öffentlichkeit preisgegeben.

„Meine Kinder sind gesund", antwortete er, von der fraglichen Schwerhörigkeit von Rayon erzählte er nichts, „und ich liebe sie … genauso, wie ich ihre Mutter liebe."

„Verstehe", erwiderte Frau Steinert ein wenig verstört. „Und was macht Ihre Musik?"

„Zurzeit pausiere ich, bis ich wieder ganz fit bin, dann geht es weiter."

Sie lächelte. „Es freut mich, dass es Ihnen besser geht."

„Danke." Inzwischen war Neal an der Kasse angekommen und bezahlte. Als er fertig war, drehte er sich noch einmal nachdenklich zu Frau Steinert um.

„Tun Sie mir einen Gefallen?"

Sie sah ihn interessiert an. „Ja, welchen?"

„Wenn Gero wieder einen netten Mann mit nach Hause bringt, akzeptieren Sie das, okay?"

Er war selbst erschrocken über diese Bitte, aber er musste das loswerden. Obwohl sich Gero ihm gegenüber abweisend verhielt, hatte er es nicht verdient in seinem Elternhaus, aufgrund seiner Homosexualität, Schwierigkeiten zu bekommen. Das war in der Vergangenheit leider geschehen.

Frau Steinert zögerte einen Moment, bevor sie antwortete: „Ich werde es versuchen."

Nur Neal hatte sich nach dem reichhaltigen Abendessen einen großen Eisbecher bestellt. Und er sah das zufriedene Lächeln von Francis, die sich mit jedem Bissen, den er davon aß, über seinen gesunden Appetit freute. Sie beglückte es allerdings auch, dass Christen sich inzwischen bestens mit Dirk angefreundet hatte. Die beiden flirteten sogar öffentlich, was Neal ebenfalls nicht entging.

Schließlich griff Francis nach ihrer Handtasche.

„Ich bin mal eben für kleine Mädchen."

Als sie sich erhob, stand Christen ebenso auf.

„Ich komme mit", sagte sie, und schon verschwanden die beiden Frauen in Richtung WCs.

„Ich bin wirklich erleichtert, dass du dich mit Francis versöhnt hast", sprach Dirk. Er beugte sich vor und sah auf Neals Mund, der von Speiseeis geziert war. „Sie kann sich glücklich schätzen, in ihrem Bruder auch einen liebenswerten Partner gefunden zu haben." Er hob eine Hand, um mit dem Daumen das Eis von Neals Mund zu streichen. Neal lächelte.

„Du warst anscheinend auch nicht untätig, so wie Christen dich ansieht."

Dirk schmunzelte. „Nun ja. Am Wochenende habe ich sie zum Essen eingeladen. Es blieb natürlich nicht dabei. Ich glaube, die Nacht mit mir wird sie so schnell nicht vergessen."

Er lehnte sich zurück und strahlte das Selbstbewusstsein aus, das Neal stets an ihm bewundert hatte. Und zum wiederholten Male wurde Neal bewusst, dass er die Drogensucht – ohne Dirks Hilfe – niemals überlebt hätte.

„Ich werde dich vermissen, wenn du wieder in Amerika bist", stellte er fest.

Dirk zuckte mit den Schultern. „Das Leben geht weiter, auch ohne mich."

Neal senkte den Kopf. Mit einem Mal war die Stimmung zwischen ihnen ernst.

„Es tut mir leid, dass ich am Anfang so abweisend zu dir gewesen war", sagte Neal und erinnerte damit an die anfänglichen Schwierigkeiten, mit dem Auftauchen von Dirk klarzukommen. „Ich hatte Angst um meine Beziehung und davor, dass ich noch mehr Fehler machen würde. Zudem war ich gefrustet, wegen damals."

Dirk nickte. Er verstand mittlerweile, warum sich Neal so ablehnend verhalten hatte.

„Ich war damals auch nicht sonderlich nett zu dir", erwiderte er, dabei dachte er an ihre jugendliche Beziehung zurück. „Ich war brutal und gemein, aber du musst mir glauben, die Krankheit war daran schuld und meine Angst, dich zu verlieren. Das werde ich mir niemals verzeihen."

Er senkte den Kopf, woraufhin Neal dichter an ihn heranrückte.

„Du brauchst dich nicht rechtfertigen", sagte er. „Ich verstehe das inzwischen. Ich habe dasselbe erlebt. Man liebt jemanden und hat Angst, ihn zu verlieren, und dann wird man ungerecht. Man wird gemein zu dem Menschen, den man liebt. Die Angst, das Geliebte zu verlieren, zerstört letztendlich alles." Er seufzte laut. Der Appetit auf den Eisbecher war ihm vergangen.

„Du denkst dabei an Gero?", hakte Dirk nach.

Neal bejahte dies. „Ich habe alles falsch gemacht, was man in einer Beziehung falsch machen kann."

Dirk lächelte daraufhin gequält. „Wir sind schon zwei Idioten, was?"

Neal nickte, dabei legte er einen Arm um Dirk, um ihn freundschaftlich an sich zu drücken.

„Wir sind die größten Idioten der Welt, und doch ..." Er deutete auf Christen und Francis, die wieder auf ihren Tisch zusteuerten. „... haben wir die hübschesten Frauen um uns."

Thilo und Lucy hatten es sich bei Francis im Wohnzimmer gemütlich gemacht. Es störte sie nicht, den Babysitter abzugeben. Rayon schlief viel und war demzufolge nicht anstrengend.

Als sie in einen Film vertieft und am Essen einer Pizza waren, sah Gero ins Wohnzimmer. Da er noch immer den Schlüssel zu Francis' Wohnung besaß, konnte er ohne weiteres eintreten.

„Nicht erschrecken!", sagte er. „Ich bin's nur." Er sah sich um. „Francis und Neal sind unterwegs?"

Thilo nickte.

„Kann ich kurz zu Rayon?", fragte Gero weiter.

„Klar", erwiderte Thilo. „Aber er schläft, wäre nett, wenn du ihn nicht weckst."

„Okay." Gero lächelte dankbar, aber sonderlich erfreut sah es trotzdem nicht aus. Als er im Schlafzimmer verschwunden war, legte Lucy ihr Besteck bei Seite.

„War Gero schon immer so still und in sich gekehrt?", wollte sie wissen. Auch Thilo unterbrach das Essen.

„Na ja, ruhig ist er, aber so bedrückt, wie er in letzter Zeit herumläuft, natürlich nicht." Er atmete tief durch und erhob sich. „Ich werde noch einmal mit ihm reden."

Als Thilo ins Schlafzimmer sah, erblickte er Gero, der über dem Kinderbett gebeugt stand und dem schlafenden Rayon sanft über den Kopf streichelte.

„Du hast ja schon richtig dunkle Haare", hörte er ihn flüstern, „wie deine Eltern …"

Er bemerkte Thilo und sah auf.

„Ist ein süßes Baby, nicht wahr?", fragte Thilo leise, dabei sah er ebenfalls in das Kinderbett.

Gero deutete ein Nicken an. Und als hätte diese Äußerung einen wunden Punkt getroffen, schossen ihm plötzlich die Tränen in die Augen. Aber so schnell sie gekommen waren, wischte er sie auch weg. Thilo entging dies nicht. Mitfühlend nahm er Gero in den Arm.

„Hey, wenn du weiter so deprimiert durch die Gegend ziehst, schicke ich dich wieder zu deinem Psychiater."

Er strich Gero über den Rücken. Noch nie zuvor hatte er einen Mann so dicht und intensiv an sich gedrückt, doch er spürte, dass Gero gerade das benötigte. Und der atmete auch sofort entspannt durch.

„Es ist lieb von dir, dass du dich sorgst", sagte er. „Aber ich muss da jetzt allein durch."

Er löste sich aus der Umarmung, um wieder auf Rayon zu blicken.

„Weißt du", begann er dann. „Es hätte nur so anders sein können. Ich wollte Rayons Vater sein. Ich hatte mich so sehr darauf gefreut."

Thilo verstand das, doch wie sollte er helfen? Ebenso ratlos schüttelte er den Kopf. „Scheiße ist das", äußerte er sich. „Du hast solchen Kummer nicht verdient."

Rayon bewegte sich im Bettchen und wimmerte. Sofort nahm Gero ihn aus der Wiege, um ihn an sich zu drücken. Sogleich schlief das Baby wieder ein.

„Ich hätte mich nie auf Neal einlassen sollen", stellte Gero fest. Er seufzte tief. „Ich habe von Anfang an gespürt, dass es nicht gut gehen wird."

Thilo runzelte die Stirn, als er das hörte.

„Echt? Aber ihr wart doch zuerst so glücklich zusammen …"

Gero wägte ab. „Das schien so, aber es lauerte von Anfang an ein Schatten über uns. Ich habe das gespürt. Ich wollte Neal doch gar nicht. Ich hätte auf mein Inneres hören sollen, doch ich bin schwach geworden." Er dachte daran, wie er sich von Neal hatte um den Finger wickeln lassen. Er war seinen Verführungskünsten absolut ausgeliefert gewesen.

„Bei unserem ersten größten Streit", fuhr Gero fort, „da habe ich ihm ins Gesicht geschrien, dass ich ihn hasse." Er nickte. „Nun weiß ich, dass ich es ernst meinte … Ich hatte damals schon gemerkt, dass Neal nur Unglück bringt. Ich hätte damals schon Schluss machen sollen."

Es klang vielleicht einleuchtend, doch diese Theorie konnte Thilo nicht nachvollziehen. Er deutete andere Dinge.

„Hass ist das Gegenteil von Liebe", sagte er. „Verwechselst du da nicht irgendetwas?"

Neal erwachte, weil sich Francis neben ihm bewegte. Er schmiegte sich an sie und sog den Rosenduft ihrer Haare tief ein.

„Morning, Liebes."

Seine Hand landete auf ihrem Oberschenkel. „Hast du Lust, den Tag mit ein paar Zärtlichkeiten zu beginnen?"

Sie kicherte, als sie seine Worte vernahm. Mit geschlossenen Augen, denn sie war noch müde, drehte sie sich um.

„Du willst schon wieder?" Es klang erstaunt. „Wir haben doch den gestrigen Abend erst mit Zärtlichkeiten beendet."

„Na und?" Neal fing an, sie zu streicheln. „Ich schlaf eben gern mit dir."

Francis, die seine Liebkosungen sichtlich genoss, hatte bei dieser Aussage allerdings einige Zweifel. „Ach, du hast nur mehr Lust, weil dir der Mann an deiner Seite fehlt."

„So ein Blödsinn!", konterte er. Jetzt lachten beide. Sie räkelten sich im Bett, bis im Hintergrund Rayon laut zu schreien begann.

Neal stöhnte leicht genervt. „Wieso gerade jetzt?"

„Er wird Hunger haben", äußerte sie sich. „Ich muss ihn stillen."

Sie gab ihrem Bruder noch einen Kuss und erhob sich seufzend.

„Aber wir holen das nach!", sagte Neal eindringlich, dann drehte er sich zum Wecker. Als er die Uhrzeit checkte, schreckte er zusammen. „Was? Schon neun?" Er sah Francis, die Rayon inzwischen in den Armen hielt, überrascht an. „Musst du heute nicht in die Firma?"

„Doch", erwiderte seine Schwester, „aber ich gehe später, wieso?"

Neal stand auf. Er wirkte nervös und zog sich unverzüglich an. „Ich hätte längst aufstehen müssen", erklärte er.

Francis stutzte. Ihr war schon öfter aufgefallen, dass Neal stets früh aufstand, in erster Linie, um für die Kinder da sein zu können, wenn sie in die Firma fuhr. Aber dass er, ohne zu duschen, in die Kleidung stieg, die er am Tag zuvor getragen hatte, war äußerst ungewöhnlich.

Als er dann ohne weitere Worte das Schlafzimmer verließ, wurde sie richtig nachdenklich.

„Neal? Wo willst du hin?"

Ihr Bruder stoppte im Flur. „Ähm ... zum Bäcker", antwortete er, doch es klang wenig glaubwürdig. „Bin gleich zurück." Ehe Francis weiter nachhaken konnte, war er verschwunden.

Kapitel 9

In der Stadt hatte eine neue Kneipe aufgemacht. Neal ließ es sich nicht nehmen, dort vorbeizuschauen. Mit ihm war Dirk.

Neal hatte das Gefühl, dass er sich in dessen Gesellschaft am sichersten fühlte. Denn noch immer merkte er, dass er längst nicht so stabil war, wie vor dem Drogenmissbrauch, weder seelisch noch körperlich. Und Dirk gab ihm Kraft, um mit diesen lästigen Symptomen klarzukommen.

„Francis wird Rayon bald öfter mit in die Firma nehmen. Mein Vater hat ein Kinderbett in ihr Büro stellen lassen, und wenn sie Meetings hat, kann sie den Kleinen in der hausinternen Kinderkrippe abgeben."

Dirk nickte zufrieden. „Dann musst du nicht mehr so oft babysitten, das ist schön. Vielleicht solltest du dich mal wieder um deine Musik kümmern. Wäre schade, wenn die *Drowners* wegen deiner langen Auszeit ihre Fans verlieren."

Genau das war Neals Gedanke. „Ja, es wird Zeit, dass ich wieder aktiv werde. – Es gibt eine Menge Konzerte nachzuholen."

Ein Kellner kam und brachte ihre bestellten Getränke.

Dirk sah sich um. „Ist hübsch geworden, diese Bar ..." Er unterbrach, denn just in dem Moment sah er Gero und Pascal an einem benachbarten Tisch sitzen.

„Ich will dich ja nicht beunruhigen", fuhr er fort, „aber da hinten sitzt Gero mit einem Typen ... Kennst du den?"

Sofort wandte sich Neal um.

„Klar, das ist Pascal. Mit dem ist Gero in letzter Zeit öfter unterwegs." Kopfschüttelnd drehte er sich wieder um. „Die beiden können einem auch jeden Spaß vermiesen."

Sein Gesichtsausdruck zeigte eine Unzufriedenheit, die Dirk zu deuten wusste.

„Das macht dich fertig, stimmt's?"

Neal seufzte. Zu lange hatte er versucht, so zu tun, als würde ihn das alles nicht wirklich kümmern, als würde er damit klarkommen, aber allmählich konnte er seine Gefühle nicht mehr verbergen. Hilflos sah er Dirk an:

„Was soll ich bloß machen?"

„Du willst Gero zurück? Sehe ich das richtig?", fragte Dirk. „Du liebst ihn noch?"

„Ja." Neal senkte den Kopf, als müsste er sich dafür schämen. „Ich weiß, es ist absurd, doch ich kann nicht anders. Ich habe für Gero empfunden, wie für keinen anderen Menschen je zuvor. "

Dirk nickte verständnisvoll. Obwohl er selbst unerwiderte Gefühle - für Neal - mit sich trug, wollte er unbedingt helfen.

„Du musst um ihn kämpfen", sagte er eindringlich. „Du darfst nicht so einfach loslassen. Auch wenn viel zwischen euch vorgefallen ist … Du *musst* was unternehmen."

Neal war sich dessen längst bewusst, trotzdem verzog er sein Gesicht.

„Und wie? Was soll ich denn tun?" Er war wirklich ratlos.

„Lass dir was einfallen", erwiderte Dirk. Neal seufzte. Und ehe er noch weiter überlegen konnte, ertönte wieder Dirks ermahnende Stimme:

„Jetzt, los!" Er deutete auf Pascal, der sich von dem Nachbartisch erhob und zu den Toiletten ging. „Gero ist allein. Das ist *deine* Chance."

„Okay." Neal stand auf, doch war eine deutliche Unsicherheit in sein Gesicht geschrieben. Trotzdem nahm er allen Mut zusammen und steuerte auf den Tisch zu, an dem Gero saß und stellte sich genau neben ihn.

„Hi!", kam es über seine Lippen. Er war nervös, sein Herz raste. Was sollte er bloß sagen? „Kennen wir uns nicht?" Ein Lächeln folgte, doch es wurde nicht erwidert. Gero sah ihn nur abfällig an.

„Was glaubst du eigentlich, wer du bist!?", fauchte er. „Verzieh dich!"

Demonstrativ sah Gero weg. Da kam auch Pascal zurück an den Tisch.

Neals Lächeln verschwand. Deutlicher konnte eine Abfuhr nicht verlaufen. Ohne weitere Worte gesellte er sich wieder zu Dirk an den Tisch.

„Das war wohl nichts", äußerte er sich zähneknirschend.

Und gegen seine Erwartung musste er sich Tadel von Dirk anhören.

„Das war ja auch voll daneben", sagte der. „Mit so einem Spruch kannst du jedes Flittchen aufreißen, aber doch nicht Gero!"

Neals senkte den Kopf.

„So wird das nie was mit euch", sprach Dirk weiter. „Das musst du anders angehen."

„Und wie?", fragte Neal. Er war sichtlich verzweifelt. „Ich bin noch nie jemandem hinterhergerannt." Er schüttelte den Kopf. „So etwas kenne ich nicht."

Dirk lachte auf. „Ha, natürlich kennst du so etwas nicht, weil *dir* sonst immer alle hinterhergerannt sind, doch nun bist du an der Reihe."

Was er sagte, gefiel Neal gar nicht. Denn er war es wirklich nicht gewohnt den ersten Schritt zu machen. Bei der Versöhnung mit Francis musste er sich schon große Mühe geben, aber hatte das nicht gut geklappt?

„Du musst deinen Stolz und deine Arroganz, die vielleicht fürs Business ganz gut sind, ablegen. Nur für einen Moment", erklärte Dirk. „Sei natürlich, ganz du selbst. Zeig deine Gefühle … Sei kein Sänger, den die Leute anbeten, sondern sei einfach Neal, der genauso verletzlich sein kann, wie andere auch."

Neal atmete tief durch. Ob er das schaffen würde? Er fühlte sich absolut nicht sicher in dieser Angelegenheit.

„Du musst es versuchen", hörte er Dirk noch sagen, dann sah der wieder zum Nachbartisch. „So, es geht los. Sie stehen auf …"

Sofort drehte sich Neal um, und tatsächlich: Gero und Pascal verließen die Kneipe, dabei legte Pascal behutsam einen Arm um Geros Schulter.

„Wo wollen die denn hin?", fragte Neal völlig verstört.

Dirk lehnte sich gelassen zurück und genoss sogar ein wenig, dass Neal absolut aus dem Konzept geriet.

„Mensch, dieser Pascal, der will was von Gero. Das sieht doch ein Blinder!" Mit nervösen Händen entzündete er sich eine Zigarette.

„Solltest du denn nicht endlich was unternehmen?", konterte Dirk.

Fast gehetzt sah Neal auf. „Ich lasse bestimmt nicht zu, dass sich jemand an Gero vergreift!"

Es klang unterschwellig aggressiv. Eine Emotion, die Dirk auszunutzen wusste. Er beugte sich vor und stachelte seinen Freund regelrecht an.

„Worauf wartest du denn noch? Lass dir von denen doch nicht auf der Nase herumtanzen."

Neal verstand, worauf es jetzt ankam. Er erhob sich erneut, hauchte Dirk einen Kuss auf die Wange. „Danke", sagte er, dann verließ er ebenfalls die Bar.

„Aber heute kommst du noch mit zu mir, oder?", fragte Pascal. Seine Augen leuchteten erwartungsvoll.

Er sieht nicht einmal so übel aus, stellte Gero fest. *Na ja, er war ja auch Modell, war immer gut gekleidet und roch ebenso gut. Er war anders, als Theo. Vielleicht sollte er es wagen?*

„Eigentlich hast du recht", antwortete Gero. „Der Abend ist ja noch jung."

Pascal lächelte zufrieden, aber plötzlich ertönte ein lautes Geschrei hinter ihnen: „Halt! Wartet!"

Abgehetzt kam Neal auf sie zu. Gero traute seinen Augen nicht.

„Was soll das?", fragte er. „Warum läufst du uns nach?"

„Es tut mir leid", erwiderte Neal. Er atmete angestrengt. „Aber ich muss mit dir reden. Es ist wichtig."

Gero schüttelte daraufhin den Kopf.

„Ich will aber nicht mit dir reden. – Außerdem siehst du doch, dass ich mit Pascal hier bin. Du störst!"

Neal schluckte. Er wurde immer nervöser. Er musste sich eingestehen, dass er mit so einer Antwort nicht gerechnet hatte. Er war doch natürlich und offen gewesen, so, wie Dirk gesagt hatte. War seine Anwesenheit wirklich so wertlos?

„Sorry, wegen eben in der Bar", sagte er, in der Hoffnung, Gero würde ihm wenigstens *das* verzeihen. „War ein blöder Spruch von mir. Aber ich wollte doch nur mit dir sprechen."

„Neal, was soll das?" Gero verdrehte die Augen.

„Bitte, five minutes", flehte Neal. „Only five minutes."

„Wieso?"

„Lass uns reden, kurz, okay?", bat Neal erneut, dann drehte er sich zu Pascal hin. „Du kannst ihn gleich wiederhaben. Nur fünf Minuten, ja?"

Pascal verzog sein Gesicht. „Von mir aus!" Er wandte sich um.

„Was soll das?", fragte Gero nochmals. „Du nervst!"

Neal atmete tief durch. Es fiel ihm nicht leicht, ruhig zu bleiben. Dass Gero sich abweisend verhielt, erleichterte sein Vorhaben in keiner Weise.

„Bitte, hör mir zu", versuchte er es erneut. „Ich will nicht nerven, ich will nur endlich wieder vernünftig mit dir reden können."

„Und wozu?", konterte Gero. Er hielt es nicht einmal für nötig, sein Gegenüber dabei anzusehen. „Was soll das bringen?"

„Es gibt so viel zu besprechen", erklärte Neal, und er war erstaunt, dass er das erst erläutern musste. Hatte Gero denn gar kein Interesse daran, die Situation zwischen ihnen zu entspannen? „Ich muss dir so viel erklären und will den Kontakt zu dir nicht verlieren. Verstehe das doch!"

„Das hat doch alles keinen Sinn!", erwiderte Gero mit Nachdruck. Nervös tippelte er auf den Füßen herum, demonstrativ sah er in die Ferne.

Aber Neal gab nicht auf.

„Versuche wenigstens, es zu verstehen", bat er.

Gero schüttelte nur den Kopf.

„Wieso nicht?" Neals Geduld war fast am Ende. Er sah sich um, doch außer Pascal war niemand in ihrer Nähe. Dirk war nicht da, der konnte ihm nicht weiterhelfen.

„Du bist doch selbst schuld dran!", fuhr es plötzlich aus Gero heraus. „Du hast alles kaputtgemacht!"

„Aber das war ich nicht wirklich!", entgegnete Neal verzweifelt und ein wenig erleichtert, dass Gero wenigstens zu einem Wortgefecht fähig war. „I was on drugs! Ich bin doch sonst ganz anders.", beteuerte Neal. Er kam näher und versuchte, den Blickkontakt mit Gero aufzunehmen. „Ich weiß, ich war egoistisch und ungerecht, aber ich habe mich geändert, das musst du mir glauben, wirklich."

Erwartungsvoll sah er Gero an, doch der dachte gar nicht daran, klein beizugeben.

„Es interessiert mich aber nicht!", keifte er nur. „Und die fünf Minuten sind längst um."

Im Hintergrund grinste Pascal schadenfroh.

Eine kurze Stille stellte sich ein, in der Neal den Kopf senkte und nachdachte. Sollte er resignieren? Sollte er Geros Haltung endlich akzeptieren? Sollte er ihn gehen lassen? War wirklich alles verloren?

„Okay", sagte er leise. „Ich lasse dich in Ruhe … Nur noch eins …"

Gero stöhnte genervt. „Was?"

Neal zögerte zuerst. Und was er dann von sich gab, war nicht geplant, und seine Stimme war leise, fast flüsternd dabei, denn er wollte, dass nur Gero es hörte, nur er allein.

„Dass es zwischen uns aus ist", begann er, „das habe ich von Francis erfahren, von Thilo, deinen Eltern, den Schwestern aus der Psychiatrie …" Er seufzte laut, als er daran zurückdachte. „Sie haben alle behauptet, dass eine Trennung das Beste wäre, für uns beide … und dass du auch gar nicht mehr mit mir zusammen sein willst."

„Ja, und?" Gero zuckte mit den Schultern. Es sah gleichgültig aus.

„Sie alle haben das behauptet", fuhr Neal fort, „aber von *dir*, habe ich es nie gehört."

„Was soll das?", fragte Gero, als würde er nicht wissen, worauf Neal hinauswollte.

„Ich will es von dir hören", erwiderte der. „Sag es mir ins Gesicht", forderte er. „Sieh mich an und sag es mir ins Gesicht … persönlich … Sag mir, dass du die Trennung willst und mich nicht mehr liebst, dann lass ich dich in Ruhe."

„Das ist doch bescheuert!", sagte Gero wütend.

„Nein!" Neal schüttelte den Kopf. Er war sich der Sache sicher. „Los, sag es mir! Ich will das jetzt hören!"

„Aber …" Gero suchte händeringend nach einer Ausrede.

„Nichts aber", zischte Neal. Inzwischen konnte er nicht mehr ruhig bleiben. „Sag mir, dass du nichts mehr von mir wissen willst und dass du mich nicht mehr liebst."

„Ich …", fing Gero an. Seine Stimme stockte. „Ich will dich nicht mehr sehen", kam es schließlich aus ihm heraus.

„Ja, und? Weiter!", forderte Neal, dabei musterte er sein Gegenüber eindringlich.

„Ich … ich …" Gero stoppte erneut. Er ließ den Kopf hängen. Von der Ablehnung und Überlegenheit, die er Neal vor wenigen Minuten hat spüren lassen, war plötzlich nichts mehr zu merken.

„Sag mir, dass du mich nicht mehr liebst", wiederholte Neal energisch. „Und sieh mir gefälligst in die Augen dabei!"

Gero sah auf. Er blickte in ein eingefallenes Gesicht, dessen markante Wangenknochen eine unheimliche Einzigartigkeit ausstrahlten, eine Schönheit, die er schon so lange vermisst hatte. Neals Gesicht war ernst und verhärmt, es spiegelte all die schlimmen Dinge wider, die ihm widerfahren waren.

Aber sein Blick zeigte auch eine große Unsicherheit, die er mit seinem dominanten Auftreten zu vertuschen versuchte. Er wollte natürlich sein, doch das gelang ihm nicht vollständig. Seine tiefblauen Augen schienen Gero zu durchbohren. Sie strahlten eine Ängstlichkeit aus, die zu Neal eigentlich nicht passte.

„Was ist nun?", drängelte er ungeduldig.

„Ich …" Gero startete einen neuen Versuch. „Ich … kann nicht", sagte er und sah zu Boden.

„Okay." Neal nickte. Er atmete die kühle Luft tief ein, und es tat ihm gut. Er spürte eine große Erleichterung. Mit zittrigen Fingern ließ er seine Zigarette fallen, die längst verglimmt war, dann steckte er sich eine neue an und versuchte, sich damit zu beruhigen.

Eine Weile sagten sie nichts. Sie standen nur stillschweigend voreinander und warteten, bis sich die Spannung, die sich zwischen ihnen aufgeladen hatte, langsam abbaute.

„Wie lange dauert das denn noch?", rief Pascal plötzlich.

„Wir sind noch nicht fertig!", erwiderte Neal in lauter Tonlage. „Das siehst du doch!"

Er wandte sich wieder an Gero, der still vor ihm stand. Das Gespräch hatte ihn mitgenommen, das fühlte und sah Neal nur zu deutlich.

„Geht's?", erkundigte er sich besorgt.

„Ja", antwortete Gero leise.

„Tut mir leid, dass ich eben so forsch war, aber es musste sein", erklärte Neal sein Verhalten.

Gero nickte.

Dann griff Neal zaghaft nach Geros Hand, um sie genau zu betrachten.

„Und was ist das?", fragte er.

„Was?" Geros Stimme zitterte unschlüssig.

„Du trägst ja noch den Ring, den ich dir zu deinem zwanzigsten Geburtstag geschenkt habe", stellte Neal erstaunt fest. Das war ihm in der Tat zuvor noch nicht aufgefallen.

„Ja, ich …" Gero seufzte laut. Er konnte definitiv keine Worte fassen. Er war viel zu aufgewühlt. Dass er je in eine derartige Lage kommen würde, hätte er nicht für möglich gehalten. Er wollte sich von Neal fernhalten, sich nicht mehr umgarnen lassen …

„Findest du nicht, dass wir endlich mal vernünftig miteinander reden sollten?", fragte Neal. „Ich merke doch, dass dir das Ganze auch nah geht."

Gero hob die Schultern leicht an. Er strahlte die Schwäche und Unerfahrenheit aus, die Neal von ihm kannte, die aber eigentlich nur noch zum Vorschein kam, wenn er absolut ratlos war. Und das war er in diesem Moment.

„Lass uns quatschen", schlug Neal erneut vor, und es klang unverbindlich. „Danach kannst du entscheiden, ob du dich noch mit mir abgeben willst oder nicht. Aber gib mir wenigstens eine Chance."

Gero machte ein verzweifeltes Gesicht. Er überlegte. Sollte er seine Vorsätze brechen? Sollte er wieder schwach werden?

„Don't let me down", sagte Neal, dabei blickte er Gero flehend an.

„Na gut, dann …" Gero atmete angestrengt aus. Langsam drehte er sich um und ging auf Pascal zu.

„Na endlich!", sagte der erleichtert. „Können wir gehen?"

„Ähm", fing Gero an. „Ich glaube, du gehst besser allein nach Hause. Ich muss jetzt wirklich mal länger mit Neal reden. Tut mir leid. Es war ein netter Abend."

Pascals Augen weiteten sich augenblicklich.

„Was? Du willst dich wieder auf diesen Typen einlassen? Hat er dich rumgekriegt?"

Gero schüttelte den Kopf. „Du verstehst das falsch …"

„Dass du nicht genug bekommen kannst von diesem Schwein!", rief Pascal aufgebracht, ohne Geros Erklärung abzuwarten. „Der wird dich doch nur wieder fertigmachen! Merkst du das denn nicht? – Aber bitte, renn in dein Unglück! Komm aber bloß nicht noch einmal bei mir an!"

Enttäuscht drehte er sich um und verschwand. Gero sagte nichts mehr dazu und ließ ihn gehen.

„Tut mir leid, wenn du jetzt Stress hast mit ihm ... wegen mir", sprach Neal. Störte es ihn wirklich?

„Ach, Pascal dramatisiert immer alles", entgegnete Gero. „Ist mir eigentlich auch egal, was der denkt."

Sie gingen zusammen in den Club 69, den Club, den sie auch bei ihrem ersten Date aufgesucht hatten. Gero hatte dies entschieden, aber nur, weil es einer der wenigen Clubs war, die er kannte, und weil er diesen Ort in guter Erinnerung hatte.

Still nahmen sie an dem Tisch, wo sie auch damals gesessen hatten, Platz. War es Zufall?

Gero starrte nervös auf seinen Ring, das schönste Geschenk, das er je erhalten hatte – damals, von Neal. Er musste sich eingestehen, dass er nie versucht hatte, den Ring abzulegen. Er erinnerte ihn an vergangene Tage, an glückliche Tage.

„Herr Anderson, schön Sie mal wiederzusehen!", äußerte sich der Kellner erfreut, als er Neal erblickte. „Was darf ich Ihnen bringen?"

„Nur ein Wasser, bitte."

Neal legte die Getränkekarte bei Seite, sodass sich der Kellner daraufhin an Gero wandte. „Und für Sie?"

„Ähm." Gero hörte auf, seinen Ring zu betrachten und überlegte. In Neals Gegenwart war er es nicht gewohnt, Bestellungen aufzugeben. Das hatte sonst immer Neal für ihn erledigt. Er hatte ihm sogar die Getränke ausgesucht, manchmal ohne vorher zu fragen. Und nun sollte er selbst wählen?

„Ich hätte gerne ... ein Glas Wein." Er schielte zu Neal, der jedoch völlig gelassen auf seinem Stuhl saß und nicht die Absicht hatte, einzuschreiten. „Nein, doch lieber ein Alsterwasser, wenn es geht."

„Sehr wohl." Der Kellner nickte und verschwand.

„Danke, dass du dich diesmal nicht eingemischt hast", sagte Gero, und es klang sarkastisch.

Neal hob die Augenbrauen. „Wieso sollte ich auch?"

Gero konnte kaum glauben, dass er das erklären musste. „Sonst hast *du* doch immer die Getränke bestellt – für uns zusammen, ohne mich vorher zu fragen."

„Tatsächlich?" Neal schüttelte ungläubig den Kopf. War das wirklich so gewesen? Er konnte sich nicht genau entsinnen. „War ich nicht ganz dicht?", fragte er sich. „Diese dämlichen Drogen ... Damit habe ich echt nur Scheiße gebaut."

Eine bedrückende Stille stellte sich ein. Der Kellner brachte die Getränke. Neal bedankte sich, und als sie wieder allein waren, wagte Gero eine Nachfrage:

„Du bist tatsächlich weg von dem Zeug, ja?"

Neal nickte gefasst. „Ich nehme nichts mehr."

Gero spürte eine Art von Erleichterung, als er das hörte, denn hundertprozentig hatte er nicht an Neals Drogenfreiheit geglaubt, und er hatte keine Hemmungen das einzugestehen.

„Ich war sehr überrascht, das zu hören", sagte er. „Ich hatte dich eigentlich längst abgeschrieben. Ich dachte, die Drogen hätten dich umgebracht."

„Haben sie auch fast", erwiderte Neal, dabei an seine Sucht zurückdenkend.

„Ich hatte großes Glück, da heil herauszukommen. Prinzipiell habe ich es Dirk zu verdanken. Der hat mir den letzten Kick gegeben, um endlich damit aufzuhören."

„Dirk?", wiederholte Gero. Es klang erstaunt, und zudem verspürte er einen Druck in der Magengegend, als er den Namen hörte. „Er hat es also tatsächlich geschafft", sprach er weiter und entsann sich zurück. „Er war sich auch immer so sicher, dich zur Vernunft bringen zu können. Und er hat es wirklich geschafft?"

„Tja." Neal lächelte. Es schien, als sei er ebenso verwundert darüber, dass Dirk ihn so weit bringen konnte. „Dirk ist ein wahrer Freund. Er weiß, wo es langgeht."

Dem musste Gero zustimmen, so schwer es ihm fiel. Sympathie konnte er für Neals Ex-Freund beim besten Willen nicht empfinden, warum auch immer… Es war so viel passiert, und Dirk war ihm stets nur negativ aufgefallen. Aber vielleicht war das ein Trugschluss gewesen? War nicht endlich der Moment gekommen, um die Dinge beim Namen zu nennen? Um ehrlich darüber zu reden? Gero sah sein Gegenüber an, und ja, Neal erwiderte den Blick, als würde er nur darauf warten, dass er weitere Fragen stellte.

Und er wagte es. Allerdings recht zaghaft. „Wieso?", begann er. „Wieso hast du Drogen genommen?" Er schüttelte den Kopf. „Ich weiß, ich sollte nie danach fragen, aber ich will es *endlich* wissen."

„Das kann ich gut verstehen", antwortete Neal. Er zündete sich eine Zigarette an. Seine Finger zitterten ein wenig. Er war angespannt und trotzdem bereit, dieses Gespräch zu führen.

„Und?", hakte Gero nach. „Warum hast du Drogen genommen? Es muss dafür doch einen Grund gegeben haben."

„Sicher." Neal senkte den Kopf. „Es hatte Gründe, die ich mit Ärzten und Therapeuten in der Klinik analysiert habe. Ich hatte viel Zeit, um darüber nachzudenken."

„Darf man fragen, was es für Gründe waren?", wollte Gero wissen. Inzwischen hatte er keine Hemmungen, sich zu erkundigen. Neal war ihm längst eine Antwort schuldig.

„Sure", erwiderte der. „Du hast ein Recht darauf, es zu erfahren." Er zog an der Zigarette, grübelte nach, wie er beginnen konnte, und erklärte schließlich:

„Im Grunde genommen bin ich von Natur aus ein Suchtmensch." Er sah kurz auf und lächelte. Er dachte an die Zigaretten, die er seit seinem fünfzehnten Lebensjahr rauchte. Es schienen von Jahr zu Jahr mehr Glimmstängel zu sein, die er brauchte. Er war in gewisser Weise süchtig nach Sex, nach seiner Schwester, nach seiner Musik und Erfolg. Er lebte und liebte die Extreme. Und wie war das mit den Drogen?

„Ich habe in der Schulzeit schon mal Joints geraucht, just for fun, verstehst du?" Er sah durch die Kneipe und dachte an früher. „Und dann begann meine Karriere als Musiker. Ich ging nach London, ließ Francis und Nicholas allein. Unsere Band wurde berühmt, über Nacht wurde ich ein Star; das sollte man so schnell verkraften ... In England waren immer Partys, Konzerte, Auftritte ... Sex, Drugs, Rock 'n' Roll, wie man so schön sagt. Das hat mich fertiggemacht. Ich war zu dem Zeitpunkt nicht süchtig, hatte es unter Kontrolle, aber das Leben als Star war zu viel und die Sehnsucht nach Francis unerträglich." Er machte eine Pause, in der er von seinem Wasser trank. „Ich hielt es in London nicht mehr aus und bin zurückgekommen." Er zog an der Zigarette. Eine nachdenkliche Stille entstand.

„Ja, und dann?", fragte Gero. „Warst du nicht glücklich, wieder in Deutschland sein zu können? Hast du trotzdem Drogen genommen?"

Neal schüttelte sofort den Kopf. „Nein, wirklich nicht. Ich habe nichts genommen, echt nicht ... Ungefähr zwei Jahre lang, bis ich wusste, dass ich wieder nach London muss ... zu neuen Aufnahmen. Das hat mir schlaflose Nächte bereitet. Ich fing an, Tabletten zu nehmen. Erst welche, damit ich schlafen kann, dann welche, um wach zu werden, schließlich gegen Nervosität ... Ich wollte Francis und Nicholas nicht schon wieder verlassen ... Und obendrein lernte ich dich kennen ... und lieben." Er blickte Gero so tief in die Augen, dass diesem ganz komisch wurde. „Ich war für Wochen so glücklich mit dir, das glaubst du gar nicht."

Als Gero das hörte, sah er beschämt zur Seite. Eine leichte Röte machte sich in seinem Gesicht bemerkbar. Er sagte nichts dazu, sondern ließ Neal weitererzählen:

„London rückte näher. Ich wurde nervös und nahm Pillen ein. Keiner hat es bemerkt." Er schüttelte den Kopf. Nur ein Mal war Gero stutzig geworden, als er Tabletten im Badezimmerschrank gefunden hatte. Doch Neal konnte sich geschickt aus allem herausreden, ebenso an dem Abend, an dem er in der Disko zusammengebrochen war. Es war so leicht gewesen, den anderen etwas vorzumachen.

„Warum hast du denn nicht gesagt, dass es dich so belastet nach London zu gehen?", fragte Gero bestürzt. „Wir hätten darüber reden können."

Neal zuckte mit den Schultern. „Und dann? Das hätte doch nichts gebracht ... Francis war bedrückt deswegen, dich hätte das auch nur deprimiert ... Es war wichtig, dass wenigstens *ich* einen klaren Kopf bewahrte und mir nichts anmerken ließ."

„Das war falsch, Neal!", stellte Gero fest, und er konnte seine Entrüstung darüber nicht verbergen. „Es war ein großer Fehler, das zu vertuschen!"

Daraufhin seufzte Neal laut. „Gero, ich *musste* nach London. Die Band ist mein Leben, damit verdiene ich Geld. Ich habe Fans, Verpflichtungen ... Ich konnte nicht kneifen und wollte das auch nicht. Die Musik ist mir wichtig", sagte er mit Nachdruck.

„Das weiß ich doch", erwiderte Gero. „Aber war das ein Grund in London wieder mit Drogen anzufangen?"

Er löcherte Neal mit großen Augen, und der kam nicht drum herum, sein Verhalten zu erklären.

„Die Tabletten halfen nicht mehr", gestand er. „In London fing der Stress sofort an. Wir waren von morgens bis abends im Studio, haben geübt und aufgenommen. Das forderte Konzentration, Ausdauer ... und dann die Partys, wie ich erwartet hatte, wie damals, bis in die Nacht hinein. Ich konnte mich dem nicht entziehen ... Morgens abermals ins Studio. Aufnahmen, Interviews, Fotosessions, wieder Party ... Ich kam kaum zum Schlafen. Das Zaubermittel hieß Kokain, das ich nahm, um mich fit zu halten ... und gut gelaunt. Ich konnte damit durchpowern, unglaublich, und zudem die Sehnsucht nach euch verdrängen."

Als Gero all das hörte, stöhnte er abermals auf. „Oh Gott, hätte ich damals gewusst, dass du Kokain nimmst, wäre ich sofort nach London gekommen und hätte dich da weggeholt."

„Ach, Gero", seufzte Neal und lächelte.

„Ist doch wahr!", fuhr es aus Gero heraus. Er war sichtlich verstört von dem, was er hören musste. „Wie haben das denn deine Bandkollegen ausgehalten? Haben die auch Koks genommen?"

Neal schüttelte den Kopf. „Soweit ich weiß nicht. Sie wohnen ja dort, waren zu Hause … Sie hatten keine Sehnsucht nach Schwester, Sohn oder Freund … Und ich, als Sänger, musste mehr Stress ertragen."

Er dachte an die vielen Reporter, die sich um ihn gerissen hatten. Überall lauerten Fans. Es blieb kaum Zeit, um in Ruhe über alles nachzudenken oder sich auszuruhen. Neal musste funktionieren, sich stets von der besten Seite zeigen.

Gero gab sich Mühe, diese Situation nachzuvollziehen. „Okay, ich verstehe, dass dich all das belastet hat, aber als du wieder bei uns warst, hättest du damit aufhören müssen. Stattdessen ging es erst richtig los mit den Drogen. Wie kannst du das begründen?"

Fragend sah er Neal an, der auch sofort eine Antwort lieferte:

„Ich konnte mir das nicht so schnell abgewöhnen", gestand er. „Ich wollte es ja, aber es klappte nicht. Der Stress ging weiter. Diese Schlägerei, das Auftauchen von Dirk … dann wurde auch noch Francis schwanger." Er schüttelte den Kopf. Das war wirklich zu viel gewesen. Das konnte er zu dem Zeitpunkt ohne Drogen nicht verkraften.

„Aber du hast dich auf das Baby gefreut!", entgegnete Gero fast vorwurfsvoll, woraufhin Neal zustimmend nickte.

„Klar, doch ich hatte auch wahnsinnige Angst um Francis und das Kind. Es war großer Leichtsinn, auf den wir uns eingelassen hatten."

„Du hattest Angst?", wiederholte Gero ungläubig. Er konnte sich zwar erinnern, dass Neal das ein oder andere Mal betrübt gewirkt und seine Befürchtungen kundgetan hatte, doch dass er bedrückende Furcht in sich trug, hätte er nie für möglich gehalten. Vielleicht hatte er auch verkannt, wie ernst die Lage wirklich war?

„Man hat es dir kaum angemerkt!"

Wieder nickte Neal. „Tja, mit Koks bist du Supermann. Da stört dich nichts." Er begann aufzuzählen: „Du denkst, du schaffst und kannst alles. Du bist nur gut drauf, den ganzen Tag, bis du so voll davon bist und nicht mehr raffst, was du eigentlich tust." Seine Worte klangen abfällig und wütend zugleich.

„War das oft?", fragte Gero vorsichtig nach.

Eine Frage, die Neal bestürzte. „Hast du das etwa nicht gemerkt?", erwiderte er. „Ich habe dich rumkommandiert, dich fast unmündig gemacht. Ich war gemein, aggressiv, nicht mehr ich selbst … Ich war besitzergreifend und eifersüchtig auf jeden, der dir in die Quere kam."

„Eifersüchtig?" Gero stockte fast der Atem, als er das wiederholte.

„Ja", gestand Neal. „Ich hatte solche Angst, dich zu verlieren, und wollte dich nur für mich allein."

Ja, das war wirklich so gewesen, und unbemerkt war es an Gero nicht vorbeigezogen.

„Du hast mich ganz schön vereinnahmt", stellte der im Nachhinein fest.

„Weiß ich." Neals Stimme war leise geworden. Er fühlte sich nach wie vor schuldig, obwohl es ihm guttat, sein Verhalten endlich zu begründen.

„Es tut mir auch verdammt leid. Doch dieses Kokain hat mich um den Verstand gebracht … Ich dachte, du verlässt mich, wegen eines Jüngeren oder liebst mich plötzlich nicht mehr … Ich wollte dich an mich binden, so fest es ging. Dabei habe ich viele Fehler gemacht und dir so viel Leid zugefügt."

Für eine kurze Zeit herrschte Stille zwischen ihnen. Neal sah Gero eindringlich an.

„Ich wollte das nicht … Glaube mir. Es tut mir wahnsinnig leid."

„Ist gut", unterbrach Gero.

Es war ihm sichtlich unangenehm, dass sich Neal so reumütig zeigte. Und trotz dieser Geständnisse konnte er seinen Ex-Freund nicht so einfach von seinen Taten freisprechen. „Was du getan hast, kann man eigentlich nicht verzeihen", sagte er. „Es war furchtbar. Du hättest dich sehen sollen, wie fertig du warst. Dieses Heroin hat dich zerstört." Er schüttelte den Kopf. „Warum hast du *damit* überhaupt angefangen? Reichte das Koks nicht mehr? Das war doch heftig genug."

Neal verzog das Gesicht. Ihm war längst klar, dass Gero ihm nicht direkt verzeihen würde und er noch einiges erklären musste, damit man seine Situation einigermaßen begreifen konnte.

„Das Kokain hat mich stark gemacht", versuchte Neal zu beschreiben. „Es gab mir Energie, doch es machte mich auch zu einem anderen Menschen. Ich wurde ungerecht, streitsüchtig, gemein. Ich dachte nur an mich und war mit mir selbst nicht im Reinen. – Ich hatte Angst. Um dich, um das Baby, um alles. Ich wollte nur noch abschalten und davon nichts mehr hören. Heroin war der einzige Weg für mich. Mit Heroin war ich von allen Problemen befreit, sorgenlos und high."

Seine Augen funkelten ein wenig, als er an seine Rauschzustände zurückdachte. „Heroin ist ein Teufelszeug. Hast du es ein Mal, willst du es immer. Es entführt dich in eine andere Welt … Ich bin so schnell abhängig geworden, so schnell konnte ich gar nicht gucken. Ich bin einfach nicht mehr davon losgekommen."

Gero schüttelte den Kopf. Er konnte absolut nicht nachvollziehen, wie Neal sich von den Drogen so dermaßen beeinflussen ließ.

„Du hast so viel zerstört damit", sagte er nur leise und senkte das Haupt.

„Ich weiß", erwiderte Neal. „Du glaubst gar nicht, wie ich mich dafür schäme. Was um alles in der Welt würde ich tun, um den ganzen Scheiß rückgängig machen zu können."

Er seufzte tief. Und als Gero ihn näher betrachtete, konnte er in seinem Gesicht lesen, wie schlecht es ihm mit der Erinnerung an seine Taten und an die Vergangenheit ging.

Er zeigte Reue. Ob Gero ihm die Sucht und sein daraus resultierendes Verhalten jemals verzeihen könnte?

Er wusste es zu diesem Zeitpunkt nicht.

„Es ist nun mal geschehen", sagte er deswegen in einer bedrückten Stimmlage. „Daran kann man nichts mehr ändern."

Er trank einen Schluck und starrte dann ins Leere, bis ihn Neals Stimme aus den trüben Gedanken riss:

„Wollen wir tanzen?"

Erschrocken blickte Gero auf.

„Wir? Hier?" Irritiert sah er sich um. Auf der Tanzfläche befanden sich einige Pärchen, da sie in einer Schwulenbar waren, natürlich Männer. Im Hintergrund lief *It's my life* von Talk Talk.

„Ich weiß nicht", sagte Gero unsicher, aber Neal hörte nicht auf, ihn bittend anzusehen.

„Einen Song, ja? Warum denn nicht?"

Daraufhin schmunzelte Gero verlegen.

„Na gut, warum eigentlich nicht."

Sie standen auf und gingen zur Tanzfläche, wo Neal Gero erneut durchdringend ansah.

„Darf ich?", fragte Neal, dabei fasste er mit seinen Händen an Geros Hüften. Gero nickte zustimmend.

Langsam bewegten sie sich zur Musik. Ihre Blicke trafen sich abermals, wobei Gero ein merkwürdiges Gefühl überkam.

Zum einen fühlte er sich bei dem engen Körperkontakt unwohl, und zum anderen genoss er diese Nähe auf eine gewisse Art und Weise, sodass er dichter an Neal heranrückte.

Ihre Blicke verschmolzen, bis sich Neal nicht mehr zusammenreißen konnte. Fest umschlang er Geros Körper, drückte ihn an sich, lehnte seinen Kopf an dessen Wange.

Alles ging so schnell, dass Gero den Griff, ohne zu überlegen, erwiderte.

Dicht aneinandergepresst tanzten sie weiter – ein Lied nach dem anderen, ohne aufzusehen, ohne etwas zu sagen. Mit geschlossenen Augen genossen sie des anderen Nähe und bemerkten gar nicht, wie die Zeit verging …

„Entschuldigen Sie bitte? Das Lokal schließt gleich", ertönte schließlich eine Stimme. Gero löste den Griff als Erster und sah auf.

„Was? Ist es schon so spät?" Erstaunt sah er Neal an, der gar nichts sagte, sondern nur verlegen auf den Boden blickte. Sein Gesicht wirkte tieftraurig.

„Was hast du?", fragte Gero sofort.

„Nichts, nichts …", erwiderte Neal leise. Er schüttelte den Kopf. „Ich kann bloß nicht glauben, dass wir beide nicht mehr zusammen sind." Bedrückt sah er Gero an, dann entschuldigte er sich: „Sorry", und verschwand zielstrebig zu den Herrentoiletten.

Dort blickte er in den Spiegel. Schlecht sah er aus. Blass, abgemagert und deprimiert. *Reiß dich zusammen!*, hämmerte es in seinem Kopf. *Was ist bloß los mit dir?*

Er hielt die Hände unter den Wasserhahn, benetzte sein Gesicht mit dem kühlen Nass.

Als er wieder aufsah, wanderte eine Hand automatisch zu seiner Hosentasche, doch die war leer. Er hatte keine Drogen bei sich. Hatte er etwa vergessen, dass er clean war?

„Ist alles okay?", ertönte plötzlich Geros Stimme. Er hatte die Tür zum Herren-WC geöffnet und blickte Neal fragend an. Der nickte.

„Ja, es geht." Er versuchte ein Lächeln. „Ich hab nur ab und zu diese …" Er suchte nach Worten.

Was waren das bloß für Aussetzer, die er oftmals hatte? „… kleinen Gefühlsschwankungen."

Zusammen verließen sie die Bar.

Erst nach einigen Minuten, die sie stillschweigend gegangen waren, konnte Neal das Gespräch wieder aufnehmen.

„Tut mir leid, wenn ich mich daneben benommen habe", sagte er sichtlich bedrückt.

Gero zuckte daraufhin mit den Schultern. „Wieso? Hast du gar nicht."

„Doch!", zischte Neal unzufrieden. „Ich muss langsam begreifen, dass Schluss ist."

„Aber …" Weiter kam Gero nicht, denn Neal fuhr ihm direkt ins Wort.

„Sag nichts, das macht alles nur noch schlimmer."

Unwillkürlich ging er zügiger, als wollte er Gero abhängen, um nicht mehr über das Thema reden zu müssen. Aber Gero folgte schnellen Schrittes.

„Das ist doch nicht wahr!", rief er. „Es kann nur besser werden, jetzt, wo wir uns ausgesprochen haben. Ich meine, du hast mir alles erklärt. Ich denke, dass wir …"

Neal blieb stehen und drehte sich um.

„Das Wort *wir* gibt es doch gar nicht mehr", sagte er, da stoppte auch Gero.

„Warum nicht?", fragte der.

„Würdest du es denn wollen?"

Nun zuckte Gero mit den Schultern. Seine überschwängliche Art war verschwunden. Bilder der Vergangenheit traten ihm vor die Augen.

„Ich … weiß nicht", sagte er.

Neal nickte. Genau das hatte er geahnt. „Siehst du, du weißt es nicht einmal." Er drehte sich um und ging weiter. Gero folgte still.

Als sie an dem Haus, wo Gero, Thilo und Francis wohnten, ankamen, schloss Neal auf. Es war klar, dass er zu Francis wollte, denn am nächsten Morgen musste er wieder für Rayon da sein.

In der zweiten Etage blieben sie stehen.

„Ich danke dir, dass du mit mir geredet hast", nahm Neal das Gespräch wieder auf. „Der Abend war wunderschön."

Er betrachtete sein Gegenüber genau. War der Abend schön, oder der Mann, der ihn ebenso intensiv ansah?

„Du kommst doch noch auf einen Kaffee mit rein, oder?", fragte Gero zaghaft, dabei deutete er hinter sich auf die Wohnungstür der WG.

Neal schüttelte den Kopf.

„Nein, ich muss morgen früh aufstehen."

„Ach so…" Geros Gesicht zeigte augenblicklich eine große Enttäuschung. „Und ich dachte, dass wir …" Er suchte nach Worten. Ja, was hatte er gedacht?

Eine leichte Röte zierte seine Wangen. Er konnte nicht aussprechen, was er angenommen hatte.

Und als hätte Neal seine Gedanken gelesen, schüttelte der erneut mit dem Kopf, aber diesmal energischer.

„Du hast doch nicht etwa gedacht, dass wir jetzt … nur weil wir uns unterhalten haben?" Neal schluckte verkrampft. Auch er fand keine Worte, bis er seine Empörung nicht mehr zurückhalten konnte:

„Du hast doch nicht allen Ernstes geglaubt, dass ich sofort mit dir ins Bett will? Nach all dem, was passiert ist? – Gero, was denkst du denn von mir?"

Gero wirkte betroffen. Nein, das hatte er nicht gedacht, oder doch? Er wusste es plötzlich selbst nicht mehr. Mit einem Mal war er so hilflos wie früher. In Neals Gegenwart setzte einfach sein Verstand aus. Ja, vielleicht hatte er geglaubt, dass sie sofort wieder miteinander schlafen würden, aber nicht, weil Gero es wollte, sondern weil es immer so war, wenn sie Streit hatten. Immer, wenn eine Differenz zu klären war, gab es Klarheit darüber, indem sie Sex hatten.

War sein Bild von Neal wirklich so falsch?

„Tut mir leid", sagte er von Peinlichkeit gezeichnet. „Weiß auch nicht, was in mich gefahren ist." Er schüttelte den Kopf, konnte sich nicht erklären.

Das musste er auch nicht. Neal hatte schnell begriffen, was in Gero vorging, so schlimm diese Feststellung auch war. Zum erneuten Male wurde Neal bewusst, was er mit seinem damaligen Verhalten alles angerichtet hatte.

„Du musst endlich lernen, für dich selbst zu entscheiden", sagte er eindringlich. „Lass dich nicht so schnell verunsichern und mach bitte nur noch das, was dir wirklich behagt." Diese Worte lagen ihm am Herzen. Gero war mit seinen einundzwanzig Jahren längst erwachsen. Und Neal wollte ihn nie mehr im Leben negativ beeinflussen, das hatte er sich geschworen. „Tu mir den Gefallen und werde endlich selbständig", fügte Neal hinzu. „Du kannst das, das weiß ich."

„Okay. Ich werde es versuchen", erwiderte Gero lächelnd, dabei war ihm anzusehen, dass es ihn nachdenklich stimmte, dass Neal so tief in sein Inneres sehen und seine Schwächen erkennen konnte. War das ein gutes oder schlechtes Zeichen?

„Na, dann schlaf schön", sagte Neal noch, dabei strich er sanft über Geros Wange. Es war irgendwie wie damals, wie bei ihrem ersten Date. Gero konnte sich plötzlich genau daran erinnern, und ein wohliges Gefühl breitete sich in seinem Magen aus.

Als er die WG betrat, brannte Licht in der Küche. Thilo saß dort am Tisch und schien zu lernen. Es roch nach Zigaretten und Kaffee.

„Du bist noch wach?", fragte Gero erstaunt. Er wandte sich dem Küchenschrank zu, wo er eine Tasse herausnahm, um sich einen Kaffee einzuschenken. Es war zwar schon spät, aber schlafen hätte er jetzt eh nicht können. Er war viel zu aufgewühlt.

„Ich habe morgen Klausur", berichtete Thilo, dabei deutete er auf das Zettelchaos vor sich. Er war mit dunklem T-Shirt und Shorts bekleidet. „Und ich kann nichts!" Er fluchte.

Gero grinste. Er setzte sich mit an den Tisch und starrte schweigend an die Decke.

„Und dein Date?", fragte Thilo, nebenbei ein paar Notizen machend. „War es gut?"

„Was?", fragte Gero verträumt.

„Dein Date!", wiederholte Thilo. Er sah auf und bemerkte sofort das verschmitzte Lächeln in Geros Gesicht. „Hey, was ist dir denn widerfahren? Hast du bei *Herzblatt* gewonnen?"

„Nee." Gero sah verlegen zur Seite.

Doch Thilo konnte er nichts vormachen. „Der Abend mit Pascal war wohl gut, oder?"

Gero nickte. „Ja, es war nett, doch ..." Er schüttelte den Kopf und musste wieder unverschämt grinsen. „Es ist echt zu komisch. Ich war mit Pascal im *Coming out*, dieser neuen Kneipe ... und dann habe ich ihn versetzt und bin in den Club 69 – und rate mal mit wem?"

Thilo zuckte mit den Schultern.

„Mit Neal!"

„Was?" Thilo staunte, als er das hörte. Sofort legte er seinen Stift zur Seite. „Wieso das? Ich denke, du redest nicht mehr mit ihm?"

„Wir haben uns ausgesprochen", erklärte Gero.

„Ach herrje!", stöhnte Thilo. Nach all dem, was passiert war, konnte er es wirklich nicht glauben. „Du musst völlig fertig sein."

Gero verneinte. Tatsächlich fühlte er sich eher beflügelt als bedrückt. Er hätte nie gedacht, dass ein klärendes Gespräch mit Neal so positiv verlaufen könnte. Wieso hatte er davor bloß solche Angst gehabt?

„Ihr konntet ruhig reden, nach dem ganzen Desaster?", fragte Thilo erstaunt.

Gero nickte erfreut. „Ja, es ging. Es ging sogar verdammt gut. – Ich hätte es auch nicht für möglich gehalten."

„Und nun?", hakte Thilo weiter nach. „Seid ihr wieder zusammen?"

„Quatsch!", äußerte sich Gero entrüstet, doch das Thema trieb ihm die Röte ins Gesicht. „Wir haben uns nur ausgesprochen, und er hat mir alles erklärt. Und dann haben wir getanzt, ziemlich lange, dicht an dicht."

Seine Augen glänzten, als er das Erlebte schilderte. „Wir sind zusammen nach Hause, und er hat meine Wange gestreichelt und dann …" Er stoppte.

Thilo beugte sich wissbegierig vor, als er das hörte. „Ja? Und weiter?"

„Nichts!"

Thilo runzelte die Stirn. „Nichts?"

„Nein, rein gar nichts", erwiderte Gero. Er lehnte sich entspannt in den Stuhl zurück, trank den Kaffee und erklärte seine Gedanken: „Ich hatte zuerst angenommen, dass er mit mir ins Bett will, nachdem wir uns wieder so gut verstanden hatten, aber das wollte er gar nicht."

„Nein?"

Gero schüttelte den Kopf. „Nein, er wollte nicht mit mir schlafen, dabei hatte ich echt damit gerechnet."

Nun wurde Thilo noch nachdenklicher. Vielleicht war er auch froh, dass Gero ihn mit dieser Diskussion vom Lernen abhielt. „Und du bist nicht gekränkt, dass Neal keinen Sex wollte? – Ich meine, so oft, wie ihr es immer getrieben habt…"

„Ganz im Gegenteil", erklärte Gero, und er sah zufrieden aus. „Es beweist nur, dass Neal ernsthaft an einer neuen Chance mit mir interessiert ist. Er meint es ehrlich, will Vertrauen aufbauen. Wir müssen vorsichtig miteinander umgehen. Vielleicht klappt es dann wieder mit uns?" Er zuckte nachdenklich mit den Schultern, woraufhin Thilo stutzte.

„Du willst ihn tatsächlich zurück?"

Gero seufzte. Eine Antwort konnte er zu diesem Zeitpunkt nicht geben, doch eins war ihm längst klar: „Neal hat sich geändert. Er ist so anders … ohne Drogen."

Thilo wusste, was sein Mitbewohner meinte. „Neal wird bald wieder wie früher sein. – Und so hast du ihn wahrscheinlich noch nie kennengelernt."

Aufgrund des wenigen Schlafes war Gero entsetzlich müde, als er am nächsten Morgen zur Uni aufbrach. Doch kaum betrat er den Flur, wurde er augenblicklich hellwach, denn zur selben Zeit kam Neal aus Francis' Wohnung und legte Rayon in den Kinderwagen, der im Hausflur stand.

„Du bist ja früh hoch", staunte Gero. Sofort kam er näher, um das Baby zu begutachten.

„Die Kinder halten einen eben auf Trab", berichtete Neal. Im Hintergrund wurde Nicholas sichtbar, der ihm erfreut zuwinkte.

„Ich mache morgens immer einen kleinen Spaziergang mit Ray", erklärte Neal. „Und oftmals bringe ich Nicki zur Schule."

„Aha." Gero staunte, doch sogleich wurde ihm auch bewusst, was ihm selbst alles entging. Er blickte wieder zu Rayon und strich ihm sanft über die Wange.

„Willst du auch mal Kinder haben?", hörte er Neal fragen, was ihn augenfällig noch betrübter machte.

Sollte er Neal davon erzählen?

Davon, dass seine Vaterfreuden augenblicklich zerstört wurden, in dem Moment, in dem Neal von dem Entzug zurückgekommen war, und Francis sich von ihm abgewandt hatte. Sollte er berichten, wie enttäuscht er gewesen war? Wie traurig und wütend? Offensichtlich hatte Francis ihrem Bruder nichts davon erzählt.

Er sah Neal an. Wollte er wieder Streit?

Gleichzeitig dachte er an seine homosexuelle Neigung. Dass er eine ganz normale Familie gründen würde, war nicht vorstellbar.

„Ich hätte schon gerne Kinder", sagte er schließlich, dabei wurde seine Stimme leise. „Aber mit der praktischen Umsetzung wird es da wohl Probleme geben."

„Mhm", äußerte sich Neal. Es klang verständnisvoll und auf der anderen Seite auch nachdenklich, aber sie vertieften das Thema nicht, denn Nicholas zerrte seinem Vater am Arm. „Papi, wir müssen los!"

„Ja." Neal reagierte sofort. Zusammen mit Gero trug er den Kinderwagen nach unten. „Hast du vielleicht Lust, am Wochenende, etwas mit mir zu unternehmen?", fragte er schließlich, woraufhin Gero wieder lächeln konnte. „Gern."

Eine ganze Weile starrte Neal auf die Tablette, bevor er sie vorsichtig unter die Zunge legte, wo sie sich schnell auflöste. Er hatte keine körperlichen Beschwerden, und trotzdem fühlte er sich nach der Einnahme besser und wesentlich ruhiger. Und als er mit dem Kinderwagen wenig später durch den Park schlenderte, kamen ihm erneute Gedanken an seinen Aufenthalt in der Suchtklinik…

…

…Dirk nickte zufrieden, als er in Neals Krankensuite Obst, Toast und eine Packung Blueberry Muffins auf dem Tisch liegen sah. Daneben lagen Notenblätter, Notizen und mehrere Bücher.

„Das sieht ja schon ganz gut aus", sagte er zu sich. Er sah sich weiter um. Im Zimmer herrschte Ordnung, auch im Bad, die Tür zur Terrasse war angelehnt, doch von Neal keine Spur.

Somit wandte er sich an eine der Schwestern.

„Ich suche Neal Anderson, er ist nicht in seinem Zimmer."

Die Schwester lächelte und sah in einen Terminplaner.

„Er hat keine therapeutische Sitzung momentan, dann wird er draußen sein."

Es herrschte klares Herbstwetter, die Sonne schien. Dirk betrat den weitläufigen Rasen und sah sich abermals um. Der Park, der die Klinik umgab, war riesig. Er machte nur wenige Menschen aus.

Doch Neal war nirgends.

Dirk musste sich eingestehen, dass er aufgeregt war. Nach seiner Abreise hatte er sich einige Wochen nicht mehr bei Neal gemeldet. Er wusste nicht, wie es seinem Freund ging und wie der weitere Aufenthalt verlaufen war.

Trotzdem spürte er, dass sein Besuch nicht verkehrt sein konnte, obwohl er Neal nicht vorgewarnt hatte.

Prüfend ließ er seinen Blick über die Rasenfläche schweifen. Er sah nur zwei Frauen über den Rasen gehen, auf der großen Terrasse saß jemand im Rollstuhl, eine Schwester lief an ihm vorbei … Neal erblickte er nicht.

Dirk wollte schon umdrehen, als er rechts von sich noch eine Bank bemerkte, auf dem jemand saß. Doch es war nicht Neal, oder doch?

Dirk ging näher und schließlich erkannte er die hagere Gestalt, die einen grauen Mantel und dunkle Hosen trug und den Kopf nachdenklich gesenkt hatte.

„Mensch, Neal! Ich hätte dich fast nicht erkannt!" Dirk schloss Neal, der inzwischen aufgestanden war, fest in die Arme. „Seit wann hast du kurze Haare?"

Neal erwiderte die innige Umarmung, obwohl er einen schwachen Eindruck machte.

„Frauen lassen sich doch auch immer die Haare schneiden, wenn sich etwas in ihrem Leben ändert, oder? – Und du hast gesagt, ich soll den Frisör hier mal ausprobieren."

Sie lachten. Und Dirk ließ es sich nicht nehmen seinen Freund prüfend anzusehen. Neals Gesicht war noch entsetzlich schmal, fast furchig, wenn er lächelte. Und die kurzen Haare ließen es zu, dass man ihm direkt in die blauen

Augen sehen konnte. Die waren allerdings lebhaft und klar, keineswegs getrübt oder gerötet, wie vor dem Entzug.

„Wie geht es dir?"

Neal nickte. Er schien zufrieden.

„Ich rauche mehr …"

Da hob Dirk eine Augenbraue. „Noch mehr?"

Wieder lachten sie, dann nahmen sie auf der Bank Platz. Neals Gesicht wurde schnell ernst.

„Ich bin noch manchmal unruhig, besonders nachts", erklärte er. „Ich schlafe schlecht, habe viele Gedanken in mir. Und mein altes Gewicht habe ich auch noch nicht erreicht."

„Aber kein Rückfall?", erkundigte sich Dirk.

Neal schüttelte den Kopf. „Nein. Selbst wenn ich es versucht hätte … Die kontrollieren hier wirklich genau. Und in all den Wochen habe ich das Gelände nicht verlassen." Er zuckte mit den Schultern, als wäre es ihm völlig egal. Zu der Klinik, die auf Rehabilitation, Entziehungskuren aller Art und Psychotherapien spezialisiert war, gehörten Sportanlagen, Tennisplätze, Pools und Fitnessräume. Ebenso einige Restaurants, ein Frisör, ein Kiosk und sogar eine kleine Kapelle, in der am Wochenende Konzerte stattfanden. „Es gefällt mir hier. Es ist ruhig. Alle sind freundlich und bemüht. Ich kann hier nachdenken, mich sammeln, und die Therapiegespräche verschaffen mir endlich wieder einen klaren Kopf."

Das hörte Dirk gerne. „Das klingt wirklich gut. Ich bin stolz auf dich." Er zog seine Schachtel Zigaretten hervor, bot Neal, der auch sofort zugriff, eine an. Dann rauchten sie zusammen und sprachen weiter.

„Ich hab in deinem Zimmer gesehen, dass du komponierst."

„Ja." Neal lächelte. „Ich sagte ja schon: Mein Kopf ist endlich wieder frei. Dieser Tunnelblick ist verschwunden. Früher dachte ich, nur Watte im Kopf zu haben. Alles war verzwickt und ohne Perspektive. Ich habe weder links noch rechts gesehen, nur diesen Weg, der völlig sinnlos erschien –

voller Steine." Er zog an der Zigarette. „Ohne Drogen kann ich wieder klar denken. Ich grüble zwar viel, kann aber endlich wieder am Leben teilhaben, kreativ sein, mich gut fühlen, mich entspannen. Das war ja früher unmöglich." Er senkte den Kopf, als er daran zurückdachte. „Allerdings wird mir auch immer mehr bewusst, was für einen Mist ich gebaut habe."

Er biss sich auf die Unterlippe, war sichtlich frustriert darüber. Dirk konnte dem nichts hinzufügen.

Am Abend gingen sie zusammen Essen – außerhalb des Klinikgeländes.

Es dauerte zwar eine Weile, bis sich Neal für ein vegetarisches Gericht entschied und beim Essen zaghaft vorging, aber Dirk war überaus zufrieden damit, wie gut er sich erholt hatte.

Und so wagte er es auch, ein paar Neuigkeiten loszuwerden.

„Francis ist aus England zurück."

Sofort hob Neal den Kopf. Er legte das Besteck ab, als wäre ihm diese Nachricht auf den Magen geschlagen.

„Tatsächlich?"

Dirk nickte.

„Und? Wie geht es ihr?", wollte Neal sofort wissen.

„Na ja", begann Dirk. Auch er unterbrach sein Essen. Im Gegensatz zu Neal, der Kartoffelgratin mit Gemüse aß, hatte er sich Schweinemedaillons in Pfefferrahm bestellt. Dazu genoss er einen teuren Wein. Neal trank stilles Wasser.

„Sie macht sich Sorgen um dich. Ich konnte sie etwas beruhigen, doch natürlich will sie wissen, was passiert ist und wo du steckst."

„Du hast ihr aber nicht erzählt, wo ich bin, oder?", hakte Neal nach.

Dirk schüttelte den Kopf. „Nein, doch sie kann sich sicher denken, dass ich mehr weiß, als ich zugebe. Und ehrlich gesagt ... möchte ich sie nicht ständig anlügen."

Das verstand Neal ohne weiteres. Und er hatte längst einen Entschluss gefasst.

„Ich werde ihr selbst sagen, was geschehen ist. So gut mir dieser Aufenthalt hier auch getan hat – ich muss zurück."

Er griff wieder zur Gabel, aß jedoch nichts, sondern stocherte nur nachdenklich im Essen herum.

„Was meinen denn die Ärzte?", erkundigte sich Dirk. „Bist du schon so weit?"

Neal nickte. „Dr. Lentz ist sehr zuversichtlich. Er meint, ich könnte es wagen. Und falls ich es nicht packen sollte, könnte ich jederzeit zurückkommen."

Dirk atmete auf. „Dann sieht es so aus, als hättest du es geschafft?" Er streckte seinen Arm aus, um Neals Hand zu greifen und sie zu drücken. Am liebsten hätte er ihn umarmt, doch das wäre in diesem feinen Lokal vielleicht etwas unpassend gewesen.

Trotzdem legte sich Dirks Euphorie ganz schnell.

„Dir ist aber klar, dass du da draußen ein neues Leben beginnen musst?", gab er zu denken.

„Sicher." Neal senkte den Kopf, als er das hörte. „Doch ich kann nicht länger vor den Problemen davonlaufen. Ich muss mich ihnen stellen."

Kapitel 10

Etwas nervös war er schon, als er am Samstagnachmittag an der Straße stand und nach Neal Ausschau hielt. Sie wollten einen Ausflug machen. Wohin wusste Gero nicht.

Und er war ziemlich überrascht, als plötzlich ein schweres Motorrad um die Ecke bog und vor seinen Füßen stoppte.

Der Fahrer des Gefährts nahm den Helm ab und sah Gero an. Der dachte zu träumen.

„Neal? Seit wann hast du ein Motorrad?"

„Gefällt es dir?", fragte Neal sofort. Er stieg ab. Er war ganz in Leder gekleidet und musterte die große Maschine zufrieden. „Das ist eine Honda CB1300. – Die geht in die Kurven ... einmalig sag ich dir."

Er geriet regelrecht ins Schwärmen und machte Gero damit neugierig.

„Tatsächlich?", sagte er, hatte er doch von Motorrädern gar keine Ahnung und ebenso auch einen großen Respekt vor diesen Zweirädern. Er berührte mit einer Hand den schwarzen Lack, den Ledersitz und den silbernen Lenker ... Alles glänzte nagelneu. „Und was ist mit deinem Porsche?"

„Den hab ich verkauft", berichtete Neal nahezu gleichgültig.

„Nein!", jammerte Gero, als er das hörte. „Oh nein, der schöne Wagen!"

Neal lächelte. „So ein Auto verliert unheimlichen Wert mit der Zeit. Es war ein günstiger Moment, ihn zu verkaufen. – Und für größere Besorgungen steht ja noch der Bentley zur Verfügung."

Zufrieden dachte er an den Wagen, den er bis dato seinem Butler Ralph überlassen hatte.

„Aber der Porsche war so schön", konterte Gero. Dabei erinnerte er sich an all die Erlebnisse zurück, die er mit Neal und dem Auto gehabt hatte.

Bedrückt sah er zu Boden.

„Das tut mir leid", sagte Neal. Mit einem Mal wirkte er ebenso betrübt. „Ich konnte ja nicht ahnen, dass du so an dem Wagen hängst. Ist es sehr schlimm?"

Gero zuckte mit den Schultern. „Na ja, es geht."

„Shit! Nun hab ich dir wohl den Tag verdorben, was?"

„Quatsch!" Gero schüttelte den Kopf. „Das geht schon."

Neal atmete auf. „Okay, dann lass uns mal unseren Ausflug starten." Im nächsten Moment hielt er Gero einen zweiten Helm entgegen.

„Mit dem Motorrad?", fragte Gero sichtlich erschrocken.

Neal nickte. „Wieso nicht?"

„Oh." Gero trat einen Schritt zurück, dann betrachtete er die Maschine nochmals genau. „Ich bin noch nie mit so etwas gefahren. Das ist doch gefährlich. Nein, da habe ich Angst." Er wurde schlagartig blass.

„Angst?", wiederholte Neal. „Echt?"

Gero nickte.

Sofort senkte sich Neals Hand mit dem Motorradhelm. *So ein Mist!*, fluchte er innerlich. *Es geht alles schief!* Verbissen dachte er nach. Wie konnte er den Nachmittag noch retten?

„Dann … leihen wir uns den Wagen von Francis, ja? Oder ich bestelle uns ein Taxi, das ist besser …"

Gero runzelte die Stirn. „Ein Taxi?"

„Ja." Neal nickte eifrig. „Da kannst du richtig entspannen und musst keine Angst haben."

„Du bist nicht sauer, wenn ich nicht mit dem Motorrad fahre?", hakte Gero nach. Er war auf der Hut. Normalerweise hätte er eine große Enttäuschung und mit Sicherheit unterschwellige Wut von Neal erwartet, doch der gab sich ziemlich gelassen.

„Wieso sollte ich sauer sein?"

„Also früher hättest du mich ausgelacht deswegen", fing Gero an. „Du hättest mich gezwungen, mit dem Motorrad zu fahren. Da hätte ich gar nicht *nein* sagen dürfen."

„Es ist aber nicht früher", erinnerte Neal. Seine Stimme klang ernst. „Ich werde dich mit Sicherheit nie mehr zu irgendetwas zwingen."

Eine nachdenkliche Stille setzte ein, bis Neal sich wieder rührte.

„Okay, ich ruf uns ein Taxi." Er drehte sich der Motorradtasche zu, um sein Handy herauszunehmen, da schritt Gero ein.

„Nein, warte!", sagte er. „Gib her!", forderte er, und im nächsten Moment hatte er den zweiten Helm in seinen Händen.

„Was soll das denn jetzt?", fragte Neal erstaunt.

„Wir fahren Motorrad", sagte Gero. Plötzlich lächelte er zufrieden. „Ja, ich will endlich wissen, wie das ist."

„Aber ich denke, du hast Angst?", entgegnete Neal perplex. „Nein, das lasse ich nicht zu, dass du mitfährst, obwohl du Angst hast!"

„Ach Neal", sagte Gero leise. Was jetzt über seine Lippen kam, war völlig spontan. „Wenn *du* die Maschine fährst, habe ich keine Angst."

Neal schluckte, als er das hörte. War das ein verstecktes Kompliment? „Wirklich?"

Gero nickte verlegen.

„Gut, lass uns starten!"

Sie setzten ihre Helme auf, dann ließ Neal die Maschine an. Er drehte sich zu Gero um, der daraufhin zaghaft hinter ihm Platz nahm.

„Alles klar?"

„Ja!", äußerte sich Gero. „Von mir aus können wir los!"

Nach wenigen Minuten hatten sie die Stadt verlassen und fuhren auf einer Landstraße der Sonne entgegen. Der Wind blies Gero ins Gesicht, so dass er das Sichtfenster des Helmes nach unten schob. Dicht presste er sich an Neals Körper und umschlang ihn mit aller Kraft.

„Schneller!", rief er. „Fahr schneller!"

Neal gab daraufhin Gas. Sie umkreisten den See, fuhren an Feldern und Wiesen vorbei, und entfernten sich von der bevölkerten Stadt.

An einem Wäldchen machten sie Halt.

„Das war wundervoll!", schwärmte Gero, kaum hatte er den Helm abgenommen. „Einsame Spitze!"

Er machte ein paar Schritte auf dem weichen Boden und betrachtete die grüne Umgebung. „Ist das schön hier."

Neal blieb am Motorrad stehen und lächelte zufrieden.

„Freut mich, dass es dir gefallen hat."

„Es war toll", äußerte sich Gero noch einmal enthusiastisch, aber dann wurde sein Blick nachdenklich. „Wo sind wir hier? Die Strecke kommt mir irgendwie bekannt vor."

„Das ist der Weg zu meinen Eltern", erklärte Neal, woraufhin Geros gute Laune zu verfliegen drohte. Er mochte den Hof der Andersons. Auch Neals Stiefvater Peter war ihm sympathisch, doch mit Stephanie Anderson, Neals Mutter, hatte er ein großes Problem. Oder eher sie mit ihm, denn Stephanie verurteilte nach wie vor Neals homosexuelle Neigung und somit auch jeden männlichen Begleiter, den ihr Sohn mit ins Elternhaus brachte.

„Ich kann dich beruhigen. Meine Eltern sind nicht da", sagte Neal, als er Geros entsetztes Gesicht sah. Und Gero entspannte sich sofort.

„Aber was willst du denn dort?", fragte er verwundert.

„Tja." Neal tat geheimnisvoll. „Ich denke, es wird langsam Zeit, dass du dein Geburtstagsgeschenk bekommst."

„Geburtstagsgeschenk?", wiederholte Gero überrascht, „aber mein Geburtstag ist Monate her!"

„Genau." Neal nickte. Zu gut konnte er sich an Geros einundzwanzigsten Geburtstag erinnern. Er selbst war vollgepumpt mit Drogen gewesen, und Gero hatte sich die Pulsadern aufgeschnitten. Er hatte mit Francis gestritten, und Gero kam in de Psychiatrie. Es war ein Tag, an dem alles endete... oder neu begann?

„Aber ich kam ja nicht mehr dazu, dir dein Geschenk zu geben", erklärte Neal, dabei war beiden die Situation klar. „Es war so schrecklich…"

Er schüttelte den Kopf und sah Gero an. Dieser war bei den Erinnerungen an damals ganz blass geworden und hatte mit einem Mal Tränen in den Augen.

„Sorry, wenn ich dich daran erinnert habe", sagte Neal. Er kam näher. „Das wollte ich nicht."

Er nahm Gero in den Arm und drückte ihn fest. Er mochte sich gar nicht vorstellen, dass Gero hätte tot sein können. „Ich bin so froh, dass du alles gut überstanden hast. Ich hatte solche Angst um dich. Ich hätte mir das niemals verzeihen können, wärst du meinetwegen gestorben."

Gero bekam eine Gänsehaut. Derartig ehrliche und gefühlvolle Worte war er von Neal nicht gewohnt. Eine ganze Weile standen sie dort umarmt, bis Neal den Griff lockerte.

„Genug Trübsal geblasen, dein Geschenk wartet!"

Kurze Zeit später trafen sie bei dem Haus der Andersons ein. Neal fuhr durch das Tor zum Hof und hielt mit dem Motorrad vor den Stallungen.

„So, da wären wir", sagte er und nahm den Helm ab. Sein Gesicht erhellte sich, denn der Stalljunge Randy kam auf sie zu.

„Das ist aber eine Überraschung!", sagte er, dezent auf Gero deutend. Als er Neal zur Begrüßung umarmte, konnte er sich einen leisen Kommentar nicht verkneifen: „Da hast du ihn ja schnell zurückerobert."

Neal blieb ernst. „Es ist nicht so, wie du denkst." Er drehte sich. „Wir sind hier, weil ich Gero endlich sein Geschenk geben möchte … Ähm …" Er sah die beiden jungen Männer an. „Ihr kennt euch schon, oder?"

Gero nickte. Er konnte sich an Randy erinnern. Immer, wenn er bei den Andersons zu Besuch gewesen war, hatte er sich die Pferde angeguckt, dabei war ihm Randy oft über den Weg gelaufen. Er hatte auch stets die Pferde gesattelt, wollten er und Neal ausreiten. Doch das schien alles so lange her …

„Wollen wir kurz rein, uns aufwärmen, oder willst du dein Geschenk auf der Stelle?", unterbrach Neal seine stillen Gedanken. Gero musste nicht überlegen.

„Du machst es so spannend, dass ich es am liebsten sofort hätte."

Neal schmunzelte. Er hoffte inbrünstig, dass ihm wenigstens *diese* Überraschung gelingen würde. „Dann komm mit."

Zusammen betraten sie die Stallungen. Langsam gingen sie an den Pferdeboxen vorbei, bis Neal an der letzten stehenblieb und die Schiebetür der Box öffnete.

„Sieh mal", sagte er und deutete in die mit frischem Stroh ausgelegte Box. Neugierig sah Gero hinein, und sein Gesicht erhellte sich.

Er blickte auf ein junges Pferd, das ihn mit großen, schwarzen Augen ansah. Das Fohlen spitzte die Ohren und kam direkt ein paar Schritte näher, um an Geros Hand zu schnuppern.

„Das ist ja niedlich", sagte Gero. Er war sichtlich entzückt. „Hattet ihr Nachwuchs im Stall?"

„Ja, im Herbst hatten wir eine Menge Fohlen", berichtete Neal. „Wir haben sie aber schon wieder verkauft… So viele Pferde können wir nicht halten. Dieses ist als Einziges übrig geblieben."

„Oh, das Arme", äußerte sich Gero, während er das dunkelbraune Fell des Tieres eifrig streichelte. „Wollte es niemand? Dabei ist es so schön. – Was passiert denn nun mit ihm?"

Neal zuckte mit den Schultern und schmunzelte unübersehbar. „Es liegt allein an dir, was mit ihm geschieht."

„An mir?" Gero stutzte. „Wieso an mir?"

„Es ist deins", sagte Neal.

Gero öffnete erschrocken den Mund, konnte zuerst nichts sagen, dann äußerte er sich mit einer wirklich zaghaften Stimmlage.

„Meins?" Abermals sah er das Fohlen an.

„Das ist mein Geschenk für dich", erklärte Neal.

Gero schüttelte den Kopf. „Du bist ja verrückt", gab er von sich. „Du kannst mir doch kein Pferd schenken."

„Wieso nicht?", entgegnete Neal. Er kam näher, um das Fohlen ebenfalls zu streicheln. „Ich habe dich doch damals gefragt, was du dir wünschst, und du hast gesagt, dass du gerne mal wieder mit mir ausreiten möchtest, und da dachte ich ..."

„Ja, *ausreiten* habe ich gesagt. Aber deswegen musst du mir doch nicht gleich ein ganzes Pferd schenken."

Gero war außer sich – allerdings vor Freude. Er hörte gar nicht auf, das Fohlen zu streicheln.

„Dann gefällt es dir also?", erkundigte sich Neal.

„Natürlich!", erwiderte Gero. „Ich weiß gar nicht, was ich sagen soll."

Neal atmete erleichtert auf. Diese Überraschung war ihm also geglückt.

„Wenn es älter ist, wird Randy es für dich einreiten", erklärte er. „Und dann hast du dein eigenes Pferd für Ausritte. – Bis es so weit ist, werden wir natürlich auch ausreiten, auf den größeren Pferden."

„Das ist wunderbar, wirklich", sagte Gero, als er sich all das bildlich vorstellte. Seine Augen leuchteten. „Vielen Dank. Das war eine liebe Idee von dir."

Die beiden Männer sahen sich lächelnd an, und Gero griff vorsichtig Neals schlanke Hand, um sie zu drücken. Dabei fixierte er Neals Mund, der sich augenblicklich einen Spalt öffnete, doch kurz bevor sich ihre Lippen sehnsüchtig trafen, hörte man Randy laut rufen:

„Wollt ihr noch ausreiten? Es wird bald dunkel!"

Sofort ging ein Ruck durch Neals Körper.

„Ähm, ja … wollen wir?", fragte er mit stockender Stimme. Die harmonische Stimmung war zerstört. Gero nickte, ebenso verlegen.

„Von mir aus gerne." Er trat einen Schritt zurück und blickte zu Boden.

„Gut, Randy, mach uns zwei Pferde fertig. Ich hole Reitsachen."

Neal verschwand. Seufzend schob Gero die Tür der Box wieder zu, blieb davor stehen und sah fasziniert auf sein Geschenk.

War er zu weit gegangen? Er hatte Neal mit dem Annäherungsversuch merkbar verunsichert. Obwohl - Neal wollte den Kuss auch, oder hatte er sich das nur eingebildet?

„Ist ein schönes Tier, nicht wahr? Ein echter Trakehner." Randy stand plötzlich neben ihm und hatte zwei große Pferde mit sich geführt, die er zäumte und sattelte.

„Wirklich?" Gero staunte. Mit einem Mal war ihm sein Geschenk fast unangenehm, denn, wie er wusste, war ein echter Trakehner mehrere tausend Euro wert. „Ich kann es noch gar nicht glauben. Jetzt besitze ich ein eigenes Pferd. – Auf was für Ideen Neal immer kommt."

„Mhm." Randy stimmte ihm zu. „Er gibt sich immer viel Mühe bei so etwas. Er ist ein großzügiger Mann."

„Du kennst ihn schon länger?", fragte Gero daraufhin.

Randy nickte. „Ich bin seit fast 5 Jahren hier am Hof. Er hat mir damals sehr geholfen. Dafür werde ich ihm wohl ewig dankbar sein."

Sofort war Geros Neugier geweckt. „Er hat dir geholfen? Wobei?"

Randy zog den Sattel des einen Pferdes fest und drehte sich dann um.

„Na ja, dir kann ich es ja sagen", fing er an zu erzählen. „Neal hat mich von der Straße geholt, als ich siebzehn war. Ich war von zuhause weggelaufen, hatte keine Arbeit, kein Geld, keine Bleibe. Nichts … Ich bin anschaffen gegangen", gestand er mit bedrückter Stimme. „Also um ehrlich zu sein … Neal hat mich vom Strich weggeholt."

„Was?" Gero reagierte entsetzt. Doch weniger, weil Randy mit seiner Geschichte preisgab, dass Neal in der Vergangenheit käufliche Liebe ausgekostet hatte, sondern vielmehr, weil ihn das Schicksal von Randy schockierte. Neal war in jungen Jahren kein Kind von Traurigkeit gewesen, das wusste Gero.

Aber dass er trotz seiner vielen Männergeschichten, die ihm angeblich nie etwas bedeutet hatten, für Randy so viel Herz gezeigt hatte, faszinierte Gero sofort.

„Du musst einiges durchgemacht haben", sagte er. „Und Neal hat dir geholfen?"

Randy nickte.

„Er hat mich hier her zu seinen Eltern gebracht. Ich durfte hier wohnen, im Stall arbeiten. Ich habe zum ersten Mal anständiges Geld verdient. Ich habe die Ausbildung zum Jockey gemacht. Die Andersons haben mich sehr unterstützt. Jetzt reite ich oft bei Rennen mit – auf den Andersonpferden. Das ist wundervoll!" Randy schwärmte. Dann deutete er nach draußen. „Letztes Jahr habe ich mir ein kleines Haus bauen können, genau hinter den Stallungen. Die Gegend hier ist traumhaft."

Gero staunte immer mehr. „Das klingt ja wie im Märchen."

Randy wägte ab. „Tja, ohne Neal hätte ich das nie geschafft. – Du kannst dich glücklich schätzen, ihn als Freund zu haben."

„Also eigentlich bin ich gar nicht mehr mit ihm zusammen", erklärte Gero. Randy wusste das, trotzdem gab er sich bewusst ahnungslos.

„Ihr hatten wohl ordentlichen Stress, weil Neal selbst mal in der Scheiße saß, wie?"

Gero nickte.

„Aber er hat es geschafft, aus allem herauszukommen", fügte Randy hinzu. „Er hat es geschafft, so, wie er alles schafft. Er ist ein toller Mann. Verständnisvoll und einfühlsam. Er ist ein herzensguter Mensch, dem man verzeihen sollte." Er sah sein Gegenüber eindringlich an, als wollte er ihm einen wohlgemeinten Rat geben. „Jeder macht mal Fehler."

„Klar", stimmte Gero zu. Er war ganz nachdenklich geworden.

„Gib ihm eine Chance", sagte Randy schließlich. „Ich weiß, wie gerne er dich hat. Wenn ich das nicht wüsste, dann wäre ich jetzt wohl immer noch hinter ihm her." Er lachte. „Lass ihn nicht fallen, das hat er nicht verdient. – Und du auch nicht."

Im Hintergrund tauchte Neal auf, der die Reitsachen mit sich trug.

„So einen Mann wie ihn findest du nie wieder." Randy zwinkerte Gero schelmisch zu. „Denk an meine Worte. Du wirst es nicht bereuen."

Sie ritten durch den Wald, und diesmal hatte Gero kaum Probleme, dem zügigen Reitstil von Neal zu folgen.

„Pause!", rief der nach einer Weile. Er brachte sein Pferd zum Stehen und stieg ab. Gero merkte sofort, wie schwer Neal atmete, und wie der Schweiß sich auf dessen Stirn gesammelt hatte.

„Du bist ja völlig fertig!", stellte Gero erschrocken fest und stieg ebenfalls vom Pferd ab.

Neal konnte das nicht abstreiten. „Ja, meine Kondition ist saumäßig", erklärte er. Erschöpft nahm er auf einem großen Stein Platz. „Manchmal bin ich schon von ein paar Treppenstufen total kaputt."

Gero war sofort klar, warum das so war. Die Drogen hatten Neal aus der Form gebracht.

„Es wird sich sicher bald ändern", sagte Gero zuversichtlich.

„Mhm, ich arbeite auch kräftig daran", schilderte Neal. Dabei dachte er an seine sexuellen Fähigkeiten, die er zum Glück schon wieder zurückerlangt hatte, und dass er den kleinen Rayon oftmals mehrere Stunden am Tag durch die Wohnung schleppte, obwohl es ihn anstrengte. „Immerhin waren es fast fünfzehn Kilo, die ich abgenommen hatte."

Geros Augen wurden weit. „So viel?"

Neal nickte. „Ich habe zwar schon wieder etwas zugenommen, doch wenn ich mich stark belaste, streikt mein Körper oftmals. Er ist es einfach nicht gewohnt, ohne Drogen klarzukommen."

Er sah Gero mit ehrlichen Augen an. Oh, es tat so gut, offen zu sprechen. Das war ein großer Schritt, und Neal freute sich darüber. Er erhob sich, um zwei Äpfel aus der Satteltasche seines Pferdes zu nehmen. „Willst du?"

„Gern!" Zusammen setzten sie sich wieder auf den großen Stein, um die Äpfel zu essen, bis sich Gero nachdenklich äußerte:

„Randy hat mir erzählt, dass du ihn vom Strich geholt hast."

Sofort ging ein Ruck durch Neals Körper, als er das hörte.

„Was?" Seine Augen wurden weit. Wie konnte Randy das nur erzählen? Er wusste doch genau, was auf dem Spiel stand. Und nun das!

Neal suchte händeringend nach Worten, um sich zu erklären.

„Also, das mit Randy, damals … also, denke nicht, dass ich ständig, also, was den Strich angeht …"

Gero unterbrach sein Stammeln, wofür Neal ihm dankbar war.

„Du musst mir das nicht erklären. Du hattest sicher deine Gründe."

Neal nickte. Ja, das war in der Tat so. Damals war er aus England zurückgekommen, um wieder bei Francis und seinem Sohn Nicholas sein zu können.

Er musste die Beziehung zu beiden ganz neu beginnen, denn zu lange war er fort gewesen, um an seiner Karriere zu arbeiten.

Immer hatte er Rücksicht auf Francis genommen. Seine Dates mit Männern liefen fast unbemerkt ab, obwohl seine Schwester davon wusste.

Und als Neal eines Tages den jungen Randy auf einem Rastplatz kennenlernte, konnte er auch diesem Reiz nicht widerstehen.

Nachdem er den Jungen mehrfach für seine „Dienste" bezahlt hatte, nahm er ihn mit zu seinen Eltern.

Dort half er zu jener Zeit seinem Vater bei den Plänen für den Ausbau der Stallungen. Neal hatte früher Architektur studiert, und das wussten seine Eltern zu schätzen. So hatte Neal das Praktische mit dem Angenehmen verbunden. Tagsüber saß er über den Bauzeichnungen, und abends konnte er sich mit Randy vergnügen, der damals noch in dem Häusertrakt für Angestellte gewohnt hatte.

„Ich wollte eigentlich nur sagen, dass ich es toll finde, wie du Randy geholfen hast. – Ich hätte nicht gedacht, dass du …" Gero suchte nach Worten.

„Dass ich die Kerle nicht nur flach lege, sondern ihnen auch mal Gutes tue?", vollendete Neal den Satz. Daraufhin senkte Gero den Kopf. Die Situation war ihm deutlich unangenehm.

„Dein Bild von mir scheint noch reichlich verzerrt", stellte Neal fest. Er seufzte, denn Gero widersprach nicht. „Und ich kann es dir nicht einmal verübeln."

Mit einem gequälten Lächeln und unterschwelliger Wut, schmiss er den Apfelgriebs in die Büsche. Er hatte ja selbst Schuld, dass alles so gekommen war. Und das verzerrte Bild wieder ins Lot zu bekommen, war tatsächlich nicht einfach. Doch Neal wollte nicht aufgeben. Er deutete zum Himmel, wo die Sonne langsam unterging.

„Lass uns zurückreiten. Wir sollten was Warmes essen und uns einen gemütlichen Abend machen."

Als sie zurückgeritten waren, gingen sie ins Haus. Die Dämmerung hatte inzwischen eingesetzt, und beiden war klar, dass sie am Abend nicht mehr nach Hause fahren, sondern bei den Andersons über Nacht bleiben würden.

„Ich schlage vor, du duschst erstmal", sagte Neal, dabei musterte er Gero gründlich. „Deine Lippen sind ganz blau vor Kälte. – Und ich koche inzwischen."

Da konnte sich Gero ein Grinsen nicht verkneifen.

Früher hatte *er* immer gekocht oder Ralph, wenn sie bei Neal gewesen waren. Sie waren oft essen gegangen oder hatten sich teure Speisen nach Hause kommen lassen. Als Gero nun sah, wie Neal pfeifend in der Küche verschwand und dort tatsächlich aktiv rumhantierte, wurde ihm erneut bewusst, dass früher einiges anders gewesen war …

Als Gero später wieder ins Erdgeschoss kam, roch es nach leckeren Speisen.

Vorsichtig betrat er das Esszimmer, wo der Tisch reichhaltig gedeckt war. Neal war dabei Kerzen anzuzünden. Als er Gero bemerkte, drehte er sich sofort um.

„Ich hoffe, du hast Hunger?"

Gero nickte. Er nahm Platz. Mit großen Augen sah er auf das angerichtete Essen.

„Was hast du denn alles gemacht?"

Neal kratzte sich verlegen den Nacken. „Na ja, unsere Haushälterin hat heute frei. Ich musste mich etwas am Tiefkühlschrank bedienen, um auf die Schnelle was Warmes zu zaubern." Er deutete auf die Köstlichkeiten. „Alles nach traditioneller, englischer Küche: Stilton Cheese auf Sandwich, Cornish Pastries und zum Nachtisch Apple pie."

Er schenkte Gero Wein ein, er selbst trank stilles Wasser.

Lange saßen sie zusammen und unterhielten sich, bis die Kerzen heruntergebrannt waren. Neal sah zur Uhr.

„Morgen muss ich früh zurückfahren."

Gero war das Recht, und ehe er nachfragen konnte, sprach Neal weiter:

„Wollen wir denn jetzt schlafen gehen?"

Geros Augen wurden groß, sie fingen sogar an zu leuchten.

„Ja, von mir aus … gerne …" Er stand sofort auf.

„Okay." Neal erhob sich ebenfalls. Er ging vor zur Treppe, die zur ersten Etage hinaufführte.

Gero folgte ihm dicht, dabei spürte er eine eigenartige Unruhe in sich aufsteigen. War er aufgeregt?

Oben ging Neal allerdings nicht, wie erwartet, in sein altes Zimmer, sondern marschierte den Flur links entlang und öffnete dann eine Tür.

„Hier, das ist unser bestes Gästezimmer." Er machte Licht. „Ich hoffe, es sagt dir zu?"

Geros Gesichtszüge wurden glatt.

„Gästezimmer?", wiederholte er ungläubig. Fassungslos starrte er in den modern möblierten Raum, der Bett, Fernseher und Sitzgelegenheiten enthielt.

„Gefällt es dir nicht?", fragte Neal nach, als er Geros enttäuschtes Gesicht sah.

„Äh, doch…", stammelte Gero, aber es klang nicht überzeugend.

„Was ist denn?", bohrte Neal weiter nach.

Gero wand sich ein wenig. „Ich dachte nur, dass wir …"

„Ja?"

„Ach, schon gut." Gero lächelte gestelzt. Nicht noch einmal wollte er Neal in eine peinliche Lage bringen und ihm vorhalten, dass er nur *das eine* im Kopf hätte.

Obwohl … wäre es wirklich so schlimm gewesen?

„Dann schlaf gut", wünschte Neal. Er strich Gero sanft über den Arm und drehte sich um.

„Danke, du auch!", erwiderte Gero. Er sah Neal hinterher, wie der mit seiner großen, hageren Figur, den Flur entlangging und in seinem alten Zimmer verschwand.

Am frühen Morgen ging die Tür zum Gästezimmer wieder auf, und Neal kam leise herein. Gero schlief noch fest, sodass er nicht bemerkte, wie Neal ans Bett trat und ihn beobachtete.

Wie schön er ist, dachte er still bei sich. In Gedanken versunken trafen sich ihre Lippen, sie küssten und streichelten sich. Doch nur in Gedanken. „Gero? Du musst aufstehen."

Der soeben Genannte öffnete zaghaft die Augen. „Ja?" Er richtete sich ein wenig auf, sodass sein nackter Oberkörper zum Vorschein kam. Sofort sah Neal weg. „Du kannst frühstücken kommen. Ich muss zeitig in der Stadt sein."

Als Gero ins Esszimmer kam, saß Neal schon am Tisch. Das Geschirr vom Abend zuvor war weggeräumt. Aus der Küche kamen Geräusche. Die Haushälterin Carla war wieder im Dienst.

„Ich hoffe, du hast gut geschlafen?", fragte Neal und hustete heftig. Das klang nicht gesund.

„Die Nacht hätte besser sein können", erwiderte Gero, im Hinblick darauf, dass er allein im Gästezimmer schlafen musste. Als er Neals Husten vernahm, machte er sofort ein besorgtes Gesicht.

„Das hört sich ja gar nicht gut an."

Neal winkte ab. Er kannte diesen Husten. Raucherhusten! Besonders morgens, kurz nach dem Erwachen, quälte er ungemein.

„Es geht schon", sagte er mit krächzender Stimme. „Ich versuche derzeit, das Rauchen etwas zu reduzieren."

Das stimmte sogar, obwohl er eher versuchte, wieder so viel zu rauchen, wie vor dem Entzug, denn danach war sein Zigarettenkonsum nochmals gestiegen. Aber das wollte er vor Gero, einem Medizinstudenten, nicht unbedingt zugeben.

Sie bedienten sich am Brötchenkorb und begannen mit dem Frühstück. Neal trug ein dunkles Hemd, dessen Ärmel er hochgekrempelt hatte. Und er bemerkte den prüfenden Blick, den Gero auf seine entblößten Arme legte.

„Warum guckst du so?", fragte er sofort. Seine Stimme klang angespannt, sodass Gero sich unfreiwillig verkrampfte. Er kannte diese Tonlage nur zu gut. Neal würde doch nicht wieder ausflippen?

„Tu ich gar nicht", verteidigte sich Gero. Unbedingt wollte er die Harmonie zwischen ihnen bewahren, doch es war zu spät. Neal fuhr ihn harsch an:

„Natürlich! Du hast auf meine Arme gestarrt. Ich bin doch nicht blind!"

„Aber Neal, ich …" Weiter kam Gero nicht.

Er wurde Zeuge, wie Neal richtig aufbrausend wurde und hemmungslos zu schreien begann:

„Was hast du gesucht? Einstiche?" Er streckte seine Arme aus und hielt sie sichtbar über den Tisch. „Hier! Guck sie dir an! Siehst du Einstiche? – Du glaubst mir wohl nicht, dass ich sauber bin, was?"

„Doch …", entgegnete Gero kleinlaut.

„Sieh dir diese Arme an!", schrie Neal weiter. „Da ist nichts! Nur elendige Narben, die nie mehr weggehen werden. Die mich immer daran erinnern werden, was passiert ist. Mein Leben lang! Kannst du dir vorstellen, wie grausam das ist?"

Neals Stimme hallte durch den Raum. Gero nickte, sagte aber nichts.

„Scheiße!", äußerte sich Neal lauthals. Er schien regelrecht verzweifelt, sprang vom Tisch auf und stürmte aus dem Zimmer.

Gero blieb schweigend zurück. Vorsichtig schob er seinen Teller beiseite. Der Appetit war ihm vergangen. Doch dann kam Neal zurück. Anstatt der Wut war eine starke Betroffenheit in sein Gesicht geschrieben. Er setzte sich wieder. Die Ärmel seines Hemdes hatte er nach unten gekrempelt.

„Sorry", sagte er leise, bedrückt. Er konnte Gero kaum in die Augen sehen, als er seine Entschuldigung aussprach.

„Ich wollte dich nicht anschreien. – Ich habe nur so eine Wut in mir, auf mich selbst und auf die Dinge, die passiert

sind. Und dann bricht es aus mir heraus, völlig unkontrolliert
…" Er fasste sich an die Stirn, als könnte er diese
Reaktionen nicht näher erläutern. „Es tut mir leid."
Gero konnte noch immer nichts sagen, und schließlich
entblößte er vor Neal seine Handgelenke.
„Ich habe auch Narben", sagte er still und betroffen. „Die
gehen auch nie wieder weg". In seinen Augen wurde eine
große Traurigkeit sichtbar.
Neal seufzte, als er bemerkte, wie rücksichtslos sein
Verhalten gewesen war. Im nächsten Moment griff er nach
Geros Händen. „Oh Mann, das hätte ich beinah vergessen,
sorry. Wie eigensinnig von mir."
Sanft strich er über die Narben an Geros Handgelenken, die
an den Selbstmordversuch erinnerten. Dabei verspannte sich
Gero unwillkürlich.
„Ich kann nicht hinsehen", gestand er mit leiser Stimme.
„Mich gruselt es vor mir selbst."
Er zog die Hände weg.
„Du darfst dich davor nicht gruseln", sagte Neal. Und er
wusste genau, wovon er sprach. Wenn er an seine
Vergangenheit dachte, war ihm selbst noch immer ganz
mulmig zumute. „Du musst dich damit abfinden, auch wenn
es schwer ist. Wir beide haben Schlimmes durchgemacht,
aber wir können damit klarkommen. – Wir können uns
sogar gegenseitig helfen, nicht wahr?"
Da lächelte Gero plötzlich. Verlegen sah er sein Gegenüber
an.
„Komisches Schicksal, das uns wieder zusammenführt,
oder?"
Neal nickte. Er war froh, dass sie aufgrund seines
cholerischen Verhaltens nicht weiter gestritten hatten. „Dann
lass uns jetzt endlich frühstücken."

Kapitel 11

An einem der nächsten Nachmittage passte Gero auf Rayon auf. Francis war ausnahmsweise länger in der Firma, und Neal hatte einen wichtigen Termin, sodass er gerne das Babysitten übernahm.

Er hatte gerade ein Fläschchen erwärmt, um Rayon zu füttern, als es an der Tür klingelte.

Er öffnete, wobei er die Tür am liebsten wieder geschlossen hätte, denn davor stand Dirk.

„Francis ist nicht da!", sagte Gero knapp, ohne zu grüßen. Demonstrativ senkte sich sein Blick auf Rayon, dem alle Aufmerksamkeit galt.

„Hallo erstmal!", erwiderte Dirk. „Wann kommt sie denn wieder?"

Gero zuckte mit den Schultern. „Keine Ahnung. In den letzten Tagen hatte sie viel Arbeit in der Firma, wegen der Modenschau." Er unterbrach. Warum erzählte er das eigentlich? Das wusste Dirk doch mit Sicherheit, denn der kooperierte ja inzwischen auch bestens mit der Anderson-Firma. „Kannst ja im Wohnzimmer auf sie warten."

Dirk trat näher. „Danke."

Sie nahmen auf dem Sofa Platz, wo Gero das Baby in Ruhe füttern konnte.

„Ist ja nett von dir, dass du auf den Kleinen aufpasst, während Francis weg ist."

„Selbstverständlich!", konterte Gero mit ernster Miene. „Ich passe gerne auf. Wir wechseln uns ab. Wenn Francis arbeitet, ist Neal meist hier. Wenn er nicht kann, dann passe ich auf oder Lucy, ähm, die Freundin von Thilo ..." Wieder stoppte er. Was sollte das werden? Eine freundliche Konversation mit einem Kerl, den er absolut nicht leiden konnte? Er musste Dirk nichts vormachen. Es war immer offensichtlich gewesen, dass sie keine Freundschaft verband. Warum also jetzt?

„Ich habe gehört, dass Neal den Entzug nur durch dich geschafft hat, ist das wahr?"", fragte Gero demzufolge direkt. Dirk schmunzelte und schüttelte dabei leicht den Kopf.

„Das ist etwas übertrieben ausgedrückt", fing er an. „Nun gut, ohne mich wäre Neal vielleicht tot, das stimmt. Ich kam gerade rechtzeitig, um ihn vor einer großen Dummheit zu bewahren."

„Was?" Gero stockte der Atem.

„Ja, er wollte eine Überdosis nehmen. Ich konnte ihn davon abhalten", berichtete Dirk.

Gero schluckte, sein Herz begann schmerzhaft zu pulsieren. Dass es so gewesen war, wusste er nicht. Neal war also tatsächlich nur knapp dem Tode entkommen. Hatte er das mit Absicht für sich behalten?

„Er war total fertig mit den Nerven", erklärte Dirk weiter. „Aber das war wiederum auch sein Glück. Er war da, wo ich ihn haben wollte. Am Boden zerstört. Es war der richtige Zeitpunkt, um ihn zu dieser Therapie zu bewegen."

„Aber dann ist es *doch* dein Verdienst, dass Neal clean ist", erwiderte Gero. Seine Stimme war dünn, als könnte er nicht klar denken. Es war schwer für ihn zu verdrängen, dass Neal hätte tot sein können.

Dirk schüttelte abermals den Kopf. „Nein, das verstehst du falsch. Ich habe ihn nur auf den richtigen Weg gebracht. Die Vorarbeit habt ihr doch geleistet."

„Wir?", fragte Gero erstaunt.

„Ja, du und Francis."

„Wieso?" Geros Gesicht wurde nachdenklich. Er schien die Zusammenhänge nicht zu begreifen.

„Weißt du noch, was ich dir damals erzählt habe?", fragte Dirk daraufhin. „Ich habe gesagt, dass Neal nur vernünftig werden kann, wenn er wehrlos ist, sodass man ihn greifen und zu seinem Glück zwingen kann. Er musste dafür zum Ursprung des Geschehens zurück. Zum Nichts!"

„Zum Ursprung." Gero erinnerte sich. „Ja, das hast du gesagt, doch verstanden habe ich nie genau, was du damit meintest."

„Neal war am Ende", erläuterte Dirk weiter und versuchte, seine Theorie zu erklären. „Erst hattest du ihn verlassen und dann Francis mit Nicholas und dem Baby. Was meinst du, wie sehr er davon erschüttert gewesen war? Nicht nur, dass er abhängig war, dass er nichts mehr auf die Reihe bekommen hatte, nein, er hatte auch das verloren, was ihm am liebsten war. Seine Schwester, seinen Freund und die Kinder. Er hatte nichts mehr."

„Stimmt, so hab ich das noch nie gesehen", sagte Gero nachdenklich.

„Ihr habt ihm zum Ursprung des ganzen Übels gebracht. Er war alleine, wie in London … und kaputt. Er wusste nicht weiter. Er war so hilflos, dass er sich gegen die Therapie gar nicht großartig wehren konnte. Es war für mich ein Kinderspiel, ihn zum Entzug zu bewegen. Er hatte nichts mehr zu verlieren. Er war schon am Ende von allem, verstehst du?"

„Ja!" Gero nickte eifrig, obwohl ihm gar nicht wohl zumute war, als er sich vorstellte, wie schlecht es Neal tatsächlich gegangen war – zum Teil auch seinetwegen.

„Also im Grunde genommen war es euer Verdienst. Durch dich und Francis wurde Neal wachgerüttelt. Ich habe nur den letzten Schritt in die Wege geleitet."

„Meinst du wirklich?" Geros Augen wurden weit. Nie im Leben hätte er gedacht, dass sein Verhalten zu dem Entzug mit beigetragen haben könnte.

„Sicher. Es war das Beste, was ihr hättet tun können: ihn verlassen. Ansonsten wäre er vielleicht nie zur Vernunft gekommen", erwiderte Dirk.

„Tja, wahrscheinlich hast du recht", sagte Gero. Er stellte die Milchflasche weg, denn Rayon hatte ausgetrunken. Behutsam stand er auf, ging ein paar Schritte durch das Zimmer, klopfte Rayon dabei sanft auf dem Rücken, um

ihm ein Bäuerchen zu entlocken. Dabei ließ er Dirk jedoch nicht aus den Augen, denn der schilderte weiter:
„Am Anfang war der Entzug ziemlich schwer, aber dann sah er wieder neue Perspektiven. Seine Musik, seine Familie – dafür wollte er kämpfen, und das hat er geschafft. Er hat es toll gemacht, mit so viel Ehrgeiz." Dirk nickte anerkennend.
„Am meisten hat ihm der Gedanke an seine Kinder geholfen. Er will ihnen ein guter Vater sein, kein saufendes, fixendes Wrack." Seine Augen funkelten, als er an Neals Stärke dachte. „Ich bin sehr stolz auf ihn."
Gero blieb stehen, als er diese lobenden Worte hörte, und mit einem Mal kam dieses unerträgliche Gefühl in seiner Magengegend zum Vorschein. War es die altbekannte Eifersucht?
„Du weißt hoffentlich, dass sich Neal wieder mit mir trifft?", fragte er deswegen sofort. Und es klang sogar ein wenig aufmüpfig.
Dirk schmunzelte daraufhin nur und blieb völlig ruhig.
„Klar. Ich habe doch gesehen, wie Neal dir nachgerannt ist, als wir in der Bar saßen … Ich habe ihm noch gut zugeredet, damit er dich anspricht."
Geros Mund öffnete sich voller Erstaunen. „Wirklich?"
Er legte Rayon ins Kinderbett und war froh, dass der sich ruhig verhielt, und setzte sich wieder zu Dirk auf das Sofa.
„Wieso hast du das getan?", fragte er. „Ich denke, du willst selbst was von ihm?"
Dirk lachte auf. „Wer sagt das denn?"
Gero zuckte kurz mit den Schultern. „Man merkt es, irgendwie …"
„Ach!" Dirk winkte ab. „Neal und ich hatten unsere Zeit. Und wer Neal einmal liebt, der wird ihn in alle Ewigkeit lieben, aber ich habe keine Chance mehr bei ihm. Er hat sein Herz an einen anderen verloren … und ich denke, für immer."
Er sah Gero eindringlich an, doch der senkte nur beschämt den Kopf.

„Na ja", gab Dirk schließlich von sich. „Mich geht das alles nichts an. Ich werde ohnehin nicht mehr lange hier sein."

Erstaunt sah Gero wieder auf. „Nein? Wieso nicht?"

„Ich muss zurück nach Amerika", erklärte Dirk. „Ich war schon viel zu lange hier. Ich muss meine Geschäfte regeln."

Als Gero das hörte, verspürte er eine gewisse Erleichterung. Dirk würde also bald nicht mehr da sein, nicht mehr stören …

„Du musst also keine Angst haben, dass ich Neal und dir in die Quere komme, was ich übrigens nie vorgehabt hatte", fügte Dirk hinzu, als hätte er Geros Gedanken gelesen. Gero sah zerknirscht zur Seite.

„Du musst verstehen, aber es sah wirklich so aus, als ob du wieder mit Neal zusammen sein wolltest. Und diese Affäre in London, die ist ja tatsächlich passiert", stellte er klar.

Erneut winkte Dirk ab. „In London, das war ein Tropfen auf den heißen Stein, mehr nicht." Er sah Gero aufrichtig an. „Aber das Besondere an einer Männerliebe ist – sie ist *eternal*. Auch, wenn man längst getrennt ist. Also sei nicht gleich eifersüchtig, wenn ich Neal mal eine Karte schreibe."

„Vorausgesetzt, ich komme wieder mit Neal zusammen", sagte Gero. Betrübt senkte er den Kopf dabei. Dieser Gedanke war für ihn noch immer unvorstellbar, oder?

„Das wird schon!" Er spürte Dirks Hand, die ihm optimistisch auf die Schulter klopfte. Da sah er auf.

„Du bist gar nicht so ätzend, wie ich immer dachte", stellte er schmunzelnd fest.

„Und du bist nicht so naiv, wie ich immer dachte", entgegnete Dirk, woraufhin sie beide lachten.

„Na klasse, dann lass uns das Kriegsbeil begraben", schlug Gero vor.

Dirk nickte. „Von mir aus gern. – Und du kommst bitte auch zu meiner Abschiedsfeier, okay?"

Er sah auf die Uhr. „Richte Francis aus, dass für die Modenschau, was die amerikanischen Gäste angeht, von meiner Seite, alles geklärt ist. Ich habe leider keine Zeit mehr."

Dirk erhob sich und ging in Richtung Wohnungstür.

Just in diesem Moment trat Neal herein.

Und mehr als sonst, freute Gero sich, seinen Ex-Freund zu sehen. Er strahlte ihn richtig an. Am liebsten wäre er Neal um den Hals gefallen, hätte kundgetan, wie froh er war, dass er noch lebte. Er hatte ja wirklich keine Ahnung gehabt, wie knapp Neal dem Tod entkommen war. Aber es kam ganz anders.

Neal war dermaßen überrascht die beiden Männer so im Einklang miteinander zu sehen, dass er Geros erfreutes Gesicht übersah und sich direkt an Dirk wandte.

„Was machst du denn hier?", fragte er.

„Ich wollte zu Francis und nebenbei schon mal meine Gäste zur Abschiedsfeier einladen." Er zwinkerte Gero zu.

„Abschied?", wiederholte Neal erschrocken. „Wieso Abschied?"

„Ich muss zurück nach L.A.", erinnerte Dirk. „Das weißt du doch."

„Und wann?" Neal löcherte ihn fragend.

„Nach der Modenschau." Dirk erwiderte den Blick, als sei es selbstverständlich, dass er fortmusste. „Ich war fast ein halbes Jahr unterwegs. Irgendwann geht es immer heimwärts."

Doch Neal hörte gar nicht auf dessen Worte. Mit einem festen Griff fasste er an Dirks Arm und deutete zur Tür. „Wir müssen reden, sofort."

Die beiden Männer verließen die Wohnung. Gero blieb allein zurück. Seine Euphorie war erloschen und seine Gefühle, konfuser als je zuvor.

Es war längst dunkel, und die Temperaturen winterlich kalt. Als sie vor dem Haus standen, konnte Neal seine Emotionen nicht mehr zurückhalten.

„Warum fährst du?", fragte er sichtlich erregt.

Eine Frage, die Dirk völlig überflüssig erschien. „Sagte ich doch", entgegnete er. „Ich muss mich wieder um meine Firma kümmern."

„Du darfst nicht gehen!", fuhr es aus Neal heraus. In seinen Augen wurde Furcht sichtbar, was Dirk mehr als überraschte.

„Wieso nicht? Red doch keinen Unsinn!"

„Aber, wenn du gehst …" Neal senkte den Blick und konnte kaum in Worte fassen, warum ihn der Gedanke daran so belastete. „Ich weiß nicht, ob ich das schaffe", sagte er schließlich. Mit einem Mal rang er mit den Tränen.

„Hey, was hast du?", fragte Dirk sofort. Er trat näher. „Du weinst ja gleich!"

Neal atmete tief durch, sah auf zum Himmel. Er versuchte, seine Gedanken zu ordnen. Auf keinen Fall wollte er vor Dirk heulen, aber er konnte seine Bedenken auch nicht für sich behalten.

„Was mache ich denn, wenn ich rückfällig werde?", schoss es aus ihm heraus. „Und du bist nicht da?"

„Du wirst nicht rückfällig!", schrie Dirk augenblicklich. „Spinnst du? Du rührst dieses Zeug nie mehr an!"

Er riss Neal an sich, um ihn heftig zu schütteln.

„Hast du verstanden?"

„Ja!", schrie Neal zurück, und es war befreiend. Seine Atmung war hektisch, doch er schaffte es, sich in Dirks Armen zu beruhigen.

„Du darfst nicht durchdrehen, versprichst du mir das?" Dirks Stimme war eindringlich, so wie Neal es kannte, wenn sein Freund etwas forderte.

„Aber du bist mir so wichtig", sprach Neal. „Geh nicht fort."

Er spürte, wie Dirk über seinen Rücken strich. „Das hättest du dir früher überlegen müssen", erwiderte Dirk. „Ich werde gehen, und du bleibst hier. Du hast doch wirklich keinen Grund mehr, um betrübt zu sein."

Das klang einleuchtend, und trotzdem hatte Neal seine Zweifel.

„Du hast mir so viel Kraft gegeben, so viel Mut und Liebe, und wenn du jetzt gehst..." Er seufzte tief.

„Du schaffst das", sagte Dirk, „auch ohne mich. Du brauchst vor nichts Angst haben."

„Okay." Neal nickte dankbar. Dirks Worte taten gut und sie gaben ihm Hoffnung. „Halt mich fest, nur noch einen Moment."

Einige Minuten später kam Neal zurück in Francis' Wohnung – allerdings ohne Dirk. Er hatte sich beruhigt und sah die Dinge nun klarer. Kurz blickte er in den Spiegel. Er war noch immer so hager, doch sein Haar, das schon etwas nachgewachsen war, glänzte, ebenso wie sein Mund und seine tiefblauen Augen. Es war längst nicht alles verloren, im Gegenteil. Und Dirk hatte recht. Angst sollte und brauchte er nicht haben ...

Er lächelte zufrieden.

„Gero?", rief er gedämpft, um Rayon nicht zu erschrecken. „Mir ist klar geworden, dass wir beide ..."

Er sah ins Wohnzimmer und verstummte. Gero lag auf dem Sofa und blickte auf den laufenden Fernseher, der viel zu laut angestellt war, als dass er diese Worte gehört haben könnte. Im Hintergrund vernahm Neal, wie sich die Wohnungstür öffnete und Francis nach Hause kam ...

*

Am Wochenende fand die Präsentation der neuen Anderson-Kollektion direkt in der *Anderson Creation* statt.

Hierfür wurde wie immer der große Empfangssaal festlich geschmückt, sowie erlesene Gäste und Prominenz erwartet.

Kurz vor der Modenschau nahmen Gero und Thilo in einer der vordersten Reihen Platz. Sie waren schick gekleidet, obwohl beiden der Rummel nicht wirklich gefiel.

„Ein Glück bist du mit", sagte Thilo, der an seine Freundin Lucy dachte, die netterweise die Betreuung von Rayon und Nicholas übernommen hatte. „Allein wäre ich sicher vor Langeweile gestorben." Er trug einen dunklen Anzug. Seine langen Haare waren sorgfältig zu einem Zopf gebunden. Nur das schwarze Kajal und den ebenso dunklen Lippenstift hatte er auch an diesem Abend aufgetragen. Naserümpfend sah er sich um.

„Ich bin gerne mitgekommen", erwiderte Gero. „Außerdem ist es eine nette Geste von uns, wenn wir Francis und Dirk zeigen, dass wir an ihrer Arbeit interessiert sind."

Da verzog Thilo nachdenklich das Gesicht. „Hör ich das richtig? Du sprichst positiv über Francis und Dirk? Zudem in ein und demselben Satz?"

Gero nickte. „Mit Dirk ist alles geklärt und mit Francis … muss ich mich wohl irgendwie arrangieren, wenn ich Ray ab und zu mal sehen möchte."

Er sah stur nach vorne, auf die Bühne mit dem langen Laufsteg. Es schien, als wollte er das Thema nicht weiter vertiefen.

„Dann bist du mit Francis also noch immer nicht im Reinen?", hakte Thilo nach.

Gero schüttelte den Kopf. Und er war erleichtert, als das Licht gedimmt wurde, die letzten Zuschauer ihren Platz fanden und allmählich Stille einkehrte. Peter Anderson trat auf die Bühne. Ein kurzer, heftiger Beifall ertönte, bis er zu reden anfing:

„Ich freue mich, Sie alle zu unserer Frühjahrsmodenschau begrüßen zu dürfen. Wie Sie sicher schon erfahren haben, werden wir heute nicht nur neue Kreationen des Hauses Anderson präsentieren, sondern ebenso erlesene Stücke des amerikanischen Designers Dirk Martens vorstellen." Es folgte ein weiterer Applaus. „Zuerst möchte ich allerdings meinen Sohn auf die Bühne bitten. Er wird uns, zu meiner großen Freude, eines seiner neuen Lieder vorführen. – Viel Spaß bei der Modenschau und zuvor mit Neal Anderson!"

Stürmischer Beifall setzte ein, nur Gero schien von dieser Ansage schockiert. Strafend sah er Thilo an, doch der hob abwehrend die Hände.

„Ich wusste echt nicht, dass er auftritt, ehrlich nicht!"

„Mensch, hätte ich das früher gewusst …" Gero seufzte unzufrieden. Nie im Leben hätte er sich freiwillig einen Bühnenauftritt von Neal angesehen – obwohl sie ja mittlerweile wieder miteinander sprachen. Doch er wusste auch, wie er auf Neal reagierte, auf sein Äußeres, auf seinen Gesang. Und das würde hier, in diesem Saal, mit all den fremden Leuten, zu einer großen Qual werden.

Aber es war zu spät. Die Scheinwerfer legten sich auf die Bühne, wo augenblicklich Neal erschien. Er trug ein weißes Hemd und einen dunklen Seidenanzug. Sein Haar glänzte schwarz, sein Gesicht war blass, wie aus Porzellan, doch seine blauen Augen leuchteten, und er lächelte zufrieden.

Als der Applaus abflachte, sprach er ein paar Sätze ins Mikrofon:

„Vielen Dank!" Er sah in die Menge, wo er zwischen den Gästen auch Gero entdeckte. Dann fuhr er fort: „Ich freue mich sehr, heute hier singen zu dürfen, obwohl ich mit der Firma meiner Eltern noch nie viel am Hut hatte." Ein paar Gäste lachten. „Trotzdem möchte ich die Gelegenheit nutzen und Ihnen und der Presse mitteilen, dass es mit meiner Musik und somit auch mit den *Drowners* in gewohnter Form weitergehen wird. In letzter Zeit gab es viele Spekulationen um die Band und mein gesundheitliches Befinden, nun, ich bin zurück, habe mich nach einer kleinen Auszeit erholt und hoffe, weiterhin gute Musik machen zu können. – Ich möchte Ihnen jetzt einen neuen Song präsentieren. Das Stück heißt *Back to you* und ist einem ganz speziellen Menschen gewidmet." Er unterbrach kurz, um erneut in Geros Richtung zu sehen. „Ich habe diesen Menschen sehr enttäuscht und verletzt, und ich weiß nicht, ob ich das jemals wieder gutmachen kann …" Er schluckte.

Die Stille im Saal war fast unerträglich. „Mit diesem Song möchte ich sagen, dass mir alles furchtbar leidtut."

Er gab den Musikern, die ihn, anstelle der *Drowners*, begleiteten, ein kurzes Zeichen, dann begann die Musik zu spielen und Neal zu singen.

Gero konnte sich auf den Anfang des Liedes kaum konzentrieren. Er sah nur zu Boden, konnte Neal auf der Bühne einfach nicht ansehen und erschrak, als Thilo ihm in die Seite knuffte.

„Er meint dich damit, hast du das gemerkt?"

Gero schüttelte den Kopf. „So ein Quatsch!", zischte er. Seine Wangen leuchteten rot.

And when the lands slides
And when the planets die
That's when I come back, when I come back to you

And when the sun cools
And when the stars fall
That's when I come back, when I come back to you

Neals Stimme ging ihm wie immer tief unter die Haut. Heiße und kalte Wellen durchströmten seinen Körper. Das Lied? Für ihn? Es klang so traurig… ganz ohne Hoffnung. Wie erwartet fühlte sich Gero während des Auftritts elend und wie gelähmt. Er biss sich auf die Zunge. Als er Neals Stimme hörte, kamen ihm Bilder vergangener Zeiten in den Sinn. Sie waren einmal so glücklich gewesen. Gero sah auf. Und als er Neal direkt ansah, kämpfte er mit den Tränen. Wieso war er bloß so nah am Wasser gebaut? Er bekam kaum Luft, so sehr schnürte ihm diese Beklemmung die Kehle zu. Ständig musste er daran denken, dass Neal hätte tot sein können.

Als der Song zu Ende war, und er wieder tief durchatmen konnte, war er regelrecht erleichtert. Danach begann die Modenschau…

„Alles klar, mein Schatz?", fragte Dirk. Er sah Neal prüfend an und strich ihm über die Wange.

„Ja, danke." Neal lächelte. Die Präsentation der neuen Anderson-Kollektion war wie immer ein grandioser Erfolg gewesen. Nun tummelten sich die Gäste im weitläufigen Saal, tranken und aßen von einem großen Buffet.

„Dein Gesang ist besser als damals", fügte Dirk hinzu.

„Das liegt sicher an den Gesangstunden, die du mir einst aufgezwängt hattest." Sie lachten beide.

„Ich hole uns Sekt!", warf Dirk in die Runde und verschwand.

Ein Augenblick, in dem Francis sich eine Frage nicht verkneifen konnte: „Er hat dich noch immer sehr gern, oder?"

„Ich ihn auch", gestand Neal. „Doch es reicht nicht aus, für eine neue Beziehung."

Es klang fast ein wenig unzufrieden.

„Du warst wohl schwer verliebt in ihn, damals, was?", bohrte Francis weiter nach. Sie hatte ihr dunkles Haar zu einem dicken Zopf geflochten, sodass ihr schönes Gesicht mit den grünen Augen und dem rot geschminkten Mund vollkommen in den Mittelpunkt geriet. Aber Neal konnte das an diesem Abend nicht ablenken.

„Ja", erklärte er. „Immerhin war er mein erster Freund. Ich glaube, ich war in meinem ganzen Leben nicht so unterwürfig wie damals."

Francis staunte.

„Das erinnert mich irgendwie an Gero. Der hat sich dir gegenüber auch immer unterwürfig verhalten."

„Sicher." Neal senkte den Kopf. Ihm war das alles längst bewusst. „Ich hatte nach Dirk keine Beziehung mehr, weil ich Angst hatte, wieder enttäuscht zu werden. Bis ich Gero traf. Ich war so verliebt und hatte gleichzeitig große Angst, ihn zu verlieren. Und ich kannte nur diese Art von Beziehung, wie ich sie mit Dirk hatte. – Deswegen dachte ich, wenn ich Gero fest genug an mich binde, wird er ewig bei mir bleiben."

Francis schüttelte unzufrieden den Kopf. „Es ist absurd, eine Beziehung auf Abhängigkeit zu basieren."

„Klar." Neal zeigte Einsicht. „Aber das mit Dirk damals hat mir ein Trauma versetzt. Ich spüre diese Anziehung zu ihm noch immer. Und ohne diese Macht von ihm – über mich, hätte ich den Entzug niemals geschafft."

Francis konnte das irgendwie verstehen, und trotzdem: „Wegen dieser Erfahrung mit Dirk, bist du Gero letztendlich losgeworden. Du hast doch eure Beziehung zerstört mit dieser bewusst produzierten Abhängigkeit."

Neal seufzte. „Ich weiß, dass ich Gero anders behandeln muss, wenn aus uns noch mal ein Paar werden soll."

Dirk erschien wieder. In der einen Hand hatte er ein Tablett mit Sekt, an der anderen führte er Christen.

„So, lasst uns anstoßen!", sagte Dirk und verteilte den Sekt. Nur Neal griff zögerlich zu. Noch immer war er mit Alkohol vorsichtig. „Auf einen Neuanfang!"

Ihre Gläser trafen sich klirrend.

„Ohne dich", stellte Neal fest.

„Mensch, wir können Dirk doch in L.A. besuchen, oder nicht?", schlug Francis vor. Da ertönte Christens Stimme:

„Nicht nur Dirk", sagte sie. „Ich werde in Zukunft auch dort leben."

„Wie?" Francis war mehr als erstaunt. Von den Plänen ihrer Freundin wusste sie nichts.

„Ich werde in Dirks Firma arbeiten", verkündete Christen hoch erfreut. „Dort ist eine Führungsposition frei, und da wir nun zueinandergefunden haben, wäre es doch ärgerlich, wenn wir uns wieder trennen würden, oder?"

„Na, das ist ja eine Nachricht!" Francis war sichtlich perplex, dennoch lächelte sie. „Es freut mich für dich." Sie drückte Christen an sich und bemerkte nicht, wie erstaunt auch Neals Gesichtsausdruck war.

„Es muss weitergehen", sagte Dirk daraufhin.

„Sicher", erwiderte Neal. „Es wird nur komisch sein, ohne dich."

Da musste Dirk lachen. „Vorher bist du auch fünfzehn Jahre ohne mich ausgekommen."

„Natürlich", sagte Neal. Er blickte abwesend in die Menge von Gästen. Hinten im Saal erblickte er Gero. Der stand allein an der Wand und beobachtete die vielen Leute, ab und zu sah er auch in Neals Richtung. Er trug einen schwarzen Anzug, sein dunkelblondes Haar war kurz geschnitten, nur sein Pony glitt ein wenig tiefer auf seine Stirn.

„Sag bloß, ihr seid noch immer nicht wieder zusammen?", ertönte Dirks vorwurfsvolle Stimme und riss Neal damit aus seiner sorgfältigen Betrachtung.

„Na ja." Neal wandt sich ein wenig und druckste herum. „Irgendwie war noch nicht der richtige Moment, um ..."

Dirk schüttelte sofort den Kopf, als er das hörte. „Du musst ihm endlich mal sagen, was Sache ist", ermahnte er. „Und so, wie Gero zu dir herüber starrt, wartet er nur darauf."

„Meinst du?" Neal war sich nicht sicher. Überhaupt lag ihm die Angelegenheit im Magen. Er konnte partout nicht einschätzen, wie weit er gehen konnte.

Dirk reichte ihm ein weiteres Glas. „Hier, bring ihm Sekt, mach ihm den Hof, kämpfe um ihn ... Ich bin überzeugt, du brauchst dich nicht groß anstrengen. Er kann es bestimmt kaum abwarten, wieder mit dir zusammen zu sein."

Obwohl Neal sich da nicht so sicher war, nickte er gehorsam. „Okay, ich gebe jetzt alles", sagte er und ging auf Gero zu.

Als der Neal auf sich zukommen sah, huschte ein leichtes Lächeln über sein Gesicht.

„Hi", grüßte Neal und erwiderte den freundlichen Blick. „Schön, dass du auch hier bist. Ähm, möchtest du Sekt?"

„Gern." Gero nahm das Glas an sich und trank einen kleinen Schluck. Neal hingegen hatte sein Getränk noch gar nicht angerührt. Ob er je wieder ohne Gewissensbisse Alkohol zu sich nehmen könnte?

Seine Gedanken machten ihn ein wenig bedrückt, sodass er die Unterhaltung mit Gero nicht aufrecht halten konnte, doch just in dem Moment ging Thilo an ihnen vorbei:

„Oh, wie das hier knistert in der Luft!", gab er lauthals von sich und grinste. „Na ihr zwei? Schon den Honeymoon gebucht?"

„Mensch, Thilo, was soll das!", konterte Gero. Die Worte seines Mitbewohners machten ihn sichtlich verlegen. Thilo zwinkerte den beiden daraufhin zu und verschwand wieder unter den Gästen.

„Er übertreibt immer", sprach Gero.

„Findest du?", erwiderte Neal. Augenblicklich lag sein Ziel wieder so nah, dass er neuen Mut fasste und aufs Ganze ging.

„Er hat doch gar nicht so unrecht", fügte er hinzu.

Die Verlegenheit in Geros Gesicht wurde immer größer, er sah zu Boden, ohne etwas zu sagen.

„Du siehst wieder unverschämt gut aus", fuhr Neal fort.

Da nahm Gero den Blickkontakt sofort wieder auf. „Ja?", fragte er ungläubig. Er sah an sich herunter und lächelte. „Erkennst du den Anzug? Den hast du mir mal geschenkt, als wir shoppen waren."

„Klar erkenne ich ihn", sagte Neal. Er strich mit den Fingerkuppen über den edlen Stoff des Anzugs und schmunzelte dabei. „Steht dir ausgezeichnet."

Nun schoss die Röte in Geros Gesicht. Er wusste nicht wohin mit seinen Blicken. Neals Komplimente machten ihn sichtlich nervös.

„Hast du Lust, etwas raus zu gehen?", hörte er Neal fragen. „Ich finde es hier ein wenig voll und ungemütlich." Demonstrativ stellte er sein Sektglas auf einen der Beistelltische. Er hatte davon nichts getrunken. Erfreut bemerkte er, dass Gero aufatmete. „Von mir aus gern", sagte er. „Du weißt ja, Partys sind nicht so mein Ding."

Kurz darauf schlenderten sie draußen nebeneinander her, bis ein Wäldchen erschien und ein Weg, der ihnen beiden bekannt vorkam.

„Gehen wir durch den Park?", fragte Neal.

Gero stimmte zu. „Gern."

Die Parkanlage hatte viele Wege und Abzweigungen, doch die beiden Männer gingen automatisch geradeaus, bis sie vor einer Bank stehen blieben.

„Setzen wir uns?", fragte Neal.

Obwohl es furchtbar kalt war, nickte Gero sofort. Es war die Bank, auf der sie sich – abgesehen von ihrer ersten Begegnung im Supermarkt – kennengelernt hatten. Im Mondschein konnte man sogar das eingeschnitzte N+ G erkennen.

Sie setzten sich, und Gero war überrascht, da Neal plötzlich wärmend einen Arm um ihn legte.

„Warum tust du das?", fragte er erstaunt.

„Oh, entschuldige!" Neal zog seinen Arm zurück. „Magst du es nicht?"

„Doch, schon, aber …" Gero verstummte. Ihm fehlten die passenden Worte. Er konnte nicht beschreiben, was in ihm vorging. Auch Neal schien es nicht leicht zu fallen, das folgende Gespräch zu beginnen:

„Ich glaube, wir müssen mal miteinander reden", begann er, und es klang nach einer unverrückbaren Feststellung. Zum Glück waren sie allein, dachte Neal. Endlich würde niemand stören.

„Mhm." Gero sah nicht erfreut aus, trotzdem wusste er, dass eine Aussprache dringend nötig war. Die letzten Tage hatte er sich viele Gedanken gemacht: um sich und Neal, und war zu keinem Entschluss gekommen.

Neal war zwar aufmerksam und freundlich gewesen, doch es war nichts weiter zwischen ihnen passiert. Nichts! Wie würde jetzt ein klärendes Gespräch enden?

Neal fühlte ebenso. Er wollte Gero, und doch spürte er eine große Unsicherheit in sich.

„Das mit uns beiden", fuhr Neal fort, dabei schüttelte er leicht den Kopf. „Ich habe keine Ahnung, ob das noch mal funktionieren wird."

Als Gero das hörte, beugte sich sein Körper sofort nach vorne. Er schloss die Augen und presste seine Hände auf das Gesicht.

„Oh, ich hab geahnt, dass du so etwas sagen wirst!", jammerte er. Seine Stimme und sein Körper begannen augenblicklich zu zittern.

„Ich hab es geahnt, die ganze Zeit!" Seine Lippen waren blau vor Kälte, sie bebten. Trotzdem sah er auf, um Neal fragend anzusehen: „Deswegen warst du so zurückhaltend? Du hast es dir anders überlegt? Du willst gar nicht mehr mit mir zusammen sein, stimmt's?"

Es waren zu viele direkte Fragen. Neal konnte nicht darauf antworten. Still zuckte er mit den Schultern. Er hatte sich alles einfacher vorgestellt, doch die praktische Umsetzung schien wie ein Labyrinth ohne Ausgang.

„Du hast mir falsche Hoffnungen gemacht!" Gero schüttelte ungläubig den Kopf. Er wollte aufstehen, die Bank verlassen, vielleicht wäre das die beste Lösung gewesen? Doch Neal hielt ihn zurück.

„Lauf nicht weg, bitte! – Ich wollte dir keine falschen Hoffnungen machen, im Gegenteil. – Aber es ist so viel Schlimmes passiert zwischen uns", erinnerte Neal. „Ich kann wohl kaum von dir verlangen, dass du mir das ohne weiteres verzeihst."

Er sah zu Boden. Eigentlich hatte er mit einem anderen Verlauf des Gespräches gerechnet, aber warum sollte er sich verstellen? Er konnte nichts schön reden. Umso erstaunter war er, als er Geros Worte hörte.

„Wieso denn nicht?"

Sie sahen sich wieder an. In Geros Augen waren Tränen sichtbar.

„Könntest du mir denn verzeihen?", fragte Neal nach. „Hast du das Gefühl, dass du mir wieder vertrauen kannst?"

Gero nickte. Noch immer kämpfte er mit den Tränen. Neals Herz raste. Konnte das möglich sein? Sollte der Ausweg aus dem Labyrinth mit einem Mal so nah liegen?

„Ich muss das genau wissen!", sagte er eindringlich. „Sonst hat das alles keinen Sinn! – Denkst du, du hast alles verarbeitet, was geschehen ist? Kannst du mir in die Augen sehen, ohne Wut, ohne Zorn, ohne schlimme Erinnerungen?"

„Natürlich!", erwiderte Gero. Er fuhr sich über die feuchten Lider. „Ich habe dir längst verziehen, hast du das nicht gemerkt?" Es klang vorwurfsvoll. „Es war nicht schön, was passiert ist", sprach er weiter, „aber ich bin mir sicher, das lag nur an den Drogen. – Du bist doch in Wirklichkeit ganz anders." Erneute Tränen schossen in seine Augen, trotz alledem riss er sich zusammen.

„Ich vertraue dir, und deswegen dachte ich ja auch … na ja, ich hatte die Hoffnung, dass wir … oh, Neal, wenn nicht, dann …"

Er drehte seinen Kopf weg und schluchzte auf. Er konnte sich nicht mehr zusammenreißen. Als er mit Neal die Hallen der Anderson-Firma verlassen hatte, schien alles noch in Ordnung und voller positiven Erwartungen. Und jetzt war alles verloren, oder?

„Hey, deswegen musst du doch nicht weinen", sagte Neal. Er rückte näher, um Gero behutsam zu umarmen. „Du sollst nicht traurig sein, nie mehr, hörst du?"

Gero nickte. Als er sich wieder zu Neal drehte, strichen dessen Fingerspitzen über seine Wangen, über seine Stirn und Augenbrauen und schließlich über seinen Mund.

„Diese Bank hier", fing Neal an, „das ist unsere Bank."

Gero seufzte laut.

„Das bedeutet, dass sie uns gehört, für immer."

„Was meinst du damit?", fragte Gero sofort. Gespannt riss er die Augen auf.

„Ich meine damit, dass wir ..." Weiter kam Neal nicht, denn er konnte keine Worte finden, um zu erklären, was in ihm vorging.

Er musste einen anderen Weg gehen, den direkten und einfachsten ...

Und so umfasste er Geros Körper und zog ihn dicht zu sich heran. Er zitterte aufgeregt, als er sich Geros Mund näherte, doch dann küsste er ihn – sanft und dennoch intensiv.

Zufrieden bemerkte er, wie sich Gero in seinen Armen völlig entspannte, und die Umarmung innig erwiderte.

Wohlige Wärme stieg in ihm auf, das Kribbeln in seinem Magen war wieder da, sogar durchdringender als früher. Er küsste Gero, als wäre es ihr erster Kuss, und er konnte sich kaum lösen.

„Willst du mich zurück?", fragte er flüsternd. Es sollte nur Gero ganz allein hören.

„Natürlich!", erwiderte der. Wieder rannen Tränen über sein Gesicht, „Ich will dich zurück. Du glaubst gar nicht, wie sehr ..."

Sie küssten sich abermals, diesmal stürmischer.

„Bin ich froh", kam es aus Neal heraus. Nochmals küsste er Geros Mund und seine Wangen. Endlich hatte er erreicht, wonach er sich monatelang gesehnt hatte. „Ich habe dich so vermisst."

„Ich dich auch", gestand Gero, und sie hielten sich so fest, dass sie kaum atmen konnten. Doch das war Neal egal. Eine gewaltige Last fiel von ihm ab, eine zentnerschwere Bürde, die er unbedingt loswerden wollte – und er hatte es tatsächlich geschafft? Es war wie ein Traum, der plötzlich wahr wurde.

Eine ganze Weile saßen sie eng umschlungen auf ihrer Bank, bis sie sich endgültig beruhigt hatten.

Neal sah zum Himmel, der auffällig viele Wolken zeigte. Ein paar Schneeflocken fielen herab – und erinnerten ihn an früher, als er ein Teenager und mit Dirk liiert gewesen war. Damals wäre er im Schnee fast erfroren, weil Dirks Ex-Freund Sparky ihn bewusstlos geprügelt hatte. Was waren das bloß für Zeiten gewesen?

Er seufzte tief. Das Glück, was er in diesem Moment spürte, war kaum beschreibbar. Er sah Gero an, und ihm wurde erneut bewusst, dass er ihm niemals mehr Schaden zufügen wollte.

„Wir sollten zurück", sagte er. „Du sollst dich nicht erkälten. – Und die Bank läuft uns ja nicht weg."

Sie standen auf und gingen zur Straße zurück, fingen an, durch die Einkaufspassage zu schlendern. Dabei berührten sich ihre Hände, und beide fühlten sich so glücklich, dass sie es kaum in Worte fassen konnten.

„Und nun?", fragte Neal unternehmungslustig. Seine blauen Augen strahlten. „Wollen wir zur After-Show-Party zurück?"

Gero zuckte mit den Schultern. „Richtige Lust habe ich nicht." Er schmiegte sich an Neal. Es war offensichtlich, dass er lieber mit seinem Freund allein sein wollte. Somit kam Neal eine Idee.

„Dann machen wir jetzt etwas ganz ausgefallenes", beschloss er, und ihm nächsten Moment zog er Gero mit sich.

„Was machen wir?", fragte der lachend.

„Lass dich überraschen!", erwiderte Neal. Zielbewusst führte er seinen Freund mit sich. Sie gingen noch eine Weile, bogen links ab, dann rechts, bis sie stehenblieben.

„Und? Was hältst du davon?", wollte Neal wissen und zeigte dabei auf ein großes Gebäude, vor dem sie haltgemacht hatten.

„Es ist schick", entgegnete Gero, während er auf eines der vornehmsten Hotels der Stadt blickte.

Neal nickte. „Genau, und deswegen gehen wir da jetzt rein."

„Was?" Gero lachte. „Was wollen wir in einem Hotel?"

Neal zuckte amüsiert mit den Schultern. „Willst du lieber zurück nach Hause und in deinem kleinen WG-Zimmer schlafen?"

„Nicht unbedingt." Gero sah zur Seite. Neals Art machte ihn verlegen, und er konnte sich nicht wehren, als Neal seine Hand erneut griff und ins Hotel leitete.

An der Rezeption hielt Neal an, Gero war ihm fast unbemerkt gefolgt.

Der Portier grüßte sofort freundlich, sodass Neal nicht lange zögerte.

„Ich möchte ein großes Zimmer für zwei Personen."

Der Portier nickte.

„Wie wäre es mit der Luxussuite? 60 qm, mit Marmorbad und Whirlpool…"

„Das nehmen wir", beschloss Neal, und schon zückte er sein Portemonnaie.

„Wie lange wünschen Sie es?", fragte der Portier, während er an dem Computer tippte.

„Nur diese Nacht", erklärte Neal. Er zwinkerte Gero zu.

Daraufhin musterte der Portier die beiden Männer genau.

„Wir haben auch schöne Einzelzimmer", sagte er, „oder Doppelzimmer mit getrennten Betten."

Aber Neal schüttelte den Kopf. „Wir nehmen die Suite." Er legte seine Kreditkarte auf den Tresen. „Ich zahle sofort. – Und bringen sie uns bitte frisches Obst aufs Zimmer und dazu ein paar Cocktails …" Er hielt einen Moment inne. „Alkoholfrei."

„Sehr wohl." Der Portier lächelte wieder. Als er die Kreditkarte an sich nahm, wurden seine Augen weit. Überrascht sah er Neal an.

„Herr Anderson!", äußerte er sich. „Schön, Sie als Gast bei uns zu haben!"

Neal erwiderte das Lächeln verkrampft. „Ich wohne hier in der Stadt", erklärte er. „So ein Ereignis ist das ja wohl nicht." Er beugte sich ungeduldig nach vorne. „Können wir den

Schlüssel haben? Ich lasse meinen Freund ungern warten."
Demonstrativ legte er einen Arm um Gero.

„Geht sofort los!", erwiderte der Portier. Seine Finger zitterten hektisch, als er den Kartenschlüssel auf den Tresen legte. „Zimmer 114."

„Fine." Neal nahm die Karte an sich. „Und denken Sie an die Bestellung!"

„Sofort, Herr Anderson!"

Neal nickte zufrieden. In solchen Momenten lobte er es sich, einen gewissen Bekanntheitsgrad ausleben zu können. Mit Gero an der Hand nahm er Kurs auf den Fahrstuhl.

Kaum hatten sie diesen betreten und die Fahrstuhltüren sich geschlossen, trafen sich ihre Lippen gierig.

„Du bist wirklich verrückt!", keuchte Gero. „Hier zu übernachten, obwohl wir gleich um die Ecke wohnen."

Neal konnte sich nur schwer von seinem Freund lösen. „Ich hab dir etwas Aufregendes versprochen …"

Die Fahrstuhltüren öffneten sich, und er deutete in den großen Flur. „Bitte, das sollst du haben."

Zudem reichte er ihm den Kartenschlüssel, mit dem Gero ihre Suite neugierig aufschloss.

Kurz darauf betraten sie ein geräumiges Zimmer, das ein mahagonifarbenes Bett, Schreibtisch, und Stühle enthielt, dazu 2 helle Ledersessel und eine Couch in einem separaten Bereich. Still sah sich Gero um, aber als er das Bad mit den dunklen Marmorfliesen, den weißen Badmöbeln und den silbernen Armaturen sah, konnte er sich nicht mehr beherrschen.

„Wow!", staunte er. „In so einem Luxushotel habe ich noch nie gewohnt." Abermals sah er sich um. Die Suite war mit hellen Orchideen ausgestattet, welche dem modernen, eher dunkel eingerichteten Wohnzimmer etwas Freundliches verliehen.

Es klopfte an der Zimmertür. Als Neal öffnete, trat eine junge Frau herein. Auf einem Tablett brachte sie das Obst und die Cocktails. Sie stellte es auf den gläsernen

Wohnzimmertisch. Neal bedankte sich, steckte ihr etwas Geld zu und war dann sichtlich erleichtert, endlich mit Gero ungestört zu sein.

Sie nahmen auf dem Sofa Platz. „Worauf wollen wir anstoßen?", fragte Neal, während er seinem Freund eines der Cocktailgläser entgegenhielt.

„Vielleicht auf uns?", fragte Gero.

Neal lächelte zufrieden. Ihre Gläser trafen sich klirrend, sie nahmen jeder einen Schluck, dann sahen sie sich an. Beiden war klar, was als Nächstes geschehen würde.

„Was hältst du von einem Bad?", erkundigte sich Neal.

„Zum Aufwärmen wohl eine gute Idee", erwiderte Gero. „Es war ganz schön kalt draußen."

Sein Blick war unsicher. Es war Monate her, dass er eine derartige Zweisamkeit mit Neal genossen hatte. Er spürte eine gewisse Nervosität in sich aufsteigen, obwohl sie sich doch schon so lange kannten. Als Neal sich erhob, vor seinem Freund ein paar Kleidungsstücke fallen ließ und als erster im Bad verschwand, um Wasser in den Whirlpool einzulassen, merkte Gero, dass seine Aufregung nicht unbegründet war.

Sie waren sich vertraut, und doch war alles neu – begann von Anfang an – unter anderen Umständen.

Er war abermals verlegen, als er vor Neal, der schon in der Wanne lag, seine Kleidung auszog und erklärend verkündete: „Ich hab ganz schönes Herzrasen."

„Musst du nicht haben!" Neal reichte ihm die Hand und half ihm so in die Wanne.

Gero lehnte sich rückwärts gegen Neals Brust, ließ sich umarmen und konnte so absolut entspannen.

Das warme Wasser, das leicht sprudelte, war bedeckt mit hohem Schaum. Neal spürte den pochenden Herzschlag seines Freundes, und schließlich löste er seinen festen Griff, um mit den Händen Geros Oberschenkel zu streicheln. Während Gero es seufzend genoss, wagte sich Neal weiter vor.

Vorsichtig tastete er in dem Wasser nach Geros Penis und umschloss ihn kurz darauf mit sanftem Druck.

„Ist es gut so?", erkundigte sich Neal, woraufhin Gero still nickte. Mit allem hatte er gerechnet. Dass sie vielleicht erst stundenlang reden oder sofort übereinander herfallen würden. Aber dass Neal seine Lust zuerst zurückstecken und Gero zärtlich verwöhnen würde, damit hatte er am wenigsten gerechnet. Und da es schon so lange her war, dass sie Sex miteinander hatten, konnte Gero sich auch nicht zurückhalten.

Das warme Wasser und die sinnliche Atmosphäre taten ihr Übriges. Gero kam schnell. Neal bemerkte es an seiner Atmung, seinen ungeduldigen Bewegungen unter Wasser und an dem Zucken seines Schwanzes.

„Es tut mir leid", entschuldigte sich Gero japsend. Vorsichtig löste er sich aus Neals Umarmung, um sich mit den Händen über das Gesicht zu fahren. Ihm war heiß und ein wenig schwindelig, woran das warme Bad und sein heftiger Orgasmus schuld waren – doch das war es ihm wert. Er drehte sich, um Neal anzusehen. „Ich hatte so lange nicht, und dann mit dir – hier ..." Er schüttelte den Kopf, als würde er von einem wunderbaren Traum sprechen, doch es war die pure Wirklichkeit. Das wurde ihm jetzt erst bewusst, als er abermals Neals feuchte Lippen auf seinem Mund spürte. Und da lösten sich seine letzten Hemmungen wie von selbst. Stürmisch umschlang er Neal mit seinen Armen.

„Ich bin so froh, dass du noch lebst!", gestand er mit zitternder Stimme. Er drückte Neal an sich, so fest es ging.

„Ist gut", sagte der tröstend. „Es ist alles gut."

Gero beruhigte sich nur langsam, doch er konnte nicht aufhören, seinen Freund zu umklammern.

„Es bedeutet mir viel, wenn ich dir Gutes tun und dich glücklich machen kann", gestand Neal. „Dich sollen keine schlimmen Erinnerungen mehr belasten."

Gero schluckte. Erneut war er erstaunt von Neals ehrlicher und gefühlvoller Art, von seiner Fürsorge und aufopfernder Liebe.

Gero löste seinen Griff, dann streckte er seine Hand aus, um Neals eingefallene Wangen zu berühren und sein kurzes, dunkles Haar zu streicheln. Er wollte Neal all diese schönen Dinge zurückgeben.

„Wollen wir ins Bett?", unterbrach Neal, der den nachdenklichen Blick von Gero längst bemerkt hatte. Und das warme Wasser des Whirlpools hatte sie beide ohnehin ins Schwitzen gebracht.

Im Schlafzimmer legten sie sich unter die Decke. Dabei aßen sie von dem Obst, doch Gero merkte, dass Neal sich auf die Früchte kaum konzentrieren konnte.

„Wie wäre es, wenn ich dein süßes Hinterteil noch ein wenig verwöhnen würde?", fragte er auch sogleich, dabei steckte er Gero eine Erdbeere in den Mund.

Gero kaute hastig. Was sollte er daraufhin nur antworten? Das Angebot war verlockend, und doch …

„Das wäre mit Sicherheit schön, aber …" Er senkte seinen Blick, was Neal stutzig machte.

„Du möchtest es nicht?", fragte er leise. Es klang sogar ein wenig entsetzt. Sofort rückte Neal dichter an seinen Freund heran. „Was ist denn? – Geht es dir zu schnell? Hab ich was falsch gemacht?"

„Nein!" Gero winkte ab. Nie im Leben hätte er Neals Zuneigung ablehnen können. Und jetzt erst recht nicht, aber er musste auch unbedingt etwas loswerden.

„Was hast du denn?" Neal war wirklich in Sorge.

„Es ist mir ein wenig unangenehm, dich das zu fragen", fing Gero somit an. Sein Kopf war noch immer gesenkt. Das war so typisch für ihn, wenn er verlegen war.

„Hab keine Hemmungen, wir können doch offen reden", sagte Neal. Er fixierte ihn aufmerksam. „Was ist denn los?"

„Nun", begann Gero. Er fasste Mut und sprach das aus, was ihm auf dem Herzen lag.

„Wir waren ja eine ziemlich lange Zeit zusammen. Du warst mein erster Freund, damals, hast mich quasi entjungfert …"
Neal nickte, und dabei lächelte er. Immer wieder gerne dachte er an ihre *erste Nacht* zurück. Gero war unerfahren gewesen, schüchtern und vielleicht sogar verklemmt, doch Neal konnte ihm die Angst nehmen und ihn in die Welt der Zärtlichkeiten entführen.
„Es ist eine Menge passiert, seitdem", sprach Gero weiter. „Ich habe viel durch dich gelernt, und ich fühle mich inzwischen viel reifer."
Neal nickte wieder. Er hörte gern, dass sich Gero erwachsener fühlte, vielleicht sogar durch sein Zutun.
„Ich fand es immer sehr schön, mit dir zu schlafen, und das weißt du auch", fuhr Gero fort. Er atmete tief durch, und Neal merkte, dass jetzt das eigentliche Anliegen zum Vorschein kommen würde.
„Aber die ganze Zeit warst *du* immer top. Ist dir das mal aufgefallen?" Er sah Neal an, und dessen Lächeln verschwand augenblicklich.
„Ja, natürlich war mir das bewusst", erklärte Neal. War das etwa ein Vorwurf, den er da entgegennehmen musste? „Dir hat es doch gefallen, dass ich aktiv war, oder? Du hast mich meist sogar ermuntert, die Initiative zu ergreifen."
„Ja, ich weiß." Wieder senkte Gero den Blick. „Es stimmt, es hat mir gefallen, aber nun …" Er sah wieder auf, und was er dann sagte, kam wie ein kleiner Schock über Neal.
„Ich will auch mal top sein, verstehst du? Ich will auch mal … ficken."
Das letzte Wort kam ganz leise über seine Lippen. Es war ihm unangenehm, seinen Wunsch auszusprechen und doch wollte er ihn nicht länger geheim halten.
„Verstehe …" Das war das Einzige, was Neal dazu sagte. Im nächsten Moment drehte er sich von Gero weg, zog sich seine Unterhose an und stand auf. Mit zittrigen Händen griff er nach seinen Zigaretten.

„Was ist?", fragte Gero sofort. Unsicherheit war in sein Gesicht geschrieben. Hatte er etwas Falsches gesagt? „Warum ziehst du dich an?"

Neal, der inzwischen am offenen Fenster stand und rauchte, suchte dringend nach den passenden Worten.

„Ich … muss sagen, das überrascht mich jetzt ein wenig."

Er konnte Gero dabei nicht ansehen. Meine Güte, dass ihre Versöhnung so ablaufen würde, damit hätte er nicht gerechnet. Ihm wurde klar, dass er Gero einiges erklären musste.

„Weißt du", fing er an, „als das damals mit Dirk begann, als ich merkte, dass ich auf Männer stehe, da war ich auch immer passiv." Er schmunzelte, als er an die doch sehr einseitige Beziehung mit Dirk dachte. „Aber das fand ich toll. Es war alles neu für mich. Ich konnte mich fallen lassen, mich nehmen und verführen lassen, denn Dirk hatte Ahnung, der wusste, was pubertierende Jungs brauchen."

Neal machte eine Pause, in der er seine Gedanken ordnete. Er wollte nicht zu viel quatschen, sondern lediglich seinen derzeitigen Standpunkt erklären.

„Als das mit Dirk zu Ende war, hatte ich keinen Bock mehr auf eine Beziehung, verstehst du?"

Gero nickte still.

„Aber die Lust nach Männern, konnte ich nicht abstellen", erklärte Neal sein damaliges Verhalten. „Ich hatte etliche One-Night-Stands, aber stets aktiv. Ich habe keinen der Jungs an meinen Arsch gelassen, keinen!" Er zog an der Zigarette und dachte weiter an seine Vergangenheit. Er musste sich korrigieren. „Einmal ließ ich einen Kerl an mich ran, aber nur, weil ich besoffen war. Ich kann mich kaum noch dran erinnern."

Er drehte sich, um Gero zu mustern. Der saß regungslos im Bett, sichtlich verstört über all das, was Neal ihm unaufgefordert erzählte.

„Weißt du, das klingt jetzt vielleicht bescheuert, aber wenn ich einen Typen an meinen Arsch lasse, muss ich dem vertrauen können. Ich muss mich entspannen und genießen können. Das ging nicht mit irgendeinem Kerl. – Das hab ich nie gekonnt. Ich lasse mich nicht gern vögeln." Er drehte sich wieder dem Fenster zu und rauchte weiter. Er war ein wenig nervös. Das Gespräch wühlte ihn innerlich auf. In der Art und Weise hatte er noch nie darüber gesprochen.

„Wenn du aktiv bist, wenn du top bist, hast du alles unter Kontrolle, dann bist du auf der sicheren Seite, hast nichts zu verlieren. Du musst nicht das Intimste von dir preisgeben …"

Er drückte die Zigarette aus. Mehr wollte er dazu nicht sagen. Und als er das Fenster wieder schloss und sich umdrehte, konnte er deutlich sehen, wie enttäuscht Gero plötzlich war. Aber der versuchte, es sich nicht anmerken zu lassen.

„Ich verstehe, wenn du das nicht willst", sagte er. „War auch blöd von mir zu denken, du würdest …" Er griff sich an den Kopf und schüttelte ihn leicht. „Tut mir leid, das war nur so eine Idee von mir … ich …"

Er stoppte, denn was er sah, verstand er ganz und gar nicht. Neal stieg in seine Hosen und zog auch den Rest seiner Kleidung an, zum Schluss griff er nach seinem Mantel.

„Oh, nein!", rief Gero erschrocken. „Geh nicht! Bitte! Es war doch nicht so gemeint, bleib hier … bitte!"

Er erhob sich vom Bett. Splitternackt fasste er Neal am Arm. „Vergiss, was ich eben gesagt habe, okay?"

Zu seinem Erstaunen lächelte Neal nur. „Leg dich wieder hin. Ich bin in 15 Minuten zurück."

Er wandte sich der Tür zu.

„Aber, was hast du denn vor?"

Es dauert dann doch zwanzig Minuten, bis sich die Zimmertür wieder öffnete und Neal zurückkam.

Gero, der inzwischen mit Shorts bekleidet im Bett lag, atmete sichtlich auf.

„Mensch, wo warst du denn?" Er richtete sich auf. „Ich hab mir Sorgen gemacht."

Neal kam näher. Schneeflocken saßen in seinem Haar.

„Wieso?", fragte er erstaunt, dabei zog er den Mantel aus.

Gero druckste herum. „Na ja, wegen eben. Ich wollte dir nicht zu nahe treten. Ich kann verstehen, wenn du das mit mir nicht möchtest."

Neal griff in die Manteltasche und zog etwas heraus. „Aber wer sagt denn, dass ich es nicht möchte?" Im nächsten Moment warf er Kondome und Gleitgel aufs Bett. Er zog sich weiter aus und berichtete:

„Ich war um die Ecke bei diesem Erotikshop." Komplett nackt kam er zu Gero ins Bett. „Ohne Gleitgel kannst du mich vergessen. Ich werde mich sicher verkrampfen wie eine Memme, nach so langer Abstinenz." Sein Gesicht glühte. Der Schnee auf seinem Haar glänzte nur noch nass. Allmählich wurde ihm wieder warm. „Und du solltest die ersten Male mit Kondom machen. Diese Enge, die du noch nicht kennst, wird dich sonst nicht lange durchhalten lassen. Du wirst dich da erstmal dran gewöhnen müssen, und dann können wir auch wieder bareback. – Ich bin übrigens völlig gesund, wenn du Bedenken hast. Mein Blut wurde in der Klinik ständig kontrolliert."

Gero schluckte. Er konnte seinen Freund nur fassungslos ansehen.

„Du willst es wirklich?", fragte er verwundert.

Neal nickte.

„Klar, ich liebe dich, ich vertraue dir. Wir hätten schon viel früher mal darüber reden sollen." Er lachte, und im nächsten Moment lagen Geros Lippen auf seinem Mund.

„Wahnsinn!", keuchte Gero, der mit einem Mal eine große Aufregung in sich spürte und seine Hände gar nicht mehr bei sich lassen konnte. Stürmisch küsste er Neals Hals, seine Brust und seinen Bauch.

„Hey, Kleiner", unterbrach Neal. „Wir haben Zeit, okay? Lass uns nichts überstürzen."

Gero nickte. Sein Freund hatte ja so Recht. Ihm wurde klar, dass der mit Sicherheit genauso aufgeregt war, wie er selbst.

In vollkommener Ruhe sanken sie demnach zurück auf das Bett, wo sie sich zuerst nur intensiv streichelten.

Neal war entsetzlich dünn, seine Bewegungen langsam und vielleicht auch etwas unsicher.

„Dass du mich überhaupt noch attraktiv findest?", flüsterte er Gero ins Ohr. Der wägte lächelnd ab.

„Ein paar Kilo mehr auf den Rippen könnten dir nicht schaden, doch zwingend notwendig ist es nicht, oder?"

Sie sahen sich tief in die Augen und wussten, dass es nicht mehr lange dauern würde, bis die Lust sie einholen würde. Noch einmal verschlangen sich ihre Körper sehnsüchtig ineinander, bis Neal auf dem Bauch landete und in dieser Position, die er für den Anfang am bequemsten hielt, liegenblieb.

Geros Hände zitterten, als er nach dem Gleitgel griff. Mit viel Gefühl rieb er Neal damit ein. Dann zog er sich das Kondom über. Neal war in der Zwischenzeit still geworden. Als Gero sich über ihn beugte, kamen dessen Worte nicht überraschend.

„Bist du dir wirklich sicher?"

Neal nickte. Er wollte es, keine Frage, doch er war auch angespannt ... So passiv hatte er sich lange nicht mehr verhalten. Wie lange war sein einziger *Fehltritt* - seit Dirk - her? Acht Jahre? Oder gar neun?

Er spürte, wie sich Gero an ihn schmiegte. Er bemerkte dessen harten Penis an seinem Spalt. Er verkrampfte sich, atmete tief durch, konnte sich nur schwer entspannen.

Ein leichter Schmerz stellte sich ein, als Gero in ihn eindrang. Neal stöhnte.

„Geht's? Alles okay?" Geros Stimme bebte vor Spannung. Neal nickte nur still, kurz darauf spürte er Gero komplett in sich. Der Schmerz ebbte ab. Neals Muskeln lockerten sich.

Er griff unter sich. Seine Erregung war stark. Die Penetration von Gero steigerte dies. Er schloss die Augen, genoss das Gefühl, das er sich jahrelang verwehrt hatte.

Zugleich bemerkte er, wie auch Gero mit den neuartigen Empfindungen kämpfte. Er hörte ihn stöhnen, aber es klang eher hilflos, als von Lust erfüllt. Geros Bewegungen waren zaghaft, abwartend und zögernd. Hatte er Angst, etwas falsch zu machen? Neal spürte, wie der Körper seines Partners zitterte.

„Du brauchst keine Angst haben, Kleiner …", flüsterte er.

„Leicht gesagt", erwiderte Gero mit angestrengter Stimme. Sämtliche Muskeln seines Körpers waren verspannt. Bei jeder kleinsten Regung hatte er Angst, frühzeitig zu kommen. Was er erlebte, war neuartig, ganz anders, als er es mit Francis erfahren hatte. Er atmete tief durch, versuchte die Ruhe zu bewahren, schließlich wurden seine Stöße mutiger, bis er die letzten Hemmungen ablegte. Seine Bewegungen wurden schneller, seine Penetration kräftiger.

Er ließ sein Becken kreisen, wurde zwischendurch langsamer, gefühlvoller, dann wieder fordernd.

Ihr Stöhnen wurde lauter. Neal konnte sich nicht mehr zusammenreißen. Er spürte Geros heißen Atem, seine Küsse, seinen harten Schwanz, der ihn gekonnt verwöhnte … und war zugleich fest von seinen Armen umklammert.

Neal wusste nicht mehr, welche Laute er von sich gab, wie er überhaupt kontrolliert atmen konnte. Wie hatte er bloß vergessen können, wie scharf es ihn machte, so unterlegen zu sein?

Und der Gedanke daran, dass Gero auf ihm lag, erregte ihn außerordentlich stark.

Sie schwitzten und kamen fast zeitgleich zum Höhepunkt.

Danach suchte sie sofortige Stille heim.

Gero bewegte sich schließlich als Erster und rollte von Neal herunter.

„Willst du auch was trinken?"

„Mhm", brummte Neal zufrieden. Noch immer konnte er sich nicht regen. Das Gefühl der Befriedigung, lähmte ihn fast. Erst als Gero im Bad verschwand, sich danach an der Minibar bediente und mit Gläsern und Mineralwasser wieder ins Bett kam, konnte er sich bewegen. Durchdringend sah er Gero an, dem die Unsicherheit ins Gesicht geschnitten war.

„Und? Wie … ich meine, wie …" Er bekam kaum den Mund auf, um zu fragen, wie es Neal bei dem Akt ergangen war. Er senkte seinen Blick, dabei sah er deutliche Spuren auf dem Laken. Sofort sah er wieder auf, und was er hörte, trieb die Schamröte auf seine Wangen.

„Es war geil, unheimlich geil", sagte Neal. Seine Augen glänzten. Er erhob sich, um Gero leidenschaftlich zu küssen.

„Von wem hast du dir diese exquisiten Hüftbewegungen abgeguckt?"

Gero lächelte. „Von wem wohl? Von dir."

Als Neal am nächsten Morgen erwachte, bemerkte er ein eigenartiges Gefühl in sich. Doch es war nicht negativ – im Gegenteil. Er drehte sich und betrachtete Gero, der noch tief und fest schlief, und schon wurde ihm bewusst, woher dieses Gefühl kam.

Neben ihm lag kein unerfahrener Junge, sondern sein Liebhaber, der längst nicht mehr so unsicher war, wie damals, als sie sich kennengelernt hatten.

Er begutachtete Geros nackten Rücken, sein helles Haar, sein feines Gesicht mit den langen Wimpern, und musste leicht lächeln.

Nie hatte er daran gedacht, dass Gero derartig aus sich herauskommen konnte. Dass er mit Francis geschlafen hatte, war schon kaum vorstellbar. Und nun hatte sich Neal tatsächlich von seinem schüchternen Freund vögeln lassen?

Neal beugte sich vor und liebkoste Geros Hals. Sogleich brummte Gero zufrieden und lächelte, doch nicht wie ein gehemmter Junge, sondern wie ein Mann. Neal wurde augenblicklich bewusst, dass ihm diese Veränderung sehr gefiel, ihn sogar erregte.

Ja, Neal hatte es genossen, passiv zu sein. Er konnte sich geradezu vorstellen, es zur Gewohnheit werden zu lassen.

Er seufzte zufrieden. Er musste von nun an niemandem mehr etwas beweisen, noch Stärke zeigen.

In Geros Gegenwart konnte er endlich natürlich sein und sogar seine Schwächen unverblümt ausleben.

„Wieso lächelst du so süffisant?", fragte Gero und gähnte danach herzlich.

Neal fuhr eine Hand aus, um Geros Haar zu streicheln, dabei blickte er ihn verliebt an.

„Mir ist eben klar geworden, wie viel Glück ich mit dir habe, und dass ich dich nie wieder hergebe. Und dass der gestrige Abend ein gelungener Neuanfang war."

Gero blinzelte, was noch recht verschlafen aussah.

„Du warst tatsächlich zufrieden mit mir?", fragte er, woraufhin Neal fast ein wenig verlegen wirkte.

„Hast du das nicht gemerkt?"

Gero dachte an die Spermaspuren auf dem Laken, daran, dass er Neal so nah kommen durfte, wie kein anderer Mann Jahre zuvor.

„Ich habs gemerkt", gestand Gero. „Und ich hoffe, dass es kein Einzelfall war?" Fragend sah er sein Gegenüber an.

„Gewiss nicht." Neal war sich sicher.

„Dann sind wir also wieder richtig zusammen, ja?" Gero war näher herangerutscht und löcherte Neals schmales Gesicht mit großen Augen.

„Natürlich", erwiderte Neal. „Und ich werde alles dafür tun, dass du glücklich bist. Ich habe einiges wieder gut zu machen."

Er gab Gero einen Kuss. „Du willst mich doch wirklich zurück, oder?"

„Sicher!", schoss es aus Gero heraus. Eine Antwort, die Neal gerne mehr als einmal gehört hätte. Bevor es zu ihrer Trennung gekommen war, war er extrem eifersüchtig und besitzergreifend gewesen. Das sollte sich nicht wiederholen. Obwohl Neal nach wie vor Angst verspürte, Gero abermals zu verlieren.

„Und dass ich elf Jahre älter bin, als du, das stört dich nicht?", wollte Neal deswegen wissen. Das war seine größte Sorge, denn Gero war noch jung und hatte erst wenige Erfahrungen sammeln können.

Doch sein Freund schüttelte den Kopf. „Ganz im Gegenteil."

Neal nickte still.

Die Situation zwischen ihnen hätte nicht schöner sein können. Trotzdem trug er einige unbeantwortete Fragen mit sich.

„Während wir getrennt waren", fing er an, und Gero merkte an der ernsten Tonlage, dass das folgende Gespräch nicht einfach werden würde. „Hattest du da einen anderen?"

Sofort senkte Gero den Kopf. „Nein, eigentlich nicht …"

Neal zögerte. Mit dieser Antwort gab er sich nicht zufrieden. Die altbekannte Eifersucht stieg in ihm hoch. Er wollte sich jedoch nicht wieder von ihr bestimmen lassen, trotzdem musste er wissen …

„Mit diesem Theo auch nicht?"

„Na ja, also mit Theo …" Gero machte ein zerknirschtes Gesicht. Er wollte nicht lügen. „Ich war mit ihm im Bett …"

„Was?" Neal verkrampfte sich. Damit hätte er niemals gerechnet!

„Aber, es ist nichts passiert!", beteuerte Gero. „Ich konnte das nicht!" Widerwillig dachte er an das Fiasko mit Theo zurück, dabei verzog sich sein Gesicht angewidert, was Neal sofort bemerkte.

„Er hat dir doch nicht weh getan?", hakte er nach.

Gero schwieg. Er konnte nicht darüber sprechen.

„Dieses Schwein!", zischte Neal. Wütend ballte er seine Hände. „Den mach ich fertig!"

„Nein!" Gero fasste nach seinem Arm. „Bitte, ich habe das mit ihm längst abgehakt. Und es war wirklich nicht schlimm."

„Okay." Neal versuchte, sich wieder zu entspannen, was nicht einfach war. Er zündete eine Zigarette an, lehnte sich im Bett zurück. Trotzdem waren einige Fragen in seinem Kopf noch immer unbeantwortet.

„Und was war mit Pascal?"

Da schüttelte Gero prompt den Kopf. „Da war nichts. Gar nichts."

Sofort richtete Neal sich wieder auf. *Aber er hatte doch gesehen, wie sie zusammen ... am Kiosk ...*

„Ihr habt euch nicht einmal geküsst?", fragte er nach.

Erneut schüttelte Gero den Kopf. „Er hat es versucht, aber auch das wollte ich nicht."

Während er sich bei seinem Geständnis fast vorkam, wie ein Feigling, der nicht fähig war, sich auf andere Männer einzulassen, quälte Neal mit einem Mal ein fataler Gedanke. Denn er hatte mit Randy geschlafen, weil er annahm, dass Gero mit Pascal angebandelt hatte. *Er hatte sie doch knutschen sehen ... Das war gar nicht passiert?* Er hatte aus Frust mit Randy geschlafen, obwohl es gar keinen Grund dafür gab?

Betroffen schloss er seine Augen. Gero war ehrlich gewesen, folglich musste er es auch sein.

„Also, was *mich* angeht." Er machte eine kurze Pause. Es fiel ihm nicht leicht, darüber zu reden. „Ich habe ..."

Sogleich spürte er Gero dicht neben sich. „Nein, sag nichts!", flehte er. Er schlang seine Arme um Neals Hals und drückte ihn an sich. „Ich will das nicht hören. Was auch immer du erlebt hast, während wir getrennt waren. Ich will es nicht wissen."

Neal atmete auf. Sein Freund überraschte ihn immer mehr. Er erwiderte die Umarmung und beschloss, das Thema ruhen zu lassen.

Kapitel 12

Es war Sonntag. Wie fast jede Woche, bereitete Francis den Kaffeetisch in der Küche vor. Ihr Sohn Nicholas war bei einem Schulfreund zum Spielen, sodass sie nur zwei Gedecke auftischte, doch auch dabei verspürte sie kein gutes Gefühl, wie sonst.

Neal war am Abend zuvor nicht nach Hause gekommen. Ach, was dachte sie nur. Er wohnte ja gar nicht fest bei ihr, und die Übernachtungsregelung bezüglich Rayon hatten sie längst gelockert, doch musste ihr Bruder sofort die erste Chance nutzen und wieder komplett zu sich ins Haus ziehen?

Sie seufzte, als sie Kaffee aufsetzte. Zu ihrer Erleichterung hörte sie, wie ihre Wohnungstür aufgeschlossen wurde. Sie drehte sich erwartungsvoll, und als sie Neal erblickte, fühlte sie sich gleich viel besser.

„Ich dachte schon, du kommst nicht mehr!", rief sie ihm entgegen.

Neal legte den Schlüssel auf das Sideboard und streifte sich dann das dunkle Jackett vom Körper. Darunter trug er ein schwarzes Hemd zu einer grauen Hose mit schwarzem Gürtel. Erstaunt hob er seine Augenbrauen.

„Wieso sollte ich unser traditionelles Kaffeekränzchen vergessen?"

Er trat näher, gab ihr einen Kuss. Seine Schwester erklärte auch sofort: „Na ja, ich dachte, da du ja jetzt nicht mehr wegen Rayon hier wohnen musst …" Sie überdachte ihre Worte noch einmal und lächelte verständnisvoll. „Ich kann verstehen, dass du froh bist, wieder in deinem Haus schlafen zu können. Dort ist es sicher um einiges ruhiger."

Diese Anspielung galt Rayon, der sie tatsächlich oftmals des Nachts aus dem Schlaf gerissen hatte. Aber Neals Gesicht blieb weiterhin verwundert, als wüsste er gar nicht, worauf

Francis hinauswollte. Auch sie merkte, dass sie verschiedene Gedanken hegten.

„Du hast doch gestern bei dir geschlafen, oder nicht?", fragte sie schließlich nach. Da senkte Neal den Kopf.

„Nein", gestand er. „Ich hab im *Palace* übernachtet …"

Francis' Mund öffnete sich vor Erstaunen. „Im Hotel? Wieso das?"

Sie ahnte nichts Gutes, doch da Neal zu lächeln anfing und anscheinend an etwas Wunderbares dachte, konnte es nichts Schlimmes bedeuten, oder?

Ihr Bruder trat in die Küche und rieb sich verlegen die Hände, während er auf den gedeckten Tisch sah.

„Das wollte ich grad mit dir besprechen", fing er an. Letztendlich deutete er auf die Kaffeetafel. „Du kannst ein Gedeck mehr hinstellen. Ich habe nämlich meinen neuen Freund eingeladen."

Eine augenblickliche Stille stellte sich ein. Francis schluckte betroffen. Mit allem hätte sie gerechnet, aber damit nicht!

„Deinen neuen Freund?", wiederholte sie perplex. Und schon begriff sie, warum Neal in der vergangenen Nacht weder bei ihr noch bei sich zu Hause geschlafen hatte. „Wo hast du den denn her?", fragte sie erstaunt. Die Nachricht legte sich wie ein Stein in ihren Magen. „Du hättest mich ja wenigstens mal vorwarnen können!" Ihre Stimme wurde laut. „Was ist, wenn ich ihn nicht mag und mit ihm nicht klarkomme?" Sie dachte an die Kinder. Würde Neal sie jetzt weniger besuchen? „Wir hatten abgemacht, dass wir *so etwas* immer erst besprechen. Das finde ich echt nicht toll!"

Wütend drehte sie sich dem Küchenschrank zu, wo sie ein weiteres Gedeck herausnahm und unzufrieden auf den Tisch stellte.

„Du musst dich gar nicht so aufregen", versuchte Neal zu beruhigen. „Mein neuer Freund ist nämlich …"

Weiter kam er nicht, denn die Wohnungstür wurde erneut aufgeschlossen. „Oh, das wird er sein", stellte Neal erfreut fest.

Da rastete sie richtig aus. „Der hat schon einen Schlüssel für meine Wohnung?", keifte sie. „Das geht echt zu weit!" Aufgebracht sah sie in den Flur und staunte nicht schlecht. „Gero?"

„Darf ich vorstellen, Francis? Mein neuer Freund: Gero Steinert."

Neal ging auf Gero zu und legte seinen Arm um ihn.

„Was?" Sie traute ihren Ohren nicht, und doch beruhigten sie diese Worte sofort. Sie atmete erleichtert auf. „Ist das euer Ernst? Ihr seid wieder zusammen?"

„Ja", antwortete Gero und sah Neal an. „Wir haben die Differenzen geklärt."

„Na, endlich!" Francis umarmte ihren Bruder. Man konnte ihr ansehen, wie erfreut sie war. Auch Gero lächelte glücklich, doch umarmen konnte sie ihn nicht. Da waren immer noch diese unschönen Spannungen zwischen ihnen, diese unausgesprochenen Worte und Gedanken.

Gemeinsam nahmen sie am Küchentisch Platz. Francis schenkte Kaffee ein, danach verteilte sie Kuchen. Sie fühlte sich ganz beflügelt, als sie sich setzte und bemerkte, wie gut ihr die Nähe der beiden Männer tat.

„Dann verstehe ich auch, wo ihr gestern abgeblieben seid", sagte sie schließlich. „Ihr habt die Aftershow-Party gemeinsam verlassen?"

Gero nickte eifrig.

„Dann habt ihr sicher einen schönen Abend gehabt", stellte Francis in den Raum, woraufhin Geros Augen funkelten.

„Ja", begann er. „Wir waren erst spazieren, im Park, bei unserer Bank. Dort haben wir uns ausgesprochen. Und dann hat mich Neal in dieses sündhaft teure Hotel eingeladen …"

Sofort spielte Neal die Situation herab. „Es ist nicht das Teuerste. Ich hätte dir gern mehr geboten."

„Aber es war traumhaft", gestand Gero. „Schöner hätte unsere Versöhnung nicht sein können", schwärmte er und legte seine Hand auf Neals Oberschenkel. „Danke dir nochmals. Diese Nacht werde ich nicht so schnell vergessen."

Sie gaben sich einen Kuss. Francis genoss den Anblick.

Sie war froh, dass die beiden wieder zueinandergefunden hatten.

„Dann haben ja diese Streitigkeiten und sehnsüchtigen Blicke endlich ein Ende", sagte sie in Hinsicht darauf, dass die beiden Männer nach der Trennung erst gar nicht mehr miteinander klarkamen, aber sichtlich unter dem Bruch der Beziehung gelitten hatten. „Ihr gehört einfach zusammen", sagte sie und seufzte. Ähnlich war es ihr mit Neal ergangen. Sie konnte Geros Gefühlswelt wirklich nachempfinden.

„Klar gehören wir zusammen", bestätigte Neal. Inzwischen war er fest davon überzeugt, richtig gehandelt zu haben. Er mochte sich gar nicht vorstellen, dass er den Kampf um Gero womöglich resignierend aufgegeben hätte, wäre da nicht diese animierende Hoffnung gewesen, dass sich alles noch zum Guten wenden konnte. „So schnell wird uns nichts mehr auseinanderbringen."

Still aßen sie ihren Kuchen. Obwohl sie alle mit der Situation zufrieden waren, war es für Gero und Francis ungewohnt, so vertraut zusammen am Tisch zu sitzen.

Und so kam es nicht ungelegen, dass Rayons Geschrei im Hintergrund ertönte, und Neal als Erster aufstand. „Ich seh nach ihm!" Schon war er aus der Küche verschwunden.

„Möchtest du noch Kaffee?", fragte Francis kurz darauf. Unsicher sah sie Gero an, und der nickte. Die Anspannung zwischen ihnen wollte nicht weichen. Als sie sich erhob, um die Kaffeekanne von der Anrichte zu holen, stand er ebenfalls auf und trat neben sie. Nervös suchte er nach Worten. Aber jetzt waren sie allein. Er *musste* die Gelegenheit nutzen.

„Ähm, was ich noch sagen wollte", begann er. Sofort drehte sich Francis um. Sie waren sich plötzlich so nah.

„Ja?" Ihre grünen Augen löcherten ihn, fast so, als hätte sie die ganze Zeit auf diesen Moment gewartet.

„Also, da wir ja nun beide wieder mit Neal zusammen sind, und ich jetzt einiges anders sehe …" Er atmete tief durch und fuhr fort: „Ich wollte mich bei dir entschuldigen. Mein Verhalten, dir gegenüber, war nicht immer fair."

Francis' Augen weiteten sich. Sie war mehr als überrascht. Hätte *sie* sich nicht eigentlich entschuldigen müssen?

„Ich war nur so enttäuscht, weil du dich sofort wieder mit Neal versöhnt hattest", erklärte er bedrückt. „Ich habe dir unschöne Dinge an den Kopf geworfen, das meinte ich nicht so." Ehrlich sah er sie an. „Aber du musst verstehen … Ich war so traurig, weil *wir* doch eigentlich zusammen waren. Und als Neal wieder auftauchte, war alles plötzlich so abrupt zu Ende."

Francis sah beschämt zu Boden. Ihr war längst bewusst, dass ihr damaliges Verhalten nicht in Ordnung gewesen war.

„Es tut mir leid, wie alles gelaufen ist", sagte sie demzufolge. „Ich wollte das nicht, das kannst du mir glauben."

Sie seufzte. Endlich konnte sie offen mit Gero sprechen und hatte sogar das Gefühl, dass er sie verstand. „Ich habe mich nicht korrekt verhalten, doch stand ich zwischen euch und wusste selbst nicht, was richtig und falsch war. – Und ich war so froh, dass Neal wieder da war, und ich wollte ihn nicht noch einmal verlieren."

Gero nickte verständnisvoll. Er war ihr längst nicht mehr böse. Still sahen sie sich an. Augenblicklich vernahm er eine komische Beklemmung.

„Ich … hab dich vermisst", kam es leise über seine Lippen, und er war selbst überrascht von diesen Worten. Noch erstaunter war er, als sich ihre Augen schlagartig mit Tränen füllten.

„Ich dich auch", sagte sie, und dann konnte er sich nicht mehr beherrschen. In nächster Sekunde riss er sie an sich und presste seine Lippen auf ihre, und sie wehrte sich nicht, im Gegenteil. Voller Leidenschaft erwiderte sie seinen Kuss und ließ sich von ihm fest umarmen.

„Aha?", ertönte plötzlich eine Stimme. „Nun ist es also so weit."

Gero ließ Francis los, sah entsetzt auf und erblickte Neal. Auch Francis hatte sich erschrocken gelöst. Sofort nahm sie Abstand von Gero, der Neal fragend ansah. „Was ist so weit? Was meinst du?"

Neal grinste schadenfroh. Musste er die Lage wirklich erklären? „Es ist eben so weit", wiederholte er. „Wir lieben uns."

Mit einem Lächeln drehte er sich um und ging ins Wohnzimmer zurück.

Francis und Gero sahen sich an. Beiden war die Situation sichtlich unangenehm. Sie waren regelrecht erschüttert, doch auf der anderen Seite ... „Was meint er denn?"

Sie folgten Neal ins Wohnzimmer, wo Gero sofort nachhakte.

„Was soll diese Bemerkung?", fragte er direkt. Wollte oder konnte er es tatsächlich nicht verstehen?

„Ist doch ganz klar", erwiderte Neal, der vor sich Rayon in der Babyschale sanft hin- und herschaukelte. „Ich liebe dich, du liebst mich. Ich liebe Francis und sie mich. Du liebst sie und sie dich ... Wir lieben uns eben."

Mit einem breiten Grinsen lehnte er sich im Sofa zurück, griff zu seinen Zigaretten, entzündete aber keine, in Hinblick auf Rayon.

„Du meinst ..." Gero stoppte. Er konnte kaum in Worte fassen, was Neal schließlich für ihn tat.

„Genau. Wir lieben uns. Alle drei."

„Also, ich weiß nicht." Gero lächelte verstört und schüttelte den Kopf dabei. Diese Aussage klang befremdend, gesellschaftlich kaum vertretbar und doch unheimlich reizvoll. Fragend sah er Francis an.

„Ach, das war doch klar, dass es so kommen würde", sprach Neal weiter, dabei fixierte er seine Zigarettenschachtel schmachtend. „Ich habe es schon immer vermutet. Und ihr denkt wohl, ich habe nicht gemerkt, was zwischen euch abgeht, oder?" Er sah wieder auf. „Ihr könnt es ruhig zugeben. Ist doch nicht schlimm."

„Es geht aber nichts ab!", schoss es aus Francis heraus. Dabei flackerten ihre Augen unsicher. War es richtig, alles abzustreiten? Sie suchte Blickkontakt zu Gero.

„Ach, nee?", konterte Neal. „Als ich in London war …"

„Da haben wir uns nur getröstet", stellte Gero sofort klar. „Mehr nicht! Das weißt du auch! Als du aus London zurück warst, haben wir das beendet."

„Ja, das weiß ich", entgegnete Neal. Allmählich fiel es ihm schwer, ruhig zu bleiben … zudem ohne Zigarette! „Aber was war, als ich den Entzug gemacht habe? In der Zeit, in der ich weg war? Was war das?"

Für einen Moment herrschte eine bedrückende Stille, bis sich Francis rührte.

„Woher weißt du das?", fragte sie gezielt. Ihr wurde augenblicklich bewusst, dass es keinen Sinn machte, sich ahnungslos zu stellen.

„Von Nicholas!", antwortete Neal. „Der hat es mir erzählt. Dass Gero immer hier war, den Haushalt geschmissen hat, weil du schwanger warst und hier geschlafen und einen auf Vater gemacht hat. Ich weiß alles!"

Neal erhob sich. Seine gute Laune war verflogen. Dass Francis und Gero nicht sofort ehrlich zu ihm waren, machte ihn fast wütend. Zielstrebig ging er in die Küche zurück, wo er sich endlich eine Zigarette anzünden konnte.

Wie erwartet kamen Francis und Gero reumütig hinter ihm her, sodass er weitersprechen konnte:

„Wieso habt ihr es vor mir geheim gehalten?"

Gero wand sich ein bisschen. Und Francis war froh, dass er die Situation erklären wollte.

„Es ist nicht so, wie du denkst", begann er. „Francis ist doch wieder zu dir zurückgekehrt, nachdem Rayon geboren wurde. Es lief gar nichts mehr zwischen uns. Echt nicht!"

Neal zog verbissen an seiner Zigarette. „Und warum habt ihr eben in der Küche rumgeknutscht?"

„Weil …" Gero fand keine Worte. Er konnte sich diesen plötzlichen Wandel selbst nicht erklären. Was war da in sie gefahren? Hilflos sah er Francis an.

„Weil was?!", bohrte Neal weiter nach.

Gero resignierte. Wieso sollte er seinem Freund etwas vormachen? Der wusste doch jetzt sowieso, was los war.

„Wir mögen uns eben, irgendwie", sagte Gero daraufhin. Er lächelte Francis ermunternd zu. „Oder?"

Sie nickte sofort. „Ja, irgendwie schon."

Neal schüttelte den Kopf. Er konnte kaum glauben, wie sich seine beiden Lieben sträubten, die Wahrheit preiszugeben.

„Ihr mögt euch? So, so …" Nachdenklich zog er an der Zigarette. Er wollte endlich Klarheit. „Hört auf, euch und mir etwas vorzumachen! Ihr seid verknallt ineinander!"

Er sah beide fast tadelnd an. Aber nicht, weil ihm diese Tatsache missfiel, sondern weil sie nicht sofort mit offenen Karten gespielt hatten.

Schließlich gab Francis klein bei. Sie nahm auf einem der Küchenstühle Platz und versuchte, ihr Verhalten zu erklären: „Das mit Gero und mir ist einfach so gekommen. Wir haben das nicht geplant", beteuerte sie. „Aber wir haben uns sehr lieb. Ich hoffe, du bist jetzt nicht böse?" Unsicher sah sie ihren Bruder an. Wie große Angst hatte sie vor diesem Geständnis gehabt? Und nun war sie fast gezwungen, ihm davon zu berichten. War die Harmonie zwischen ihnen nun doch wieder zerstört?

Zu ihrer Erleichterung schüttelte Neal den Kopf. „Ich bin nicht böse. Ich hätte das nur gerne freiwillig von euch gehört. Stattdessen dieses Versteckspiel. Habt ihr denn geglaubt, ich merke nicht, welche Probleme ihr miteinander habt?" Er sah jeden Einzelnen an. „Dachtet ihr wirklich, ich wäre sauer, weil ihr euch liebt?"

Gero zuckte mit den Schultern. Dass er zu der Zeit, in der Neal in London gewesen war, etwas mit Francis gehabt hatte, hatte Neal locker akzeptiert. Aber jetzt hatte er was mit ihr laufen gehabt, während beide von ihm getrennt gewesen waren. War das nicht eine völlig andere Situation?

„Ich hatte schon einige Bedenken", gestand Francis. „Immerhin war die Stimmung nach deiner Rückkehr nicht sonderlich rosig."

Damit hatte sie recht. Aber inzwischen hatten sich die Wogen geglättet, und Neal wollte alle Differenzen geklärt haben.

„Solange ich noch eine Rolle in eurem Leben spiele, ist mir egal, was zwischen euch läuft", sprach er direkt. Und er merkte deutlich, wie diese Äußerung seine Schwester und seinen Freund zutiefst berührte.

„Du spielst weiterhin die Hauptrolle!", sagte Francis mit Nachdruck. Sie stand auf und umarmte ihn zärtlich. „In erster Linie ist jeder von uns mit *dir* zusammen, und das bleibt auch so."

Neal schien zufrieden. Genau das wollte er hören. Ein Schmunzeln schlich sich auf sein Gesicht, als er seine Schwester an sich drückte und Gero ebenso intensiv ansah. „Dann bleibe ich also weiterhin euer Alpha-Männchen?"

„Genau!" Gero und Francis waren sich einig und lachten über diesen Vergleich.

Am Abend zogen sich Neal und Gero in die WG zurück, wo sie ungestört waren, denn Thilo und Lucy waren unterwegs. Neal genoss Geros Berührungen mit geschlossenen Augen. Er hatte sich den ganzen Nachmittag schon schwach gefühlt und war jetzt froh, nicht die Führung übernehmen zu müssen. Er genoss ebenso, endlich wieder mit Gero Sex haben zu können, ihn zu fühlen, zu riechen und zu küssen. Zufrieden sah er zu, wie Gero seinen Penis in den Mund nahm und gefühlvoll bearbeitete, sodass er kurz darauf kam. Neal lächelte und zog Gero zu sich heran. Sie versanken in einem innigen Kuss.

„Länger hätte ich es ohne Sex mit dir auch nicht mehr ausgehalten", gestand Neal. Er atmete tief durch und kam langsam wieder zur Ruhe. „Es ist so schön mit dir."

„Finde ich auch." Gero schmiegte sich fest an ihn. Sex mit einem anderen Mann war für ihn noch immer unvorstellbar.

Im Hintergrund hörte er, wie die WG-Tür aufgeschlossen wurde. Thilo und Lucy kamen zurück. Gero verzog sein Gesicht.

„Hier ist man auch nie ganz ungestört."

Neal sah zur Seite auf den Wecker. Es war schon spät am Abend. Was Francis wohl machte?

„Wir könnten ja noch kurz rüber gehen", sagte er, dann richtete er sich auf, um sich anzuziehen. Seine Bewegungen waren langsam, er fühlte sich schlapp. Und als er sich aus dem Bett erhob, wurde ihm regelrecht schwindelig, sodass er sich an den Kopf fasste, ein wenig taumelte und schließlich am Schreibtisch Platz nahm.

„Neal? Was hast du?" Gero klang besorgt. „Ist dir nicht gut?"

„Es geht", erwiderte Neal, doch seine Stimme war leise. Er hatte die Augen geschlossen, atmete tief ein und aus. „War wohl etwas viel für mich heute. Ich bin noch nicht wieder ganz fit."

Das musste er Gero nicht zweimal sagen. Als der Neals hagere Statur betrachtete, wurde ihm erneut bewusst, wie angeschlagen die Gesundheit seines Freundes noch immer war.

Bei Francis in der Wohnung legte sich Neal sofort wieder ins Bett, sodass sich Gero mit Francis ins Wohnzimmer zurückzog. Nicholas schlief längst und auch Rayon lag friedlich in seinem Kinderbett, das im abgedunkelten, hinteren Bereich des Zimmers stand.

Dennoch sprachen sie leise.

„Ich mach mir Sorgen", sagte Gero. „Neal ging es vorhin gar nicht gut, und er ist noch immer so zerbrechlich." Traurig senkte er den Kopf. Neal hatte die Sucht überwunden, trotzdem verhielt er sich öfter so, als wären längst nicht alle lästigen Nebenwirkungen verschwunden.

Das hatte Francis ebenfalls beobachtet.

Sie dachte daran, wie Neal damals aussah – im Vergleich zu jetzt.

Er war zwar schon immer schlank gewesen, doch der Drogenmissbrauch hatte seine attraktive Figur extrem angegriffen. Die Strapazen der letzten Monate hatten ihre Spuren hinterlassen.

Wenn man Neal sah, mit seiner dürren, fast knabenhaften Statur und den sehnigen Armen, mit dem Körper, der kaum noch einen Schatten warf, hätte man meinen können, Neal sei verletzlich geworden. Doch Francis wusste, dass er es nicht war. Trotz der schlimmen Ereignisse hatte er seine Stärke und sein Selbstbewusstsein zurückgewonnen. Er war nicht mehr aggressiv, noch ungerecht. Er war sogar verständnisvoller, einsichtiger und gefühlvoller als vor dem Drogenmissbrauch. Er hatte sich in einigen Dingen extrem geändert ...

„Die Vergangenheit holt ihn manchmal ein", sagte Gero. Dabei dachte er an die Träume, die Neal an seine Sucht erinnerten und ihn schreiend aufwachen ließen. „Er hat unheimliche Angst, rückfällig zu werden."

„Aber das wird er nicht", sagte Francis gewissenhaft. „Er ist stark genug, und wird das Zeug nie wieder anrühren." Sie war sich sicher.

Neal erwachte wie immer früh am Morgen. Vorsichtig befreite er sich aus Geros umklammerndem Griff. Er hatte am Abend zuvor nur unterschwellig mitbekommen, wie Francis und sein Freund ins Bett gekommen waren. Aber immerhin fühlte er sich besser, ausgeschlafen. Leise stand er auf und verschwand im Badezimmer.

Doch es war nicht leise genug, sodass Gero erwachte.

„Francis?", flüsterte er.

„Mhm?" Ihre Antwort klang verschlafen, sie drehte sich aber um. „Was ist?"

„Neal ist bereits wach", sagte Gero und deutete zur Badezimmertür, hinter der das Duschwasser rauschte. „Er steht immer so früh auf, oder? Ist dir das auch schon aufgefallen?"

Francis zuckte mit den Schultern. „Er macht das wegen der Kinder", erklärte sie.

Gero runzelte die Stirn. „Aber es sind Ferien, und Rayon ist still."

„Er erledigt auch andere Dinge", berichtete sie. „Er geht Brötchen oder Zigaretten holen, zur Post ... mit den Hunden raus. Er ist morgens immer unterwegs und macht irgendetwas."

Gero wurde noch nachdenklicher. „Er sollte sich in seinem Zustand lieber ausruhen. Glaubst du, er macht in Wirklichkeit etwas ganz anderes?"

„Manchmal kommt es mir so vor", gestand Francis. In der Tat verhielt sich Neal oft sehr geheimnisvoll, wenn er morgens wegging – ob nun mit oder ohne den Kindern.

„Nun mache ich mir echt Gedanken", äußerte sich Gero besorgt. Nur ungern musste er daran denken, wie schlecht es Neal am vorherigen Tag gegangen war. „Meinst du, es hat wieder was mit Drogen zu tun?"

„Hör auf!", zischte sie. „Das wäre schrecklich."

„Aber wir müssen doch wissen, was er tut", sagte Gero sinnierend. Schließlich kam ihm eine Idee. „Ich werde ihm gleich unauffällig hinterhergehen."

„Ja?" Francis zweifelte. „Sei aber vorsichtig…"

Sie stoppte. Die Badezimmertür ging wieder auf. Sie stellten sich schlafend und hörten, wie Neal seine Kleidung anzog und aus dem Zimmer schlich. Erst dann öffneten sie ihre Augen. Gero sprang sofort aus dem Bett, um sich ebenfalls anzuziehen.

„Beeil dich", flüsterte Francis. Sie hörten, wie die Wohnungstür ins Schloss fiel. Gero war ganz außer Puste, als er folgte. „Bin gleich zurück!", warf er ihr noch entgegen. „So weit wird Neal ja hoffentlich nicht gehen."

Als Gero dann auch die Wohnung verlassen hatte, bereitete Francis den Frühstückstisch vor. Etwas unsicher fühlte sie sich schon. War es wirklich gut, ihren Bruder so zu beschatten?

Kurz darauf kam Gero zurück.

„Und?", fragte sie sofort. „Wo ist er hingegangen?"

Gero setzte sich und sah sie mit ernster Miene an.

„Ich weiß nicht, was ich davon halten soll."

„Wieso?" Sofort war Francis alarmiert. Sie setzte sich ebenfalls. „Wo war er denn?"

„Bei Dr. Greve", berichtete Gero, woraufhin sie erschrak.

„Er war beim Arzt?"

Er nickte. „Andy Greve hat doch gleich um die Ecke seine Praxis. Ich habe genau gesehen, wie Neal dort reingegangen ist. Nun ist klar, warum er immer gegen neun Uhr losgeht. – Dann öffnet die Praxis nämlich."

Jetzt begriff sie einiges, trotzdem konnte sie es nicht richtig deuten. „Er geht also jeden Morgen zum Arzt? Was will er dort?"

Gero zuckte mit den Schultern. „Keine Ahnung." Er dachte sichtlich nach. Und Francis sprach schließlich aus, was er ebenfalls vermutete.

„Meinst du … er ist … krank?"

Eine leichte Blässe überzog plötzlich ihr Gesicht.

„Na ja", erwiderte Gero. „Wenn er jeden Morgen zum Arzt geht, muss er etwas haben, oder nicht?"

Francis schluckte. „Bitte nicht!", gab sie von sich. Ein verzweifeltes Stöhnen kam aus ihr heraus. Hörte die Aufregung denn nie auf? „Er darf nicht krank sein, das wäre schrecklich."

Sie dachte daran, wie schlimm Neals Drogensucht gewesen war. Sollte er jetzt etwa erneut mit gesundheitlichen Problemen kämpfen müssen?

„Nun bleib ruhig", sagte Gero. „Es heißt lange nicht, dass er etwas Ernsthaftes hat."

Aber diese Worte beruhigten sie nicht. „Also, wenn man nichts Ernstes hat, muss man auch nicht jeden Tag zum Arzt!", erwiderte sie, und es klang fast hysterisch. „Warum hat er uns nicht eingeweiht? Er verheimlicht uns was! Das beweist doch einiges!"

Ehe sie weiter darüber nachdenken konnten, was das alles zu bedeuten hatte, hörte sie, wie die Wohnungstür aufgeschlossen wurde und ihr Bruder zurückkam.

„Lass dir nichts anmerken!", zischte Gero. „Ich regle das schon."

Kurz darauf betrat Neal die Küche. Ein Lächeln lag auf seinen Lippen. „Hallo, ihr zwei", grüßte er und legte eine Brötchentüte auf den Tisch, dann gab er beiden einen Kuss. „Schläft Nicki noch?"

Francis nickte, woraufhin sich Neal die Jacke auszog und mit an den Küchentisch setzte. „Mann, hab ich einen Hunger!", äußerte er sich sichtlich erfreut darüber, dass der Tisch schon gedeckt war.

Er schenkte sich Kaffee ein und beschmierte kurz darauf ein Brötchen. Dass Gero und seine Schwester sich nicht rührten, fiel ihm erst auf, als er genüsslich in das mit Käse belegte Brötchen biss.

„Was ist mit euch?", erkundigte er sich.

„Ach, nichts!" Francis lächelte verkrampft, doch sie konnte nicht aufhören, ihren Bruder genau zu beobachten. „Geht es dir gut?", fragte sie schließlich.

Neal nickte. „Ja, es geht mir blendend. Der Schlaf war echt nötig. Wieso?"

„Nur so …" Sie zuckte mit den Schultern. Um von ihrer Nervosität abzulenken, schenkte sie sich ebenfalls Kaffee ein.

„Wirklich alles in Ordnung?", erkundigte sich nun Gero. Erneut bestätigte Neal sein Wohlbefinden.

„Was soll das denn?", fragte er jedoch erstaunt.

„Du warst heute wieder so früh auf ...", begann Gero. Ehe er weitersprechen konnte, erklärte Neal sein Verhalten.

„Ich stehe immer früh auf. Habe ich mir in der Klinik angewöhnt."

Er beschmierte die zweite Hälfte des Brötchens mit Marmelade, aber die Sache war für Gero längst nicht vom Tisch.

„Schon, aber ..." Er suchte nach Worten und war schließlich der Auffassung die Dinge direkt beim Namen zu nennen. Er nahm allen Mut zusammen und fragte: „Sag mal, kann es sein, dass du uns etwas verheimlichst?"

Sofort sah Neal auf. Die Hand mit dem Brötchen senkte sich.

„Verheimlichen?" Er klang erstaunt. „Nein, wieso?"

„Wir machen uns Sorgen", erklärte Francis.

„Was, um mich?" Neal lachte kurz auf. „Warum denn? Es ist alles okay, echt. Wie kommt ihr darauf euch Sorgen zu machen?"

„Du verhältst dich merkwürdig", sagte Gero. Schließlich brachte er die Angelegenheit auf den Punkt. „Was machst du immer morgens?"

Sichtlich überrascht von dieser Frage, zuckte Neal mit den Schultern. „Alles Mögliche ... Was geht euch das an?"

„Es geht uns viel an!", schoss es aus Francis heraus. Sie konnte nicht mehr ruhig bleiben. Die Anspannung in ihr war zu erkennen. Doch warum sie sich so verhielt, konnte ihr Bruder absolut nicht nachvollziehen.

„Sag mal, was ist denn in dich gefahren?", konterte er. „Ich kann machen, was ich will, klar?"

Sauer warf er sein Brötchen auf den Teller. Der Appetit war ihm vergangen. Stattdessen griff er nach seinen Zigaretten.

„Bitte, rauch nicht so viel", verlangte Gero daraufhin. „Das ist nicht gesund."

„Fängst du auch noch an?" Neal konnte nicht glauben, was um ihn herum passierte. Demonstrativ entzündete er eine Zigarette und zog kräftig daran.

„Da freue ich mich auf ein schönes Frühstück mit euch", fuhr er fort. „Und ihr nörgelt nur rum und nervt mich mit unbegründeten Gesundheitsvorkehrungen."

„Die sind nicht unbegründet, das weißt du genau", erwiderte Gero. Er war als Einziger ruhig geblieben, obwohl es ihm nicht leichtfiel.

Neal lachte verkrampft. „Was weiß ich?"

Gero atmete tief durch und wurde noch direkter. „Du musst es uns sagen", bat er. „Was hast du?"

„Ich?" Neal deutete mit der freien Hand auf sich. „Nichts!"

„Klar hast du was", entgegnete Gero. „Wieso rennst du sonst ständig zum Arzt?"

Plötzlich herrschte Totenstille im Raum. Neals Gesicht verdunkelte sich. „Woher weißt du das?" Er sah seinen Freund eindringlich an. „Woher weißt du, dass ich zum Arzt gehe?"

„Ich bin dir nachgegangen", gestand Gero. „Ich habe gesehen, wie du zu Andy in die Praxis gegangen bist."

Neals Augen wurden schmal wie Schlitze. „Du hast mir also hinterhergeschnüffelt?"

„Fangt bitte nicht an zu streiten", schaltete sich Francis ein. Sie hatte das Gespräch mitverfolgt und fürchtete eine heftige Auseinandersetzung. „Wir haben uns doch nur Sorgen gemacht", erklärte sie. „Du hast so geheimnisvoll getan. Wir wollten lediglich wissen, was du morgens immer tust. Wieso hast du es geheim gehalten?"

„Weil es völlig uninteressant ist!", antwortete Neal. Er stand auf, wollte dem Gespräch offensichtlich aus dem Weg gehen. Nervös zog er an der Zigarette.

„Es ist nicht uninteressant!", konterte Gero empört. „Wir müssen doch wissen, wenn du krank bist." Er sah seinen Freund fragend an. „Nun sag schon! Ist es was Schlimmes?"

„Wie?", fragte Neal wie angeprangert.

„Bist du ernsthaft krank?", wollte seine Schwester wissen.

„Krank? Wieso krank?" Neal schüttelte den Kopf. „Wer sagt, dass ich krank bin?"

„Du kannst es uns sagen", sprach Gero. „Wir werden dir helfen, egal, was es ist."

„Aber ich habe nichts!", rief Neal völlig genervt. Francis und Gero sahen sich verzweifelt an.

Gero startete einen neuen Versuch. „Bitte, sei vernünftig. Du siehst doch selbst, dass es zu nichts führt. Wir wissen, dass du dich in ärztlicher Behandlung befindest. Das kannst du nicht abstreiten."

„Oh, ihr nervt!", schrie Neal. Wütend drückte er seine Zigarette aus. „Ich habe nichts!", wiederholte er. „Ich bin gesund!"

„Das ist absurd." Gero seufzte unzufrieden. Allmählich wusste er auch nicht weiter. „Wenn du gesund wärst, würdest du nicht zum Arzt rennen."

„Genau!", unterstützte ihn Francis mit heftigem Kopfnicken. „Also, was hast du?"

„Ich habe nichts!", beteuerte Neal noch einmal.

„Hör doch auf damit!", rief Gero plötzlich. Er stand auf, sichtlich verzweifelt. „Sag uns die Wahrheit!", forderte er. „Bitte, was hast du?"

„Nichts! Verdammt noch mal!", schrie Neal lauthals.

Francis schüttelte den Kopf, der inzwischen hochrot vor Aufregung war. „Ich krieg gleich zu viel!", äußerte sie sich.

„Und ich erst!", schrie Neal zurück. Böse sah er beide an.

Gero wand sich. „Mensch, lasst uns das doch in Ruhe regeln."

Stille. Keiner sagte einen Ton, bis sich Neal wieder setzte. Er merkte die prüfenden Blicke auf seinem Körper. Es hatte keinen Sinn, sich zu verstecken, das wurde ihm klar. Von Gero und Francis hatte er stets Ehrlichkeit gefordert. Also musste er auch mit offenen Karten spielen.

„Okay", begann er schließlich. „Ihr habt es nicht anders gewollt."

Gero nickte zufrieden und nahm ebenfalls wieder Platz.

„Und?", fragte er. „Was hast du?"

Neal versuchte, die Angelegenheit so unwichtig wie möglich klingen zu lassen: „Wie ich schon sagte: Ich habe nichts. Ich gehe nur morgens immer zu Andy, weil ich … weil ich …"

Verdammt! Es fiel ihm so schwer, mit der Wahrheit herauszurücken.

„Weil was?", bohrte Gero nach. Die Fragerei schmerzte, aber Neal kam nicht drum herum.

„Weil ich noch *Subutex* nehme!", schoss es unerwartet aus ihm heraus. „Ja, weil ich noch immer diese dämlichen Tabletten nehmen muss! Ich kann noch nicht ohne! Ich bin noch nicht durch mit der Sache!" Er atmete angestrengt ein und aus. Er war so aufgewühlt. Wieso hatten sie ihn bloß gezwungen, *das* preiszugeben? „So, jetzt wisst ihr's! Seid ihr zufrieden, ja?!"

Aufgebracht lief er aus der Küche.

„*Subutex*?", wiederholte Francis leise. „Was ist das denn?"

„Das ist quasi eine Ersatzdroge", erklärte Gero, „ähnlich wie Methadon. -

Das erhalten Süchtige, um den Entzug zu schaffen, verstehst du? Das gehört mit zur Substitutionstherapie." Er griff sich an den Kopf und stöhnte bedrückt. „Oh, Mann! Warum bin ich nicht selbst darauf gekommen? Ich hätte wissen müssen, dass Neal noch was einnehmen muss. So schnell kriegt man Heroinsucht nicht bekämpft. Ich Idiot!" Er biss sich unzufrieden auf die Unterlippe.

Da kam Nicholas aus dem Kinderzimmer. Er war noch im Pyjama gekleidet und rieb sich verschlafen die Augen.

„Streitet ihr?", fragte er ängstlich.

„Nein." Francis kam sofort auf ihn zu. „Setzt dich an den Tisch. Wir frühstücken gleich zusammen weiter."

Dann folgte sie Gero ins Wohnzimmer, wo Neal still auf dem Sofa saß.

„Es tut mir leid", entschuldigte sich Gero. „Wie konnte ich nur so blöd sein? Ich hätte das wissen müssen, als angehender Arzt."

Er ärgerte sich darüber, dass er nicht nachgedacht hatte. Immerhin war er Medizinstudent.

„Ihr solltet es nicht erfahren", sagte Neal. Er sah zu Boden, als könnte er keinen von beiden in die Augen sehen.

„Aber wieso nicht?" Gero setzte sich zu ihm.

„Ich habe euch gesagt, dass ich clean bin, und ihr habt mir vertraut, und ich bin euch so dankbar dafür", erklärte Neal sein Verhalten. „Ich habe euch gesagt, dass ich weg bin von den Drogen, dass ich stark bin, ohne Heroin und Koks. Ich wollte nicht, dass ihr erfahrt, dass ich die Therapie noch nicht abgeschlossen habe."

Da schritt Gero sofort ein:

„Aber du bist clean! Du nimmst nichts mehr!", erinnerte er. „Du hast es geschafft. Das *Subutex* gehört eben dazu, dir zu helfen. Psychisch bist du doch völlig weg von der Sucht, das musst du niemandem beweisen. Und irgendwann brauchst du auch diese Tabletten nicht mehr." Er nickte zuversichtlich.

„Ich nehme nur eine kleine Dosis", berichtete Neal, als wollte er sich verteidigen. „Aber deswegen muss ich auch jeden Tag hin."

„Das ist doch in Ordnung", sagte sein Freund. Er umarmte ihn. „Ich bin so stolz auf dich. Du bist weg von den Drogen, ich weiß es."

Neal erwiderte die Umarmung. Es tat so gut. Für eine Weile hatte er sich tatsächlich wieder wie ein Versager gefühlt.

„Ich möchte mich auch entschuldigen", sagte Francis, die die beiden Männer die ganze Zeit still beobachtet hatte. „Ich hatte einfach Angst und dachte, du bist krank." Sie atmete tief durch und bemerkte, wie erleichtert sie war. „Dass du die Therapie noch nicht abgeschlossen hast, ist wirklich nicht schlimm."

Neal entspannte sich. Er war merklich befreit, dass die Angelegenheit geklärt war.

„Ich hätte es euch sagen sollen", räumte er ein. „Ich war nicht ehrlich genug. Es war mir bloß alles so peinlich."

„Daran ist nichts peinlich", sagte seine Schwester. „Du solltest froh sein, dass du es bis hier her geschafft hast. Und den Rest schaffst du auch noch." Sie zwinkerte ihm liebevoll zu.

Dann gingen sie wieder in die Küche, um weiter zu frühstücken. Da sie jetzt offen reden konnten, berichtete Neal, warum er sich für die ambulante Therapie entschieden hatte.

„Ich habe es in der Suchtklinik nicht mehr ausgehalten. Ich wollte nach Hause, hier gab es so viel zu regeln. Und die Therapeuten hatten gesagt, wenn ich einen guten Arzt finde, der mich weiter betreut, dann entlassen sie mich. – Ich habe gleich Kontakt zu Andy aufgenommen. Na ja, nun gehe ich morgens immer zu ihm."

„Da bekommst du diese Tablette jeden Morgen?", erkundigte sich Francis. Ihr Bruder nickte.

„Ja, und eine Urinprobe muss ich abgeben. So wird überprüft, dass ich wirklich keine Drogen nehme. Absolute Kontrolle sozusagen."

Er schmunzelte. Inzwischen gehörten diese Vorgänge zu seinem routinierten Tagesablauf. Das gab ihm zusätzlichen Rückhalt.

„Andy war sicher schockiert, als er von deinem Entzug erfahren hatte, oder?", wollte Francis wissen.

Neal verzog das Gesicht. „Begeistert war er nicht, doch er hat keine Sekunde gezögert und sich bereit erklärt, die Therapie mit mir fortzuführen." Er nickte anerkennend. „Ich bin ihm sehr dankbar. Nicht alle Hausärzte nehmen so etwas auf sich."

Er sah in die Runde: auf Gero, seine Schwester, die inzwischen den kleinen Ray in den Armen hielt, dann auf

Nicholas, der ihn munter angrinste. Auch ihnen war er mehr als dankbar.

Und seine Dankbarkeit zeigte er allen am Abend, wo sie zusammen bei ihm in der Villa gemütlich aßen. Endlich herrschte wieder eine positive Stimmung zwischen ihnen.

„Kann ich noch etwas bringen?", erkundigte sich Butler Ralph, als sie mit dem Nachtisch fertig waren.

„Ich denke, Sie können Schluss machen für heute", sagte Neal. Er überlegte kurz. „Es reicht, wenn Sie uns morgen das Frühstück bereiten."

Ralph nickte und war dann verschwunden. Doch die Nachdenklichkeit blieb in Neal bestehen. Und ihm kam es gelegen, als Francis aufstand, Nicholas bei der Hand nahm und kundtat:

„Du musst jetzt leider schlafen, mein Spatz."

Sie verschwand mit dem Jungen die Treppe hinauf in einem der Gästezimmer, wo auch Rayon inzwischen schlief. Neal sah auf die Uhr. Es war noch nicht allzu spät und trotzdem:

„Wir könnten es uns oben gemütlich machen", sagte er zu Gero und deutete ebenfalls zur Treppe.

Das war der erste Test!

Sein Freund war sofort einverstanden. Es schien ihn nicht zu stören, bei Neal zu übernachten, obwohl auch Francis und die Kinder da waren.

Somit standen sie auf und gingen ins Schlafzimmer. Gero trat ein, doch Neal verharrte an der Tür.

„Mach es dir ruhig schon bequem, ich komme sofort nach."

Gero lächelte immer noch und verschwand zuerst im Bad. Währenddessen suchte Neal seine Schwester auf, die im Nebenzimmer den kleinen Rayon stillte. Er beobachtete es eine Weile, und er spürte direkten Stolz, als er sie und das Baby, das er gezeugt hatte, so harmonisch zusammen sah. Aber auch das hielt ihn von seinem Vorhaben nicht zurück.

„Ich würde Gero heute gern ein wenig auf die Probe stellen", begann er.

Francis lächelte. „Hab ich mir schon gedacht, dass du noch etwas Spezielles vorhast."

Auch Neal schmunzelte. Sie verstanden sich ohne Worte.

„Lass dir Zeit mit Ray, okay?", sagte er. „Und danach kommst du rüber zu uns."

Neal betrat das Schlafzimmer mit gemischten Gefühlen. War es passend, was er tat? Zu seinem Erstaunen brannten nur ein paar Kerzen, die eine gemütliche Atmosphäre erzeugten. Gero lag im Bett. Sein Blick war erwartungsvoll, keineswegs schüchtern, wie damals.

„Das sieht ja richtig einladend aus", stellte Neal fest. Er kam näher. Augenblicklich schlug Gero die Bettdecke zurück. Er war komplett nackt. „Und *das?*", fragte er. „Auch einladend?"

Neal schluckte. Er musste sich eingestehen, dass er nicht damit gerechnet hatte, dass alles so einfach seinen Lauf nehmen würde. Er musterte seinen Freund gründlich und bemerkte die Erregung in sich. Während er nähertrat, entkleidete er sich hastig. Er wollte Gero spüren. Schnell, am liebsten sofort. Er glitt zu ihm auf das Bett. Ihre Lippen trafen sich erwartungsvoll. Neal umschlang Geros Körper und rieb sich an ihm. Seine Lust war immens, trotzdem bremste er sich. So schnell sollte es auf keinen Fall gehen …

Er löste sich, drehte sich zum Nachtschrank und nahm Gleitgel aus der Schublade. Gero lächelte, bis er das Kondom in Neals Hand sah – und ein dunkles Tuch.

„Was willst du denn damit?", fragte er erstaunt.

„Ich möchte etwas ausprobieren", gestand sein Freund. „Vertrau mir."

„Okay." Geros Neugier war geweckt. Bereitwillig ließ er sich das Tuch um die Augen binden. Nun sah er nichts mehr, aber das war ihm egal. Er spürte Neals Hände auf seinem Körper, wie sie ihn überall streichelten und er bemerkte

Neals Lippen an seinem Penis, wie sie ihn dort mit festem Druck bearbeiteten.

Gero genoss es. Er stöhnte und spreizte die Beine, sodass Neal wenig später in einer liegenden Position in ihn eindringen konnte. Gero war vollkommen entspannt, das merkte Neal während seiner vorsichtigen Penetration. Obwohl er diesmal ein Kondom benutzte, musste er sich Mühe geben, nicht sofort zu kommen. Immer wieder machte er Pausen, in denen er tief durchatmete und zur Tür sah.

Sollte er die Aktion doch abblasen? Sich das Kondom runterreißen und Gero kräftig durchficken, so, wie es ihnen wahrscheinlich beiden gefallen hätte? Er zögerte. Nein, er wollte etwas anderes. Vielleicht würde sich eine derartige Gelegenheit nicht so schnell wieder ergeben?

„Was ist?", fragte Gero. Er war außer Atem. Dass Neals Bewegungen langsamer wurden und schließlich aufhörten, machte ihn sofort stutzig.

Bevor Neal antworten konnte, sah er noch einmal zur Tür und atmete auf. Just in diesem Moment kam Francis herein. Sie sah, was sie erwartet hatte, und nickte ihrem Bruder still zu. Der küsste Geros Hals und seinen Mund und flüsterte in sein Ohr:

„Francis ist jetzt da."

Gero nickte verhalten. Er war keineswegs entsetzt, wie er es früher wohl gewesen wäre. „Ist in Ordnung", sagte er nur. Auch seine Stimme war leise. Überhaupt war jeder von ihnen ruhig und vorsichtig in seinen Bewegungen, was der Situation eine tiefe Sinnlichkeit verlieh.

Und so erwiderte Gero direkt die Küsse, die Francis ihm im nächsten Moment auf den Mund drückte. Neal hatte inzwischen eine kniende Position eingenommen, bewegte sich langsam in ihm und streichelte dabei Francis' Rücken.

Neal entspannte sich. Es lief alles nach Plan, wenn es denn überhaupt einen Plan für solche Spielchen gab. Zufrieden stellte er fest, dass seine Erwartungen weit übertroffen wurden. Seine Schwester und Gero knutschten nackt vor seinen Augen, und das erregte ihn beachtlich.

Und doch war er hin- und hergerissen. Er wollte seinen Freund weiterhin penetrieren, wäre dann aber mit Sicherheit übereilt gekommen. Außerdem war es stets reizvoll, sich das zu nehmen, was man gerade nicht besaß.

Somit ließ er von Gero ab und griff Francis an die Hüften, zerrte sie von seinem Freund weg und drückte sie fest auf die Matratze. Es schien ihr zu gefallen. Sie zog Neal auf sich und küsste ihn wild. Sie war bereit, der Zeitpunkt perfekt.

Er befreite sich von dem Kondom, war froh, es benutzt zu haben, denn so konnte er geradewegs in Francis eindringen. Ebenso wusste er, dass sie trotz des Stillens schon wieder die Pille nahm, also hatte er eigentlich nichts zu befürchten.

Rhythmisch bewegte er sich in ihr. Es fühlte sich gut an, wenn auch anders.

Allerdings verging keine lange Zeit, bis Gero unruhig wurde. Er sah noch immer nichts. Nur seine tastenden Hände erforschten die nackten Körper neben sich. „Was macht ihr?", fragte er leise. Eine Frage, die überflüssig war. Er bemerkte die eindeutigen Bewegungen neben sich und die verräterischen Laute. „Darf ich zusehen?"

„Das sollst du sogar", sagte Neal, der mit einer freien Hand das Tuch von Geros Augen entfernte. Sofort rückte Gero näher, sog das Liebesspiel der beiden gierig in sich auf, bis er selbst aufgeregt atmete. Fast flehend sah er seinen Freund an, genau so, wie es sich Neal gedacht hatte. Es lief also doch alles nach Plan …

Ohne Worte zog sich Neal von seiner Schwester zurück und deutete nur durch ein Nicken an, dass Gero jetzt freie Bahn hatte.

Und der reagierte auch sofort. Sehnsüchtig schmiegte er sich an Francis, küsste sie sanft, dann stürmischer, bis sich schließlich ihre Körper vereinigten und Neal ihnen zufrieden dabei zusah …

„Oh, Mann!", äußerte sich Gero, als er wieder zu Atem kam. Er küsste Francis noch einmal auf den Mund, dann sah er sie fast ein wenig beschämt an. „Das war eine Nummer, was?" Er grinste, als sie zufrieden nickte.

Er richtete sich etwas auf, sah auf ihren makellosen Körper. Sie hatte wohlgeformte, stramme Brüste, eine schmale Taille und einen flachen Bauch, dazu passend weibliche Hüften und schlanke, lange Beine. Ihre Haut war hell, ihre dunkelbraunen Haare, die ihr weit den Rücken hinunter reichten, bildeten einen fabelhaften Kontrast. Und dann ihre Augen, die smaragdgrün schimmerten und in dem feinen Gesicht ihre Schönheit unterstrichen. Man konnte ihr einfach nicht widerstehen. Wenn man sie sah, hatte man gezwungenermaßen das Gefühl, sie sofort erobern zu müssen. Sie war etwas Besonderes. So etwas Besonderes, dass Gero längst verstand, warum sich ihr Halbbruder Neal zu ihr hingezogen fühlte. Wenn Gero mit ihr schlief, konnte er fast vergessen, dass er eigentlich homosexuell war.

„Auf was für Ideen Neal immer kommt!" Er dachte an seinen Freund, der sich in sexueller Hinsicht tatsächlich stets experimentierfreudig gab, dann sah er sich um. Neal war nicht mehr da.

„Wo ist er hin?"

Francis sah ebenfalls auf und zuckte mit den Schultern. „Keine Ahnung, eben war er noch da."

„Ob er sich überflüssig gefühlt hat?", dachte Gero laut nach, das zog Francis allerdings gar nicht in Betracht.

Sie deutete auf das Ende des Bettes, wo Neal zuletzt gesessen und sie eindringlich beobachtet hatte. Dort glänzte das Laken feucht.

„Ihm hat das sehr gefallen, wie man sieht." Sie kicherte. Trotzdem war Gero mit der Situation nicht zufrieden. Aufrichtig sah er sie an.

„Ich fand das eben wirklich geil. Aber wir sollten Neal nicht das Gefühl geben, dass er uns so etwas ständig bieten muss, oder?"

Ein Gedanke, den Francis teilte.

Gero fand Neal im Erdgeschoss. Er stand dort und rauchte. Als er seinen Freund bemerkte, drehte er sich lächelnd um.

„Na? Hattest du deinen Spaß?"

Gero nickte eifrig. „Francis hat es auch gefallen…" Er biss sich nachdenklich auf die Unterlippe. Wie sollte er am besten klarmachen, was in ihm und ihr vorging? Er entschied sich für den direkten Weg.

„Wir sind trotzdem der Auffassung, dass solche Dreier nicht zur Tagesordnung gehören sollten. Nicht dass du denkst, dass wir das verlangen." Er machte eine kleine Pause und sprach dann weiter: „Obwohl Francis und ich Gefühle füreinander haben, möchten wir primär deine Partner sein und weiterhin die Zweisamkeit mit dir allein genießen."

Im schummrigen Licht, das von der Gartenbeleuchtung ins Zimmer drang, sah man Neal sanft lächeln. Gegen Geros Erwartungen kamen verständnisvolle Worte. „Klar, das will ich auch. Ich verlange nicht, dass wir von jetzt an nur noch zu dritt ins Bett hüpfen. Das wird auf Dauer gar nicht funktionieren."

Gero atmete erleichtert auf. Aber als Neal weiter sprach, stockte ihm direkt der Atem.

„Eigentlich wollte ich auch nur sehen, wie du dich so anstellst, wenn du mit ihr schläfst." Er grinste kess.

„Wie bitte?" Gero traute seinen Ohren nicht. Meinte das Neal ernst?

Sein Freund hob die Schultern leicht an. „Ja, ich muss doch wissen, ob du Francis' Bedürfnissen auch gerecht werden kannst."

„Was?" Gero schien außer sich. Trotzdem überlegte er, ob er sich wirklich aufregen oder das Ganze als Scherz deuten sollte. Er wählte die zweite Variante und konterte ebenso frech: „Und? Bist du zufrieden mit dem, was du gesehen hast?"

Neal nickte. „Ja, das sah sehr vielversprechend aus." Er lächelte liebevoll, strich Gero dabei sanft über die Wange. Und es war etwas in seinem Blick, was Gero nicht deuten konnte, doch es signalisierte, dass er noch ganz andere Gedanken in sich trug …

Am nächsten Morgen war die Stimmung zwischen ihnen noch immer harmonisch. Als sie alle vergnügt am Frühstückstisch saßen, klingelte es allerdings an der Tür.
Es war früh, und Ralph beim Einkaufen, sodass sich ausnahmsweise Gero erhob und aus dem Fenster sah.
„Es ist jemand von der Post, glaube ich!", rief er Neal entgegen.
„Lass ihn rein", erwiderte der missmutig. Er mochte es gar nicht, wenn man so früh störte. Gero bediente den Knopf für das automatische Einfahrtstor, und schon stand ein Mann mit einem Brief in der Hand vor der Tür.
„Sind Sie Neal Anderson?", fragte der Bote, woraufhin Gero amüsiert lächelte.
„Sehe ich so aus?"
„Entschuldigen Sie", erwiderte der Bote, dabei senkte sich die Hand mit dem Brief. Wie der Sohn des bekannten Designers Peter Anderson aussah, war ihm offensichtlich nicht geläufig.
„Wer will was von mir?", hörte man Neal fragen, und er erschien hinter Gero, um den Überbringer der Post neugierig zu mustern.
„Ich habe ein Einschreiben für Sie, dessen Empfang Sie mir bestätigen müssten."
Neal stutzte. *Einschreiben? Wann hatte er so etwas zuletzt erhalten?*
„Vielleicht wieder von einem Dirk Martens?", witzelte Gero und erinnerte an die Briefsendung von Dirk, die Neal einstmals abgelehnt hatte, weil er damals nichts mit seinem Ex-Freund zu tun haben wollte. Aber Neal konnte darüber nicht lachen, als er den Brief fixierte. Er zeigte dem Boten

seinen Personalausweis und bestätigte den Empfang des Briefes mit einer Unterschrift.

„Von wem ist der denn?", fragte Gero, als der Bote gegangen war, aber Neal antwortete nicht. Stattdessen ging er stillschweigend ins Wohnzimmer zurück, öffnete das Schreiben ebenso ruhig und studierte den Inhalt. Es dauerte nur wenige Sekunden, bis er die Zeilen gelesen hatte. Sein Gesicht war plötzlich ernst geworden und irgendwie blass. Er sagte nichts. Seine Hand mit dem Brief sank nach unten, sodass das Schreiben auf den gläsernen Wohnzimmertisch fiel. Francis, die Rayon im Arm hielt, sah sich sofort um. Auch Gero merkte, dass etwas nicht stimmte.

„Was ist denn?", fragte er besorgt, doch Neal erwiderte noch immer nichts. Er ging nur schweigend auf die Terrassentür zu, öffnete sie und trat ins Freie.

„Eine schlechte Nachricht?"

Keine Antwort ertönte. Neal wandelte wie in Trance über den Rasen, dann setzte er sich auf den Rahmen der Sandkiste, die er dort für seinen Sohn Nicholas aufgestellt hatte.

Francis und Gero sahen sich fragend an. „Was hat er denn?" Geros Stimme klang besorgt, doch sie konnte nur mit den Schultern zucken.

Sein Blick legte sich auf das Schreiben, welches offen auf dem Glastisch lag. Ohne zu zögern, griff er es und überflog das Blatt Papier in Eile.

„Oh, mein Gott, nein!", entwich es ihm daraufhin. „Verdammte Scheiße, nein!"

„Was ist?" Francis erhob sich sofort. „Was schlimmes?" Sie legte Rayon in die Babyschale und kam auf Gero zu. Dessen Gesicht zeigte großes Entsetzen.

„Neal hat eine Vorladung erhalten", berichtete er aufgeregt.

„Vorladung?" Francis runzelte die Stirn. „Ist es wegen der Drogensache? Hat man ihn damals mit Drogen erwischt?" Gero schüttelte den Kopf. Er reichte ihr das Schreiben. „Lies selbst."

Sie griff nach dem Brief. Nach nur wenigen Sekunden weiteten sich ihre Augen. Fassungslos las sie folgende Worte laut vor:

„… wird Ihnen vorgeworfen, gegen den Paragraphen 173 des Strafgesetzbuches verstoßen zu haben … fordern wir Sie auf, diesbezüglich Stellung zu nehmen …"

Kopfschüttelnd sah sie Gero an. „Wie kommen die darauf? Die können doch nichts beweisen!"

Erschüttert von der Nachricht musste sie sich setzen. „Ich verstehe das nicht …"

„Da muss ihn wohl irgendjemand angeschwärzt haben", überlegte Gero laut. Er musste sich nicht erst erkundigen, was es mit dem § 173 auf sich hatte. Seitdem er wusste, dass Francis und Neal, obwohl sie Geschwister waren, innig miteinander verbunden waren, hatte er sich über diese Situation erkundigt. Der § 173 verbat den Beischlaf zwischen Verwandten und legte für ein derartiges Vergehen Geld- und Freiheitsstrafen fest.

Ehe sie weiter darüber diskutieren konnten, hörten sie Neal, der das Haus wieder betrat. Noch immer sah er mitgenommen aus. Sofort ertönte Francis' harsche Stimme: „Neal, geh da nicht hin! Bitte, sag nichts. Die können dich nicht zwingen."

Doch er blinzelte ihr beruhigend zu.

„Mach dir keine Sorgen", sagte er, dabei strich er über ihre Wange. „Ich hab damit gerechnet, dass es einmal so kommen würde. Ich bin vorbereitet."

Er ging zielstrebig durch das Wohnzimmer, um im Flur nach seiner schwarzen Lederjacke zu greifen.

„Was soll das heißen?", fragte Francis sofort. „Was hast du vor?"

„Ich werde dort hingehen und meine Aussage machen." Er war inzwischen angezogen und zückte sein Handy. „Ich werde Carsten informieren. Er soll mich als Anwalt vertreten." Schon war er aus dem Haus verschwunden.

Eine bedrückende Stille stellte sich ein. Francis war ganz benommen, als sie sich wieder auf das Sofa setzte.

Unsicher sah sie durch den Raum, dann blickte sie Gero fragend an. „Können Sie ihn zu einer Aussage zwingen? Können Sie ihn festhalten?"

Er schüttelte den Kopf. „Du hast doch gehört, was Neal gesagt hat. Er besorgt sich einen Anwalt. Es klang so, als hätte er sich schon viel früher schlaugemacht und wird richtig handeln."

In der Tat wirkte Neal zuversichtlich. Er schien sich tatsächlich Gedanken gemacht zu haben, was im Falle des Falles zu tun sei.

„Er ist wieder wie früher", sagte Francis. „So korrekt und gefasst. Wenn ich überlege, was wir schon alles durchgemacht haben. Ich habe oft schnell die Kontrolle verloren, und er hatte stets den Überblick."

Sie sah zu Boden. „Es steckt in ihm. Er meint immer, er müsste alles schaffen, alle Probleme bewältigen, jeden um sich beschützen und stark sein." Nun wurde ihr Blick betrübt. „Dass er irgendwann nicht mehr kann, hätte mir klar sein müssen."

Gero schritt sofort ein. „Mach dir keine Vorwürfe", sagte er. „Neal hat sich vielleicht unter Druck setzen lassen, hat dann zu Drogen gegriffen, aber er ist wieder stark. Und er wird der Polizei schon das Passende erzählen, da bin ich mir sicher."

Es dauerte eine Weile, bis Neal zurückkam. Francis hatte derweilen die Uhr ungeduldig verfolgt. Eigentlich hätte sie längst in die Firma gemusst. Zum Glück hatte Nicholas noch Schulferien. Er spielte im Garten. Gero saß auf der Couch und lernte für die Uni, aber konzentrieren konnte er sich nicht.

Als es Mittag wurde, brachte Francis ihren jüngsten Sohn zum Schlafen ins Gästezimmer, und schließlich fuhr auch Neal mit dem Motorrad wieder vor.

Erwartungsvoll wurde er von seiner Schwester und seinem Freund empfangen.

„Und?", fragte Francis zuerst. „Wie war es? Was haben sie gewollt?"

Neal legte den Motorradhelm ab, entledigte sich seiner Lederjacke und blickte seelenruhig in den Spiegel, um sein Haar zu richten.

„Sie wollten wissen, was an der ganzen Sache dran ist – und ich habe ihnen die Wahrheit gesagt."

Die Augen seiner Schwester weiteten sich. Mit einer derartigen Antwort hatte sie nicht gerechnet. Sie hatte das Schlimmste befürchtet: dass man Neal festnehmen und er in einem Verhör alles dramatisch abstreiten würde. Doch da hatte sie sich grundlegend geirrt.

„Du hast die Wahrheit gesagt?", wiederholte sie fassungslos. Augenblicklich kam es wie ein Schock über sie. „Ja, bist du noch zu retten?" Sie schrie. „Das kannst du doch nicht machen! – Ist dir überhaupt bewusst, was du damit angerichtet hast?"

In Panik dachte Sie daran, was das alles für Folgen nach sich ziehen konnte. Sie dachte an die Presse, ihren Ruf bei Kollegen, Freunden und Kunden, an ihre Eltern ... und zuletzt an ihre Kinder und an sich selbst. Sie schüttelte den Kopf. Bestürzung, Angst und Wut, all das war ihr gänzlich ins Gesicht geschrieben. „Weißt du, was du uns damit angetan hast?" Sie konnte es nicht fassen. „All die Jahre haben wir diese Anschuldigungen von uns gewiesen, und nun gehst du zur Polizei und gestehst alles?" Erschüttert sah sie ihren Bruder an, der ihren Blick nur still erwiderte. „Bloß weil uns irgendjemand eins auswischen will, gibst du klein bei und offenbarst unser Geheimnis?"

Da schüttelte Neal den Kopf. „Niemand will uns eins auswischen", stellte er klar. „Ich habe mich zu Rayon bekannt. Kein anderer, als die Klinik hat diesen Fall gemeldet. Es ist ihre Pflicht, so etwas zu tun."

Jetzt musste auch Gero kräftig schlucken. Diese Bemerkung schnürte ihm direkt die Kehle ab. Er war sprachlos. Stattdessen geriet Francis außer sich:

„Du hast dich als Vater bekannt? Schon in der Klinik?"

Neal nickte.

„Ohne mich zu fragen?", keifte sie. „Bist du verrückt geworden?"

Augenblicklich wurde ihr allerdings einiges klar. Warum wurde Neal gestattet, auf die Frühgeborenenstation zu gehen? Sie hatte zwar darum gebeten, doch üblich war es nicht unbedingt, das zu genehmigen. Wieso war es ihm wichtig gewesen, den Papierkram zu erledigen? Die Geburtsurkunde, in der er offensichtlich als Vater eingetragen war, hatte sie bis jetzt noch nicht zu Gesicht bekommen.

Kalte Schauer liefen über ihren Rücken. Aber nicht, weil dieses Vergehen auch Nachteile für sie nach sich ziehen konnte, sondern weil sich Neal mit seiner Aussage bewusst strafbar gemacht hatte. Er hatte seine Schuld zugegeben, obwohl sie ihre Geschwisterliebe geheim halten wollten!

Ungeachtet dessen, was enge Freunde über sie schon lange wussten, und abgesehen von den Zeitungen, die immer wieder Verdacht geschöpft hatten, sie beschattet oder in Interviews darauf angesprochen hatten: Sie hatten es nie offenbart, ihre Liebe nie zugegeben, nie in der Öffentlichkeit Farbe bekannt. Und nun das!

„Du kannst ins Gefängnis kommen, deswegen! Ist dir das bewusst?"

Francis kämpfte mit den Tränen – aber eher vor Wut und Verzweiflung. Es war unfassbar, wie gelassen ihr Bruder die Angelegenheit nahm und nur mit den Schultern zuckte.

„Na und? Sollen sie mich doch einsperren!"

Bei dieser Äußerung musste sogar Gero den Kopf schütteln. Neals Verhalten war leichtsinnig, und er hatte viel riskiert.

Angst machte sich in Gero breit. Angst vor den Folgen dieses Benehmens.

„Wurde nicht erst letztens ein junger Mann verurteil, weil er mehrere Kinder mit seiner Schwester hat?", fragte er zögerlich. Unfassbar war der Gedanke für ihn, dass seinem Freund dasselbe passieren konnte. „Der saß ziemlich lange im Gefängnis."

„Das kann man gar nicht vergleichen!", zischte Neal. „Unsere Kinder sind gesund. Wir haben sie zudem nicht fahrlässig gezeugt und sind nur Halbgeschwister. Wir sind weder mittellos, noch kann man uns unsere Rechte nehmen!"

Er stellte seinen Standpunkt unverrückbar klar. Er war felsenfest davon überzeugt, dass man ihn in seiner Position höchstens zu einer Geldstrafe verurteilen würde.

„Ich habe mich bewusst zu der Vaterschaft bekannt", betonte er abermals. „Denn ich bin es leid, diese falsche Fassade zu bewahren. Für wen denn?" Seine Stimme wurde laut. „Für die Medien? Für die High Society?" Er sah Francis eindringlich an. „Für die Nachbarn? Für Leute wie Frau Dresen?" Er lachte gestelzt. „Ich habe es satt, mich zu verstellen. Mich kotzt es an, dass ich nicht leben kann, wie ich will!" Er dachte an seine Drogenzeit zurück. Hatten ihn nicht sämtliche Zwänge der Gesellschaft in diese Sucht getrieben? Hatte er sich in der Vergangenheit nicht oft genug verbiegen müssen? Wer dankte ihm das?

„Rayon ist mein Sohn, und ich will ihn auch so behandeln." Gezwungenermaßen dachte er daran, wie er die ersten vier Lebensjahre von Nicholas verpasst hatte – nur, weil er sich zu der Vaterschaft nicht bekannt hatte und nach England geflohen war. Damals waren ihm sein Image, seine Karriere und der Ruf aller Beteiligten wichtiger gewesen.

Nun waren andere Zeiten angebrochen.

„Ich will für meinen Sohn da sein", fügte er hinzu. „Egal, was man hinter meinem Rücken tuschelt, und egal, was für negative Folgen es für mich haben könnte."

So logisch die Erklärung auch klang, Francis beruhigte sich nicht. Sie konnte seine Wünsche nachvollziehen, aber ebenso wusste sie, dass mit diesem Geständnis einiges in ihrem Leben zerstört werden könnte.

„Und Mum und Dad?", fragte sie unter Tränen. „Was ist mit ihnen? Hast du daran gedacht?" Sie fuhr sich über die Augen. „Das kann unsere Firma ruinieren. Und deine Band …"

„Sure." Neal wusste das genau. Er war bewusst dieses Risiko eingegangen. Und doch: „Carsten wird dafür sorgen, dass die Angelegenheit unter Ausschluss der Öffentlichkeit stattfindet. Ich fürchte keine Presse. Zudem plädieren wir auf das Recht der sexuellen Selbstbestimmung. Mit wem ich ins Bett gehe, ist allein meine Entscheidung! Sollen sie mir ruhig eine saftige Geldstrafe aufhalsen, sollen sie mir nur hundertmal erzählen, wie ich in unserem Fall verhüten soll. Das ist mir scheißegal!" Er schrie diesen letzten Satz hinaus, voller Inbrunst. Francis und Gero sahen ihn nur erschrocken an, wussten aber längst, dass er es ernst meinte. „Und, wenn Rayon das erste Mal Papa zu mir sagt, selbst wenn Stephanie dabei ist, werde ich der Letzte sein, der ihm das verbietet!"

Kapitel 13

Es war mitten in der Nacht, als Gero erwachte und das hektische Atmen seines Freundes wahrnahm. Das hatte ihn regelrecht aus dem Schlaf gerissen.

„Ist alles okay?", erkundigte er sich sofort. Er machte die Nachttischlampe an und drehte sich zu Neal, der neben ihm lag, sich allerdings fest in die Bettdecke eingerollt und die Beine angezogen hatte. Er zitterte und stöhnte leise.

„Was ist denn los?" Gero geriet augenblicklich in Aufruhr, als er dazu das verschwitzte Gesicht seines Freundes sah. Neal war blass um die Nase, seine Augen nur einen kleinen Spalt geöffnet.

„Ich habe geträumt ...", berichtete er. „Es war wie ein Flashback ..."

Betroffen fuhr er sich mit der Hand über die Augen. Sein Körper zuckte ab und zu, dabei ächzte er gequält.

Gero wusste, was das bedeutete. Auch wenn Neal längst drogenfrei lebte, befanden sich Drogenrückstände in ihm, die durch den natürlichen Reinigungsprozess des Körpers nur langsam abgebaut und ausgeschieden wurden. Das machte Neal offensichtlich zu schaffen, und es war sogar möglich, dass er diese Symptome noch Jahre nach dem Ende seines Drogenkonsums spüren würde.

Der Traum, von dem er berichtete, hatte ihn in einen ähnlichen Rauschzustand zurückversetzt – auch ohne Drogen.

Im Schlaf war er high gewesen, wie damals. Doch dann wurde er wach und verspürte nur noch die negativen Anzeichen seiner ehemaligen Sucht.

„Soll ich dir eine Beruhigungstablette bringen?", fragte Gero besorgt. Er strich Neal sanft über den Rücken, doch der lehnte ab:

„Bloß keine Tabletten!", äußerte er sich eindringlich. „Ich nehme keine Pillen ein, nie mehr!"

Er vergrub sein Gesicht in den Kissen und atmete schwer. Er kannte diesen Zustand inzwischen bestens. Meist dauerte er ein paar Stunden an. Ab und zu kamen diese Attacken für nur wenige Minuten. Dann kam er sich leer und schwach vor, schwindelig und überflüssig. Manchmal fühlte er sich dadurch beschwingt, fast so, als hätte er eine Vision. Doch diese Gefühle verschwanden auch wieder, und so war es diesmal ebenfalls.

Neal merkte, wie sich Gero an ihn schmiegte, ihn fest umfasste und an sich drückte. Das tat gut. Es war jemand da, der ihn beruhigte.

Was hätte er bloß gemacht, hätte er Gero nicht gehabt? Ohne ihn und Dirk, wäre er sicher einige Male durchgedreht. Das Zittern und seine Unruhe legten sich erst nach zwei Stunden. Und erst dann schliefen sie beide wieder ein.

*

Für die Abschiedsfeier von Dirk, hatte Neal seine Villa zur Verfügung gestellt. Zudem war es auch endlich mal wieder ein Grund, um gute Freunde einzuladen. Neal hatte seine letzten Geburtstage nicht feiern können. Zu seinem Einunddreißigsten war er in London und an seinem Zweiunddreißigsten in der Suchtklinik gewesen.

Beides war inzwischen überstanden, sodass er sich auf einen schönen Abend freute, auch wenn es der Letzte war – mit Dirk.

Trotzdem konnte er sich amüsieren. Ohne Drogen, ohne Alkohol. Noch vor kurzem war das für ihn kaum vorstellbar gewesen.

Er lachte über das ganze Gesicht, als er seine Gitarre ablegte. Zusammen mit Thilo hatte er spontan eine Gesangseinlage dargeboten. Die Gäste klatschten. Und schon war Neal wieder in ein Gespräch verwickelt. Es tat ihm sichtlich gut, sich mitzuteilen. Inzwischen konnte er offen über seine Vergangenheit reden, auch wenn die meisten betroffen den

Kopf schüttelten, als sie von seinem Entzug erfuhren. Aber Neal wollte kein Mitleid, das zeigte er allen zu deutlich. Und obwohl ihn viele auf seine gebrechliche Statur hin ansprachen, versicherte er ihnen, dass er sich gut fühlte.

Erst nach einer ganzen Weile der lebhaften Konversationen sah er sich nach Gero um. Der lehnte neben der Küchentür an der Wand und starrte ihn an. Neal entschuldigte sich sofort bei seinem Gesprächspartner, drückte eine Zigarette im Aschenbecher aus und kam auf Gero zu.

„Was stehst du denn hier so teilnahmslos herum?", erkundigte er sich. „Gefällt dir die Party nicht?"

„Doch, schon." Gero lächelte verkrampft. Überzeugend klang das bei weitem nicht.

„Und warum unterhältst du dich nicht?", fragte Neal.

„Ich hab dich wohl zu lange angesehen", sagte Gero, dabei schielte er auf das weiße Hemd seines Freundes, das locker über der engen Bluejeans hing und bis zur Brust weit aufgeknöpft war. Wieder lächelte er, aber diesmal sah es verlegen aus, wenn nicht gar hilflos.

„Wieso zu lange?" Neal schüttelte perplex den Kopf, da deutete Gero nach unten, auf seine Hose, wo zwischen seinen Beinen eine Wölbung zu erkennen war.

„Ach herrje!", entwich es Neal. Jetzt konnte er sich ein Lachen auch nicht mehr verkneifen. Augenblicklich wurde ihm klar, warum sich sein Freund wie eine Salzsäule verhielt und sich nicht vom Fleck weg wagte.

Und Neal machte sich sofort einen noch größeren Spaß daraus, indem er sich dicht an seinen Freund schmiegte und ihm lüstern ins Ohr wisperte: „Ich könnte vor versammelter Mannschaft in die Knie gehen und dir einen blasen."

Gero schloss seufzend die Augen. Allein die Vorstellung daran, machte ihn kribbelig. „Bitte, sag so was nicht. So wird es nur noch schlimmer", flüsterte er. Unsicher sah er sich um. Seine Verfassung schien jedoch niemand bemerkt zu haben.

„Was hättest du denn lieber?", fuhr Neal fort. „Dass ich es dir kräftig besorge oder dass du deinen Schwanz in mich steckst?"

Gero schluckte. Sein Herz pochte wild. Hitze stieg in ihm auf. Verzweifelt sah er Neal an. „Am liebsten beides …"

„Okay." Neal strich ihm über die Wange und hatte Nachsicht. Weiter wollte er seinen Freund nicht mit verbalen Äußerungen quälen. Er deutete unbemerkt zur Treppe. „Geh hoch … Ich komme sofort nach."

Ein DJ legte Musik auf. Mitten im Wohnzimmer tanzten einige Gäste. Neals Villa war geräumig und für diese Art von Partys bestens geeignet.

Francis hatte an diesem Abend wieder eines ihrer geliebten, roten Cocktailkleider angezogen. Die knallige Farbe passte hervorragend zu ihren dunklen, langen Haaren, die sie offen trug. Das fand auch Dirk, der sie direkt ansprach, als sie zusammen am Buffet standen, das auf dem breiten Tresen aufgebaut war.

„Lust auf einen Tanz?" Er deutete in die Menge. Francis stellte ihren Teller ab und nickte sofort. „Gern!"

Sie folgte Dirk, doch bevor sie sich zur Musik bewegte, fasste sie sich verärgert an den Kopf. „Ach, ich habe vergessen, das Babyfon einzustellen."

Trotz des lauten Geräuschpegels wollte sie unbedingt mitbekommen, falls etwas mit den Kindern war. Ein Babyfon hatte sie in der Küche aufgestellt, das andere im Gästezimmer, wo Nicholas und Rayon schliefen – allerdings hatte sie nicht daran gedacht, es zu aktivieren.

Dirk zuckte mit den Schultern. Er sah noch einmal auf ihr Kleid, dann auf ihr freizügiges Dekolleté, das ihm besonders gefiel. Charmant, denn er konnte keiner hübschen Frau widerstehen, lächelte er sie an.

„Ich werde in der Küche einen Drink nehmen und auf dich warten."

Schnell nahm sie die Stufen in die obere Etage. In Neals Schlafzimmer brannte Licht, was sie nicht sonderlich überraschte. Ihren Bruder und Gero hatte sie die letzten Minuten unter den Gästen nicht mehr gesehen. Ob sie sich mal wieder nicht beherrschen konnten? Francis grinste in sich hinein. Und tatsächlich: Als sie am Zimmer vorbeiging, hörte sie aufgeregtes Atmen und eindeutige Geräusche, die vermuten ließen, dass sich ein Paar heftig küsste.

Francis ließ sich davon nicht aufhalten. Leise sah sie in eines der Gästezimmer. Rayon und Nicholas schliefen. Vorsichtig betätigte sie den Schalter des Babyfons, das auf der Kommode stand, dann schloss sie das Zimmer wieder.

Zufrieden ging sie zurück. Sie fühlte sich beschwingt, freute sich, dass sie endlich einen schönen Abend hatten, ohne Sorgen und ohne, dass die Kinder störten. Sie freute sich ebenfalls auf den Tanz mit Dirk, denn der war ganz der Gentleman, wie man ihn sich als Frau wünschte.

Und Christen hatte sicher nichts dagegen, dass sie sich mit ihm etwas amüsierte. Doch als sie erneut an Neals Schlafzimmer vorbeikam, blieb sie stehen.

Sollte sie einen Blick riskieren? Nur einen einzigen. Sie wusste genau, wie ihr Körper reagierte, wenn sie die beiden Männer zusammen sah. Sie sah es gern, wenn Neal seinen Freund küsste. Sie fand das aufregend und irgendwie auch faszinierend. Deswegen beugte sie sich vor, um durch den Türspalt zu sehen. Wie erwartet erblickte sie das Bett, auf dem sich zwei nackte Leiber räkelten. Einer der Körper lag auf dem Rücken und hatte die Beine angewinkelt. Der andere lag auf ihm, und seine eindeutigen Hüftbewegungen ließen annehmen, dass sie sich mitten im Liebesakt befanden. Francis hörte ihr Stöhnen. Es war leidenschaftlich und wurde lauter, als die Stöße der penetrierenden Person kräftiger wurden.

Als sie das Liebespaar jedoch genauer betrachtete, bot sich ihr ein Bild, das sie nicht erwartet hatte. Die aktive Person war nicht, wie sie angenommen hatte, ihr Bruder, sondern

Gero. Und den passiven Part, fest auf die Matratze gedrückt, übernahm Neal. Er hatte die Augen geschlossen, den Kopf leicht zur Seite gedreht, den Mund ein wenig geöffnet. Sein spitzes Gesicht, mit den eingefallenen Wangen, ließ ihn fast hilflos erscheinen, doch sein lautes Stöhnen signalisierte, dass er seine Position zutiefst genoss. Er wehrte sich nicht, als die Stöße noch kräftiger wurden.

Gero war über ihn gebeugt, auf seine Hände gestützt und bewegte den Unterleib rhythmisch, als hätte er Routine darin.

Francis bemerkte, wie ein Kloß in ihrem Hals steckte, doch sie mochte sich nicht räuspern, aus Angst, entdeckt zu werden. Aber was sie sah, schockierte sie regelrecht. Sie hatte einiges erwartet, was sie auch sehen wollte, aber mit Sicherheit nicht das, was sie tatsächlich erblickte. Sofort erlosch ihre Faszination für diese Männerliebe. Die Vorstellung über diese Beziehung, die sie in sich trug, war falsch gewesen, das wurde ihr augenblicklich bewusst. Und sie bereute es zutiefst, dass ihre Neugier sie zu diesem Anblick getrieben hatte.

Sie entfernte sich von der Tür, konnte das Paar nicht mehr ansehen. Gero hatte seine Bewegungen noch einmal beschleunigt, nun waren seine Stöße schnell und fordernd, und die Laute, die Neal von sich gab, kamen ihr sehr bekannt vor. Ihr Bruder stand kurz vor dem Orgasmus, doch er schrie fast dabei und war viel lauter, als wenn er Sex mit ihr hatte.

Zügig nahm Francis die Treppe nach unten. Sie konnte es nicht mehr mit anhören.

Im Erdgeschoss angekommen rauschte der Lärm der Musik und der Gäste nur so an ihr vorbei. Sie ging in die Küche, wo sie nach einem Glas Sekt griff. Es war sonst nicht ihre Art, Kummer mit Alkohol zu betäuben, aber in diesem Moment wusste sie keinen Ausweg und trank das Glas in wenigen Zügen leer.

„Hey?" Es war Dirk, der sie beobachtet hatte. „Deinen Durst solltest du lieber mit Wasser stillen." Als sie nicht antwortete, kam er zielstrebig näher. „Was machst du denn für ein Gesicht? Ist was mit den Kindern?"

Sie schüttelte den Kopf. Noch immer war ihr Hals trocken.

„Aber irgendetwas hast du doch?" Dirk ließ nicht locker. Als sie ihn ansah, wusste sie sofort, dass er der Einzige war, dem sie sich in dieser Angelegenheit anvertrauen konnte. Vielleicht würde er sie verstehen? Denn sie spürte Vertrauen zu ihm, sogar innige Zuneigung. Hätte er nicht längst mit Christen angebändelt, wäre sie nicht so hoffnungslos ihrem Bruder verfallen, dann, ja, vielleicht hätte sie sich in ihn verlieben können.

„Ich hatte immer geglaubt, dass es in homosexuellen Beziehungen eine Art Rollenverteilung gibt", sagte sie leise, nachdenklich.

Dirk verstand sofort, was sie meinte.

„Du meinst einen dominanten und einen devoten Part? Wie bei vielen Heteropaaren?"

Sie nickte. „Ja, so ähnlich."

Dirk atmete geräuschvoll aus. „Nun ja", begann er, dabei rieb er sich verlegen das Kinn. „Ich kann da nur von mir sprechen. Ich kann mit einem Kerl wenig anfangen, wenn der sich nicht passiv gibt. Ich muss den Ton angeben, sonst läuft da gar nichts." Er lächelte, blickte nach vorne, durch die Durchreiche, die die Küche mit dem Wohnzimmer verband. Zwischen den Gästen sah er Christen, die ihm verliebt zuwinkte. „Auch bei Frauen ist das so", sprach er weiter. „Ich brauche eine Person, die zu mir aufblickt, die sich bei mir geborgen fühlt, und der ich beweisen kann, was in mir steckt."

Francis verstand das ohne weiteres. Was anderes hätte zu Dirk auch nicht gepasst. Trotzdem blieb sie unschlüssig.

„Kommt es denn oft vor, dass schwule Paare gleichgestellt leben? Dass sie sich nicht an diese starren Rollenverteilungen halten, sondern fähig sind, beide Parts einzunehmen?"

Da hob Dirk anerkennend die Augenbrauen. „Klar gibt es das. Und wenn du mich fragst, kann man so etwas nur bewundern. Ein Paar, das sich abwechseln kann, bei dem jeder Teil in der Lage ist, den passiven oder den aktiven Part zu übernehmen, muss miteinander sehr vertraut sein. Da müssen ein großes Verständnis und eine ebenso große Liebe dahinterstecken, damit das auf Dauer funktioniert."

Betrübt senkte Francis den Kopf. „Verstehe." Eine Geste, die Dirk richtig zu deuten wusste.

„Du sprichst von Gero und Neal?"

Sie nickte still, woraufhin er lächelte.

„Bei denen sind die Rollen doch klar fixiert", sagte er. „Neal ist älter und reifer. Von ihm kann Gero lernen. Allein optisch sieht man Gero an, dass er liebend gern das Heimchen am Herd spielt, oder?"

Sie verzog das Gesicht, als sie das hörte. „Das hab ich auch immer gedacht", gestand sie. „Aber es ist nicht so."

„Nein?" Nun war Dirk sichtlich irritiert.

„Ich habe sie eben durch Zufall gesehen", berichtete Francis, leise, fast beschämt. „Oben, im Schlafzimmer …"

Sie sah zu Boden und war unfähig, zu berichten, was sich vor ihren Augen abgespielt hatte. Zum Glück brauchte sie es auch nicht. Dirk wusste sofort Bescheid.

„Nun sag nicht, dass sich Neal von ihm flachlegen lässt?", fragte er erstaunt. Als Francis wieder nur schweigend nickte, schüttelte er fassungslos den Kopf.

„Echt?" Er konnte sich ein Lachen nicht verkneifen. „Meine Güte, das hätte ich Gero nicht zugetraut. – Er wirkt auf mich immer so schüchtern und unsicher."

Da sah sie auf. Ihre Augen flackerten wütend. „Von wegen!", konterte sie. „Was ich gesehen habe, war alles andere als schüchtern und unsicher."

Dirk schwieg. Während er überlegte, warum Francis diese Tatsache so aus der Bahn geworfen hatte, erschien plötzlich Neal in der Küche. Er schien unbekümmert, lächelte die beiden kurz an und bediente sich am Kühlschrank. Er goss sich ein Glas Wasser ein und trank daraus mehrere Schlucke, bis er es erleichtert absetzte. „Mann, hab ich Durst", murmelte er und schenkte ein weiteres Glas voll, das er Gero reichte, der jetzt auch in die Küche trat.

„Danke", sagte Gero und trank das Wasser gierig aus. Neal lachte.

„Na, du hast wohl ordentlich was aufzutanken, wie?"

Gero setzte das Glas ab und lächelte verschmitzt. „Wenn ich dich sehe, tank ich mich ganz von allein wieder auf." Er küsste Neal auf den Mund. Sie lachten daraufhin beide, rieben sich aneinander und flüsterten sich Dinge zu, die Francis nicht verstand.

Neal sah erst auf, als er seine aufgebrachte Schwester dicht neben sich erblickte, und da ließ er Gero vorsichtig los.

„Dass du dich nicht schämst", fauchte sie, dabei deutete sie auf seine knallenge Jeans, die nur knapp über seine Hüften reichte. Dazu trug er jetzt ein schwarzes, ebenfalls enges T-Shirt, das nicht lang genug war, um seinen flachen Bauch komplett zu bedecken. An seinem Hals zeichnete sich deutlich ein Knutschfleck ab. „Wie du herumläufst, wie du dich aufführst! Du bist doch keine zwanzig mehr!"

Eine peinliche Stille stellte sich ein. Neals Mund öffnete sich, doch kein Ton kam heraus. Er war viel zu geschockt von den Worten seiner Schwester. Und es war Dirk, der die unangenehme Stimmung unterbrach, fast so, als wäre nichts geschehen.

„Ähm, Gero? Hast du kurz Zeit? Ich hab da mal ein paar medizinische Fragen."

Gero reagierte nicht sofort, denn er war ebenso betroffen von Francis' Äußerung. Er sah sie ungläubig an, anschließend seinen Freund, der weiterhin schwieg.

„Ja, ich komm!", rief er Dirk schließlich entgegen und verließ mit Dirk die Küche. Erst dann konnte sich Neal regen:

„Was ist mit dir?" Er musste sie gar nicht lange ansehen, denn sofort war ihm klar, was mit ihr los war. Ihre aufgeregte Gemütslage war mit Sicherheit kein Resultat seines Outfits, noch der Tatsache, dass er sich auf der Party amüsierte. Er konnte den eigentlichen Grund kaum aussprechen. „Du bist ... eifersüchtig?"

Sein Herz schlug schneller.

Da Francis nicht antwortete, sondern nur still zu Boden sah, fühlte er sich in seiner Annahme bestätigt.

Diese Gegebenheit erschreckte ihn. Es war eine Situation eingetroffen, vor der er stets Angst gehabt hatte. Er fasste behutsam an ihren Arm und deutete nach draußen.

„Lass uns reden."

Sie schien wie benommen, ließ sich aber von ihm auf die Terrasse begleiten. Das schützende Vordach und die wärmenden Heizstrahler, ermöglichten den Aufenthalt im Freien, ohne den schlechten Wetterverhältnissen ausgesetzt zu sein. Nur abseits standen ein paar Gäste, die rauchten, sodass die Geschwister ungestört auf einer Sitzbank Platz nehmen konnten.

Bevor Neal das Gespräch wieder aufnahm, kam sie ihm zuvor.

„Du liebst Gero mehr, als mich, nicht wahr?" Mit wässrigen Augen blickte sie ihren Bruder an, der von der Frage sichtlich bestürzt war. Hektisch schüttelte er den Kopf.

„Wie kommst du darauf?"

„Ich habe euch gesehen, oben im Schlafzimmer", erklärte Francis. Ihr fielen die Worte nicht leicht und ihre Stimme war kaum hörbar. „Du gibst dich ihm hin. Du lässt ihn so nah an dich heran, so nah war ich dir in all den Jahren nicht." Tränen lösten sich und rannen glänzend ihre Wangen hinunter. Ein Ereignis, das Neal nicht ertragen konnte. Händeringend versuchte er, die Lage zu erklären und seine Schwester zu beruhigen.

„Wir sind ein Paar, Francis", begann er, „und das nicht erst seit gestern ... du kannst nicht ernsthaft glauben, dass sich ein junger Mann, wie Gero, ewig damit zufriedengibt, die Beine breitzumachen, wenn ich es will."

Er atmete tief durch und senkte den Blick. Er befand sich auf dünnem Eis, das wurde ihm immer mehr bewusst, doch er wollte seiner Schwester nichts vormachen.

„Ich bin sogar froh, dass er endlich aus sich herauskommt und die Initiative ergreift. Zu lange war er meine Marionette, mein Schatten, unmündig und für sein Alter viel zu verklemmt." Er nickte, um seine Worte zu bekräftigen. „Er muss lernen, ein Mann zu sein, der seine Wünsche auslebt und gleichzeitig nicht alles mit sich machen lässt."

Eine kurze Stille folgte, in der Neal wirklich dachte, das Thema sei damit erledigt. Er griff an seine Hosentasche. Shit, seine Zigaretten hatte er im Haus liegen lassen. Das machte ihn fast nervös, und dass Francis sich mit seiner Aussage nicht zufriedengab, ließ ihn noch unruhiger werden.

„Es geht mir gar nicht um Gero", erwiderte sie. „Es geht mir um dich." Sie wandte sich ihm zu, um ihn tadelnd anzusehen. „Du hast doch die Männer sonst nicht so nah an dich herangelassen. Sogar Gero war immer der passive Teil von euch – und nun?" Ihre Frage klang gereizt. „Du lässt dich so einfach von ihm nehmen! Du zeigst dich unterwürfig und willig! So etwas kenne ich nicht von dir!"

Ihre Augen flackerten vor Angst und Zorn. Als sie ihren Bruder betrachtete, wie er den Kopf hängen ließ und wie angeklagt neben ihr saß, ohne zu widersprechen, kam er ihr vor, wie ein Fremder.

Hatte er sich wirklich so geändert?

„Von wegen bisexuell!" Sie lachte höhnisch auf. „Du bist schwul, und das weißt du auch! Für Gero würdest du doch alles tun. Du bist nur noch mit mir zusammen, um mich nicht zu verletzen!"

Da sah Neal erschrocken auf. „Was redest du denn da? Das stimmt nicht!"

„Natürlich!" Sie schluchzte auf. „Mich brauchst du längst nicht mehr …"

Sie fing an, zu weinen. Neal konnte sie nur still in den Arm nehmen, um sie zu trösten.

„Was ist denn los?", ertönte plötzlich eine Stimme. Es war Gero, der wie angewurzelt vor ihnen stand und in seinen Händen ein paar Getränke trug. Offensichtlich wollte er sich zu ihnen setzen, wirkte allerdings verstört, da er bemerkte, dass sich die Lage zwischen den Geschwistern nicht entspannt hatte.

„Es ist nichts", sagte Neal. Er zwinkerte Gero beruhigend zu. „Lass uns kurz allein, ja?"

„Aber ... wieso weint Francis?"

„Bitte!" Neal wurde energischer. „Lass uns allein."

Gero nickte still, dann verließ er die Terrasse und ging zurück ins Haus.

„Wir sind doch immer zu dritt miteinander ausgekommen", startete Neal einen erneuten Versuch, die Situation zu besänftigen. „Lass uns jetzt nicht schon wieder Probleme schaffen."

Francis löste sich aus seinen Armen und fuhr sich über die feuchten Augen.

„Das sagt sich so leicht", antwortete sie. „Aber ich weiß nicht, ob ich unter diesen Umständen so weitermachen kann." Sie stand auf. „Ich leg mich oben hin. Die Lust an der Party ist mir vergangen."

Sie zog sich ins zweite Schlafzimmer zurück. Zum Glück schliefen ihre Söhne im Gästezimmer, sodass sie sich in dem separaten Raum aufs Bett legen und hemmungslos weinen konnte. Tragischer konnte diese Beziehung gar nicht enden, oder? Hatte sie nicht immer geahnt, dass es mal so kommen würde? Sie hätte damals schon mehr um Neal kämpfen müssen. Damals, als ihr Bruder den jungen Gero das erste Mal gesehen hatte. Damals im Supermarkt ...

Sie stutzte. Irgendetwas im abgedunkelten Zimmer bewegte sich. Sie richtete sich auf. „Neal? – Hau ab! Ich habe keine Lust, weiter darüber zu reden!"

Sie wischte sich über die feuchten Wangen.

„Ich bin nicht Neal."

Die kleine Lampe am Bett erhellte sich. Vor ihr stand Dirk. Fragend blickte sie ihn an. Sie hatte gar nicht gemerkt, wie er gefolgt und leise ins Zimmer gekommen war.

„Das ist doch jetzt nicht dein Ernst?", fragte er sogleich. „Du heulst, nur weil sich Neal mit seinem Lover ein wenig amüsiert?" Er schüttelte den Kopf. „Ist dir eigentlich bewusst, in welcher Lage *du* dich befindest? – Du liebst deinen Bruder und zudem hast du Gefühle für dessen schwulen Freund entwickelt, der diese Zuneigung auch noch erwidert!"

Aus Dirks Mund klangen diese Feststellungen tatsächlich ungeheuerlich und sogar skandalös, sodass Francis beschämt ihren Kopf senkte.

„Du kannst wirklich froh sein, dass die beiden auch etwas für dich empfinden", sprach Dirk weiter. „Diese Liebe, die ihr pflegt, ist empfindsam. Du solltest diese Liebe genießen und nicht durch unnötige Eifersucht zerstören."

Er setzte sich zu ihr und war ihr plötzlich ganz nah.

„Du glaubst doch nicht etwa, dass ich morgen meine Sachen packe und nach L.A. zurückfliege, während ihr drei hier im Scherbenhaufen zurückbleibt? Nach all dem, was passiert ist? Jetzt, wo Neal endlich clean ist und ihr alle ein neues Leben beginnen wolltet?"

Er sah Francis fragend an, aber noch immer brachte sie keinen Ton hervor.

„Okay", sagte er und atmete tief durch, bevor er sich wieder erhob. „Du lässt mir keine andere Wahl."

Er wandte sich um, als wollte er gehen, doch stattdessen schloss er nur die Tür ab. Während er sich wieder umdrehte, griff er in sein Jackett, nahm etwas heraus, was Francis nicht sehen konnte. Danach zog er die Jacke aus und kam zielstrebig zurück.

In Windeseile hatte er sein Hemd aufgeknöpft. Sie starrte auf seinen nackten Oberkörper, und es verschlug ihr erst recht die Sprache, als er sich über sie beugte und mit sanfter Gewalt auf die Matratze drückte.

Seine Hände wanderten an ihren Ausschnitt und im nächsten Moment zog er so kräftig daran, dass ihr Kleid in der Mitte auseinanderriss.

Sie konnte sich nicht wehren, gab nur einen spitzen Laut von sich, als sie unerwartet nur noch im Slip bekleidet vor ihm lag. Er kam ihr näher, küsste ihren Mund, griff nach ihrem Höschen und zog es hastig über ihre langen Beine. Sie ließ es geschehen, war viel zu erschrocken, als dass sie ihn zurückweisen konnte. Dann merkte sie ihn auf sich. Während er vorsichtig an ihren Haaren zog und ihr so die Bewegungsfreiheit nahm, hantierte er an seiner Hose und schließlich spürte sie ihn in sich. Er war nicht zärtlich, sondern wild und fordernd. Es war keine Liebe, die sie spürte, sondern Sex. Purer Sex, den sie außerordentlich genoss.

Kaum war Neal allein, tauchte Gero wieder auf. Ohne Kommentar hielt er seinem Freund die Zigarettenbox entgegen.

„Was war denn los mit euch?", fragte er verunsichert.

Neal seufzte und griff zu den Zigaretten, um sich eine anzustecken.

„Soll ich dir auch noch die Feier verderben?"

Gero schüttelte den Kopf.

„Dann lass uns später drüber reden", sagte Neal. Er griff nach Geros Hand und zog ihn zu sich heran.

Schmunzelnd sah er das Kondom an, bevor er es im kleinen Papierkorb neben dem Bett entsorgte. „Seit unserem ersten Zusammentreffen, hier in Neals Villa, trage ich diesen Präser mit mir herum." Er sah Francis an und strich ihr sanft über die Wange. „Ein schöneres Abschiedsgeschenk konntest du mir nicht machen."

Er stand auf, ließ seinen Blick aber nicht von ihr. „Bewahre dir deine Sinnlichkeit. Solange du die hast, werden Neal und Gero dir nicht widerstehen können."

Er gab ihr noch einen Kuss und verschwand. Francis schluckte. Plötzlich war sie wieder alleine – als ob nichts geschehen war.

Sie saßen immer noch auf der Terrasse und hingen den Gedanken nach, als Neal bemerkte, wie Dirk ebenfalls ins Freie trat und sich eine Zigarette ansteckte. Er schmunzelte.

„Wo hast du gesteckt?" Christen kam auf ihn zu. Offensichtlich hatte sie schon eine ganze Weile nach ihrem Freund gesucht.

„Ich hatte noch ein wichtiges Gespräch zu führen", sagte Dirk in seiner bestimmenden Art, sodass Christen sich nur an ihn schmiegte und nicht weiter fragte. Da erwiderte er den nachdenklichen Blick von Neal und zwinkerte ihm zu.

Als die Party vorüber war, und sich Gero und Neal ins Schlafzimmer zurückzogen, wurde das Thema wieder präsent.

„Wieso schläft Francis nebenan?", begann Gero. Er lag im Bett und musterte Neal gründlich, der, wie jeden Abend bevor er schlafen ging, noch eine letzte Zigarette am Fenster rauchte. „Hattet ihr Streit?"

Neal schüttelte still den Kopf. Ihm war bewusst, dass er ehrlich zu Gero sein musste, obwohl er sich nicht sicher war, zu was die ganze Angelegenheit führen würde.

„Sie hat uns vorhin beobachtet, als wir Sex hatten", erklärte Neal schließlich. Wie erwartet zuckte Gero mit den Schultern. „Ja, und? Das wird sie wohl kaum schockiert haben, oder?" Er lächelte, doch nur kurz, denn an Neals Gesichtsausdruck erkannte er, dass die Lage ernster war.

„Sie glaubt, dass ich dich mehr liebe, als sie", gestand Neal dann.

Sofort wurden Geros Augen weit. „Was? Wie kommt sie denn auf so einen Quatsch?"

Eine beunruhigende Stille stellte sich ein, in der Neal seine Zigarette ausdrückte, das Fenster schloss, und zu Gero ans Bett trat, sich setzte und seinem Freund tief in die Augen blickte.

„Das ist kein Quatsch", sagte er. „Sie hat recht."

Das war ein gewagtes Geständnis, das war ihm bewusst.

Kaum hatte er diese Worte ausgesprochen, sah Gero ihn schockiert an. „Was?", kam es leise über seine Lippen. Er sah hilflos durch den Raum und seine Atmung beschleunigte sich. Er stand auf, machte ein paar Schritte auf dem weichen Fußboden und wirkte dabei wie benommen.

Ein Verhalten, das Neal absolut nicht einschätzen konnte. War er zu weit gegangen? Hätte er das besser für sich behalten sollen?

„Gero?", fragte er vorsichtig, als sein Freund nichts sagte, sondern ihm nur still den Rücken zudrehte. „Was ist?"

Plötzlich bekam er Angst. Vielleicht hatte er mit diesem Geständnis alles zerstört?

Da drehte sich Gero langsam um. Seine Augen glänzten und seine Mundwinkel zuckten unsicher.

„Ist das wahr?", fragte er mit zitternder Stimme. „Du liebst mich mehr als sie?"

Und als Neal liebevoll nickte, drangen Gero die Tränen in die Augen. Er bedeckte sie mit den Händen, aber sein Körper, der sich leicht beugte, signalisierte sofort, wie er mit den Gefühlen kämpfte. „Weißt du, wie sehr ich mir das immer gewünscht habe?", schoss es aus ihm heraus. Seine Wangen schimmerten feucht, doch gleichzeitig begann er auch erleichtert zu lachen.

Sofort war Neal bei ihm. Sie umarmten sich fest, als wollten sie sich nie mehr loslassen.

„Ich hätte nie gedacht, dass du das jemals zu mir sagen würdest", gestand Gero. Er sah auf, fuhr sich über die

Augen. Er freute sich sichtlich, trotzdem schien er auch verunsichert. „Und nun? Wie wird das denn weitergehen?"

„Ich habe keine Ahnung." Neal schüttelte den Kopf. „Aber Fakt ist, dass Francis nicht weiß, ob sie unter diesen Umständen noch mit uns klarkommen kann."

Bedrückt biss er sich auf die Unterlippe. Er war tatsächlich ratlos, und doch auch froh, dass er sich Gero anvertrauen konnte. Insgeheim hoffte er, dass sie gemeinsam eine Lösung finden würden.

Neal lag schon lange wach und starrte an die Decke. Nur ein schwaches Licht kündigte den Sonnenaufgang an. Er konnte an nichts anderes denken – als an Francis.

Seit er sich in sie verliebt hatte, fragte er sich, wie das überhaupt passieren konnte.

Ganz früher – in seiner Jugend – war er davon ausgegangen, absolut hetero zu sein, bis das mit Dirk geschah.

Von dort an wusste er, dass er nicht „normal" tickte, und ihm Männer mehr geben konnten, als die Nähe einer Frau.

Warum aber die Liebe zu Francis?

Als er sich in sie verliebte, obwohl sie seine Schwester war, machte er ihre Gene dafür verantwortlich. Denn sie waren nur Halbgeschwister, und vielleicht war genau der Anteil, der sie nicht verwandtschaftlich verband, der Grund, dass sie Gefühle füreinander entwickelten? Jahrelang hatte er das geglaubt.

Aber war es nicht etwas ganz anderes, was ihn an seiner Schwester reizte?

Je mehr er darüber nachdachte, desto fataler war die Antwort. Es war nicht unbedingt ihre Schönheit, die ihn betörte, auch nicht ihre Brüste oder ihre warme, feuchte Enge, die ihn umgab, wenn sie miteinander schliefen. Nein, es war etwas anderes.

Es erschauderte ihn fast, als er daran dachte. Hatte er sich jahrelang etwas vorgemacht? Und auch ihr – etwas Falsches vorgelebt?

Er spürte Liebe für sie, das konnte er nicht abstreiten, doch diese Liebe entstand nicht aus reiner Leidenschaft, sondern aus einem Verbot, das sie gebrochen hatten.

Er liebte sie, weil er es eigentlich nicht durfte. Er schlief mit ihr, weil es ihm einen *Kick* gab, das zu tun, obwohl es sündhaft war.

Es war wie eine Manie, die er auslebte, die er bewusst auskostete, ungeachtet dessen, was andere darüber dachten.

Er liebte sie nicht wie Gero, den er mit Leib und Seele begehrte.

Er liebte sie, weil sie seine Schwester war und ihn unerlaubterweise reizte. Als er daran dachte, wurde ihm schlagartig bewusst, dass er wahrscheinlich niemals für sie so empfunden hätte, wären sie nicht verwandt gewesen.

Aber das durfte sie nicht erfahren. Niemals.

„Du bist schon wach?" Geros Stimme holte ihn aus seinen Gedanken heraus, und irgendwie war er froh darüber.

„Ja", sagte er. „Ich bin schon lange wach, und besonders gut geschlafen habe ich auch nicht." Er musste nicht erklären, wieso.

Gero richtete sich etwas auf. Auch er schien nicht sonderlich ausgeruht.

Verzweifelt biss er sich auf der Unterlippe herum. „Was machen wir bloß?" Unsicher sah er Neal an. Der zuckte mit den Schultern. In den letzten Stunden hatte er sich das sicher hundertmal gefragt. Es gab nur zwei Antworten.

„Wir könnten einen Schlussstrich ziehen. Das würde bedeuten, dass keiner von uns weiter mit Francis verkehrt. Weder ich, noch du. Da müssen wir uns einig sein, ansonsten funktioniert das nicht." Er seufzte tief, fuhr sich mit der schmalen Hand über das kantige Gesicht. „Diese Dreiecksgeschichte muss enden, sonst machen wir uns gegenseitig das Leben schwer."

Gero nickte. Das alles klang einleuchtend, und doch …

„Würde es dich denn glücklich machen?", fragte er gezielt.

Neal musste nicht lange überlegen. „Nein, mit Sicherheit nicht."

Er drehte seinen Kopf und sah seinen Freund wissbegierig an. „Und dich?"

Gero dachte nach.

Wieso liebte er Francis? Weil sie so schön war, dass selbst er, als homosexueller Mann, ihren Reizen nicht widerstehen konnte? Weil sie ihn in den schlimmsten Momenten seines Lebens getröstet hatte? Weil sie so warmherzig und verständnisvoll war und ihm zeigen konnte, dass er, trotz seiner Homosexualität, fähig war, mit einer Frau zu schlafen? Den ersten Sex hatte er mit Neal erlebt, aber wie es war, beim Sex aktiv die Führung und den eigentlichen Akt zu übernehmen, das hatte er bei *ihr* gelernt. Sie hatte ihn verführt und ihm einige seiner Hemmungen genommen. Er war ihr so dankbar – in vieler Hinsicht.

Seine Stirn legte sich in Falten.

Oder liebte er sie einfach nur, weil sie Neals Schwester war?

„Nein", sagte er ebenfalls bedrückt. Ein Zeichen dafür, dass die erste Lösung wohl kaum in Frage kam. „Natürlich liebe ich dich mehr, als sie, aber ohne Francis kann ich es mir auch nicht vorstellen."

Neals Mundwinkel zuckten amüsiert. Er war auf eine gewisse Art und Weise erleichtert. Dass er sich auch in dieser Situation mit Gero einigen konnte, zeigte ihm deutlich, dass sie füreinander geschaffen waren. Mit einem schelmischen Blick sah er seinen Freund an und verkündete seine Notlösung:

„Dann sollten wir Francis zeigen, wie viel sie uns bedeutet."

Die Tür zum Gästezimmer öffnete sich. Neal war der Erste, der den Raum betrat. In seinen Händen hielt er ein Tablett mit drei Tassen Kaffee. Leise stellte er es auf den Nachtschrank und beugte sich zu Francis hinunter. Sie wurde durch seine sanfte Stimme sofort wach.

„Mein Liebes", sagte er. „Ich habe frischen Kaffee für dich."
Er strich ihr langes Haar aus ihrem Gesicht, welches er
anschließend mit sinnlichen Küssen bedeckte. Doch so
einfach, wie in einem Fernsehspot, ließ sie sich nicht
erweichen. Seufzend drehte sie sich zu ihrem Bruder hin.

„Neal, was soll das?", fragte sie ein wenig genervt. „Ich habe
dir gestern gesagt, dass es keinen Sinn mehr macht mit uns.
Du hast dich für Gero entschieden, also ziehe ich die
Konsequenzen."

Ihre Stimme klang bedrückt, und er sah ihr an, dass sie mit
den Konsequenzen eigentlich nicht zufrieden war, aber was
hätte sie anderes tun sollen?

Und sie merkte sofort, dass ihr Bruder ihre Entscheidung
nicht dulden wollte. Er beugte sich nochmals zu ihr hinunter,
umfasste sie liebevoll und küsste sie voller Leidenschaft. Erst
ihren Mund, dann ihren Hals, schließlich fuhr seine Hand
unter ihr seidenes Nachthemd und strich über ihre Brüste.
Eindringlich sah er sie dabei an.

„Möchtest du wirklich in Zukunft auf all das verzichten?",
fragte er. Ehe sie antworten konnte, pressten sich seine
Lippen erneut auf ihren Mund. Sie konnte sich nicht
wehren. Sie konnte ihm nicht widerstehen, und er wusste das
gezielt auszunutzen.

Unsicher richtete sie sich auf und nahm einen Schluck vom
frischen Kaffee. Genüsslich schloss sie die Augen. Das heiße
Getränk tat ihr gut, trotzdem verhalf es ihr nicht zu einer
sinnigen Entscheidung. Sie erschrak sogar ein wenig, als sie
neben dem Bett, trotz des schummrigen Lichts, eine weitere
Person entdeckte.

„Gero? Du bist auch hier?" Sie stellte die Tasse ab. Was
hatten die Männer nur vor? Was sollte dieser morgendliche
Überfall? Konnten sie ihre Meinung nicht einfach
akzeptieren?

„Sicher bin ich hier!", erwiderte Gero. „Wir drei gehören
doch zusammen." Obwohl das Zimmer abgedunkelt war,
erkannte sie, dass er seine Unterhose, das Einzige, was er

trug, vor ihren Augen auszog. Sie schluckte. Was sie sah, gefiel ihr, und langsam schwante ihr, was die Männer vorhatten. Und sie wusste ebenfalls, dass sie nicht die Kraft aufbringen würde, diesen Reizen zu trotzen.

Kurz spürte sie Wut auf die beiden, denn es war gemein, ihre Schwäche bewusst auszunutzen, doch ebenso kämpfte sie mit einem Schmunzeln, da ihr dieses Vorgehen zugleich gefiel.

Ehe sie etwas dazu sagen konnte, kam Neal zu ihr ins Bett. Er zog erst sie aus, dann sich selbst, übersäte sie mit Küssen und streichelte sie.

Er kannte ihren Körper seit Jahren. Er wusste, wann sie bereit für ihn war. Und er merkte, wie sehr sie ihn begehrte. Fest an sie gedrückt, zögerte er nicht, drang behutsam in sie ein und begann mit sanften Stößen, bis sie sich komplett entspannt hatte und entzückt stöhnte. Dann wurden seine Bewegungen schneller. Ihre Wangen leuchteten rot, ihre Atmung beschleunigte sich. Kurz bevor sie kam, unterbrach er den Akt bewusst und zog sich aus ihr heraus. Still nickte er seinem Freund zu, der zuvor lautlos neben ihnen, auf dem Bett, gewartet hatte, auf Kommando allerdings sofort zur Stelle war. Ohne Worte und ohne den Liebesakt länger als nötig, zu unterbrechen, legte er sich jetzt auf sie und fuhr fort, was Neal nicht komplett beendet hatte. Francis konnte kaum glauben, wie schnell alles geschah. Dass Gero auf ihr lag und sie weiter beglückte, erregte sie so sehr, dass sie kurz darauf kam.

Danach war sie so erschöpft, dass sie nur am Rande registrierte, wie sich Neal letztlich die Befriedigung bei seinem Freund holte. Gero lag auf dem Bauch, das Gesäß leicht angehoben. Neal drang von hinten in ihn ein und stillte seine Lust mit wenigen, kräftigen Stößen.

Er war der Erste, der sich aus dem Bett erhob, eine der Kaffeetassen griff und die Jalousien hochfahren ließ. Draußen schien die Sonne. Er lächelte zufrieden.

„Und Francis?", fragte er gezielt, dabei drehte er sich zu seiner Schwester, die regungslos im Bett lag, allerdings mit einem Lächeln auf den Lippen. „Möchtest du dich noch immer von uns trennen?"

Sie seufzte tief. Was war das für eine Frage? Nie im Leben hätte sie in diesem Moment vernünftig handeln können.

Was hatte Dirk gesagt? Hatte er vielleicht Recht mit seinen Äußerungen?

„Also, solange ihr mir ab und zu die Aufmerksamkeit schenkt, die ihr mir eben entgegengebracht habt, bin ich zufrieden." Sie dachte darüber nach. Eigentlich konnte sie sich nicht beklagen. Wer hatte schon zwei exzellente Liebhaber? Trotzdem fügte sie hinzu: „Sollte sich das allerdings einmal ändern, bin ich die Erste, die weg ist."

Sie erhob sich und ging ins Bad.

Neal und Gero sahen sich an, wussten ohne Worte, dass sie ihre Drohung ernst machen würde. Dann sprang das Babyfon an. Rayon schrie. Neal seufzte. Er sah müde aus, nachdenklich.

Als Gero das hörte, stand er auf. „Ich seh nach dem Kleinen."

Neal nickte dankbar. Als sein Freund gegangen war, ließ er seinen Blick durch den Raum schweifen. Er sah Francis' Kleid auf dem Boden liegen, das hatte er zuvor gar nicht bemerkt. Er nahm es in die Hand und erkannte sofort, dass es zerrissen war. Er sah auf das zerwühlte Laken, das Spuren ihres Liebesspiels aufwies.

War das Laken nicht vorher auch schon zerwühlt gewesen?

Seine nächsten Gedanken kamen ganz von alleine. Er sah in den Papierkorb, der neben dem Nachttisch stand. Darin lagen Taschentücher. Seine Schwester schien am Abend zuvor viele Tränen vergossen zu haben. Doch er sah auch zwei Kondome darin liegen. Zwei?

Er schluckte kräftig. Gero hatte eins benutzt und es direkt danach entsorgt. Offensichtlich waren ihm das andere

Kondom und die dazugehörige Verpackung nicht aufgefallen.

Die Tür ging auf, und Francis kam aus dem Bad zurück. Neal konnte sich einen bissigen Kommentar nicht verkneifen:

„War es wenigstens gut?" Dabei deutete er auf ihr kaputtes Kleid.

Francis kam langsam näher. Ihre Augen wurden groß. „Was meinst du?", fragte sie sichtlich irritiert. In ihrem seidenen Negligé und mit ihrem unsicheren Augenaufschlag, wirkte sie wirklich ahnungslos.

„Was wohl?", konterte Neal. „Du hast mit Dirk geschlafen!" Sie sah sofort zu Boden. Wie angeprangert stand sie vor ihm.

„Woher weißt du das?", fragte sie leise. Da wurde Neal laut.

„Woher?" Er lächelte verkrampft. „Dein ganzer Körper riecht nach seinem Aftershave!" Er fuhr sich über das Gesicht, wusste wirklich nicht, ob seine Reaktion gerechtfertigt war.

„Du kannst froh sein, dass mir sehr viel an Dirk liegt, und dass er heute abreist und so schnell nicht mehr wiederkommt, denn ansonsten, hätte ich ihm den Hals umgedreht!"

Kurz darauf kam Neal ins Erdgeschoss. Gero saß am Tresen, fütterte den kleinen Rayon. Auch Nicholas war schon wach und trank Kakao. Im Hintergrund hörte man Ralph in der Küche hantieren. Das Frühstück war reichhaltig aufgetischt, und es roch wunderbar nach Kaffee.

Gero lächelte, als er seinen Freund bemerkte. „Du glaubst gar nicht, wie glücklich ich bin, dass mit Francis alles geklärt ist. Nun steht unserem Neuanfang wirklich nichts mehr im Wege."

„Mhm", äußerte sich Neal nur. Er sah noch immer nachdenklich aus. Es lag auf der Hand, dass er etwas klarstellen musste: „Wir müssen trotzdem auf sie aufpassen und sie nicht vernachlässigen. Sie ist eine extrem hübsche Frau, das fällt auch anderen Männern auf." Er dachte an Dirk, der schon zur Schulzeit ein regelrechter Frauenheld und Herzensbrecher gewesen war. Es hätte klar sein müssen, dass er auch von seiner Schwester nicht die Finger lassen konnte. Neal schmunzelte bei dem Gedanken daran. Eigentlich konnte er seinem Ex nicht wirklich böse sein.

Wahrscheinlich hatte Francis richtig gehandelt, denn so wurde ihm absolut bewusst, dass er sich in dieser Dreierbeziehung nicht alles erlauben durfte.

„Wie müssen uns ihre Liebe bewahren, ansonsten werden wir sie eines Tages an einen anderen verlieren." Er sah seinen Freund fragend an. „Und das wollen wir doch nicht, oder?"

Gero schüttelte den Kopf.

Kapitel 14

Christen war aufgeregt. Wieder sah sie auf die Uhr. „Wir haben nicht mehr viel Zeit!" Sie deutete auf die Zeittafel, auf der alle nächsten Flüge aufgelistet waren.

„Tja, dann heißt es wohl Abschied nehmen", stellte Dirk fest.

„Pass mir gut auf Christen auf", sagte Francis. Sie gab ihm einen Abschiedskuss auf die Wange.

„Und du passt auf deine beiden Männer auf!"

Dirk deutete auf Neal und Gero, die neben ihr standen.

Neal sah nicht gerade erfreut aus. Er nahm seinen Ex-Freund in den Arm und drückte ihn fest. Über die Sache mit Francis hatten sie nicht miteinander gesprochen, und jeder von ihnen wusste, dass es dabei bleiben würde.

„Du wirst mir fehlen", sagte Neal.

„Du mir auch", erwiderte Dirk. Im nächsten Moment legte er seine Hände auf Neals Wangen und küsste ihn sinnlich auf den Mund.

Christen reagierte entrüstet. „Hey?"

Gero hielt sie zurück. „Lass sie", sagte er. „Was zwischen den beiden ist, wird keiner so richtig verstehen. Aber ihre Gefühle zueinander sind wohl *eternal*."

Ein paar Sonnenstrahlen bahnten sich ihren Weg ins Zimmer. Gero erwachte als Erster und reckte sich.

„Ach, war das wieder schön, bei dir zu schlafen." Er sah Neal, der sich ebenfalls regte, lächelnd an. „Allein — meine ich."

Er erhob sich, um die Jalousie hochzufahren. Im Nu war das Zimmer sonnendurchflutet.

„Herrlich!", schwärmte er, während er hinaussah. „Ich glaube, der Sommer kommt bald."

„Wird auch Zeit", erwiderte Neal, dabei schielte er zum Wecker. Es war schon nach neun Uhr, und er verspürte nicht einmal ein schlechtes Gewissen, noch nicht in der Praxis gewesen zu sein. Da inzwischen jeder von seiner ambulanten Therapie wusste, hatte er nicht mehr das Gefühl, alles heimlich erledigen zu müssen. Das gab ihm die nötige Ruhe, den Tag gelassener anzugehen. Müde fuhr er sich über das Gesicht, doch konnte er genau erkennen, wie Gero plötzlich innehielt und vor das Fenster trat. „Das gibt's ja nicht!", äußerte er sich. Sogleich öffnete er das Fenster, um sich etwas vorzubeugen. „Das ist ja unmöglich!"

„Was ist denn?", fragte Neal.

Da drehte sich Gero um. „Weißt du, was vor der Garage steht? Der Porsche!"

„Welcher Porsche?", erkundigte sich Neal, als würde es ihn gar nicht interessieren.

„Na, deiner!", erwiderte Gero. Er war ganz aufgeregt. „Dein roter Porsche, den du verkauft hast. Wie kommt der denn da hin?"

Neal erhob sich und gesellte sich mit ans Fenster.

„Tatsächlich", staunte er. „Mein Auto. Das ist ja echt eigenartig", sagte er und grinste dabei.

Gero konnte sich allerdings kaum beruhigen. „Das musst du sofort klären!", forderte er. „Das muss ein Missverständnis sein. Wie kommt der Wagen hier her? Nachher heißt es noch, du hättest ihn geklaut!"

Bei dieser Vorstellung musste Neal direkt lachen. „Keep cool, darling", sagte er und fasste seinem Freund an die Schulter. „Ich regle das."

„Aber schnell!", bat Gero, „Das ist mir wirklich sehr suspekt." Wieder starrte er aus dem Fenster. Als Neal sich angezogen hatte, verließ er das Schlafzimmer mit einem Lächeln auf den Lippen.

Kurze Zeit später kam er zurück.

„Und?", fragte Gero sofort, „Was ist?"

„Alles easy", berichtete Neal. In einer Hand hielt er eine kleine Schachtel, die mit einer Schleife umwickelt war. Diese reichte er Gero entgegen. „Hier, mach mal auf …"

„Was soll das denn?", fragte Gero. Verwundert sah er auf die Schachtel.

„Für dich", erwiderte Neal. „Ein Geschenk."

„Aber du wolltest das mit dem Auto klären …" Gero deutete nach draußen. „Ich kann das später aufmachen."

Neal blieb energisch. „Nein, du machst es jetzt auf."

„Na gut." Gero seufzte. Er zog die Schleife von der Schachtel ab und öffnete den Deckel. Heraus nahm er einen Schlüsselbund.

„Was ist das denn?", fragte er erstaunt.

„Erkennst du den Schlüssel etwa nicht?", wollte Neal wissen.

„Doch, schon." Gero nickte. „Es ist der Autoschlüssel für den Porsche. Was soll ich damit?"

„Der Wagen gehört dir. Ich will ihn dir schenken", erklärte Neal daraufhin.

„Was?", fuhr es aus Gero heraus. „Schenken? Das geht doch nicht!"

Neal zuckte mit den Schultern. „Wieso nicht?"

„Das ist viel zu kostbar!" Gero drehte sich wieder um und sah aus dem Fenster. „Wie bist du überhaupt an den Wagen herangekommen? Du hattest ihn verkauft."

„Na ja", fing Neal an. Er lehnte sich mit aus dem Fenster. „Ich habe ihn zurückerworben. Ich habe doch gemerkt, wie traurig du über den Verkauf warst. Ich wusste ja nicht, dass dir so viel an dem Wagen liegt. – Deswegen soll er jetzt dir gehören."

„Aber das ist Wahnsinn!" Gero schüttelte den Kopf. „Das kann ich nicht annehmen." Er war völlig perplex. Trotzdem nahm er seine Kleidung und zog sich an. Er wollte das Auto unbedingt aus nächster Nähe betrachten.

Im Erdgeschoss stieß er auf Butler Ralph.

„Morgen, Herr Steinert!", sagte der.

„Guten Morgen, Ralph!", grüßte Gero zurück, während er sich in seinen Pullover zwängte. „Stellen Sie sich vor: Neal will mir den Porsche schenken!"

Der Butler nickte sofort. „Ja, ich weiß. Ich selbst habe den Wagen ja vorhin vom Autohändler abgeholt. Gefällt er Ihnen etwa nicht mehr?"

„Doch, schon!" Gero blieb trotzdem nachdenklich. Draußen vor dem Haus betrachtete er den Wagen verträumt, als hätte er ihn noch nie gesehen. „Das soll mein Auto werden? Ich kann das nicht glauben."

Er berührte den glänzenden Lack. Es fühlte sich gut an. Großzügig, kostbar, edel. Gero sah auf, sah auf das Haus, wo oben am Fenster noch immer Neal stand und im Hauseingang Butler Ralph. Er musste feststellen, dass ein Leben mit einem *Anderson* wohl all diese Eigenschaften mit sich brachte.

„Ich weiß nicht, ob ich das annehmen kann. Neals Geschenke sind immer viel zu wertvoll", sagte Gero leise, aber Ralph konnte diese Worte hören.

„Sie würden Mr. Anderson einen großen Gefallen tun, wenn Sie den Wagen nehmen. Es geht ihm doch nicht ums Finanzielle, sondern darum, Ihnen eine Freude zu machen. Ich weiß das", versicherte der Butler und kam näher, um vertraulich zu berichten: „Mr. Anderson hat sich sehr angestrengt, um den Wagen zurückzubekommen. Es war wirklich nicht einfach."

„Tatsächlich?" Gero staunte. Er beugte sich über die Kühlerhaube des Porsches, die von der Sonne erwärmt war, legte sich mit dem Oberkörper darauf und schloss zufrieden die Augen. „Wenn das so ist, dann kann ich wohl nicht nein sagen."

Erleichtert atmete Neal auf, als er seinen Freund und dessen erfreutes Gesicht beobachtet hatte.

„Na, endlich kann mein Kleiner wieder lachen."

Neal saß schon am Tresen bei einer Tasse Kaffee, als Gero wieder ins Haus kam.

„Den Wagen nehme ich!", verkündigte er lauthals. „Von so einem Geschenk träumen einige ihr Leben lang. Danke, Neal! Damit hast du mir eine große Freude gemacht."

Neal lächelte. „So habe ich mir das ja auch vorgestellt. Besondere Menschen, bekommen besondere Geschenke."

„Ich werde mit dem Auto gleich zur Uni fahren", sagte Gero aufgeregt, während er sich mit an den Tresen setzte. „Was meinst du, wie alle gucken werden?"

„Und die Frauen werden bei dir Schlange stehen", fügte Neal schmunzelnd hinzu.

„Quatsch." Gero war sichtlich verlegen, was seinen Freund wenig kümmerte. „Ach, gib doch zu. Du bist bestimmt der begehrteste Typ an der Uni, so wie du aussiehst, oder?"

Wieder sah Gero weg. „Du weißt, dass ich nur dich liebe", sprach er leise. „Was andere von mir wollen, ist egal. Hauptsache, wir sind zusammen."

Neal nickte zustimmend und nahm Geros Hand, drückte sie fest.

„Ich liebe dich auch. Mehr als je zuvor... Und ich glaube, jetzt ist der richtige Zeitpunkt, um dich zu fragen, ob …"

Geros Augen weiteten sich voller Erwartung, gierig trank er ein paar Schlucke Kaffee. „Ja, was?"

„Ja, also…" Neal zögerte. Sollte er es wirklich wagen? „Hättest du Lust, ich meine … Möchtest du bei mir wohnen? Hast du Lust, bei mir einzuziehen?"

Gero verschlug es die Sprache. Mit zittriger Hand setzte er die Tasse ab.

„Bei dir?" Er sah seinen Freund entgeistert an. „Du willst, dass ich bei dir einziehe?"

„Yeah", antwortete Neal, dabei sah er zu Boden, als würde er mit einer Abfuhr rechnen.

„Oh." Gero strahlte über das ganze Gesicht. „Ich glaube, heute sind Weihnachten und Ostern auf einen Tag gefallen.

Erst der Porsche, dann dies … Du meinst das ernst? Ich soll bei dir wohnen? Mit dir leben? Jeden Tag bei dir sein?"

„Das wäre für mich das Größte", gestand Neal und blickte seinen Freund verliebt an. Der sprang vom Stuhl und umarmte ihn stürmisch.

„Und ob ich bei dir wohnen will!", schoss es aus ihm heraus.

„Du würdest aus der WG ausziehen, für mich?", vergewisserte sich Neal.

„Natürlich!", erwiderte Gero. Er küsste seinen Freund gierig auf den Mund. „Ich will bei dir einziehen. Am liebsten sofort."

Schon am Abend fing Gero an, sein Zimmer in der WG zu räumen. Er wollte den Umzug so schnell wie möglich, und Neal war es Recht.

Als sie zusammen einige Kartons gepackt hatten, besuchten sie Francis in ihrer Wohnung, um dort gemeinsam einen Kaffee einzunehmen.

„Es war übrigens traumhaft, mit dem Porsche zur Uni zu fahren", berichtete Gero. „Ich kam mir richtig wichtig vor!"

„Du bist auch ohne Porsche wichtig", ergänzte Francis. „Jedenfalls für uns." Sie lächelte ihren Bruder an, der zustimmend nickte.

Gero schwärmte trotzdem weiter: „Und bald werden wir zusammen wohnen. Das wird wunderbar sein."

Neal lächelte zufrieden, als er das hörte. „Ja, die Zeit ist reif dafür. Ich denke, wir können den Schritt wagen."

Mit einem Mal wurde Gero nachdenklich. Unsicher sah er Francis an. „Ist es dir überhaupt recht, dass ich mit Neal zusammenziehe? Oder bist du deswegen sauer?"

Sie schüttelte den Kopf.

„Nein, ich bin nicht sauer, im Gegenteil. Es ist eine gute Entscheidung. Du musst raus aus dem WG-Chaos mit Thilo. – Außerdem werde ich ja auch nicht mehr lange hier wohnen müssen."

Sofort wurde Gero hellhörig. „Wieso? Willst du auch umziehen?"

„Ja!" Sie nickte, doch sah sie ihren Bruder dabei fast vorwurfsvoll an. „Hast du Gero noch gar nichts von deinen Plänen erzählt?"

„Pläne?", wiederholte Gero. Seine Neugier war geweckt. „Welche Pläne denn?"

„Oh, Neal hat einige Pläne", berichtete Francis und grinste dabei.

„Ja?" Gero wurde immer nachdenklicher. „Also, dass ich zu Neal ziehe, reicht mir derzeit völlig. Das ist aufregend genug."

Als er das sagte, äußerte sich Neal schließlich. Wie sollte er es sagen?

„Gero, warte mal", fing er an. „Ich finde es wirklich schön, dass du dich so freust, aber lange werden wir nicht in meinem Haus wohnen … nur vorübergehend."

Das Lächeln in Geros Gesicht versiegte sofort. „Nur vorübergehend?", wiederholte er perplex. Mit einem Mal machte sich große Enttäuschung breit. „Aber wieso? Wir wollten zusammen wohnen!" Betrübt senkte er den Kopf, sodass sein Freund ihn umarmte.

„Werden wir doch auch, aber langfristig gesehen nicht bei mir in der Villa."

Nun verstand Gero überhaupt nichts mehr. „Wieso nicht?"

„Ich habe uns was anderes gesucht", berichtete Neal. „Was Größeres, wo wir alle zusammen wohnen können. Denn ich möchte, dass wir endlich eine richtige Familie sind. "

Gero kam aus dem Staunen nicht mehr heraus. „Wir alle?"

Neal nickte. „Ja, ich will, dass auch Francis mit den Kindern zu uns zieht."

Überrascht und gleichzeitig verunsichert, lehnte sich Gero zurück. „Du willst es echt wagen, mit deiner Schwester unter ein Dach zu ziehen?"

Sie alle wussten, welche Aufregung das erneut bedeuten konnte. Was würden Neals Eltern dazu sagen? Die Presse?

Zudem war Neals Anklage wegen Inzest nicht aus der Welt. Die Gefahr, dass davon etwas an die Öffentlichkeit dringen könnte, war noch immer gegeben. Welche Strafe Neal erwarten würde, konnten sie derzeit nur erahnen.

Aber der zuckte mit den Schultern. „Wenn wir es allen als eine Wohn- und Zweckgemeinschaft verkaufen, wird es nicht viel Aufsehen erregen." Da war er sich sicher.

„Es ist dir doch recht, dass ich zu euch ziehe, oder?", erkundigte sich Francis. Unsicher sah sie Gero an und der nickte sofort.

„Natürlich!" Er stellte sich alles bildlich vor, und der Gedanke daran, erfreute ihn sichtlich. „Das wird super! Wir alle zusammen in einem Haus. Wahnsinn!"

Seine Euphorie war kaum zu stoppen, trotzdem musste Neal erneut eingreifen. „Wir werden in keinem Haus wohnen", erklärte er.

„Nein?" Gero schluckte. War er zu überschwänglich gewesen? „Klar, so ein großes Haus wäre ja viel zu teuer." Er lächelte. „Na ja, wir zusammen in einer Wohnung – das ist doch auch schön."

Da schüttelte Neal wieder den Kopf. „Keine Wohnung. Ein Gut. Ich habe uns ein Gut gekauft."

Sofort blieb Gero die Luft weg. „Ein Gut?", wiederholte er leise, kaum hörbar. „Was für ein Gut?"

„Einen Gutshof", erklärte Neal genauer. „Mit einem großen Herrenhaus, Hof, Park und Ställen. Dort wird genug Platz für uns alle sein."

Gero dachte zu träumen. Ungläubig sah er seinen Freund an. „Du kannst doch kein ganzes Gut gekauft haben? Nur für uns? Das ist doch viel zu teuer!"

„Na ja", begann Neal, dabei kratzte er sich verlegen den Nacken. War ihm sein Reichtum unangenehm? „Meine Villa werde ich verkaufen müssen, aber das wird gehen … Ich habe ja immer gespart. Ich wollte doch schon so lange mit euch wohnen. Ich hatte es euch versprochen."

Gero konnte daraufhin nichts antworten. Er war wie geschockt, starrte seinen Freund nur weiterhin an.

„Ist er nicht verrückt?", schaltete sich Francis stattdessen ein, dabei betrachtete sie ihren Bruder voller Bewunderung.

„Ich kann es kaum glauben", sprach Gero fassungslos.

„Das Gebäude und die Grünanlagen sind nicht mehr so gut in Schuss", berichtete Neal, dabei entzündete er entspannt eine Zigarette. Für ihn schien die Neuanschaffung keineswegs außergewöhnlich. „Das Anwesen war lange Zeit unbewohnt, doch es wird alles renoviert. Die Arbeiten beginnen schon in den nächsten Tagen. Ich denke, in zwei, drei Monaten können wir einziehen." Er zog an der Zigarette und legte einen Arm um Gero. „Und so lange, mein Zauberstern, werden wir beide zusammen in meinem jetzigen Haus wohnen."

Gero atmete tief durch. Das waren ja Neuigkeiten! Ihm wurde schlagartig bewusst, dass sich sein Leben in naher Zukunft extrem verändern würde.

*

Neal öffnete die Praxistür und wandte sich wie jeden Tag sofort an die Arzthelferin.

„Guten Morgen!"

„Guten Morgen, Herr Anderson. Ich habe Ihre Tablette schon rausgestellt, wie immer!"

„Mhm, danke", erwiderte Neal, dabei schielte er auf die Tablette, die tatsächlich auf dem Schreibtisch stand. „Sagen Sie, kann ich Dr. Greve kurz sprechen?"

Die Arzthelferin zögerte. „Oh, der ist in der Sprechstunde."

„Bitte, es ist wichtig", bat Neal eindringlich.

„Na gut", sagte die Helferin und stand auf. Dem Sänger von *The Drowners* konnte sie unmöglich eine Bitte abschlagen.

„… natürlich bin ich für ihn zu sprechen", hörte er kurz darauf Andys Stimme. Schließlich trat der aus dem Behandlungszimmer und lächelte seinen Patienten an.

„Was gibt's denn Wichtiges? Dir geht es hoffentlich gut?"

„Ja, bestens!", antwortete Neal wahrheitsgemäß, dabei sah er nachdenklich auf die Tablette. „Ich wollte eigentlich auch nur fragen, was passieren würde, wenn ich heute mal kein *Subutex* einnehme?"

Andy machte ein erstauntes Gesicht. Wie immer hatte er seine hellbraunen Haare mit einem Scheitel frisiert. Er trug einen Arztkittel, in den er jetzt seine Hände steckte, als würde er sich auf ein längeres Gespräch einstellen.

„Wenn du sie nicht nimmst?", wiederholte er.

„Ja!" Neal bestätigte dies mit heftigem Kopfnicken. „Wenn ich keinen Bock mehr habe, sie zu nehmen. Was wird passieren, wenn ich sie weglasse?"

„Ja, also, genau kann ich das gar nicht sagen." Andy überlegte sichtlich, bevor er erklärte: „Du könntest eine leichte Unruhe verspüren, die kann auch stärker werden. Dir könnte übel werden oder schwindelig. Du könntest das Gefühl bekommen, dass dir etwas fehlt und dich niedergeschlagen fühlen."

„Mehr nicht?" Neal klang fast erleichtert. Der Arzt zuckte mit den Schultern.

„Jeder Mensch reagiert anders. Du nimmst die Tablette schon sehr lange, allerdings in niedriger Dosis. Es kann sein, dass du die Beschwerden leicht wegsteckst. – Es kann aber auch sein, dass dein Körper ohne *Subutex* rebelliert."

„Du meinst, dass ich durchdrehe?" Neal hatte keine Lust, um den heißen Brei herumzureden. Er wollte die Dinge beim Namen nennen und ehrlich darüber diskutieren. Immerhin stand viel auf dem Spiel.

Andy stimmte auch dem zu. „Es kann sein, ja."

Wieder sah Neal auf die Tablette.

Ein gewisses Verlangen danach spürte er, das konnte er nicht abstreiten, und doch: „Was kann ich alles tun, um diesen Beschwerden entgegenzuwirken?"

„Nicht daran denken", erwiderte Dr. Greve, als wäre es das Einfachste der Welt. „Ablenkung suchen, unter Leute gehen, am besten Sport machen. Irgendetwas, was dir keine Zeit gibt, um darüber nachzudenken. Etwas, was dich im positiven Sinne auspowert. Dein Körper darf keine Möglichkeit haben, um Entzugssymptome zu bekommen."

„Verstehe." Neals Gesicht war ernst. Ihm war klar, was er eingehen würde, und er war sich nicht sicher, ob er dem schon gewachsen war. Trotzdem wollte er es wagen.

„Danke. Du hast mir sehr geholfen."

Er klopfte dem Arzt anerkennend auf die Schulter und drehte sich der Tür zu.

„Äh, Neal, warte mal!", rief Andy erschrocken und deutete auf das *Subutex*. „Du willst es wirklich nicht nehmen?"

Neal schüttelte den Kopf. „Nein, ich hab die Schnauze voll."

„Aber, so einfach ist das auch nicht!" Andy hatte Bedenken. So hatte er sich das Ende der Entzugstherapie nicht vorgestellt.

„Ich kann es schaffen, wenn ich stark bin", entgegnete Neal. Da war er sich sicher.

Andy seufzte. „Komm morgen trotzdem wieder, okay?", bat er voller Sorge. „Ich will sehen, wie es dir geht. Und die Urinproben müssen wir weiterhin machen. Ich muss sichergehen, dass du auch nichts anderes nimmst."

Neal nickte. Ein wenig Kontrolle würde ihm wohl nicht schaden.

„Dann viel Glück", wünschte Andy. „Und wenn es Probleme gibt: Ich bin jederzeit für dich da."

„' kay, danke!" Neal verließ die Praxis und blieb vor dem Haus stehen. So, dachte er still bei sich, und was mache ich nun?

„Das war eine schöne Idee, uns zum Frühstück einzuladen", sagte Frau Steinert zufrieden. Auch ihr Mann machte einen genügsamen Eindruck, obwohl in der WG-Küche, an dem kleinen Tisch, gerade drei Leute dicht gedrängt Platz fanden.

„Man hört und sieht ja sonst kaum noch etwas von dir", fügte Geros Mutter hinzu. Ein Vorwurf, mit dem Gero gerechnet hatte, denn in den letzten Wochen hatte er sich tatsächlich um andere Dinge kümmern müssen – als um seine Eltern.

„Und wo ist dein Mitbewohner?", erkundigte sich sein Vater schließlich.

„Beim Baumarkt", erklärte Gero. Er war froh, dass seine Eltern ihn daraufhin ansprachen, denn so würde es ihm vielleicht leichter fallen, von seinem Auszug zu erzählen. „Er besorgt Farbe und einen neuen Teppich, denn mein Zimmer wird renoviert."

Sofort machte Herr Steinert große Augen. „Und dann hilfst du ihm nicht dabei?" Es klang fast empört.

„Er will es mit Lucy allein aussuchen, schließlich wird es ihr Zimmer werden …" Gero holte tief Luft. Der große Moment war gekommen, um mitzuteilen: „Denn ich ziehe aus."

„Wie bitte?"

Frau Steinert stellte ihre Kaffeetasse geräuschvoll ab. „Da haben wir wohl noch ein Wörtchen mitzureden. Immerhin zahlen wir die Miete. Wo willst du denn stattdessen wohnen?"

„Ich werde aufs Land ziehen", berichtete Gero mit funkelnden Augen. Dass er schon dabei war, in Neals Villa zu wechseln, verheimlichte er bewusst. „Und um die Miete braucht ihr euch nicht kümmern. Das regelt sich von selbst."

„Wie soll man das verstehen?" Wie erwartet reagierten seine Eltern beunruhigt.

„Nun …", fing Gero an und stocherte nervös im Müsli herum. „Das Haus, in dem ich wohnen werde, hat jemand gekauft, mit dem ich zusammenziehe."

Zu seinem Erstaunen atmete Frau Steinert auf. „Endlich! Hast du eine Freundin gefunden?" Sie drückte die Hand ihres Sohnes ganz fest. „Wie heißt sie denn?"

„Mama! Was soll das?", erwiderte Gero. Er riss sich von ihr los. Ihr Verhalten und die Situation waren ihm deutlich unangenehm. „Ich ziehe mit keiner Frau zusammen, jedenfalls nicht allein … also, was ich euch sowieso schon sagen wollte …" Noch einmal machte er eine Pause, um neuen Mut zu schöpfen, dann brachte er sein Anliegen hervor: „Ich bin wieder mit einem Mann zusammen."

„Das darf doch wohl nicht wahr sein!", schrie Geros Vater sofort und haute mit der flachen Hand erbost auf den Tisch. Frau Steinert zuckte zusammen. „Bitte!", ermahnte sie ihren Mann, ruhig zu bleiben, aber auch sie sah nicht erfreut über diese Nachricht aus.

„Musste das sein?", fragte sie wehmütig. „Wieso wieder ein Mann?"

„Weil wir uns lieben", gestand Gero. „Ganz einfach. – Und ihr kennt ihn sogar."

Sofort wurden seine Eltern hellhörig. „Ach ja? Wer ist es denn?", wollte Frau Steinert postwendend wissen.

„Neal", antwortete Gero voller Beherztheit, doch machte er sich innerlich auf einen großen Streit gefasst. Und wie erwartet, fuhr sein Vater direkt aus der Haut.

„Bist du noch zu retten?", äußerte er sich lauthals. „Mit diesem Kerl?" Er schüttelte fassungslos den Kopf. „Hat er dir nicht genug Unglück gebracht? Wir hatten dir den Umgang mit ihm verboten, hast du das vergessen?"

„Nein", sagte Gero leise. Und er konnte sich zu gut daran erinnern, wie er, nach dem Bruch mit Neal, seinen Eltern fest versprochen hatte, sich nicht mehr auf seinen Ex-Freund einzulassen. Doch das waren andere Zeiten gewesen.

„Du hast mich wirklich enttäuscht", sagte Frau Steinert. Sie sah auf ihren Teller. Weiteressen konnte sie auf keinen Fall. Hätte sie vorher gewusst, was ihr Sohn ihnen offenbaren würde …

„Ihr müsst das verstehen", konterte Gero. „Neal hat sich geändert. Er ist weg von den Drogen. Er hat eine Therapie gemacht, freiwillig! Und er gibt sich große Mühe, damit alles wieder gut wird."

Geros Vater konnte gar nicht aufhören, den Kopf zu schütteln.

„Das ist doch sicher ein Trick", sagte er. „Wahrscheinlich will er dich nur wieder um den Finger wickeln … Klar! Er zieht mit dir aufs Land, weg vom Schuss, damit er dich missbrauchen und schikanieren kann!"

„So ist es mit Sicherheit nicht!", entgegnete Gero. Er war ganz aufgewühlt, sein Herz raste. Er konnte es nicht ertragen, dass seine Eltern schlecht von Neal dachten. Er hatte die Hoffnung gehabt, die Sache ruhig regeln zu können. Immerhin war er erwachsen und wollte nur ehrlich zu seinen Eltern sein. Und nun wieder so ein Aufstand!

„Und warum war er in der Vergangenheit so unmöglich zu dir?", fragte Herr Steinert provozierend.

„Neal hatte Probleme …", begann Gero.

„Wer hat die nicht?", fuhr seine Mutter ihm ins Wort, woraufhin ihr Sohn die Augen verdrehte. Konnten oder wollten sie ihn nicht verstehen?

„Er hatte viele Probleme", startete Gero noch einen Erklärungsversuch. „Zu viele. Er ist damit nicht mehr fertig geworden. Er wollte sie allein lösen, das war sein Fehler … Er hat es nicht geschafft." Gero senkte den Kopf. Er hätte heulen können, bei dem Gedanken daran, doch er riss sich zusammen.

„Das ist noch lange kein Grund, um Drogen zu nehmen!", entgegnete Herr Steinert gereizt.

Gero schwieg daraufhin. Hatten seine Eltern recht? Er dachte sichtlich nach, dann versuchte er, ihnen die Angelegenheit so plausibel wie möglich zu begründen.

„Stellt euch doch nur einmal vor: Jeder hat das Bestmögliche von ihm erwartet. Er musste ein Album aufnehmen, weit weg von den Menschen, die er liebt. Monatelang war er getrennt von ihnen. Und er bekam Angst, zu versagen, zu scheitern, dem Druck nicht mehr standhalten zu können.

Niemand war da, um ihm zu helfen. Er hatte Angst, dass es den Geliebten in der Heimat nicht gut geht. Könnt ihr euch vorstellen, wie verzweifelt er gewesen sein muss? So verzweifelt, dass er zu Drogen greifen musste?" Gero schluckte. Es war nicht leicht, Neals damalige Lage zu erklären, ohne ins Detail zu gehen. „Und dann kam er nach Monaten zurück nach Hause und wurde auf offener Straße zusammengeschlagen, weil er zufällig schwul ist!" Gero geriet richtig außer sich, als er an die Schlägerei zurückdachte. „Ist ja gut, mein Junge", versuchte Frau Steinert zu beruhigen, aber er konnte sich so schnell nicht fangen.

„Nichts ist gut!", schrie er ungehalten. „Er wollte sein Leben nach der langen Abwesenheit in Ruhe weiterführen, doch alles ging schief! Er wurde depressiv, nahm immer mehr Tabletten ein und Kokain, weil er das nicht ausgehalten hat." Er atmete tief durch und entschloss, weitere Dinge aufzuzählen, obwohl sie Neals Privatsphäre direkt betrafen.

„Seine Schwester, die er verbotenerweise liebt, wurde schwanger – und zwar von ihm. Er versuchte, sich auf das Kind zu freuen, doch es gelang ihm kaum, weil er genau wusste, dass es die größte Scheiße war, die passieren konnte! In der Gesellschaft wird Geschwisterliebe totgeschwiegen und bestraft, aber niemand kann sich vorstellen, wie es Betroffenen wirklich dabei geht!" Gero schluckte aufkeimende Tränen herunter. „Er hat schon ein Kind mit seiner Schwester und war froh, dass alles gut gegangen war und dann der ganze Horror noch einmal. – Er hatte wieder Angst. Um Francis, um das Baby … Plötzlich merkte er, dass er zu viele Drogen nahm, jeden Tag! Und dass er davon nicht mehr loskommt!" Gero stand auf. Er konnte bei seinen Schilderungen nicht still sitzen. „Wir wollten helfen, doch es gelang uns nicht. Und zu guter Letzt tauchte auch noch sein Ex-Freund auf, der ihn vor Ewigkeiten zutiefst verletzt hat, und mischte sich in alles ein! Klasse!"

Gero stoppte. Er konnte nicht mehr weiter reden, denn er merkte, dass er sich schon zu stark hineingesteigert hatte. Umso erstaunter war er, als er die schockierte Stimme seiner Mutter vernahm:

„*Das* ist Neal alles passiert?" Ihr Gesicht zeigte große Bestürzung.

„Ja." Gero nickte. „Und das ist nur die Kurzfassung." Tränen schimmerten in seinen Augen. „Ich habe auch lange nicht begriffen, warum Neal so grausam sein konnte, warum er Drogen genommen hatte, doch nun … Er tut mir unendlich leid. Er ist so ein lieber Mensch und hätte sterben können …" Gero schluchzte und wischte sich über die Augen. „Dabei wollte er für uns alle nur das Beste. Er hat uns so sehr geliebt. Mich, seine Schwester und die Kinder. Er hat uns so sehr geliebt, und wollte uns aus allem raushalten, hat alles in sich hineingefressen, bis ihn die Drogen zerstört haben." Gero schüttelte den Kopf. Ihm war mittlerweile alles so klar. „Er wollte das nicht, das müsst ihr mir glauben."

Eine nachdenkliche Stille folgte, bis Herr Steinert zur Ausgangsdiskussion zurückkehrte:

„Ist das ein Grund, um gleich mit ihm zusammenzuziehen?"

„Wir werden nicht alleine wohnen, Paps", erklärte Gero. Ihm war klar, dass er einiges über die Anderson-Geschwister preisgegeben hatte, doch er war sich sicher, dass diese Informationen bei seinen Eltern bleiben und nicht herumgetratscht werden würde. „Francis, seine Schwester, wird auch dort wohnen, mit den Kindern. Wir wollen von vorne beginnen. Ich bin mir sicher, es ist die richtige Entscheidung."

Er setzte sich wieder und schenkte Kaffee ein. Den konnte er nun wirklich vertragen.

„Und dein Studium?", fragte seine Mutter besorgt. „Wie willst du denn vom Land immer zur Uni kommen? Fahren da Busse?"

Gero nickte. „Ja. Und die S-Bahn, doch ..." Er grinste verlegen. „Das klingt zwar jetzt etwas komisch, aber Neal hat mir ein Auto geschenkt. Ich habe also keine Probleme, zur Uni zu kommen."

„Ein Auto?", wiederholte seine Mutter mit erstauntem Blick.

„Ja." Gero lächelte stolz. „Er hat mir seinen Porsche geschenkt. Er selbst fährt nämlich jetzt Motorrad."

Herr Steinert lehnte sich zurück. „Na, also um die finanzielle Seite müssen wir uns anscheinend keine Gedanken machen." Er konnte sich diese spitze Bemerkung nicht verkneifen.

Auch Frau Steinert blieben einige Zweifel.

„Ich weiß nicht", sagte sie. „Wohl ist mir nicht bei der ganzen Sache."

Dann wurde die Wohnungstür aufgeschlossen. Es war Neal, der Rayon mit sich trug.

Gero stand sofort auf und ging in den Flur.

„Na, ihr zwei!", grüßte er seinen Freund und das Kind, gab beiden einen Kuss.

Neal schielte in die Küche, wo er die Steinerts erblickte. „Oh, da komme ich wohl ungelegen?"

„Quatsch!", äußerte sich Gero, dabei war er sich bei seiner Äußerung nicht einmal sicher.

„Ich wollte fragen, ob du Rayon für ein paar Stunden nehmen kannst. Francis hat ein Meeting außerhalb der Stadt. Und ich kann mich heute unmöglich um ihn kümmern."

Gero dachte nur kurz nach. Zur Uni musste er erst am Nachmittag. „Sicher, kein Problem." Er nahm das Baby auf den Arm. „Willst du nicht wenigstens einen Kaffee mit uns trinken, oder musst du gleich wieder los?"

Neal überlegte. „Einen Kaffee nehme ich gerne." Er folgte in die Küche, blickte Geros Eltern allerdings unschlüssig an.

„Guten Morgen", grüßte er. Herr Steinert nickte nur still, aber Geros Mutter stand sofort auf und schüttelte ihm die Hand. In ihren Augen war plötzlich keine Unsicherheit mehr zu sehen, sie sah Neal sogar anerkennend an. Hatte sie ihn nicht eigentlich immer gemocht? Vielleicht auch ein wenig bewundert, denn er war attraktiv und berühmt.

„Gero hat erzählt, dass sie alle aufs Land ziehen möchten", fing Herr Steinert schließlich an. „Sie können sich wohl vorstellen, dass wir nicht begeistert davon sind."

Neal schenkte sich Kaffee ein. Er hatte sich auf diese Konfrontation bewusst eingelassen und versuchte, ebenso gezielt die Ruhe zu bewahren.

„Auf dem Land lebt es sich besser", gab er zu verstehen. „Ich bin dort aufgewachsen. Es ist ruhig. Gero wird es gefallen."

„Es geht hier nicht um das Leben auf dem Land", lenkte Herr Steinert sofort ein. „Es geht darum, dass Sie wieder mit unserem Sohn zusammen sind. Ich dachte, wir hatten damals deutlich gezeigt, dass Sie die Finger von ihm lassen sollen."

„Bitte, fangt nicht an zu streiten", bat Frau Steinert.

„Ist schon gut", sagte Neal. „Ich verstehe, dass Sie wütend auf mich sind, aber ich liebe Ihren Sohn nun mal, und ich hätte ihn sicher auch in Ruhe gelassen, wenn er mich nicht mehr geliebt hätte. Doch es war nicht so. Wir haben wieder zueinandergefunden."

Er nahm vorsichtig Geros Hand und drückte sie.

„Ich sage Ihnen, wenn uns irgendetwas auffällt, was nicht korrekt ist, wenn wir merken, dass sich Gero bei Ihnen nicht wohl fühlt, wenn Sie irgendetwas tun, was unserem Sohn schadet, sind Sie dran, das schwöre ich Ihnen!", sagte Herr Steinert knallhart.

Neal nickte, dabei schockierte es ihn sichtlich, was für ein Bild er bei Geros Vater hinterlassen hatte.

Was für ein schlimmer Mensch musste er während seines Drogenkonsums gewesen sein, dass man *so* von ihm dachte?

„Ihr Sohn wird es bei mir gut haben", versicherte Neal.

„Das werden wir ja sehen!", konterte Herr Steinert.

Rayon, den Gero noch immer in den Armen hielt, fing an zu wimmern. Sofort sahen alle auf das Baby.

„Ist er dran mit der Flasche?", fragte Gero besorgt. Neal nickte daraufhin erneut.

„Okay, ich mache ihm eine", sagte Gero, und während er das Baby auf dem linken Arm etwas hin- und herwippte, holte er Milchpulver und Fläschchen aus dem Kinderwagen im Flur.

Frau Steinert staunte nicht schlecht, als sie ihren Sohn so sah.

„Versorgt er das Baby oft?", fragte sie leise und sah Neal fragend an.

„Ja. Er passt öfter auf. Er ist wie ein Vater zu ihm."

Frau Steinert bewunderte dies auffallend. „So kenne ich meinen Sohn gar nicht", sagte sie verblüfft.

Neal lächelte. „Er ist erwachsen geworden", stellte er klar. „Ich glaube, es ist an der Zeit, dass Sie das akzeptieren und endlich lernen loszulassen."

Die Steinerts sahen sich sofort an und wurden direkt kleinlaut. War es so? Hatten sie noch immer nicht begriffen, dass ihr einziger Sohn endlich selbstständig geworden war?

Neal erhob sich. „Gero hat seinen Weg gefunden, und Sie sollten ihm keine Steine auf diesen Weg legen."

Gero, der inzwischen das Pulver anrührte, bemerkte nicht, dass man über ihn sprach.

„Aber …", fing Frau Steinert an, dabei deutete sie auf ihren Sohn, der das Baby liebevoll versorgte. „So werden wir nie Enkelkinder haben", sagte sie leise. Mit einem Mal war ihr Blick traurig. Auch ihr Mann senkte unzufrieden den Kopf. Nur Neal schmunzelte.

„Wer sagt denn so etwas?", konterte er. „Ihr Sohn ist vielleicht schwul, aber er möchte irgendwann Kinder haben, und ich wette, er wird sich diesen Traum auch erfüllen." Er zwinkerte Frau Steinert zu, dann wandte er sich an seinen Freund. „Ich muss los."

Gero unterbrach seine Arbeit und folgte mit Rayon in den Flur.

„Nach der Uni komme ich zu dir", sagte er leise, sodass seine Eltern es nicht hören konnten. „Ich habe meine restlichen Sachen gepackt und bin dann fertig mit dem Umzug."

Neal freute sich sichtlich. „Schön."

Sie küssten sich zum Abschied.

„Warst du schon bei Dr. Greve?", erkundigte sich Gero daraufhin besorgt. Eine Frage, die er sich nicht verkneifen konnte.

Neal blinzelte seinem Freund beruhigend zu. „Sicher, alles bestens. Bis nachher!"

Am späten Nachmittag fuhr Gero mit dem Porsche auf Neals Anwesen und hielt vor der Tür. Butler Ralph, der mit Gartenarbeit beschäftigt war, hatte das Tor sofort geöffnet, als er den roten Wagen gesehen hatte.

„Das Auto steht Ihnen wirklich gut", äußerte er sich.

„Danke!", erwiderte Gero sichtlich geschmeichelt. Er hatte noch zwei Umzugskartons bei sich, die er entlud. „Ist Neal drinnen?", fragte er beiläufig.

Ralph bestätigte dies erfreut. „Ja, er komponiert." Merklich erleichtert, atmete der Butler aus. „Es ist sehr beruhigend, ihn wieder singen zu hören. Es war in der letzten Zeit so still hier und so eine bedrückende Stimmung."

Er seufzte, als er an Neals Drogenzeit zurückdachte.

„Ich bin auch froh, dass es ihm wieder besser geht", sagte Gero, dabei griff er nach dem ersten Karton. Bevor er das Haus betrat, stutzte er: „Schöne Blumen haben Sie gepflanzt", stellte er fest und deutete auf die bunten Beete. Aber Ralph schüttelte sofort den Kopf.

„Das war ich nicht, das war Mr. Anderson."

„Wie bitte?" Gero staunte. „Er hat Blumen gepflanzt?"

„Ja!", berichtete der Butler. „Gleich heute Morgen, als er vom Joggen zurückkam."

Geros Mund öffnete sich perplex. „Joggen?", wiederholte er noch erstaunter. „Seit wann macht Neal Sport?"

„Seit heute!"

Geros Stirn legte sich in Falten. „Komisch…"

Kurz darauf betrat er das Musikstudio im Keller, wo Neal im Übungsraum hinter dem Mikrophon stand und tief konzentriert eine Melodie sang. Als er allerdings seinen Freund erblickte, nahm er den Kopfhörer ab und lächelte.

„Hi Kleiner, alles klar?"

„Mhm, ja." Geros Freude war begrenzt. Er musste auch sofort berichten, was ihm missfiel. „Wieso konntest du heute Morgen Rayon nicht betreuen? – Ralph hat mir eben erzählt, dass du zu Hause warst. Du hast Blumen gepflanzt und gejoggt." Er schüttelte den Kopf. „Dein Sohn hätte dir wichtiger sein müssen."

Neal nickte verständnisvoll.

„Klar ist mir Ray wichtig, aber heute Morgen brauchte ich Zeit für mich. Viel Zeit und viel Action. Ich musste durchpowern, da konnte ich nicht auf ihn aufpassen. Beim Babysitten wäre mir die Decke auf den Kopf gefallen."

„Ach so." Gero versuchte, dies zu verstehen, dabei fiel es ihm nicht leicht. „Ich habe meine Sachen jetzt komplett hier", berichtete er in Hinblick auf seinen Umzug. „Ich glaube aber, ich lasse das meiste in den Kartons. Da wir eh bald wieder ausziehen."

„Gute Idee." Neal kam näher und umarmte seinen Freund, als hätte er ihn schrecklich vermisst.

„Und nun?", fragte Gero daraufhin, als er Neals Hände an seinem Gesäß spürte. „Was machen wir jetzt?"

„Ich wüsste da was ganz Spezielles", sagte Neal, während er den schlanken Hals seines Freundes mit Küssen bedeckte.

Gero wusste sofort Bescheid, oder?

„Du meinst, wir sollten zusammen ins Bett?" Er schmunzelte bei der Vorstellung daran, war aber überrascht, als Neal sich von ihm löste.

„Nein. – Ich dachte, wir machen den Pool sauber."

Gero traute seinen Ohren nicht. Was war denn heute bloß los mit Neal? „Den Pool?"

Neal nickte eifrig. „Ja, hast du ihn dir mal angesehen? Er ist total verdreckt, wie im Vorjahr." Er seufzte unzufrieden. „Ich wollte ja eigentlich eine Plane überspannen, aber es kam ja alles anders …" Kurz verdunkelte sich sein Gesicht, als er daran dachte, dass er den kompletten Herbst in der Suchtklinik verbracht hatte. Aber dann erhellte sich sein Ausdruck wieder.

„Und? Lust auf Gartenarbeit?" Erwartungsvoll sah er seinen Freund an.

„Ich soll dir helfen?", fragte Gero erstaunt. „Letztes Jahr wolltest du mich nicht dabeihaben. Du hattest Angst, dass ich mich schmutzig mache, hast mich regelrecht angeschrien deswegen."

„Ach!" Neal winkte ab, als wäre das damalige Ereignis nicht mehr erwähnenswert. „Richtige Männer gehören in den Garten."

Erschöpft legte sich Gero am Abend ins Bett. „Puh, das war ein Tag!"

Er schloss die Augen, um sich zu entspannen. Neal tigerte dagegen unruhig auf und ab.

„Also ich könnte noch etwas unternehmen", verkündete er, während er sich eine Zigarette ansteckte.

Für Gero eine unvorstellbare Äußerung. „Erst der Besuch bei mir", zählte er auf, „dann warst du joggen und hast Blumen gepflanzt, hast komponiert und mit mir den Pool gereinigt, danach der lange Spaziergang mit den Hunden …"

Er schüttelte den Kopf. „Ich wäre an deiner Stelle fix und fertig. Du solltest endlich zur Ruhe kommen."

Neal zuckte mit den Schultern. „Ich weiß nicht", sagte er. „Mir ist heute nicht nach Entspannung zumute."

„Wieso nicht?"

„Mhm." Neal wand sich, als wäre es völlig uninteressant, wieso er sich an diesem Tag so viel vorgenommen hatte. „Ich erzähle es dir nachher."

Sogleich rannte er ins Badezimmer. „Ich habe noch was für dich! Das hätte ich fast vergessen!"

„Für mich?", fragte Gero erfreut. „Was denn?"

„Augen zu!", ermahnte Neal daraufhin und kam aus dem Bad. „Erst die Augen zu!"

„Ja, okay!" Gero lachte, lehnte sich zurück und schloss die Augen. Er spürte, wie Neal sich zu ihm ins Bett gesellte und sich über ihn beugte.

„Nicht erschrecken", bat er.

„Wie?"

„Halt still!", forderte Neal, und Gero merkte, wie irgendetwas seine Augenlider berührte und sanft darüber strich.

„Was machst du denn?", fragte er sofort.

„Einen Moment noch", sagte Neal. Es klang angestrengt und konzentriert, dann atmete er auf. „So, fertig."

„Darf ich die Augen wieder öffnen?", fragte Gero nach.

„Yes!" Neal stand auf. „Ich hole nur noch einen Spiegel." Abermals verschwand er im Badezimmer und kam kurz darauf mit einem Handspiegel zurück. Hoch erfreut hielt er den vor Geros Gesicht. „Und? Sieh es dir an!"

Zaghaft nahm Gero den Spiegel in die Hand, sah hinein und staunte nicht schlecht, als er seine Augen musterte.

„Der blaue Glitzerlidschatten!", stellte er fest. „Du hast ihn gefunden!"

Neal nickte erfreut. „Ich habe ihn schon vor Wochen gekauft, als wir noch gar nicht wieder zusammen waren … Aber ich musste ihn kaufen. – Du hattest ihn dir doch so gewünscht."

Gero senkte die Hand mit dem Spiegel. Verliebt und glücklich sah er seinen Freund an. „Das ist lieb von dir. – Danke."

Noch einmal betrachtete er seine Augenlider, die blau glitzerten. Er konnte sich genau erinnern, als er damals erwähnt hatte, so einen Lidschatten gerne besitzen zu wollen. Neal wollte ihm daraufhin sofort einen besorgen –

und wurde dann auf offener Straße zusammengeschlagen. Daran wollte sich Gero aber nicht mehr zurückerinnern.

„Wenn mich meine Mutter so sehen würde", sagte er lachend. „Die würde gleich wieder denken, du willst mir Böses … Sieht ganz schön kitschig aus, oder? Was meinst du? – Neal?"

„Was?"

Gero senkte nachdenklich den Spiegel. „Was ist denn los? Du träumst ja. Du bist gar nicht richtig bei der Sache."

„Doch, doch", versicherte Neal. Er zog an der Zigarette und drückte sie aus. Aber Gero gab sich damit nicht zufrieden.

„Du scheinst nervös zu sein." Er betrachtete seinen Freund gründlich.

„Quatsch! Gar nicht wahr!"

„Doch!" Gero richtete sich wieder auf und inspizierte Neal genauer. „Irgendetwas stimmt nicht. Und deine Finger … die zittern … Das ist mir schon beim Abendessen aufgefallen und ich finde, es ist schlimmer geworden."

„Du irrst dich", erwiderte Neal leise, verschränkte aber die Hände vor dem Bauch, als wollte er etwas verheimlichen. „Ich zittere gar nicht."

„Neal? Wir wollten uns immer alles sagen."

„Ja, ich weiß …"

„Und?", fragte Gero besorgt. „Was ist los?"

„Es ist nichts", konterte Neal, aber es war ersichtlich, dass er mit der eigentlichen Antwort haderte. „Prinzipiell ist es nichts, nur, na ja …"

„Was?", bohrte Gero nach. Inzwischen war er aufgestanden und sah seinem Freund tief in die blauen Augen. „Du hast doch nicht … Hast du etwa … was genommen?" Sein Blick wurde plötzlich ängstlich.

„Bist du noch zu retten?", schrie Neal sofort. „Ich bin clean! Ich nehme nichts mehr!"

„Ja, ich weiß, entschuldige bitte", sagte Gero kleinlaut und senkte den Kopf. Eine Geste, die Neal zeigte, dass er wieder völlig überreagiert hatte. Somit gab er dann auch zu:

„Du hast ja recht. Ich bin wirklich etwas nervös plötzlich. Aber das liegt sicher nur daran, dass ich …" *Verdammt,* erneut fiel es ihm schwer, die Wahrheit zu sagen.

„Was?" Sofort sah Gero wieder auf.

„Ich habe heute kein *Subutex* genommen", berichtete Neal daraufhin mit einem Lächeln auf den Lippen. Die Augen seines Freundes weiteten sich allerdings vor Schreck. „Nein?"

Neal schüttelte den Kopf. Für Gero unfassbar.

„Wie kannst du denn so was machen?", fragte er erschüttert.

„Wieso?" Neal zuckte mit den Schultern. War es nicht eigentlich eine gute Nachricht? „Das ist doch toll! Den ganzen Tag bin ich ohne ausgekommen. Ich wusste, dass ich es ohne schaffe. Ich habe mich abgelenkt und gar nicht daran gedacht."

„Weiß das Dr. Greve?", fragte Gero besorgt.

Neal nickte. „Ja, er hat mir genau erklärt, wie ich mich verhalten soll. Und es hat geklappt!" Er lächelte, doch es sah ruhelos aus.

„Und was ist mit dem Zittern, das du hast?"

„Tja, das …" Neal zögerte. Er sah auf seine Hände, die tatsächlich nicht stillhielten. „Das ist natürlich nicht so gut."

„Oh Mann!", stöhnte Gero. „Was machen wir denn jetzt?"

„Ich weiß nicht", antwortete Neal. Er versuchte, zu lächeln, aber es sah verkrampft aus. Dass er nicht wusste, was in diesem Fall zu tun war, beunruhigte ihn immer mehr – und Gero auch!

„Du musst zu Andy!", forderte der. „Du musst die Tablette nehmen!"

Als Neal das hörte, schüttelte er den Kopf. „Nein, muss ich nicht! – Ich werde dieses Scheißzeug nicht mehr nehmen! Nie mehr!"

Er bemerkte, wie sein Zorn wieder zum Vorschein kam, seine Unzufriedenheit und seine Wut auf sich selbst. Er zündete eine erneute Zigarette an. Vielleicht würde die helfen?

Nachdenklich ging er durchs Zimmer, ein Verhalten, das bei Gero noch mehr Verunsicherung hervorrief.

„Wir müssen doch etwas unternehmen!", jammerte er. „Du wirst ja immer nervöser!"

Aber Neal schüttelte erneut den Kopf. „Das wird schon gehen!", versicherte er. „Den ganzen Tag ging es gut. Den Rest schaffe ich auch! – Wenn ich 24 Stunden kein *Subutex* nehme, brauch ich es gar nicht mehr!" Da war er sich sicher – sein Freund allerdings nicht. „Wie willst du das schaffen, wenn du jetzt schon zappelig bist? – Lass uns zu Andy gehen, bitte!"

„Nein!"

Gero seufzte laut. Verkrampft dachte er nach, wie er helfen könnte. „Soll ich dir einen Beruhigungstee machen? Ich könnte zur Notapotheke fahren und Baldrian besorgen!"

Neal tickte sich daraufhin an die Stirn, als wäre sein Freund nicht ganz dicht. „Ich nehme kein Baldrian und Tee auch nicht, bei der Wärme hier!" Demonstrativ öffnete er das Fenster. War es wirklich so warm oder brachte ihn diese Situation zum Schwitzen?

Er atmete tief durch. „Es hilft nichts", sagte er leise, „da muss ich wohl noch einmal joggen gehen."

„Was, jetzt?", rief Gero perplex. „Es ist dunkel draußen. Was ist, wenn du wieder überfallen wirst? Außerdem hast du heute schon genug Sport gemacht."

„Nur eine Runde um den Block", versuchte Neal zu verhandeln.

„Nein hab ich gesagt!", schrie Gero. Allmählich zerrte die Situation an seinen Nerven. Neal staunte. „Mensch, Kleiner, so impulsiv kenne ich dich ja gar nicht."

„Was heißt impulsiv?" Gero verzog hilflos sein Gesicht. „Ich habe Angst. – Was ist, wenn du jetzt völlig durchdrehst?" Er machte eine nachdenkliche Pause. Schlimme Gedanken kamen von allein. „Du hast doch nichts mehr im Haus, oder? Keine Drogen oder so, nein?"

„Natürlich nicht", versicherte Neal.

Gero atmete aus. Wenigstens darüber musste er sich nicht sorgen. „Ich möchte nicht, dass du wieder anfängst", erklärte er sein ängstliches Verhalten. „Ich will, dass du sauber bleibst." Seine Bedenken wurden immer größer. „Lass uns das *Subutex* besorgen, bitte, dann wird alles gut!"

Doch Neal ließ sich nicht umstimmen. „Kommt nicht in Frage. Ich brauche das Zeug nicht!"

„Aber, was sollen wir denn bloß machen?" Verzweifelt nahm Gero auf dem Bett Platz. Er wusste wirklich nicht mehr weiter, bis sich Neal plötzlich neben ihn gesellte und mit einfühlsamer Stimme verkündete:

„Ich glaube, ich habe eine Lösung für unser Problem."

„Tatsächlich?" Aufgeregt sah Gero seinen Freund an, und der lächelte.

„Wir machen Sex, bis ich nicht mehr kann, bis ich vor Erschöpfung einschlafe, ja?", schlug Neal vor, dabei streichelte er Geros Bauch und glitt mit der Hand etwas tiefer.

Sogleich zeigte sich ein Schmunzeln auf Geros Gesicht. „Das klingt gut. Ich glaube, das könnte funktionieren."

Gero war noch ganz wohlig zumute, als er am nächsten Morgen erwachte. Sofort musste er daran denken, was sie alles getrieben hatten, um Neal von seiner Nervosität abzulenken.

Erst spät in der Nacht hatten sie mit ihrem Liebesspiel aufgehört, und Gero konnte erst ein Auge zumachen, als er seinen Freund ruhig und tief atmend neben sich schlafen hörte.

Doch jetzt war Neal nicht mehr da. Als Gero das bemerkte, sprang er wie aufgescheucht aus dem Bett, um ins Erdgeschoss zu rennen und dort nach ihm zu suchen.

„Neal? Wo bist du?"

Butler Ralph kam aus der Küche und stellte Kaffee auf den Tisch.

„Guten Morgen, Herr Steinert", grüßte er. „Mr. Anderson ist joggen gegangen, und danach wollte er zum Arzt und zum Bäcker."

„Ach so." Gero atmete auf. Dass er nur in Unterhose vor dem Butler stand, war ihm keineswegs peinlich, vielmehr freute er sich, dass es Neal anscheinend ganz gut ging. „Stellen Sie sich vor", erzählte er dem Hausdiener. „Neal muss keine Medikamente mehr nehmen. Es sieht so aus, als hätte er die Sucht komplett überwunden."

Ralph nickte. „Ja, Sir Anderson hat es mir vorhin stolz berichtet. Eine erfreuliche Nachricht, nicht wahr?"

„Sicher." Gero lächelte. „Ich wusste, dass er es schaffen würde."

Zufrieden setzte er sich an den Tresen und schenkte Kaffee ein.

„Ist noch was, Ralph?", fragte er dann, da der Butler nicht zurück in die Küche ging.

„Ich weiß nicht, Herr Steinert", fing er an, „aber Ihre Augen …"

„Was ist mit meinen Augen?", rief Gero erschrocken.

„Sie haben überall blauen Glitzer um die Augen … und im Gesicht", erwiderte Ralph zögerlich.

Nun musste Gero herzhaft lachen. „Oha, da habe ich mich bei all der Aufregung wohl vergessen, abzuschminken."

Ein wenig aus der Puste hielt Neal am Kiosk an.

„Morning!", grüßte er.

„Guten Morgen!", erwiderte der Herr im Kiosk. „Sie habe ich ja lange nicht mehr gesehen! – Was darf es sein? Zwei Schachteln *Benson & Hedges*, wie sonst?"

Sofort schüttelte Neal den Kopf. „Nein, nur eine Schachtel, bitte. Ich muss weniger rauchen."

Dabei dachte er an den schlimmen Husten, den er jeden Morgen nach dem Aufwachen verspürte.

Der Verkäufer lachte. „Wohl auf dem Gesundheitstrip?"

Neal hob die Schultern leicht an. „Man tut, was man kann, nicht wahr?" Er bezahlte. Und bevor er weiterlief, erkundigte er sich: „Haben Sie eigentlich diesen blonden Mann mal wiedergesehen? Mit dem war ich früher oft hier."

Weiteres musste Neal gar nicht erklären. Der Mann am Kiosk wusste sofort Bescheid.

„Sie meinen Sam? Der von den Bullen gesucht wurde?"
Neal nickte.

„Ja, ab und zu kommt er noch mal vorbei. Aber selten, hat Angst, erwischt zu werden." Der Kioskbesitzer hob die Hände. „Ich halte mich da bewusst heraus." Fragend sah er Neal an. „Soll ich ihm was ausrichten, wenn er mal wieder vorbeikommt?"

„Nein", antwortete Neal sofort. „Nicht nötig."

Neal joggte weiter, bis er beim Bäcker stoppte. Ausgeglichen sah er auf seine Uhr. Fast eine halbe Stunde war er gelaufen – und es tat ihm deutlich gut. Und Andy war mit seiner Verfassung auch zufrieden gewesen. Zu seinem Erstaunen traf er im Laden auf zwei ihm bekannte Gesichter: Theo und Pascal.

„Vier Laugenbrötchen und zwei Sahneschnitten, bitte", orderte Pascal. Theo nickte, als er die Bestellung hörte, doch als er Neal bemerkte, verschwand seine gute Laune.

„Oh, unser Junkie", zischte er nicht leise genug, aber Neal überhörte es einfach.

„Guten Morgen!", grüßte er stattdessen freundlich.

„Wie siehst du denn aus?", konterte Theo daraufhin und musterte Neals schwarze Trainingshose mit dem passenden T-Shirt dazu.

„Wieso?" Neal zuckte mit den Schultern.

„Ich treibe Sport, das ist gesund. Solltet ihr auch machen, anstatt Sahneschnitten zu essen." Er lachte in sich hinein.

„Blödmann!", erwiderte Theo und nahm die Einkäufe entgegen. „Komm Pascal, wir gehen! – Es stinkt hier plötzlich so nach Marihuana!"

Neals Augen wurden zu schmalen Schlitzen, als er das hörte. „Besser, als nach einer ganzen Parfümerie-Abteilung!", konterte er, dann waren Pascal und Theo verschwunden.

Doch schon nach wenigen Minuten, hatte Neal die beiden wieder eingeholt. Und er konnte sich ein lautes Lachen nicht verkneifen, denn Theo und Pascal gingen Hand in Hand!
„Oh, haha!", rief Neal amüsiert. „Gibt es ein neues Paar zu feiern?"
Vergnügt joggte er an den jungen Männern vorbei.
„Ach, halt doch die Fresse!", schrie Theo wütend. „Sonst setzt es was!"
Sofort hielt Neal an. Er hatte sich in der Vergangenheit einige Beleidigungen von Theo bieten lassen, hatte versucht, sie zu überhören, doch jetzt konnte er sich nicht mehr zusammenreißen und drehte abrupt um, womit Theo nicht gerechnet hatte, denn dessen Augen weiteten sich ängstlich.
„Einen Scheiß werde ich tun!", schrie Neal zurück. Er hätte große Lust gehabt, sein Gegenüber geradewegs ins solariumgebräunte Gesicht zu schlagen, doch er ermahnte sich innig, die Fassung zu bewahren.
Angestrengt atmete er ein und aus, dabei blickte er Theo direkt in die Augen.
„Ich habe Besseres vor, als mich mit dir anzulegen", sagte er. „Bei mir zu Hause wartet nämlich Gero, und der ist mit Sicherheit hungrig und kann es nicht abwarten, mich zu sehen – nach der Nacht gestern!" Er grinste schadenfroh, denn zu deutlich sah er in Theos Gesicht, dass der verbale Gegenzug saß.
Zufrieden joggte er weiter.
Theo und Pascal blieben derweilen erschrocken zurück.
„Hab ich das richtig verstanden?", äußerte sich Pascal. „Gero ist wieder mit Neal zusammen?"
Theo schluckte. Er war ganz durcheinander. Hatte er Angst vor Neal verspürt? „Ich glaube, ja."

Pascal seufzte unzufrieden. „Na, dann können wir Gero wohl endgültig abhaken."

Als Neal nach gut einer Stunde wieder in seiner Villa ankam, saß Gero noch immer am Tresen, allerdings abgeschminkt.
„Geht es dir gut?", erkundigte er sich umgehend.
„Ja!" Neal klang zufrieden. „Habe kräftig gejoggt. – Heute müssen wir wieder viel unternehmen, damit ich nicht an diese dämliche Tablette denke."
Gero war einverstanden. Ohne weiteres konnte er sich von der Uni loseisen. Es standen keine Klausuren an, und sein Studium lief derzeit bestens.
„Wir werden uns einen richtig schönen Tag machen!"
Er küsste Neal innig, dann sah er ihn neugierig an. „Hast du die gestrige Nacht gut vertragen?"
Sofort zuckten Neals Mundwinkel amüsiert. Er sah sich kurz um, aber Ralph war in der Küche beschäftigt und hörte ihr Gespräch nicht. Trotzdem sprach er leise, als er berichtete: „Ich glaube, ich bin wund." Er fasste sich demonstrativ ans Gesäß und grinste verlegen. „Und ich habe Muskelkater, kann auch vom Joggen kommen." Etwas reumütig sah er seinen Freund an. „Tut mir leid, dass ich in der letzten Runde schlappgemacht habe."
„Ach!" Gero winkte ab. Längst leuchteten seine Wangen rot. Das taten sie immer, wenn er so direkt mit Neal über Sex sprach. Und am Abend zuvor hatten sie beide wirklich alles gegeben. Sie hatten sich abgewechselt. Erst war der eine Top, dann der andere – bis Neal aufgegeben hatte. Wie oft sie die Positionen getauscht hatten, wusste Gero beim besten Willen nicht mehr. „Ich glaube, derartige Rekorde müssen wir in Zukunft nicht weiter aufstellen."
„Ich denke auch nicht", sagte Neal. Während er sich zufrieden an den Tresen setzte, sah er die Post durch. Darunter war eine Postkarte von Dirk.

Er und Christen waren inzwischen heil in L.A. angekommen und genossen das Leben und die Arbeit zusammen. Eine ganze Weile starrte Neal auf die Karte.

„Du vermisst ihn, was?", fragte Gero daraufhin.

„Ein wenig. – Verstehe mich nicht falsch, aber Dirk bedeutet mir sehr viel. Was wir damals erlebt haben, in unserer Jugend, das hat mir ein Trauma versetzt. Und ich bin froh, dass ich ihn nach all den Jahren wiedergetroffen habe. Er hat mir geholfen, dieses Trauma zu verarbeiten. Er hat mir beim Kampf gegen die Sucht zur Seite gestanden und mich dabei unterstützt, meine große Liebe zurückzuerobern."

Neal fasste Geros Hand und drückte sie fest. Plötzlich musste er laut lachen, denn ebenfalls schoss ihm sein jüngstes Erlebnis ins Gedächtnis: „Rate mal, wer jetzt zusammen ist?"

Gero zuckte mit den Schultern.

„Theo und Pascal. – Offensichtlich haben sie sich getröstet, weil sie bei dir nicht landen konnten."

Kapitel 15

Am späten Mittag hielten sie mit dem Porsche vor einem Coffeeshop. Sie waren eine Weile gefahren und befanden sich inzwischen in einer ländlichen Gegend. Der Ort, in dem sie gehalten hatten, besaß nur wenige Häuser. Als sie ausgestiegen waren, zeigte Neal geradeaus in die Ferne. „Dort drüben führt ein breiter Waldweg direkt zu unserem Anwesen. Die nächsten Nachbarn sind also ein ganzes Stück weit entfernt."

„So haben wir wenigstens unsere Ruhe", sagte Gero, dann wandte er sich dem Coffeeshop zu. „Ich hole uns erstmal eine kleine Stärkung." Und schon war er verschwunden.

Im Laden betrachtete Gero die Theke mit den Angeboten neugierig. „Ich hätte gerne 2 Milchkaffee *to go* und zwei Heidelbeermuffins", bestellte er. Die Frau des Shops lächelte freundlich. Als sie dabei war, die Bestellung zu richten, ließ er es sich nicht nehmen, ein paar Erkundigungen über den Ort einzuholen.

„Fährt der Schulbus in die Innenstadt hier zufällig irgendwo vorbei?"

Die Frau berichtete kopfnickend. „Ja, gleich um die Ecke ist die Bushaltestelle."

Gero wirkte erfreut. „Gibt es in der Nähe noch weitere Geschäfte, oder muss man für Einkäufe immer in die Stadt fahren?"

Die Frau stellte die Tüte mit den Muffins und die Kaffeebecher auf den Tresen und erzählte: „Es gibt hier einen Supermarkt, eine Poststelle und einen Obsthändler, mehr leider nicht."

Gero lächelte zufrieden. „Das reicht doch!" Er bezahlte.

„Ziehen Sie neu zu?", fragte die Frau sogleich.

„Ja!" Es klang stolz und Gero deutete nach draußen, wo Neal gelassen neben dem Porsche stand und in seinem weißen Hemd und der knallengen Jeans wieder besonders aufregend wirkte. „Mein Freund hat den Gutshof gekauft, der etwas außerhalb liegt."

Kaum hatte er das ausgesprochen, machte die Frau ein erschrockenes Gesicht.

„Den Hof, dort drüben?" Sie zeigte in die Richtung, in die Neal vor wenigen Minuten hingedeutet hatte.

„Ja." Gero lächelte, doch verunsichert. Den merkwürdigen Blick der Frau hatte er sofort bemerkt. „Wieso? Ist etwas damit?"

Die Frau zögerte. „Äh, nein, eigentlich nicht … Aber es hat dort lange keiner mehr gewohnt … Mich wundert es, dass das Anwesen überhaupt verkauft wurde." Sie machte eine Pause, überlegte sichtlich, ob sie weitersprechen sollte, und sah Gero dann mit ehrlichen Augen an. „Man munkelt, dass es dort spukt."

„Aha?" Geros Lächeln verschwand. Ihm wurde mulmig, er fing sich aber schnell und nahm die Einkäufe entgegen. „Gespenster gibt's doch nicht!", sagte er knapp und wandte sich ab. „Ich wünsche Ihnen noch einen schönen Tag!"

Draußen atmete er die Landluft tief ein, doch das merkwürdige Gefühl in ihm wollte partout nicht weichen.

Bei Neal angekommen, reichte er diesem einen Kaffee und verstaute die Muffins erst einmal im Auto.

„Die Frau im Laden war ganz überrascht, dass der Gutshof wieder bewohnt wird", erklärte er mit aufgeregter Stimme.

Neal, der schon einen kräftigen Schluck aus dem Kaffeebecher genommen hatte, hob die Augenbrauen leicht an. „Ach, ja?"

Gero nickte eifrig. Er konnte das Erlebte nicht für sich behalten.

„Ja, sie meint, dass es in dem Haus dort spukt."

Hastig senkte Neal die Hand mit dem Kaffee und prustete los.

„Pardon? Ha, ha! Was für ein Unfug!"

Doch Gero blieb nachdenklich. „Irgendwo muss sie das herhaben, oder nicht? Wie kommt sie sonst dazu, so etwas zu behaupten?"

Neal grinste. „Das Anwesen stand lange leer. Das gibt Gerede, und so entstehen Schauermärchen." Er nahm noch einen Schluck und sah seinen Freund prüfend an. „Oder glaubst du etwa an Geister?"

Gero blickte zu Boden. „Natürlich nicht."

Wenige Minuten später fuhr der Porsche auf das Anwesen zu. Gero staunte. Der Hof war von vielen Bäumen umrandet, die bunte Blüten trugen. Rings um das Herrenhaus, waren weitläufige Rasenflächen und Gehwege angelegt. Als sie durch das Tor in den Innenhof fuhren, war Gero der Erste, der den Wagen verließ und laut verkündete: „Das ist ja riesig!" Er sah sich um. Zu dem Grundstück gehörten weitere kleine Gebäude, offensichtlich Stallungen und Gästehäuser, und ebenso umzäunte Weideflächen.

Es herrschte eine absolute Stille. Die Sonne schien und ließ das Anwesen freundlich und hell erscheinen, nur beim genaueren Hinsehen, erkannte er, wie beschädigt das Mauerwerk war und wie verkommen die Gartenanlage. Man merkte deutlich, dass hier seit Jahren niemand mehr gewohnt hatte.

Hand in Hand schlenderten sie durch eine Holztür ins Haus. Innen war es dunkel, die Fensterscheiben, die schmutzig waren, ließen kaum Licht hindurch. Neal betätigte einen Lichtschalter, woraufhin der Eingangsbereich von einer schwachen Glühlampe beleuchtet wurde.

Der Boden war staubig, einige Spinnweben hingen von der Decke herab. Gero erschauderte es ein wenig.

„Oha, hier war wohl tatsächlich lange keiner mehr." Zögerlich ging er vor, achtete aber peinlich darauf, dass sein Freund ihm folgte. Den schien das heruntergekommene Haus allerdings bestens zu gefallen.

„Ach, Kleiner", sagte er. „Es wird doch alles renoviert. Im Keller sind die Arbeiten schon in Gange." Sie gingen weiter. Inmitten des großen Eingangsbereiches führte eine breite Wendeltreppe nach oben.

„Oh Mann!", staunte Gero, als er das sah. „Das ist ja wie im Märchenfilm!"

Sofort rannte er hinauf. Das Geländer war ebenfalls verstaubt, die Stufen knarrten. Aber als er sich umsah, erblickte er den Raum, der einen dunklen Marmorboden besaß von einer ganz anderen Perspektive. Unter der Treppe ging der Raum weiter zu einem Ess- und Wohnbereich und der Küche. Dort führte noch eine kleinere schmale Treppe in die erste Etage. Neals hagere Gestalt sah von oben in dem weitläufigen Gebäudeteil zerbrechlich aus.

„Ich denke, wir werden uns in der ersten Etage wohnlich einrichten, oder?", fragte er Gero und folgte die Treppe hinauf. „Dort gibt es genug Schlafzimmer. Jeder sollte seinen eigenen Bereich haben."

Gero nickte aufgeregt. Oben betätigte er das Licht, das einen langen Flur beleuchtete, von dem mehrere Zimmer abgingen.

„Das ist Wahnsinn!", staunte er weiter. Er wusste gar nicht, welches Zimmer er sich zuerst ansehen sollte.

Neal machte sich indessen noch immer Gedanken um den Keller, der bevorzugt renoviert werden musste.

„Ich werde unten auf jeden Fall wieder ein Studio einrichten", überlegte er, „und vielleicht ein Arbeitszimmer für Francis, dann kann sie kleinere Dinge zu Hause erledigen und muss nicht ständig in die Firma ... Wir könnten auch einen Fitnessraum einbauen lassen oder einen Pool, mal sehen."

Inzwischen konnte Gero seine Begeisterung nicht mehr zügeln. „Das wird ein Luxushaus werden", sagte er verzückt, während er nach und nach die Räume begutachtete.

Es gab mehrere Badezimmer, einen Kamin und fast jeder Raum verfügte über einen Balkon. Einige Zimmer waren sogar durch Schiebetüren miteinander verbunden.

„Es ist wirklich wunderschön", sagte Gero. Die alten Tapeten und der dreckige Fußboden kümmerten ihn inzwischen gar nicht mehr. Trotzdem verzog er die Nase. „Aber es riecht hier komisch – so muffig. Wie in einem Geisterschloss."

Augenblicklich fiel ihm wieder ein, was die Frau in dem Coffeeshop gesagt hatte. Neal lachte.

„Was erwartest du denn? – Hier hat seit Jahren keiner mehr gehaust. Ist doch klar, dass es hier merkwürdig riecht, aber wir werden alles richten lassen. Alles wird saniert."

Gero nickte zufrieden. Ihm war längst klar, dass Neal viel Geld und Energie in das Haus stecken würde, nur um es allen recht machen zu können. Trotzdem blieb er nachdenklich.

„Mir scheint das hier fast zu groß für uns", sagte er. „Selbst wenn jeder einen eigenen Bereich bekommt, werden einige Zimmer leerstehen. Was machen wir damit?"

Neal hob die Schultern leicht an. „Na ja, vielleicht können noch mehr Personen einziehen."

„Ja, eigentlich hast du recht", erwiderte Gero. Er überlegte. „An wen hast du gedacht? An Thilo und Lucy?"

Aber Neal winkte sofort ab, als er an ihre Freunde dachte. „Nein, natürlich nicht. Die sollen ruhig in ihrer WG glücklich werden. – Nein. Ich habe an weitere Kinder gedacht."

„Was? Noch mehr Kinder?", rief Gero erstaunt. „Erzähl das bloß nicht Francis. Die wird nicht begeistert sein. Die Schwangerschaft mit Rayon war schon Risiko genug." Er schüttelte den Kopf, als er daran zurückdachte. „Das wird sie sicher nicht noch einmal mitmachen. – Außerdem vergisst du ständig, dass ihr Geschwister seid!"

Er sah Neal fast strafend an.

Doch der schmunzelte nur und zündete sich seelenruhig eine Zigarette an. „Wer sagt denn, dass ich wieder ein Kind mit Francis haben möchte?", stellte er in den Raum. „Ich meinte damit eigentlich *unsere* Kinder."

Erschrocken riss Gero die Augen auf. Nun verstand er gar nichts mehr.

„Unsere Kinder?", fragte er perplex.

Neal nickte liebevoll. „Ja, du hast richtig gehört, Kleiner. – Ich will ein Kind von dir."

Nachwort

Das sagen die Darsteller:

Neal:
„Schlagen müsste man mich, für all die Dummheiten, die ich getan habe. Aber hinterher ist man immer schlauer, oder? – Es war nicht schön, die Hölle auf Erden zu erleben, Harmonie zu zerstören und Menschen zu kränken, doch ich habe daraus gelernt und werde mich bessern ... bin auf dem besten Wege dazu.
Nicht jeder hat so viel Glück, wie ich. Und ich hatte großes Glück, dass ich Menschen um mich habe, die mir verzeihen und an mich glauben. Ohne diese Menschen wäre vielleicht alles anders gekommen."

Gero:
„Es war, wie eine Achterbahnfahrt. Es begann oben im Himmel und sank immer tiefer – viel zu tief. Es schien alles verloren und nun? – Ich bin glücklich, nach langer Zeit mal wieder. Mein Leben macht wieder Sinn. Und mal ehrlich: Was wäre ich heute, hätte ich die Andersons nie kennengelernt?"

Francis:
„Ich bin für jeden Tag dankbar, an dem ich merke, dass es uns allen wieder gut geht. Ich kann kaum beschreiben, wie glücklich ich bin, dass Neal von den Drogen weg ist. Ich hatte entsetzliche Angst um ihn. – Ich freue mich, auf unseren Neuanfang und darauf, auf dem Land zu wohnen, mit den Menschen, die ich liebe. Ich kann es kaum erwarten, mit Neal unter einem Dach zu leben ... und mit unserem Gero. Sie können über unsere Dreiecksbeziehung übrigens denken, was Sie wollen."

Thilo:
„Ich hätte nie gedacht, dass doch alles ein gutes Ende nehmen würde. Es wäre uns viel erspart geblieben, wären Neal und Francis niemals zusammengekommen (Prinzipiell war ich ja schon immer dagegen) und hätte Neal seinen Gero niemals getroffen. Doch Hand aufs Herz: Gibt es ein schöneres Paar, als sie?

Es war verzwickt und frustrierend, was alles geschah, doch … ich habe meine Lucy wieder, was will ich mehr?"

Dirk:

„Neal habe ich für immer verloren, trotzdem konnte ich meine Fehler von damals wieder gutmachen. Ein kleiner Trost vielleicht. Ich bin froh, dass ich helfen konnte, Neals Sucht zu bekämpfen. Ich gönne es niemandem, in einen derartigen Teufelskreis zu geraten.

Ich weiß, dass Neal vieles, was er getan und gesagt hat, nicht so gemeint hatte. Seine Persönlichkeit war durch die Drogen schlichtweg gestört. Er konnte nichts dafür. – Ich gehe mit Christen zurück nach Amerika. Männer sind derzeit kein Thema für mich. Prinzipiell gab es eh nur den einen. Good luck, Neal!"

Christen:

„Im Grunde genommen ging es doch die ganze Zeit nur darum, wer mit wem, wann, wo und unter welchen Umständen Sex hatte. Ich denke, eine Beziehung zwischen zwei Menschen kann schon schwierig genug sein, doch wenn sich mehrere Beziehungen ineinander verstricken, ist es doch klar, dass ein Chaos entsteht."

Der Autor über die Neal Anderson – Reihe:

Die Ideen zu den Geschichten über Neal Anderson kamen mir 1998.
Inspiriert durch den Sänger Brett Anderson der Band *Suede*, begann ich, eine fiktive Figur zu kreieren, die ihm in manchen Dingen ähnelte. Mit der Zeit nahmen die Erzählungen an Umfang zu, und ich schrieb mehrere Romane, die im Laufe der Jahre überarbeitet und abgeändert wurden.

Das Leben von Neal hat Höhen und Tiefen. Er ist kein typischer Romanheld, sondern ein tragischer Charakter, der seine Schwächen nicht gern zugibt und sich dadurch das Leben schwer macht.
Im Jugendalter quält er sich durch sein Coming-out, erlebt ein tiefes Trauma mit seiner ersten großen Liebe Dirk. Dieses Erlebnis prägt sein ganzes Leben (und somit alle Romane).
Es dauert Jahre, bis er die Enttäuschung verarbeitet hat.
Er stürzt sich ebenfalls in die fatale Liebe zu seiner Halbschwester Francis und halst sich dadurch weitere Probleme auf. Auch als er später in Gero endlich einen geeigneten männlichen Partner findet, wird sein Alltag nicht leichter.

Mir war immer wichtig, dass der Leser Neal in allen Lebenslagen versteht und mit ihm fühlt.
Obgleich er, während seines Drogenkonsums, viele Fehler begeht, sollte der Leser ihn nie verurteilen.
Mir ist die Anderson-Reihe sehr ans Herz gewachsen. All die Jahre habe ich mich in das Projekt hineingekniet, meine Protagonisten geschaffen und mit ihnen gelebt und gebangt. Ich bin froh und stolz, dass ich die Werke veröffentlicht habe.

J. C. Skylark (Juni 2008/ Ende der Überarbeitung September 2021)

Laufende Infos unter:
Webseite:
www.jcskylark.de
Social Media:
www.facebook.com/JustinCSkylark
www.instagram.com/justin_c_skylark

Mail to:
J_C_Skylark@yahoo.de

Bonusstory

Die Begegnung mit Randy (2021)

Die lange Landstraßenfahrt zu seinen Eltern hatte Neal müde gemacht. Er fuhr mit seinem Porsche von der Straße ab und hielt an einem Rastplatz. Für kurze Zeit schloss er die Augen und lehnte sich nach hinten gegen den weichen Ledersitz.

Ein leises Klopfen an seiner Autoscheibe weckte jedoch schnell seine Aufmerksamkeit. Zaghaft öffnete er die Augen und erblickte einen groß gewachsenen, schlanken Jungen neben dem Auto, der ihn kess angrinste.

Neal drückte einen der vielen Knöpfe und ließ so die Fensterscheibe automatisch herunterfahren.

„Was willst du?", fragte er knapp. Der Junge lächelte.

„Darf ich mich zu dir ins Auto setzen?"

„Wieso?"

„Darf ich?"

„Was soll der Quatsch!?", entgegnete Neal. Er ließ das Fenster wieder hochfahren. Doch der Junge ließ nicht locker. Lächelnd ging er um das Auto herum, öffnete dreist die Beifahrertür und setzte sich neben Neal ins Auto.

Neal sah den Jungen finster an. Dessen Augen waren rehbraun, sein Haar wirkte weich und glänzend.

„Was soll das?"

„50 Euro!", erwiderte der Junge.

„Bitte?" Neal reagierte verwundert.

„Ich tu es für 50 Euro."

Da Neal ihn immer noch fragend ansah, erklärte der Junge sein Angebot näher.

„Ich hol dir einen runter ... für 50 Euro, okay?"

„Spinnst du? ... Scher dich weg!"

Neal wurde wütend und schüttelte den Kopf über diesen unmöglichen Vorschlag, doch der Junge ließ sich nicht abhalten, sein Angebot aufrechtzuerhalten.

„Ich mache es auch für 30, ja?"

Neal hörte sogar eine Art von Verzweiflung in seiner Stimme.

„Was soll das denn?", erkundigte er leicht genervt.

„Ich brauch Geld!", erklärte der Junge.

„Wofür?"

„Zum Leben ... und für Hundefutter."

„Willst du mich verarschen?"

Wieder schüttelte der Junge den Kopf. Das alles klang nach einem abgedroschenen Hollywoodstreifen.

„Was ist mit deinen Eltern?", erkundigte sich Neal knapp.

„Ich habe keine."

„Du lebst auf der Straße?" Nun sah Neal den Jungen prüfend an.

„Ja!"

„Wie alt bist du?"

„Siebzehn ..."

Für einen Moment herrschte Stille. Neal dachte nach. Er war 10 Jahre älter. Er hätte den Jungen wegschicken können, doch er tat es nicht.

„Und du verdienst dein Geld mit solchen Perversitäten?"

„Ja", gestand der Junge offen und ehrlich. „Und nun tu nicht so ... Du bist doch auch *deswegen* hier ..."

Neal reagierte entsetzt. „Ich? Wie kommst du darauf?"

„Na, wieso parkst du sonst hier? Mit so einem Protzauto?"

„Ich wollte nur etwas ausspannen!", verteidigte sich Neal, und seltsamerweise fühlte er sich plötzlich wie angeprangert. Der Junge verunsicherte ihn.

Wieder Stille.

„Ich mache es umsonst, okay? Und wenn es dir gefällt, dann kommst du wieder ..."

Neal blieb fast die Luft weg. Er fand keine richtigen Worte.

„Ich ... habe jetzt gar keinen Bock dazu", sagte er gereizt.

Nun lächelte der Junge sanft.

„Oh, du wirst schon Lust bekommen ... Ich mache es wirklich gut. Das verspreche ich."

Er rückte näher an Neal heran und legte seine Hand auf dessen Oberschenkel, dann wanderte die Hand weiter, fasste zwischen Neals Beine, strich sanft über die Wölbung von Neals Hose.

Neal verzog sein Gesicht. Es sah gequält aus.

„Hör auf", bat er. „Du bist doch noch ein Kind!"

„Ach?" Der Junge kicherte. „Wissen Kinder denn, was Männer wie du wollen?"

Er öffnete Neals Reißverschluss. „Sicher nicht, oder? Und ich weiß, was du willst."

Ohne zu zögern, nahm er Neals Männlichkeit in die Hand und fing an, sie zu streicheln. Neal erschauderte. Er wollte nicht zulassen, was geschah, doch die zarten, flinken Hände dieses Jünglings taten ihre Arbeit zu gut, zu intensiv.

Neal seufzte und lehnte sich entspannt zurück.

„Siehst du? Es tut dir gut, nicht wahr?" Der Junge lächelte zufrieden.

„Du ... Du bist nicht ganz dicht", zischte Neal, und schon stöhnte er auf, als er bemerkte, wie der warme, feuchte Mund des Jungen seine Erektion in sich aufnahm, daran lutschte und leckte.

Verdammt, schoss es durch Neals Kopf, *er macht es wirklich gut, verdammt gut.*

Er ließ sich gehen, seine Gelüste waren plötzlich größer als sein Verstand. Er zog den Jungen näher an sich heran, berührte dessen Haar, strich über seinen Rücken.

Als er kam, konnte er ein erneutes Stöhnen nur schwer unterdrücken. Er verspürte eine enorme Erleichterung.

Er bemerkte nicht sofort, dass der Junge sich zurückzog. Erst als der die Beifahrertür wieder öffnete, sah Neal ihn überrascht an.

„Halt!", schoss es aus ihm heraus. „Warte!"

Jedoch schwang der Junge schon die Beine aus dem Auto.

„Was denn?", fragte er munter, als er sich noch einmal umdrehte. „Deine Bezahlung", sagte Neal. Es klang hektisch, er fühlte sich erschöpft und doch ganz aufgewühlt. Planlos durchsuchte er seine Jacke nach dem Portemonnaie. „Das war doch umsonst!", sagte der Junge und lachte wieder, dann drehte er sich um und lief weg. Hastig schloss Neal seine Hose und sprang ebenfalls aus dem Auto.

„Hey! Warte!", schrie er lauthals. „Wie heißt du überhaupt?"

„Randy!", hörte Neal den Jungen rufen, doch es kam schon aus weiter Ferne. Von dem Jungen war nichts mehr zu sehen.

Es war ein paar Tage später. Es regnete stark.

Neal folgte Randy.

Das Toilettenhäuschen war klein und schmutzig. Als Neal die Tür zu den Herren WCs öffnete, sah er auf weiße Kacheln, die eine unheimliche Sterilität ausstrahlten. Doch beim genaueren Hinsehen sah er auch die unhygienischen Verhältnisse, die hier herrschten.

Es stank bestialisch ...

An der Wand lehnte Randy. Mit seinen großen, braunen Augen sah er Neal auffordernd an. Und ohne ein Wort, wie von einer unsichtbaren Hand geleitet, trat Neal auf ihn zu. Er erwiderte den intensiven Blick. „Wie viel?", fragte er kalt.

„Eigentlich 70!", antwortete Randy. „Doch weil du es bist ... 60."

Neal nickte still und drehte sich um, bediente sich an dem Kondomautomaten an der Wand. Er ließ Randy jedoch nicht aus den Augen. Der knöpfte sein nassgeregnetes Hemd auf. Im nächsten Moment stand Neal dicht vor ihm und streifte ihm das Hemd vom Körper.

Er strich über Randys Brust, über seinen Rücken, umfasste seinen schmalen Körper. Er fühlte die samtige Haut, die zarte Schönheit dieses Jungen.

Neals Verlangen wurde größer. Fast hektisch zog er seine vom Regen durchtränkte Jacke aus und ließ sie hinter sich auf den Boden fallen, dann löste er den Gürtel von Randys Hose und zog sie mit einem Ruck herunter.

Ihre Blicke trafen sich wieder, und Randy bemerkte die immer stärker aufsteigende Lust des ihm noch relativ fremden Mannes. Er spürte, dass Neal die Kontrolle über sich verlor.

Er umschlang Randys Körper, drehte ihn mit leichter Gewalt herum und drückte ihn gegen die Wand.

Er schien den Verstand zu verlieren, bei dem Anblick dieses knabenhaften Leibes. Ohne zu zögern, öffnete er seine Hose und nahm sich, was er brauchte. Erst als er in den jugendlichen Körper eingedrungen war, wurde er ruhiger und fing an, zu genießen.

Mit kurzen, kräftigen Stößen befriedigte er seine Lust. Er riss den Jungen an sich, und es war, als würde der unter Neals Kraft zusammenbrechen. Doch Randy schloss nur still die Augen und ließ alles lautlos über sich ergehen.

Verlegen zog Randy das Hemd wieder an. Eine leichte Röte lag auf seinen Wangen, als Neal ihm das Geld reichte.

„Das ist zu viel", stellte er fest, als er auf die Scheine sah.

„Nimm es ... Du hast doch gesagt, dass du Geld brauchst, oder?"

„Ja, schon, aber ..."

„Nichts aber", fuhr Neal dazwischen, dann lächelte er. „Kannst mich Neal nennen ... und das nächste Mal ..." Er sah auf seine nasse Jacke. „Das nächste Mal sorgst du für besseres Wetter."

„Okay." Randy senkte den Kopf und verkniff sich ein Grinsen.

Ein paar Tage später fuhr Neal die gleiche Strecke mit seinem Auto entlang, und ohne groß zu überlegen hielt er auf dem Rastplatz.

Es regnete schon wieder, und Neal musste lächeln. Doch nichts tat sich. Als der Regen nachließ, stieg er aus dem Wagen und sah sich um.

Dann fing er an, zu rufen: „Randy!?"

Doch keine Antwort ertönte.

„Randy!?"

Plötzlich knackte es im Unterholz, und eine Gestalt sah hinter einem Baum hervor.

„Randy?"

„Ja, ich bin's", ertönte eine Stimme.

„Warum kommst du nicht her?"

„Komm du doch!"

Neal seufzte. Als er auf den Baum zutrat, erblickte er den Jungen am Baumstamm lehnend.

„Was ist mit dir?", fragte Neal, aber die Frage erübrigte sich, als er in das Gesicht des Jungen sah.

„Wie siehst du aus?", rief er erschrocken. „Hat dich jemand verprügelt?"

Dabei strich er über die Schramme an Randys Stirn. Auch dessen Kinn wies einen tiefblauen Fleck auf.

„Bin an einen fiesen Typ geraten, der wollte nicht zahlen", berichtete Randy. Er senkte den Kopf.

„Er hat dich benutzt und geschlagen, anstatt zu bezahlen?", fragte Neal entsetzt. Randy nickte.

„Dieses Schwein ..." Neal schüttelte den Kopf, dabei fielen ihm ein paar Strähnen seines schwarzen Haares ins Gesicht. Randy bemerkte die unleugbare Schönheit des schlanken, großen Mannes.

„Ich wollte heute mal eine Pause einlegen", erklärte er daraufhin. „So, wie ich aussehe. Aber als ich deine Stimme hörte, da ..." Randy verstummte und blickte verlegen zu Boden. „Komm mit", sagte er und fasste Neal bei der Hand. „Ich zeige dir, wo ich wohne."

Neal folgte ihm durch das grüne Laub, bis sie an eine kleine Holzhütte kamen. Die war gerade mal so groß wie eine Garage. Die Hütte hatte noch nicht einmal eine Tür, sondern nur einen Eingang, durch den Licht einfallen konnte. Als Neal in die Hütte sah, erblickte er ein Lager von Heu, ein paar Kleidungsstücke und in der Ecke, zusammengekauert, einen Hund mit fünf Welpen.

„Du hast ja tatsächlich so viele Hunde", staunte Neal.

„Klar!", entgegnete Randy. „Denkst du, ich lüge dich an?"

Er trat in die Hütte ein und legte sich auf das Heu. Ohne Worte zog er sein Hemd aus, öffnete die Hose und strich sie bis zu den Kniekehlen herunter.

Dann drehte er sich auf den Bauch und verharrte. Auch Neal sagte nichts. Er zögerte nicht und kam näher. Ebenso schnell öffnete er seine Hose und gesellte sich zu Randy ins Heu. Er strich über Randys Rücken, küsste ihn sanft und schon im nächsten Moment legte er sich auf den jungen Körper und nahm ihn sich.

Randys Hände griffen ins Heu, diesmal hörte Neal sogar ein schweres Atmen aus seinem Mund. Ihre Vereinigung dauerte nicht lange. Schon nach kurzer Zeit war Neal befriedigt. Er richtete sich auf, zog sich wieder an. Doch Randy blieb liegen. Sein Gesicht war im Heu vergraben.

„Was ist?", fragte Neal besorgt, als Randy sich nicht rührte.

„Nichts, nichts ...", erwiderte der Junge mit bebender Stimme, dann drehte er sich langsam um. Sein Blick war betroffen.

„Was ist denn?", fragte Neal erneut. „Irgendwas ist doch mit dir!"

„Ja, ich ..." Randy verstummte.

„War es ... so schlimm? Zu doll?" Neals Ausdruck war erschrocken, und er sah Randy prüfend an. Doch der schüttelte den Kopf, und ein zerknirschtes Lächeln huschte über sein Gesicht, als er an sich herunterblickte.

„Sowas ist mir noch nie passiert!", gestand er. „Noch nie ... bei keinem!"

„Ja, was denn?", fragte Neal neugierig.

„Mir kam's!", beichtete Randy aufgeregt. Er blickte fast beschämt zur Seite. „Wie viele Typen haben mich schon gefickt und es hat mich kalt gelassen, doch eben ... bei dir ... Ich war so erregt ..." Randys Augen glänzten, als könnte er es nicht fassen. Unsicher sah er in Neals schmales Gesicht, das trotz der ganzen Situation todernst geblieben war.

„Pack deine Sachen", sprach er stattdessen.

„Was?", schrie Randy erschrocken.

„Du sollst deine Sachen packen", wiederholte Neal, während er sein Hemd ordentlich zurechtzupfte und sich eine Zigarette anzündete.

„Aber wieso?", fragte Randy aufgewühlt. Langsam richtete er sich auf, zog sich ebenfalls an und sah sich in der Hütte um. „Warum?"

„Weil ich es will!" Neal wurde energischer. „Du kommst mit zu mir!"

„Zu dir?" Randys Mund öffnete sich vor Staunen.

„Ja, ich nehme dich mit", sagte Neal fest entschlossen. „Du bleibst nicht länger hier ... nicht in dieser Hütte ... und nicht in der Gefahr, geschlagen zu werden."

„Und ... meine Hunde?"

„Die kommen auch mit!"

„Und wohin? Ich meine, wo ... wo wohnst du?", fragte Randy aufgeregt, während er seine Sachen in einen Rucksack stopfte.

„Na ja", fing Neal an. Er überlegte. „Direkt bei mir kannst du nicht bleiben. Aber du kannst bei meinen Eltern unterkommen ... Ich wohne und arbeite zurzeit dort."

„Aha ...", kam es aus Randy heraus. Er griff sich den Rucksack und drei der Welpen. „Wenn du die anderen zwei nimmst, wäre ich so weit."

Ein paar Minuten später kamen sie an dem Hof, einem Gestüt, von Neals Eltern an. Neal ließ die Hunde in die Stallungen bringen. Das Anwesen war weitläufig. Danach führte er Randy zu dem Seitentrakt des großen Hauses, dort, wo auch das Personal wohnte. Im zweiten Stock öffnete Neal eine Zimmertür.

„Hier kannst du wohnen. Gefällt es dir?"

Randy staunte und sah sich um.

„Ein ganzes Zimmer ... mit Bad? Nur für mich?"

„Klar!", antwortete Neal. „Das ist das Mindeste, was wir unserem Personal und unseren Gästen bieten können."

Randy schluckte. Neal und seine Eltern schienen sehr reich zu sein. „Und apropos Bad ... Du solltest ein solches nehmen und deine Klamotten wechseln ... Wie lange schläfst du jetzt schon im Heu? Ein paar Wochen?"

„Mhm", machte Randy beschämt, während Neal ins Badezimmer ging und sich umsah. Zufrieden kam er wieder ins Schlafzimmer.

„Ist alles da: Handtücher, Shampoo und ..." Er stutzte und starrte auf Randy, der plötzlich splitternackt im Raum stand. Die Kleidung lag ihm zu Füßen. Fast betroffen schüttelte Neal den Kopf.

„Was machst du denn?"

Der Junge zuckte mit den Schultern.

„Du hast doch gesagt, ich soll baden."

„Ja, aber ...", weiter kam Neal nicht. Wortlos trat er auf Randy zu, nahm ihn in die Arme, fuhr über dessen weiche, nackte Haut und küsste ihn stürmisch.

„Du machst mich irre ... Weißt du das?", flüsterte er. Er packte Randy und trug ihn behutsam zum Bett. Dort legte er ihn sanft ab. Mit seinen großen, braunen Augen blickte Randy zu Neal auf, dann streckte er die Arme nach ihm aus.

„Mach es noch mal so schön, wie vorhin, ja?", bat er, und Neal nickte. Er entkleidete sich ebenfalls und stieg zu Randy ins Bett.

„Neal? Bist du hier?", ertönte es, und Neal realisierte erschrocken, dass er eingeschlafen sein musste. Neben ihm lag noch immer Randy, den er sofort wachrüttelte.

„Randy! Aufstehen! Mein Vater steht vor der Tür!"

„Neal?", erklang die Stimme erneut.

„Ja, kleinen Moment!", rief Neal, während er sich anzog und zischte: „Los! Ins Bad! Schnell!!!"

Flink wie ein Wiesel huschte der Junge ins Bad, und Neal öffnete die Tür.

„Hi Dad!", grüßte er verlegen.

„Ich habe gehört, du hast einen Gast hergebracht? Einen Jungen?"

Neal nickte. „Ein Straßenkind. Er braucht Arbeit und frag nicht nach seinen Eltern, aus ihm bekommst du nichts heraus."

„Wie alt ist er?", fragte Neals Vater mit ernster Stimme.

„Siebzehn ... Dad, ich dachte, er könnte im Stall arbeiten."

Neals Vater überlegte.

„Schon, aber dürfen wir ihn so einfach hierbehalten? Mit siebzehn? Müssen wir nicht ..."

„Gib dir keine Mühe", sagte Neal. „Er würde wieder weglaufen. Er braucht eine Chance!"

„Wo ist er jetzt?"

„Im Bad"

„Bringe ihn nachher zum Abendbrot mit. Ich will mir ein Bild von ihm machen. Er könnte dann gleich morgen früh anfangen."

Neal schloss erleichtert die Augen.

„Danke."

„Okay", sagte Neals Vater. Dann starrte er auf das zerwühlte Bett. „Vielleicht machst du das Laken noch ordentlich ... für deinen Gast, oder?"

„Natürlich!", versicherte Neal und grinste.

Als Neals Vater fort war, ging Neal sofort ins Badezimmer, wo Randy genüsslich in der Wanne lag.

„Du kannst erst mal hierbleiben und einen Job im Stall übernehmen. Hast du Lust?"

Randys Augen weiteten sich.

„Ich kann hier arbeiten?", fragte er erstaunt.

„Ja. Du musst allerdings früh raus, doch wirst auch gut bezahlt."

„Ach, darum geht es gar nicht!" Randy war ganz aufgeregt, sein Gesicht glühte. „Hauptsache ist, ich brauch nicht mehr mit diesen ekelhaften Typen mitgehen."

Mit seinen nassen Armen umklammerte er Neals Hals und zog ihn zu sich heran.

„Danke! Danke!"

„Schon gut", sagte Neal gelassen. Er küsste Randy sanft auf die Stirn. „Du musst nur einen ordentlichen Eindruck bei meinem Vater machen, mehr nicht."

„Mach ich! Bestimmt!", versicherte Randy. Grinsend versank er im Schaumbad.

„Kann ich hier schlafen?", fragte Randy mit großen Augen. Er stand plötzlich in Neals Arbeitszimmer, und Neal war nicht einmal verwundert darüber.

„Ich habe hier unten nur ne Liege ... In deinem Zimmer hast du viel mehr Platz. Und in meinem Zimmer kannst du nicht mitwohnen", erwiderte er, während er auf die Bauzeichnung sah und ein paar Details dazu skizzierte. Er selbst wohnte nur vorübergehend bei seinen Eltern, da er seinem Vater bei den Plänen für die neuen Stallungen half. Neal war eigentlich Sänger, hatte allerdings früher Architektur studiert.

„Es geht nicht um den Platz", druckste Randy herum. Er kam näher. „Es geht um dich ... Ich will bei dir sein."

Neal lächelte.

„Ich weiß deine Dienste zu schätzen, Randy, aber du bist jetzt hier, hast Arbeit und Essen, ein Dach über dem Kopf ... Du musst keine Freudendienste mehr leisten. Du brauchst dich nicht anbieten. Das ist vorbei!"

Verwirrt schüttelte Randy den Kopf.

„Aber, ich biete mich gar nicht an. Ich will doch nur ..." Er verstummte. Dann kramte er das Geld aus seiner Hosentasche hervor, welches Neal ihm auf den Nachttisch gelegt hatte. Mit zitternder Hand hielt er es Neal entgegen.

„Was soll das?", fragte der erstaunt. „Das ist deins! Du hast es verdient. Es steht dir zu!"

„Ich will das Geld aber nicht!", schrie Randy plötzlich und warf die Geldscheine auf den Boden.

Neal war verblüfft. Fragend sah er den Jungen an.

„Warum nicht?"

Randy schwieg.

Neal trat näher an ihn heran und fasste an seine knochigen Schultern. „Randy, ich habe dich dafür ... na ja ... Ich durfte mit dir schlafen ... Es war sehr schön. Ich bezahle das natürlich. Bloß jetzt ist Schluss damit!"

Dem Jungen schossen Tränen in die Augen.

„Du verstehst auch gar nichts", sagte er enttäuscht und senkte den Kopf.

Neal suchte nach Worten. Er sah Randy prüfend an.

„Was ist denn los?"

Tränen lösten sich bei dem Jungen und bedeckten sein feines Gesicht. „Das auf dem Rastplatz, gut, das habe ich für Geld gemacht, ja!" Seine Stimme wurde leiser. „Aber die anderen Male doch nicht."

Neal stutzte. „Wie?", fragte er, als wollte er es gar nicht verstehen.

„Ich habe doch mit dir geschlafen, weil ich es *wollte!* Und nicht für blödes Geld!", schrie Randy und fing an, auf dem Geld herumzutrampeln. „Doch du behandelst mich weiterhin wie einen Stricher!"

„Das stimmt doch gar nicht!" Neal schrie gegenan.

Verzweiflung machte sich in Randy breit. Seine braunen Augen sahen Neal hilflos an.

„Ich tat es, weil ich es wollte", sagte er. „Bei dir habe ich endlich mal Gefühle gehabt. Kein ekelhaftes Rein und Raus ... sondern *Lust!* Ich habe Lust gespürt!"

Neal fasste den Jungen noch fester bei den Schultern und schüttelte ungläubig den Kopf, als könnte er Randys Gefühlsausbruch nicht glauben.

„Was redest du?", fragte er verwirrt.

„Küss mich!", schrie Randy und umschlang Neals Körper. „Bitte!" Und Neal wies ihn nicht zurück.

Übersicht der Neal Anderson-Reihe

Andere Romanreihen von Justin C. Skylark:

Moths- Nachtschwärmer (Teil 1-3)

Die Dylan & Thor- Reihe (Band 1-6)